À PROPOS DE L'AUTRICE

Inspirée par les nombreux drames britanniques qu'elle a pris plaisir à lire et relire sans jamais s'en lasser, Christy Carlyle est une autrice à succès, régulièrement célébrée par le *USA Today*. Cette ancienne enseignante diplômée en histoire se plaît à mettre en scène des héros tourmentés et des héroïnes à fort caractère dans un cadre victorien. Son amour pour le passé et sa foi inébranlable en une fin heureuse donnent à ses romances historiques un goût unique et fort savoureux.

Un comte à conquérir

Collection : VICTORIA

Titre original :
LADY MEETS EARL

HARPERCOLLINS FRANCE
83-85, boulevard Vincent-Auriol, 75646 PARIS CEDEX 13
Service Lectrices — Tél. : 01 45 82 47 47 - www.harlequin.fr
ISBN 978-2-2804-9313-0 — ISSN 2493-013X

Composé et édité par HarperCollins France.
Imprimé en septembre 2023 par CPI Black Print (Barcelone)
en utilisant 100% d'électricité renouvelable.
Dépôt légal : octobre 2023.

FSC www.fsc.org MIXTE Papier issu de sources responsables FSC® C159065

Pour limiter l'empreinte environnementale de ses livres, HarperCollins France s'engage à n'utiliser que du papier fabriqué à partir de bois provenant de forêts gérées durablement et de manière responsable.

CHRISTY CARLYLE

Un comte à conquérir

Traduit de l'anglais (États-Unis) par
SOPHIA LIBRET

Victoria

HARLEQUIN

Je dédie ce roman à mes lecteurs. Merci de continuer à me suivre, si vous avez déjà lu mes romans, et merci de donner sa chance à cette histoire, si c'est par celle-ci que vous me découvrez.

Merci à tous ceux qui ont contribué à l'impression de ce roman, du début du process à la fin.

1

Octobre 1897
Londres

Aujourd'hui serait son jour de chance. Du moins, cela n'avait rien d'impossible.

Ainsi la réalité apparaissait-elle à James Pembroke qui, en ce début de matinée, percevait dans l'air quelque chose de différent. Une vibration toute neuve venue emplir l'atmosphère des premières heures du jour.

Un épais brouillard venu de la Tamise avait déferlé dans les rues et s'enroulait autour des réverbères à la manière de volutes de fumée mais, tandis que son *cab* l'emportait à travers la ville vers un mystérieux rendez-vous – fixé à 8 heures du matin, un horaire des plus inhabituels –, James aperçut quelques filaments rose et doré qui striaient l'horizon. Après des jours de crachin, peut-être le soleil s'apprêtait-il à se libérer enfin de l'étreinte des nuages, et le sentiment que cette simple idée faisait naître en lui n'était pas loin de ressembler à de l'optimisme.

Les six derniers mois lui avaient enseigné le genre de leçons propres à saper l'optimisme de tout homme. Par moments, l'envie d'abandonner l'avait saisi. Mais il avait joué dans sa vie à un nombre incalculable de jeux de hasard et suivi son instinct suffisamment souvent dans le domaine des affaires pour savoir que la chance était capricieuse. Une succession d'infortunes pouvait être suivie d'une éclatante victoire tandis qu'il arrivait à une période faste de s'interrompre subitement du fait d'un seul événement malencontreux.

Son succès avait été si flamboyant qu'il avait semblé ne jamais devoir pâlir.

Puis il avait suffi d'une seule décision, d'un terrible instant où il avait accordé sa confiance à la mauvaise personne, et tout avait été anéanti. Il avait perdu son capital et s'était vu contraint de vendre sa flotte de navires. Il devait depuis de l'argent à un prêteur malhonnête, et l'entreprise de transport maritime qui l'avait enrichi au-delà de ses espoirs les plus fous se résumait désormais à un simple bureau, à Wapping, avec son nom inscrit au-dessus de la porte. Même cela disparaîtrait bientôt, car le contrat de location arriverait à expiration à la fin de l'année.

Pourtant, une lueur d'espoir scintillait dans sa poitrine en cette matinée comme un minuscule tas de braises rougeoyantes. Peut-être pourrait-il faire renaître Pembroke Shipping. Il était grand temps que la chance lui sourie de nouveau.

Madame la Chance ? Allons, très chère, revenez donc, j'ai bien retenu ma fichue leçon.

Si la bonne fortune devait croiser son chemin, il lui fallait se tenir prêt. Une tension enfla en lui – le besoin de passer à l'action, d'avancer. Quand il restait assis trop longtemps, son esprit avait tendance à passer ses échecs en revue, et pareille rumination ne lui avait jamais été bénéfique.

— Déposez-moi ici, lança-t-il au cocher.

James lui tendit le paiement de la course, et le *cab* reprit son chemin à travers le brouillard.

Après avoir jeté des regards alentour afin de se repérer, James se dirigea vers une élégante place londonienne bordée de maisons de ville aux murs blanchis à la chaux et pourvue en son centre d'une pelouse impeccable cernée d'une grille. Voilà un endroit qui semblait bien étrange pour y installer une étude notariale, mais tout à propos de la missive qu'il avait reçue était à vrai dire peu commun.

Il était si insolite qu'un notaire inconnu sollicite un rendez-vous à une heure indue, sans rien révéler du sujet à aborder ni de l'identité de son employeur, que James avait tout d'abord songé à une potentielle escroquerie. Dans de nombreux cercles, il était considéré comme une proie facile après la débâcle de son dernier projet d'investissement. Mais la curiosité avait toujours fait partie de son tempérament. Le mystère entourant la lettre l'intriguait au plus haut point, et, après une journée passée à considérer la question, il avait décidé qu'entendre ce que le notaire avait à lui dire ne présentait pas un grand danger.

La petite braise qui rougeoyait encore faiblement en lui le poussait même à espérer qu'il puisse s'agir de bonnes nouvelles.

Des mouvements devant lui attirèrent son attention. Des bruits de pas s'élevèrent dans la brume et, un instant plus tard, deux dames âgées émergèrent face à lui. La plus grande des deux portait une robe aux manches si imposantes que sa compagne n'avait d'autre choix que de marcher derrière elle.

— Bonjour mesdames.

Il se découvrit et leur adressa un sourire discret. La plus élancée, à l'allure froide et à l'impeccable élégance, leva le menton vers le ciel d'une façon qui lui indiqua qu'elle était probablement titrée, fortunée ou les deux à la fois.

— Pourriez-vous me dire si je me dirige bien vers Selfridge Place ?

— C'est le cas, en effet, monsieur, lui apprit la plus petite des deux femmes.

— Vous venez de sauver un homme égaré, mesdames. Je vous en remercie.

Il adressa un clin d'œil à la passante qui s'était montrée serviable à son égard.

— Véritablement charmant, murmura-t-elle à l'attention de sa compagne comme elles le dépassaient.

Dieu merci, il possédait encore cela. Faire preuve d'affabilité et savoir manier les clins d'œil étaient des atouts qui ne l'avaient pas sauvé de la ruine, mais qui pourraient peut-être encore lui ouvrir quelques portes. Il devait la moitié de ses succès à son instinct. Et il avait été fort doué pour déchiffrer les pensées de ses interlocuteurs et gagner la confiance de ses associés en affaires.

Cinq minutes plus tard, James laissa derrière lui les rues bordées de maisons blanches pour entrer dans une zone où s'alignaient des bâtiments de briques rouges. Il s'arrêta devant une modeste bâtisse sise sur Selfridge Place et vérifia de nouveau l'adresse mentionnée sur la lettre. Une lampe allumée derrière l'une des fenêtres du rez-de-chaussée teintait l'atmosphère d'une lueur jaunâtre et maladive.

Si James avait cru à pareilles balivernes, il aurait pu sans peine y lire un mauvais présage.

La porte d'entrée n'étant pas verrouillée, il pénétra dans les lieux, méfiant.

— Je suis là, Mr Pembroke, lança une voix masculine presque aussitôt.

Le son d'une chaise raclant un parquet puis celui de pas pressés s'élevèrent, et un homme corpulent au crâne dégarni apparut dans l'embrasure de la porte.

— Mr Cathcart ? s'enquit James.

— C'est exact. Et vous voici pile à l'heure, Mr Pembroke. J'apprécie grandement la ponctualité.

— Dans ce cas, nous partons du bon pied, vous et moi.

James avait décidé d'opter pour le ton léger et jovial qu'il employait autrefois lorsqu'il rencontrait de potentiels nouveaux clients. Se montrer souriant encourageait généralement les gens à faire de même. Mais tel ne semblait pas être le cas en ce qui concernait Mr Mortimer Cathcart.

L'homme pencha la tête, scruta James par-dessus la monture de ses lunettes puis s'engouffra de nouveau dans son bureau à la manière d'une taupe regagnant son terrier.

— Prenez place, monsieur. Ce que j'ai à vous dire, je le pense, pourrait vous causer un choc.

Fichtre. Apparemment, les nouvelles seraient mauvaises.

James n'avait nul besoin de recourir à son intuition pour interpréter le pincement sinistre de la bouche de l'homme et la façon dont il ne cessait de lui jeter des regards furtifs.

Un petit gloussement éraillé se forma spontanément dans la gorge du jeune homme, signe de son épuisement. Sa malchance ne semblait pas devoir s'achever en ce jour. Mais il était prêt, se sentait capable d'encaisser le choc. Que pourrait-il y avoir de pire que de perdre la flotte de navires que vous aviez passé des années à mettre sur pied ?

Cathcart fit un geste en direction d'une chaise frêle placée face à son bureau, et un éclair de rébellion s'alluma en James.

Il était pris de l'envie d'insister pour rester debout tandis que l'homme assénerait son coup. Mais ce n'était pas la faute du notaire si charge lui avait été donnée de communiquer de mauvaises nouvelles. D'ailleurs l'information qu'il s'apprêtait à lui livrer semblait le rendre particulièrement maussade.

— Je vous écoute, dit James d'un ton aimable tout en essayant de plier son grand corps massif pour prendre place sur le siège trop petit mis à sa disposition.

— Je vous remercie.

Cinq minutes plus tard, il se réjouit sacrément de s'être assis, car rien n'aurait pu le préparer aux mots délivrés par le notaire.

— Répétez, je vous prie, Cathcart, lança-t-il. Lentement.

Les lunettes de son interlocuteur rebondirent sur son nez au gré des mouvements imprimés par la surprise à ses sourcils broussailleux. Il s'éclaircit la voix, baissa la tête vers les documents placés sur sa table puis posa un regard nerveux sur James.

— Vous, monsieur, êtes l'héritier de Lord Fosbury. Votre oncle n'a engendré aucun fils, et son frère, votre père, est mort il y a des années ainsi, bien sûr, que vous le savez.

L'homme toussota de nouveau.

Oui, merci beaucoup, Cathcart, songea James. Il savait en effet que son père était mort, tout comme sa mère, et il faisait tout son possible pour garder le souvenir de ce jour bien enfermé quelque part dans son cerveau. Mais il n'avait jamais oublié que son oncle ne lui avait proposé ni abri, ni assistance, ni même une once de réconfort après leur disparition.

— Je vous adresse mes condoléances et vous annonce que le comté de Rossbury est vôtre depuis trois jours déjà après que votre oncle...

James n'entendit pas le reste de ses paroles – ou plutôt ses mots semblèrent se dissoudre dans l'atmosphère tandis qu'une incroyable émotion s'emparait de chaque cellule de son être.

Une sensation presque aussi puissante que le moment ultime

du plaisir charnel et qui le réchauffait comme la première gorgée brûlante d'un bon whisky.

Un intense soulagement. Un réconfort, si absolu, si doux à son cœur. Un remède pour le guérir de tous les tracas subis des mois durant. Il s'écoulait dans ses veines à la manière d'un vin d'été, et James se sentit comme enivré. Il bondit hors de son siège, et Cathcart porta aussitôt sa main à sa gorge, comme si James avait pour intention de s'en prendre à lui.

— Je pourrais littéralement vous embrasser, Cathcart.

— Je préférerais que vous vous en absteniez, Mr Pembroke.

— Dans ce cas, peut-être me contenterai-je de danser une gigue, ici même, dans votre bureau.

James n'ayant pas effectué le moindre pas de danse depuis des mois, il esquissa celui qui lui restait en mémoire. Incontestablement moins plaisant sans musique, mais il devait faire quelque chose de son intense exaltation.

— Monsieur le comte, je vous prie, puis-je vous demander de regagner votre siège ?

Cathcart fit un geste en direction du fragile fauteuil installé face à son bureau.

— J'ai encore beaucoup à vous dire, et je vous prie de vous abstenir de toute... démonstration émotionnelle avant que j'aie accompli mon devoir comme indiqué dans le testament de votre oncle.

Mais James ne pouvait contenir ce qu'il éprouvait. Cette bouffée d'énergie née d'avoir finalement, et une fois de plus, vu la chance lui sourire. Il s'était trouvé si proche du découragement. Se cramponner à l'espoir devenait plus difficile à mesure que davantage de portes vous étaient claquées au visage, que plus d'amis encore vous tournaient le dos et que vous découvriez qu'envisager la moindre dépense essentielle était source de sévères tracas.

Pourtant, il avait persévéré. Il s'était rappelé que la tragédie de sa jeunesse n'avait pas constitué une malédiction mais bien une leçon – qui avait nourri son ambition et son succès. Une catastrophique erreur de jugement ne pouvait pas le détruire, seulement freiner son élan quelque temps.

Et tout ceci l'avait conduit à cet instant. À ce moment voulu par le destin. Face à cet homme étonnant qui lui offrait cet intense soulagement, de la plus surprenante des façons.

— Combien ?

Debout derrière sa chaise – car il ne pouvait plus supporter de rester assis – et les doigts si fortement serrés sur le cadre de bois du dossier que ses jointures lui étaient douloureuses, James se tourna vers le vieil homme.

— Les actifs du comté, mon brave. Donnez-m'en la valeur.

Il s'attendait à entendre résonner le ricanement méprisant de Cathcart en réponse à son abrupte question. Même après des années de succès dans la marine marchande, James savait que les gentlemen adeptes des grands airs aimaient se comporter comme si parler ouvertement d'argent était un vil péché.

Eh bien, au diable cette bienséance factice !

— Cette question nécessite quelques explications, monsieur le comte.

Monsieur le comte. C'était *son* titre, à présent. Bon sang, quel coup de théâtre pour un mardi ordinaire.

James fendit l'air de sa main pour l'inciter à poursuivre.

— Il y a une propriété..., commença le notaire.

Oui, bien entendu. Summer-quelque chose, se souvenait-il. Cette demeure du Shropshire que son père avait évoquée à quelques reprises de façon tour à tour nostalgique et pleine d'aversion.

— L'incendie a ravagé la plus grande partie de la structure. Une immense tragédie. Le bâtiment était en grande part ancien et fait de vieux chêne.

— L'incendie ?

— Il s'est produit il y a deux ans, monsieur le comte. La plupart des objets de valeur ont été endommagés ou détruits. Toutes les peintures, les tapisseries, les meubles. Votre oncle était déjà très endetté à cette époque et il ne s'est jamais occupé, selon les notes du marchand de biens, de la moindre réparation.

L'adrénaline bouillonnant dans les veines de James se glaça brusquement, et son esprit se heurta à la réalité : il avait hérité d'un titre mais pas de la moindre possession de prix.

— Et qu'en est-il des terres ?

Il était toujours possible de construire quand on possédait des terres. Non pas qu'il ait les moyens de le faire. Du moins, pour l'instant.

— Les terres font partie de l'héritage, évidemment. Vous pourrez reconstruire à votre guise.

Cathcart ajusta ses lunettes.

— Apparemment, certaines pierres de l'ancienne propriété de Summervale sont toujours présentes sur place et pourraient se révéler utiles en cas de projet de reconstruction sur le site.

— Des pierres ? Êtes-vous en train de me dire que j'ai hérité d'un titre et d'un tas de cailloux ?

Cathcart tourna son visage ridé vers James et fit montre pour la première fois d'un soupçon d'émotion.

— C'est une vérité tragique, mais votre oncle a été réduit à vivre dans la maison du gardien durant les dernières années de sa vie.

James tenta sans succès d'éprouver un peu de compassion pour l'homme qui avait refusé de l'accueillir chez lui quand il était devenu orphelin deux décennies plus tôt.

— Donc il ne s'agit pas de propriété à proprement parler. Y a-t-il des métayers ?

— Aucun n'est mentionné. Il est précisé que nombre de personnes ont quitté les lieux depuis des années déjà pour aller chercher du travail en ville.

— Et il ne reste aucun objet précieux ?

— Non, monsieur le comte. En tout cas, aucun qui soit listé.

— Y a-t-il de l'argent sur des comptes bancaires ?

— Je crains que non, monsieur le comte. Du moins pas de fonds qui ne seront pas nécessaires au remboursement des dettes du défunt comte.

James passa une main nerveuse sur son visage tout en lâchant un souffle rauque. Un lourd poids pesait sur sa poitrine, une sensation qu'il ne connaissait que trop bien. Pourtant, une tenace petite lueur d'espoir brillait encore en lui. Elle était faible, presque imperceptible. Mais invaincue.

— Aucune autre propriété ?

Son oncle ne lui avait-il vraiment laissé rien d'autre qu'un titre dépourvu de la moindre valeur ?

— Ah, oui !

Cathcart fouilla dans les documents et extirpa de la liasse un petit rectangle de papier.

— Il existe une autre propriété, bien qu'aucune estimation de sa valeur ne soit consignée dans les documents de la succession. En vérité, le mandataire chargé de la bonne tenue des registres mentionne à peine le manoir en Écosse.

— Ce doit donc être une ruine également.

C'était ainsi qu'était sa chance ces derniers temps. Exécrable.

— L'acte décrit un manoir de deux niveaux situé sur seize acres de terre au nord d'Édimbourg et presque rien d'autre.

Cathcart le regarda en levant un sourcil interrogateur.

— Invermere ?

Il avait posé la question comme si le nom du manoir pourrait raviver quelque souvenir en lui.

— Je ne sais rien à propos de mon oncle, de sa vie ou de ses biens. Et ce n'est qu'à présent que je découvre que, selon toute vraisemblance, il a géré son argent aussi lamentablement que je l'ai fait moi-même.

Le notaire étouffa un soupir indigné.

— Avez-vous de bonnes nouvelles pour moi, Cathcart ?

— Je suis désolé, monsieur le comte. Vous avez hérité d'un titre de noblesse et du manoir écossais que je viens de citer.

Il s'interrompit l'espace d'un instant et adressa à James un regard de compassion forcée.

— J'aurais besoin de votre signature sur quelques-uns de ces documents. Puis je pourrai vous donner une clé pour le manoir et une liste des comptes dont il faudra s'occuper.

— Vous voulez parler des dettes impayées.

— C'est le cas, en effet.

Elles devront attendre que j'aie payé mes propres dettes, bon sang.

James se laissa retomber lourdement sur la chaise placée face au bureau de Cathcart et signa les documents avec une résignation morose. Tandis qu'il répétait sa signature encore et encore, le notaire continua à fouiller de sa façon irritante dans les documents.

Presque comme s'il s'adressait à lui-même, il marmonna :

— Il y a un dernier détail.

James regarda le notaire et attendit que son regard croise le sien.

— Dites-moi.

— Il est fait mention d'une femme. Une certaine Lady Cassandra Munro, qui était décrite comme « résidant sur place » il y a deux ans à l'adresse du manoir en Écosse, bien qu'il ne soit pas fait mention de loyer acquitté par ses soins. Elle est également citée dans le testament du défunt comte en tant que destinataire d'un bijou.

Cathcart regarda James, comme impatient de connaître sa réaction.

— Est-ce une maîtresse ?

— C'est ce que je présume, monsieur le comte.

— Voilà qui semble être un long chemin à effectuer pour rendre visite à sa maîtresse.

Le visage du vieil homme se mit à rosir sous ses moustaches, et James faillit rire de sa pruderie.

— Il n'est pas précisé si elle demeure toujours sur place.

— Eh bien, si tel est le cas, je crains que ce ne soit plus pour longtemps.

Si, à la faveur du coup de théâtre que représentait cet héritage, cette demeure était le seul moyen pour James de se soulager d'une partie de ses problèmes financiers, la femme en question aurait à trouver un autre logement. Purement et simplement.

James reboucha le stylo du notaire, le reposa sur le bureau et se leva.

— Vous me ferez parvenir tous les documents ? s'enquit-il.

Il n'avait pas réellement envie de se voir transmettre cette pile de papiers encombrant le bureau, mais il savait ce qu'était le poids des responsabilités et qu'il avait à présent à en endosser une nouvelle.

— Je ferai parvenir un courrier à Lady Cassandra Munro pour l'informer de l'existence de ce bijou et lui dire que vous avez pour intention de prendre possession du manoir. Y aurait-il quoi que ce soit que vous aimeriez que j'ajoute à propos de la façon dont vous prévoyez de gérer la question d'Invermere ?

Un élan de compassion fit pousser un lourd soupir à James. La pauvre femme imaginait probablement que son oncle lui léguerait la demeure s'il avait consenti à ce qu'elle y réside.

James avait reçu tant de mauvaises nouvelles ces derniers temps qu'il était bien peu enthousiaste à l'idée d'en apprendre lui-même à autrui. Mais nul autre choix ne s'offrait à lui, et il s'acquitterait donc de cette tâche en personne.

— Je me rendrai en Écosse. Je dois m'occuper de la vente dès que possible.

— Bien entendu, monsieur le comte.

S'entendre appeler ainsi propulsa un frisson déplaisant à travers son corps.

Son père s'était attendu à hériter du titre et à le transmettre plus tard à James. C'était la raison pour laquelle, lorsque le vieux comte, le grand-père de James, était tombé malade, ses parents et lui avaient pris le train pour le Shropshire.

Cette pensée ramena à son esprit ses plus sombres souvenirs.

Ceux qui le hantaient, se redessinant nuit après nuit dans ses rêves depuis des années. Même à présent, l'odeur de la fumée semblait encore assaillir ses narines tandis que les affreux grincements du métal se tordant au moment du déraillement du train et les cris des passagers résonnaient dans son esprit. S'élevait ensuite la voix de sa mère.

« Restez calme, mon cher enfant. Tout ira bien. »

Mais tel n'avait pas été le cas. Et il les avait perdus tous deux dans l'accident.

Tout cela parce qu'ils étaient en quête de ce titre qui ne valait rien.

Le nom de Lord Rossbury serait toujours pour lui baigné d'une aura de malheur.

— Comment osez-vous !

James entendit le rugissement offensé de sa gouvernante alors que plusieurs bâtiments le séparaient encore de l'entrée de sa maison. L'accent gallois de Mrs Wilton était inimitable, et l'indignation qui perçait dans sa voix semblait mêlée de peur. Une fois qu'il eut dépassé une nurse poussant un landau sur le trottoir de son quartier au chic relatif, James se mit à courir en direction de sa demeure.

La porte d'entrée était entrouverte, et deux inconnus défiaient sa gouvernante du regard. Son sang se glaça, et la colère qui couvait en lui depuis la déception subie le matin même se mua en fureur.

Des hommes de main d'Archibald Beck ? L'homme avait émis de vagues menaces quant aux « conséquences » qui frapperaient James s'il échouait à rembourser sa dette. Il ne faisait nul doute que Archie Beck n'hésitait pas à recourir à la violence – il avait toutefois tendance à la dispenser par le biais d'intermédiaires tels que ces hommes, mettant un point d'honneur à ne jamais salir ses propres mains. Il était vrai que James retardait son remboursement depuis des mois, mais les choses allaient à présent trop loin. Il était seul responsable de la sottise qu'il avait commise. Il ne tolérerait pas que son personnel coure le moindre danger par sa faute.

Il poussa le battant, franchit le seuil et se retrouva face à deux hommes vêtus de costumes voyants dont les coutures semblaient prêtes à craquer en raison de leur forte carrure.

— Écartez-vous d'elle.

Il retira son manteau et le jeta sur la table du vestibule. Tout en déboutonnant les poignets de sa chemise, il lança à sa gouvernante un regard interrogateur.

— Vous ont-ils fait du mal ?

Les joues de la femme étaient marbrées de rouge et ses yeux toujours écarquillés de peur, mais elle lui adressa un bref signe de tête.

— Non, monsieur, je vais bien.

— Ces hommes sont entrés de force et ont exigé de vous parler, monsieur.

Jeffries, le vieux majordome que ses rhumatismes aux genoux forçaient à rester au rez-de-chaussée le plus clair du temps, approcha tout en s'appuyant lourdement sur sa canne.

— Que voulez-vous ?

James se plaça devant Mrs Wilton, derrière laquelle se tenaient la femme de chambre et le valet de pied. Tout en remontant méthodiquement ses manches, il identifia celle des deux brutes qui tenait le rôle de chef. Il serait le premier à tâter de son poing si la situation devait mal tourner.

Mrs Wilton prit la parole avant même que l'un des hommes de Beck n'ait pu articuler la moindre réponse.

— Ils disent avoir de bonnes raisons de prendre les tableaux et ils ont exigé qu'on leur remette l'argenterie. Ils m'ont demandé d'ouvrir votre coffre et de leur rapporter tout ce qu'il y avait à l'intérieur, voilà ce qu'ils ont fait.

Elle se tourna vers lui et s'approcha en murmurant :

— Ils racontent qu'il y a des dettes, monsieur. Est-ce vrai ?

En vérité, il n'y en avait qu'une et sa seule erreur, absolument désastreuse, avait été d'accorder sa confiance à Archibald Beck.

— Vous devez rembourser le patron.

L'homme répéta les mots en usant d'une sorte de grommellement las teinté d'accent Cockney, comme s'il les avait déjà ânonnés une centaine de fois.

Son acolyte, plus petit mais plus corpulent, parla d'une voix plus forte.

— Vous avez passé le délai. Payez, Pembroke, ou nous prendrons ce que nous pourrons pour nous rembourser.

— Allez au diable.

Le plus petit des deux se jeta sur lui, et James le frappa d'un coup de poing au visage.

— Par tous les diables ! tonna la brute en se tenant le nez.

James était prêt à frapper de nouveau, mais le petit homme se contenta de le foudroyer du regard.

— Quittez les lieux, ordonna James, mâchoires serrées.

Le plus massif des deux butors se pencha alors vers lui comme pour l'entendre mieux.

— Partez. Immédiatement.

— Pas avant d'avoir pris ce que vous devez.

Quand l'homme le plus imposant voulut rejoindre le salon, le majordome, Jeffries, lui barra le chemin de sa canne. Puis il tendit à James un pistolet qu'il venait d'extraire de sa poche.

Un petit objet, doté d'un canon court et d'un large barillet.

James saisit l'arme et la pointa sur le chef sans même s'assurer qu'elle était chargée.

— Prenez votre comparse avec vous et partez tant que vous le pouvez.

L'homme massif paraissait réticent. Il esquissa un geste en direction de l'intérieur de son manteau.

— N'en faites rien.

James bondit vers lui, dirigeant le pistolet vers sa poitrine.

— Dites à Beck qu'il aura son argent bientôt, mais qu'il ne doit plus y avoir de manœuvres d'intimidation. Plus de menaces envers mon personnel ou d'intrusion à mon domicile. Est-ce compris ?

Le plus petit commença à reculer, tenant toujours son nez endolori, mais son acolyte restait immobile, ne jetant qu'un vague regard vers l'arme pointée sur lui.

— Quand aura-t-il ce que vous lui devez ?

— Comme je l'ai dit, bientôt.

— Le patron n'attendra pas beaucoup plus longtemps. Une aubaine se serait-elle présentée à vous, Pembroke ?

Même si un certain doute perçait dans sa voix, l'homme lui adressait un regard noir et implacable, et ses traits dégageaient la même expression haineuse.

— Ce qui s'est présenté à moi, c'est un titre. Depuis trois jours, sachez que je suis le comte de Rossbury.

La brute haussa des sourcils stupéfaits, et Mrs Wilton laissa échapper une petite exclamation surprise avant de marmonner un juron que James ne put entendre tout à fait. Jeffries émit un gloussement rauque et Jenny, la femme de chambre, couina comme à la vue d'une souris dans le cellier.

— Dites cela à votre patron, asséna James tout en cessant de viser l'homme pour désigner de son arme la porte d'entrée aux intrus.

James et ses employés de maison poussèrent tous un immense soupir de soulagement quand les hommes finirent par quitter les lieux, et Mrs Wilton verrouilla la porte derrière eux.

— Vous héritez d'un comté ? s'enquit Jeffries de son habituelle voix feutrée.

— Apparemment.

— *Monsieur le comte*, fichtre.

Mrs Wilton répéta le titre avec un petit sourire fier.

— Devons-nous préparer un déménagement ?

— Hélas, non.

James n'avait pas le temps de tout leur raconter. Une seule chose comptait à présent.

— Mais j'aurai besoin d'aide pour préparer un voyage en Écosse.

Les membres du personnel échangèrent des regards intrigués.

— Quand partez-vous, monsieur le comte ? demanda Jeffries.

— Sur-le-champ !

2

Lorsque Lady Lucy Westmont avait décidé d'agir d'une certaine façon, l'en dissuader était quasiment impossible.

Sa mère le savait, et son frère et sa sœur l'avaient appris à leurs dépens. Plus important encore, Lucy en était très consciente elle-même. Elle comprenait fort bien son propre caractère, à vrai dire. Et elle avait appris à s'aimer même si les autres la trouvaient étrange et que les bons partis l'évitaient en raison de sa réputation de – quel était donc ce terme employé par ce lord insignifiant lors de ce bal d'été ? – « mégère indiscrète ».

Bien qu'elle eût clairement fait savoir à ce gentleman quel balourd sans intérêt et étroit d'esprit il était, elle ne pouvait totalement réfuter les accusations qui lui étaient adressées. Elle savait se montrer acerbe quand la situation l'exigeait et était grandement experte dans l'art de se mêler de ce qui ne la regardait pas. Cependant elle considérait que son attitude avait pour but d'aider les gens.

Que mal y avait-il à être celle vers laquelle les autres se tournaient lorsqu'ils avaient besoin d'assistance ? Elle était assez fière de sa réputation de jeune lady prête à bondir au secours des autres quand cela s'avérait nécessaire.

Régler les problèmes n'était-il pas un talent admiré dans le monde de la mécanique, notamment ? La semaine précédente encore, sa mère avait été saisie de panique à l'idée de ne pouvoir trouver un réparateur de piano à temps pour le dîner du soir. Bien entendu, Lucy était intervenue pour l'aider. Elle ne connaissait rien à ce domaine mais, quand le professionnel lui avait dit qu'il était trop occupé et ne pourrait venir chez eux que la semaine suivante, elle s'était rendue en personne dans sa boutique. Après qu'elle lui eut expliqué que son père, le comte de Hallston, était un diplomate au service de la reine et que l'ambassadeur convié à leur dîner était un *extraordinaire* amateur de pianos, qui pourrait lui-même avoir besoin d'un réparateur un jour, l'homme s'était présenté chez eux un peu plus tard le jour même.

Par conséquent, oui, peut-être se mêlait-elle de ce qui ne la regardait pas, en quelques occasions. Et, oui, elle pouvait se montrer entêtée quand elle s'était mis en tête d'atteindre un but. Mais il fallait lui concéder qu'elle trouvait toujours un moyen de débloquer les situations.

En cette soirée, elle s'était fixé deux objectifs. Tout d'abord, s'assurer que le dîner donné par sa mère se déroule sans accroc, et ensuite respecter la promesse faite à son père en s'appliquant à se montrer sociable, prenant note de qui pourrait la remarquer et souriant si le moindre gentleman regardait dans sa direction. Pour l'instant, aucun ne l'avait encore remarquée.

Mais elle faisait tous les efforts possibles pour se conformer aux attentes de son père. Elle n'avait même pas sorti une seule fois un roman ou son carnet de croquis. Bien qu'elle eût emporté avec elle l'un et l'autre, évidemment. Quitter sa chambre sans rien à lire ou sans carnet dans lequel dessiner s'apparentait, pour elle, à quitter son domicile sans porter le moindre vêtement. Sa mère affirmait qu'elle se servait de ces artifices à la manière d'un bouclier, d'un mur érigé entre elle et la réalité. Mais c'était l'inverse qui était vrai. Les deux la connectaient au monde, la rendant attentive et intéressée par ceux qui l'entouraient.

Lucy était dotée d'un certain talent artistique et progressait admirablement dans le maniement de son appareil-photographique, mais elle savait que ses parents ne lui permettraient jamais de devenir peintre ou photographe professionnelle. Le mariage était encore le destin qu'ils envisageaient pour elle, mais elle doutait à présent que cette perspective lui convienne réellement.

Tout au fond de son cœur, Lucy rêvait d'être assez talentueuse pour être reconnue pour son art, ainsi que l'était sa tante Cassandra. Après que le lord écossais avec lequel sa tante s'était enfuie pour se marier au cours de sa première Saison dans le monde fut mort, sa parente était restée en Écosse et s'était fait un nom en devenant à Édimbourg une célèbre portraitiste.

Lucy admirait son talent tout autant que son indépendance. Si seulement une femme pouvait accéder à pareille existence sans avoir préalablement à devenir veuve.

— Vous m'avez abandonnée.

La voix de l'amie de Lucy, Lady Miranda Farnsworth, la tira de ses rêveries.

— C'est faux. Jamais je ne ferais une chose pareille.

Elle avait en fait passé avec Miranda la plus grande partie de la journée, restant à Farnsworth House jusqu'au moment de rentrer chez elle pour le dîner donné par sa famille. Miranda devait se marier dans un peu plus de deux semaines, et Lucy l'aidait à décider de, eh bien, absolument tout.

— J'ai un petit problème, concéda Miranda en chuchotant presque.

— Je vous en prie, ne me dites pas qu'il s'agit de l'organza.

Lucy réprima un grognement en se remémorant comme elle s'était retrouvée enfouie sous les dizaines de rouleaux de tissu de toute teinte et de toute texture que la couturière avait en stock.

— Vous vous êtes déjà décidée ce matin. Et cela après un examen des plus minutieux, je vous le rappelle.

— Non, non, cela n'a rien à voir avec le mariage. Je vous ai promis de ne plus y songer le temps d'une soirée.

Miranda se pencha alors vers elle à la manière d'une conspiratrice.

— Mon problème concerne le plan de table. Je devine que votre mère s'est donné beaucoup de mal pour l'établir, mais j'avais espéré être installée à proximité de Heath.

— Voulez-vous que je change les cartons de place pour vous ?

— Oh ! y seriez-vous prête ? Ma chère Lucy, j'ignore ce que je ferais sans vous.

— Ne vous inquiétez pas plus longtemps. Je m'éclipserai pour m'en charger au plus vite.

Miranda sembla se détendre et elle porta son verre à ses lèvres pour boire une gorgée de punch.

— Agir de la sorte ne contrevient pas aux préceptes de Mrs Winterbottom, n'est-ce pas ? la taquina-t-elle.

Parmi ses amies, Lucy était connue pour être une inconditionnelle de Mrs Winterbottom, autrice du célèbre guide expliquant aux jeunes femmes comment être indépendantes, *La Lady ordonnée*. Mais son ouvrage ne s'intéressait pas qu'aux convenances sociales. Il préconisait des méthodes pour organiser sa vie de sorte que tout fonctionne à la perfection et prodiguait des conseils pour ne jamais perdre son calme face aux problèmes.

— Mrs Winterbottom défend l'autonomie des femmes et encourage la recherche de solutions pour toutes les situations fâcheuses qui jalonnent l'existence.

Lucy sourit à son amie.

— Elle approuverait.

— Heath !

Entendre Miranda prononcer de sa voix aiguë le prénom de son fiancé noua l'estomac de Lucy.

Elle inspira profondément avant de se retourner pour faire face à un grand gentleman blond qui venait de traverser le salon de ses parents pour venir les saluer.

— Mesdemoiselles.

Il s'inclina légèrement vers Miranda, sa future épouse, avant de lever les yeux vers Lucy.

Dieu merci son souffle ne se bloquait plus dans sa gorge à sa vue. En vérité, elle se demandait à présent pourquoi le jeune homme avait même pu un jour attirer son attention. Peut-être était-ce dû à l'éclair de gaieté qui traversait son regard par instants. Lucy lui enviait cette jovialité bienveillante qui lui était naturelle.

Elle avait toujours été plus douée pour aider les autres que pour les séduire. Son petit frère était un charmeur, et sa mère pouvait faire fondre le cœur le plus endurci avec un regard doux et quelques paroles délicates. Curieusement, Lucy n'avait hérité d'aucun de ces talents. Mais elle savait se livrer à une écoute attentive, mettre les gens à leur aise et trouver des solutions quand les situations se compliquaient.

— Vous m'avez promis une danse, dit-il à Miranda avec un sourire épris.

La tante de Miranda, chaperon de cette dernière et sa compagne pour la soirée, n'avait pas manqué de noter l'approche opérée par Mr Ogilvy et vint se joindre au groupe. Lucy y vit le signal pour partir accomplir sa tâche. Après avoir adressé un signe de tête poli à la tante de Miranda et un autre à l'adresse de Mr Heath Ogilvy, elle pressa d'un geste rassurant le bras de son amie, s'excusa et prit la direction de la salle à manger.

Arrivée sur le seuil de la pièce, elle fut surprise d'entendre des voix, mais reconnut l'une d'elles et leva alors les yeux au ciel. L'odeur de cigare ne laissait aucun doute.

Son frère et son ami Nigel se tenaient dans un coin de la pièce, occupés à fumer et à glousser d'une façon qui lui apprit que les paroles qu'ils échangeaient n'étaient pas destinées aux oreilles délicates.

Comme ils lui tournaient le dos, elle se glissa sans un bruit à l'intérieur et referma les portes à galandage derrière elle.

— Charlie, que faites-vous donc ici ?

Le jeune homme bondit presque sous l'effet de la surprise.

— Bon sang, Lucy, vous causerez mon trépas avant même que j'aie le temps de poser le pied sur le Continent.

Il frappa sa poitrine d'un geste théâtral avant de faire signe à son ami de quitter les lieux.

— Fuyez sur-le-champ, Nigel. J'affronterai seul le dragon.

Nigel écrasa son cigare dans un pot contenant un palmier et se faufila près de Lucy pour sortir de la pièce.

— Un dragon, dites-vous ? Voilà qui ne me déplaît pas.

Lucy tendit une soucoupe à son frère afin qu'il y dépose son cigare.

— Vos cigares sont épouvantables. Papa ferait une crise d'apoplexie s'il vous voyait les fumer.

— Eh bien, il ne m'a pas vu et, comme vous êtes ma sœur préférée, vous ne le lui direz jamais.

— Allons, c'est Marion votre sœur favorite, vous le savez bien.

Marion, l'aînée de la famille, était la préférée de tous. Elle incarnait un mélange parfait de beauté, de gentillesse et d'intelligence.

Et elle avait conquis le cœur d'un duc dès sa première Saison, fait qui avait provoqué des attentes extrêmement élevées concernant

Lucy. Toutefois, par chance, après sa troisième Saison ratée, ses parents avaient épargné à la jeune femme l'humiliation d'en subir une quatrième.

— Quelle Marion ?

— Très drôle.

Lucy longea la table du dîner tout en examinant les cartons.

— À présent, dites-moi si vous avez vu les marque-places de Mr Ogilvy et de Lady Miranda.

— Miranda doit s'asseoir par ici.

Plutôt que de désigner un endroit précis, il esquissa un geste vague en direction de la partie gauche de la table.

— Parfait. Je pense que nous la laisserons là, près de moi, et que c'est lui que nous déplacerons.

— Ogilvy ? N'est-ce pas cette mauviette dont vous vous étiez entichée ?

— Il ne me plaisait pas le moins du monde.

Charlie s'assit dans un fauteuil et croisa les bras.

— C'est entièrement faux. Votre visage se marbrait de rouge chaque fois qu'il venait dîner.

— Vous feriez un bien mauvais détective, mon pauvre frère.

— Et vous, vous êtes une abominable menteuse.

— Ahah, le voici.

Lucy prit le carton désignant la place d'Heath et le déposa face à Miranda. Comme l'asseoir juste à côté d'elle aurait été un peu excessif, elle se contenta de le laisser du côté de la table initialement prévu tout en le déplaçant simplement de quelques sièges.

— Cela fera l'affaire, je pense.

— Mama ferait une crise d'*apoplexie* si elle vous voyait, répliqua Charlie en lui adressant un petit sourire narquois.

— Dans ce cas, nous sommes quittes.

Le son du piano parvint soudain aux oreilles de Lucy.

— Et nous devrions tous deux regagner le salon.

— Mon Dieu, oui, vous avez raison.

Son frère la surprit en bondissant de son fauteuil comme s'il était impatient de rejoindre la fête qu'il s'était réjoui de fuir quelques minutes plus tôt.

— C'est le cas en effet, mais je ne m'attendais pas à ce que vous en conveniez si aisément.

— Père voulait que je m'entretienne avec Balfour. Il est en relation avec l'ambassade de France. Un interlocuteur idéal en prévision de notre voyage.

Lucy lui bloqua le chemin vers la porte en posant sa main sur son bras.

— Quel voyage ?

— Au printemps prochain. J'irai visiter le Continent.

Il agrippa de ses deux mains les revers de sa veste et sourit d'un air fier.

— Ma « grande aventure ».

Lucy mettait un point d'honneur à ne pas être jalouse de son frère et de sa sœur. Ou, plus exactement, elle tentait de toutes ses forces de ne pas céder à ce sentiment. Marion était splendide et avait fait un beau mariage ; quant à Charlie, il était séduisant et avait tout d'une adorable fripouille.

Et Lucy ? Elle était satisfaite d'être une personne serviable, plutôt douée pour le dessin et dont le comportement lui valait aux yeux de certains l'appellation de « mégère indiscrète ».

Mais ces derniers temps, à mesure que s'écoulaient les jours, elle avait pris conscience qu'elle désirait davantage. Peut-être, tout au fond de son cœur, avait-elle toujours eu une folle envie de vivre, elle aussi, sa propre aventure.

Charlie pressa son épaule.

— Je suis désolé, Lu. Je croyais que vous étiez informée de mon voyage. Si vous vous sentiez laissée pour compte, peut-être Père vous permettrait-il de nous accompagner.

Lucy lâcha un petit ricanement tout en observant son frère d'un air surpris.

— Vous souhaitez véritablement emmener votre sœur pour votre « grande aventure » ?

Charlie avait vingt et un an et était déjà connu pour ses manières polissonnes. Elle entrevoyait déjà sa réponse.

Il gonfla exagérément sa poitrine puis relâcha son souffle dans un soupir théâtral.

— Non, pas exactement.

— C'est bien ce que je pensais. Contentez-vous de m'adresser une foule de cartes postales et de lettres si vous réussissez à vous sortir des ennuis dans lesquels vous ne manquerez pas de vous retrouver plongé.

Il déposa un baiser sur sa joue, sourit et quitta la salle à manger.

Lucy resta seule un instant, songeant aux endroits où elle aurait aimé se rendre si elle en avait eu la liberté. Puis les notes de piano résonnèrent plus fortement, la tirant de ses rêveries.

Elle s'arrêta dans le couloir pour vérifier auprès d'une domestique que tout allait pour le mieux en cuisine, puis se dirigea vers le vaste salon où les invités étaient rassemblés.

Miranda l'aperçut dès son entrée, et Lucy lui adressa aussitôt un sourire.

— Tout est réglé, articula-t-elle silencieusement à l'adresse de son amie qui pressa sa main contre son cœur en guise de réponse.

Voilà, une bonne action accomplie pour la soirée.

Habituellement, ce genre de petite victoire procurait à Lucy une profonde satisfaction, mais sa conversation avec son frère avait éveillé un ardent désir réprimé depuis trop longtemps. Il était plus jeune qu'elle de trois années et bénéficiait pourtant de bien plus de liberté. Bien entendu, elle comprenait la différence de traitement entre jeunes hommes et jeunes femmes, mais elle ne trouvait pas cette situation plaisante pour autant. Selon elle, ses parents n'avaient pas à perpétuer pareilles idées dépassées.

Elle était presque tentée de faire part de sa réflexion à son père et se hissa sur la pointe des pieds pour tenter de l'apercevoir parmi ses amis, dans l'espoir de lui voler un instant. Il tenait salon lors de soirées comme celle-ci.

Alors qu'elle venait tout juste de décider de tenter sa chance plus tard et d'aller retrouver Miranda, sa mère qui avançait vers elle apparut dans son champ de vision.

— Lucy, Dieu soit loué.

Sa mère tentait d'afficher un air calme et serein, mais sa voix avait pris une tonalité fort aiguë, signe que quelque chose n'allait pas.

— Lady Braithwaite, murmura-t-elle. La malheureuse s'est endormie dans un fauteuil dans un coin de la pièce, et j'ai demandé à Jenkins de l'accompagner jusqu'à mon petit salon. Pourriez-vous

vous y rendre et vous assurer que tout va bien ? Je présume qu'elle est simplement fatiguée mais, s'il est nécessaire d'appeler le Dr Whitaker, nous ne devrions pas manquer de le faire.

— Ne vous inquiétez pas, Mère. Je pars la voir tout de suite.

— Je vous remercie, mon enfant. Betina Braithwaite n'est pas une femme orgueilleuse, mais j'imagine sans peine qu'elle n'apprécierait pas que les amateurs de ragots se moquent d'elle parce qu'elle est épuisée ou a bu un peu trop d'alcool.

Lucy n'eut pas grand mal à se glisser hors du salon sans se faire remarquer. Son père portait un toast en l'honneur de l'ambassadeur, captant ainsi l'attention de la plupart des invités.

Quand elle entra dans le petit salon de sa mère, elle trouva Lady Braithwaite assise sur le canapé et occupée à lutter pour garder les yeux ouverts. Sa nièce Alice, qui l'avait accompagnée, se tenait face à elle, l'air soucieux, et elle adressa un sourire nerveux à Lucy quand celle-ci apparut.

Une fois que la jeune femme fut à ses côtés, Alice lui confia :

— Je ne sais pas si je peux à moi seule obtenir d'elle qu'elle regagne la salle à manger. Elle est assez obstinée, vous savez.

Lucy connaissait Lady Braithwaite depuis l'enfance et appréciait son caractère têtu et franc.

Les femmes qualifiées de « mégères » devaient se serrer les coudes, n'est-ce pas ?

— Je suis ravie de m'asseoir près d'elle et peux demander que son repas lui soit servi ici si elle ne souhaite pas subir les bruits de la salle à manger. Laissez-moi m'occuper d'elle, Alice, et, je vous en prie, partez profiter de la soirée.

La jeune femme mordilla sa lèvre d'un air indécis pendant un moment, puis finit par céder.

— Je vous remercie, milady. Il est vrai que j'ai accepté une danse pour le bal d'après dîner.

— Eh bien, dans ce cas, vous devez absolument partir.

Lucy lui adressa un sourire sincère. Si un jeune homme lui avait proposé une danse, elle n'aurait pas non plus eu envie de rater pareille occasion – mais tout dépendait du cavalier en question, bien entendu. Le vieux vicomte lubrique qui avait formulé la seule demande en mariage qu'elle ait reçue en trois Saisons figurait assurément sur la liste des cavaliers potentiels à éviter.

Une fois la jeune fille partie, Lucy s'assit à l'extrémité du canapé en prenant bien soin de ne pas déranger la comtesse de Braithwaite.

Elle s'enfonça dans les coussins tout en songeant que cette pièce, suffisamment petite pour offrir un cocon douillet, lui offrait toujours un sentiment d'apaisement. Sa mère l'avait décorée dans de douces couleurs pastel, et il planait dans l'air la senteur des fleurs fraîches et celle du parfum aux accents de jonquille de sa mère.

Si elle était dans l'ensemble ravie d'avoir pu s'extraire du salon bondé, des idées de voyages lointains ne cessaient toutefois d'agiter son esprit.

Quelques instants plus tard, la comtesse s'éveilla et remarqua sa présence.

— Lady Lucy, avez-vous été enrôlée pour être mon infirmière, ma pauvre enfant ?

— Pas le moins du monde, milady, dit doucement Lucy, je me suis portée volontaire pour m'échapper avec vous, et à présent nous pouvons toutes deux savourer un moment de tranquillité.

— J'avoue les apprécier de plus en plus. J'ai fort mal dormi ces derniers temps et constate que ces soirées tardives ne me conviennent que fort peu. C'est une question d'âge, voyez-vous. Il finit par tous nous rattraper.

La femme laissa alors échapper un gloussement sonore.

— Mais vous êtes jeune et vous devez rejoindre la fête, fit-elle en tapotant doucement le bras de Lucy.

— Je suis moi-même assez distraite ce soir, un peu de calme ne me déplairait donc pas.

Lucy prit un plaid en cachemire posé dans le fauteuil de sa mère et en couvrit les genoux de la comtesse.

— Ah vraiment ? Dites-moi donc la cause de vos tracas, ma chère enfant.

— Je songe aux limites qu'impose la vie de célibataire, lâcha-t-elle sans détour, d'un air presque absent, tout en parcourant du regard l'étagère de la bibliothèque de sa mère à la recherche d'un ouvrage dont elle pourrait lire un extrait à la comtesse pour passer le temps.

— Rappelez-moi votre âge.

— J'ai vingt-quatre ans.

Lucy jeta un regard par-dessus son épaule et vit que la comtesse l'observait avec un léger sourire aux lèvres.

— Vous étiez très certainement mariée à mon âge.

— Mariée et mère de deux enfants.

Lady Braithwaite l'observa alors d'un œil plus perçant.

Lucy s'attendait à entendre vanter les joies du mariage ou à recevoir de sombres avertissements quant au destin de celles n'ayant pas trouvé d'époux. Elle inspira profondément, se préparant à se mordre la langue pour s'empêcher d'énoncer ce qu'elle pensait vraiment.

— Nos expériences diffèrent, mais je savais ce que je voulais quand j'avais votre âge et j'imagine que c'est également votre cas. Êtes-vous entièrement contre toute idée de mariage ?

— Absolument pas.

L'exemple offert par les parents de Lucy apportait la preuve que la vie maritale pouvait être source de bonheur, même si elle requérait de la patience - qualité qui faisait fréquemment défaut à Lucy - et une capacité certaine à faire des compromis - exercice dans lequel elle n'était pas très douée non plus.

— Si je comprends bien, Lord et Lady Hallston vous ont laissé la liberté de faire votre choix.

Lucy pressentait le tour que ne tarderait pas à prendre leur échange. Elle se savait plus chanceuse que nombre des jeunes femmes qu'elle avait fréquentées des années plus tôt. Elles étaient souvent mariées à des hommes épouvantables ou poussées par leurs familles à nouer des unions dont Lucy doutait qu'elles pourraient jamais leur apporter quoi que ce soit qui s'apparente à l'amour.

— C'est le cas, en effet, bien qu'en toute honnêteté le choix se soit réduit à un seul homme qui était trop vieux et absolument pas aimable.

Lucy ne pouvait pas mentir à propos d'un fait si bien connu de ceux évoluant dans l'entourage de sa famille.

— Ne perdez pas espoir, ma chère enfant. Moi-même, j'ai

encouragé mes filles à attendre jusqu'à ce qu'elles soient certaines de leur choix.

La comtesse lissa de sa main la couverture posée sur ses jambes et fit reposer sa tête contre le damas rose. Un instant plus tard, ses paupières se fermèrent.

Lucy était trop perturbée pour lire. Elle replaça le livre sur l'étagère et tisonna le feu mourant. Puis elle aperçut une pile de courrier sur le bureau de sa mère, se glissa dans le fauteuil derrière la table et alluma la lampe à huile posée sur le plateau de bois.

Lucy était habituée depuis longtemps à organiser le courrier de sa mère et à répondre à certaines lettres, et cette activité lui parut une bonne façon d'occuper son esprit tandis qu'elle restait auprès de la comtesse assoupie.

Elle sépara ce qui ressemblait à des invitations de ce qui constituait apparemment une correspondance plus personnelle et sourit quand elle découvrit une lettre adressée par sa tante Cassandra. Comme à son habitude cette dernière avait orné le revers de sa lettre avec des griffonnages et des fleurs colorées de touches d'aquarelle.

Après avoir admiré l'œuvre de sa tante, Lucy déplia la missive et commença sa lecture.

Le ton de la lettre était chaleureux, éloquent et teinté d'une certaine exigence.

Les coins de sa bouche se relevèrent en un léger sourire quand elle vit que son prénom était mentionné.

Envoyez-moi Lucy.

Une petite bouffée de joie enfla en elle, et elle fit courir rapidement son regard sur les lignes suivantes pour voir quel projet requérait sa présence auprès de sa tante.

Ne laissez pas Lucy devenir une morne vieille fille. Elle a trop de tempérament pour cela. Je l'ai décelé en elle dès l'enfance. En tant que sœur cadette moi-même, je sais comme il est facile de se laisser happer par l'envie d'être utile plutôt que de vivre une expérience passionnante pour soi-même. Elle mérite mieux que d'être simplement une personne serviable.

Lucy lut les mots plusieurs fois, jusqu'à ce qu'ils soient imprimés dans son esprit. Ce qui lui causait la plus grande douleur, ce qui emplissait son cœur de désespoir, était de découvrir l'expression « *morne vieille fille* ».

Non. Ce n'était pas elle. Elle mit la lettre de côté pour se concentrer sur les autres courriers de la pile, mais les larmes brouillaient à présent sa vue. Elle s'essuya la joue et reprit la lettre de sa tante.

Envoyez-moi Lucy.

Relire cette phrase lui arracha une petite exclamation étouffée. Elle commençait enfin à comprendre ce que sa tante bien aimée cherchait à faire.

Tante Cassandra n'avait pas envoyé la lettre pour exprimer une condamnation ni même une critique. Il s'agissait d'un phare surgi dans la nuit. Une bouée de sauvetage jetée depuis l'Écosse.

C'était une chance qui s'offrait à Lucy, une occasion de décider pour elle-même.

La clochette annonçant le début du dîner fit entendre son tintement, mais la comtesse ne bougea pas. Un instant plus tard, un coup discret fut frappé à la porte, et la mère de Lucy se glissa dans la pièce avant de refermer doucement le battant derrière elle.

— Je suis venue voir comment se porte notre invitée, murmura-t-elle en se glissant à pas de velours dans la pièce. Savez-vous ce qui la rend souffrante ?

— Ce n'est que de la fatigue, Mère. Mais je pense qu'il vaudrait peut-être mieux lui faire apporter son repas ici ou au moins un peu de thé. Je ne crois pas qu'elle prendra place à table ce soir.

— Et vous-même ?

Sa mère glissa une mèche de cheveux de la même couleur blond miel que les siens derrière l'oreille de Lucy.

— Je déteste l'idée que vous ne puissiez profiter de la soirée. Je pourrais demander à Jenkins de venir lui tenir compagnie.

Lucy se leva et saisit la main de sa mère.

Une envie irrépressible s'était ancrée en elle, et elle ne pouvait la taire.

— Mère, je veux aller en Écosse.

— En Écosse...

— Pour rendre visite à Tante Cassandra.

Lucy lui tendit la lettre.

— Elle m'a invitée.

Sa mère porta alors un doigt à ses lèvres.

— Ne réveillons pas Lady Braithwaite.

Puis elle serra les mains de Lucy entre les siennes.

— Bien entendu que vous devriez rendre visite à votre tante, ma chère enfant. Parlons en plus tard et voyons si nous pouvons trouver un moment au printemps pour nous rendre en Écosse ensemble.

— Non, Mère. Je veux y aller seule et je veux partir maintenant. Le plus tôt possible.

Sa mère fronça les sourcils, et les coins de sa bouche se crispèrent à ces mots.

— Lucy, qu'avez-vous donc ?

Bien entendu, pareille requête ne lui ressemblait pas le moins du monde. Durant trop longtemps, elle avait regardé les autres vivre toutes sortes d'expériences sans jamais en revendiquer pour elle-même. Mais cette fougue dont sa tante parlait dans sa lettre était là également, et il était plus que temps qu'elle se la réapproprie.

— Je pars, annonça calmement Lucy à sa mère, le cœur empli d'une détermination inédite. Je veux vivre ma propre aventure.

3

Trois jours plus tard

— Voilà qui est tout à fait inattendu.

Le père de Lucy ne réagit pas à ses mots, se contentant de se caler plus fermement contre les coussins de son élégante voiture à cheval.

Après avoir pris son petit déjeuner et s'être habillée, Lucy avait bondi au bas de l'escalier, le corps vibrant presque d'excitation à l'idée d'entamer son voyage vers l'Écosse. Elle s'était attendue à trouver un *cab* pour l'emmener à la gare. Mais, au lieu de cela, elle avait découvert en franchissant la porte d'entrée le coupé chic de son père stationné au bord du trottoir. Il était apparu derrière elle un instant plus tard, l'avait aidée à grimper à l'intérieur de la calèche d'un noir brillant, s'était installé près d'elle et n'avait toujours pas prononcé le moindre mot. Elle avait un terrible soupçon quant à la raison pour laquelle il avait décidé de l'accompagner jusqu'à la gare, mais il y avait en elle une telle allégresse et un tel frisson d'exaltation en cette journée que rien n'aurait pu les atténuer.

Elle avait acheté son billet le lendemain du dîner organisé par ses parents et échangé des télégrammes avec sa tante, qui prévoyait de venir la chercher à Waverley Station, à Édimbourg, le soir même. Le train express l'y conduirait en un peu plus de huit heures. Elle avait rempli ses bagages de ce dont elle aurait besoin pour un séjour de deux semaines de manière aussi efficace que possible. Elle partait ainsi avec une petite malle et un sac de voyage débordant d'affaires à transporter jusqu'à la gare de King's Cross.

— Qu'y a-t-il pour justifier une escorte personnelle de la part du comte de Hallston ? dit-elle d'un ton légèrement moqueur.

Son père lui jeta un regard de côté tout en arquant haut sur son front l'un de ses sourcils poivre et sel.

— Insinuez-vous qu'en temps normal je ne veille pas à la sécurité et au bien-être de ma fille ?

— Absolument pas.

Lucy était habituée à leurs plaisanteries taquines, mais elle peinait à déterminer s'il était d'humeur à se livrer à ce type d'échanges en cette journée.

— Mais vous vous trouvez généralement à votre club ou occupé à honorer des rendez-vous à cette heure de la matinée.

— J'ai annulé mes rendez-vous.

Il tourna son visage vers elle et l'observa attentivement en plissant les yeux.

— Si vous voulez connaître le fond de ma pensée, je me demande encore si je dois ou non vous autoriser à partir.

Lucy serra les mains sur le tissu de sa jupe et lutta pour ne pas répliquer. Son père ne réagissait pas bien aux réponses impulsives. C'était un homme qui aimait la diplomatie, un homme raisonnable. En réalité, ils avaient déjà débattu de la question et il avait cédé, bien qu'à contrecœur.

En outre, ils s'étaient déjà engagés dans l'une des artères principales de la capitale et dans la cohue de la circulation matinale. Avec un peu de chance, ils arriveraient à la gare d'ici une demi-heure.

— Bannister devrait vous accompagner pour ce voyage, maugréa-t-il.

— Mère a besoin d'elle plus que moi.

La loyale femme de chambre de la comtesse accompagnait toujours sa mère lors de ses voyages, et Lucy était plus que capable de s'habiller seule.

— En outre, j'aurai auprès de moi Tante Cassandra et son personnel.

Le petit grondement indigné que laissa échapper son père

charriait tous les doutes exprimés plus tôt quant à la mauvaise influence que pourrait exercer sa tante sur elle. Mais Lucy ne s'était jamais considérée comme une personne faible ou influençable.

— Ne me faites-vous donc pas confiance, Père ?

Le comte lui jeta un nouveau regard de côté. Il ne tourna qu'imperceptiblement son visage vers elle, mais Lucy perçut malgré tout l'ampleur de son agacement.

— Je vous fais confiance sans réserve, ma chère enfant. Vous êtes brillante, capable et vous gardez toujours votre calme en cas de problème. Je vous accorderais ma confiance pour diriger le comté en toute franchise.

— Mais ?

Si son humeur grincheuse devait l'amener à critiquer sa tante encore davantage, Lucy ne souhaitait pas entendre ses remarques, mais elle apaiserait son esprit soucieux autant qu'elle le pourrait.

— Une jeune lady voyageant seule...

— Mais vous nous avez enseigné, à Charlie et à moi, comment nous défendre.

Son frère cadet avait reçu une instruction plus complète qu'elle, bien entendu, mais leur père leur avait appris à tous deux les rudiments du maniement des pistolets et des épées ainsi que le genre de coups de poing qu'il pratiquait dans la salle de boxe réservée aux gentlemen qu'il fréquentait lors de ses séjours à Londres.

— Vous rappelez-vous comment vous libérer si un mauvais diable tente de vous agresser ?

— Oui, Père.

— Vous n'aviez pas besoin d'agir de la sorte pour exprimer cette sorte de rébellion, Lulu.

Le comte usait rarement du surnom qui avait été celui de sa fille durant son enfance, et sa voix s'adoucit dès qu'il franchit ses lèvres.

— Jamais nous ne vous aurions mariée à Atterberry.

Des discussions avaient eu lieu à la fin de sa dernière Saison à propos de fiançailles avec le fils de l'un des amis les plus chers de son père, mais l'idée d'épouser une « débutante qui avait échoué » avait déplu au jeune homme.

— Votre mère et moi-même sommes d'accord quant au fait que vous devez faire votre choix en suivant ce que désire votre cœur.

D'après ce qu'en savait Lucy, c'était exactement ainsi qu'avait agi Tante Cassandra, s'enfuyant pour épouser un laird écossais quand sa famille avait depuis longtemps le projet de la marier à l'héritier du domaine voisin.

Mais Lucy savait que le faire remarquer n'amuserait pas son père.

— Il ne s'agit en aucun cas d'un acte de rébellion, Père. J'ai simplement soif d'un peu de liberté.

Le comte garda le silence si longtemps que le cœur de Lucy fut saisi de panique. Pourrait-il vraiment demander au cocher de faire demi-tour ?

Mais il n'en fit rien. Alors que le coupé approchait plus près de la gare de King's Cross, il tapota la main gantée de Lucy, et elle comprit qu'il s'agissait là de sa réponse. Quels que puissent être ses inquiétudes et ses doutes, il lui dirait simplement au revoir sans chercher à contrecarrer ses projets.

Une fois que la calèche se fut arrêtée au bout d'une file de voitures desquelles descendaient nombre de personnes, il se tourna enfin vers elle, l'air toujours morose mais le regard adouci.

— Je vous souhaite bon voyage, mon enfant chérie. Revenez-nous bientôt. Soyez raisonnable, quel que soit le projet insensé que pourrait mijoter votre tante.

— Je vous le promets. Dans tous les cas, je serai de retour parmi vous d'ici une semaine. Deux tout au plus car autrement je raterais le mariage de Miranda.

Il hocha la tête et, plutôt que de la laisser descendre seule de la voiture, il quitta la calèche et en fit le tour pour l'accompagner. Après qu'ils eurent déposé sa malle sur un chariot de bagagiste, Lucy l'empêcha d'avancer plus loin avec elle à l'intérieur de la gare.

— J'espère que Mère et vous profiterez bien de votre séjour au Pays de Galles.

Lucy se haussa sur la pointe des pieds pour l'embrasser sur la joue.

— Tout ira pour le mieux, Père.

— Rappelez-vous, lui lança-t-il alors qu'elle s'éloignait, pivotez, donnez un coup de coude si nécessaire, et visez les zones sensibles.

Lucy étouffa un gloussement, jeta un regard par-dessus son épaule et agita la main pour lui dire au revoir, mais bientôt la foule se fit plus dense et elle ne put plus l'apercevoir.

Un instant plus tard, Lucy pénétra sur le quai, et son souffle se bloqua quand elle découvrit la beauté des lieux. Baignées de la lumière du petit matin, les verrières suspendues entre les arches d'acier du toit diffusaient dans la gare une lueur éclatante, ce qui donnait un peu à la jeune femme l'impression d'avoir pénétré dans une sorte de grandiose cathédrale.

Tandis que le quai se remplissait de passagers prêts à monter à bord du Special Scotch Express, Lucy sentit enfler en elle un sentiment d'impatience plus fort encore que celui éprouvé durant toute la matinée. Il dépassait l'empressement à vivre un voyage exaltant et se teintait d'accents trop fantaisistes pour qu'elle ait osé en parler à son père.

La vérité était qu'elle pressentait que, d'une façon ou d'une autre, ce séjour la changerait. Que, qui qu'elle puisse être en cet instant, elle ne serait plus la même à son retour.

James serra son poing dans les contours étroits de son gant et grimaça. Il n'avait frappé aucun adversaire depuis des années et avait oublié combien un visage humain pouvait être dur. Même trois jours après l'affrontement, des ecchymoses subsistaient et la coupure sur son doigt tardait à guérir.

— Ce ne sera plus long, m'lord, lui cria le cocher depuis son poste en hauteur, juste derrière lui.

James serra les mâchoires. Bien qu'il eût hâte d'arriver à la gare à temps pour ne pas rater l'Express, l'idée de monter à bord d'un train faisait s'accélérer son pouls et propulsait un sentiment de panique dans ses veines. C'était la même sensation qu'il avait éprouvée en ce « fameux » jour tant d'années plus tôt, même s'il ne se penchait que rarement sur le souvenir de l'accident de train ayant arraché ses parents à la vie.

Le cocher semblait savoir comment évoluer au milieu de l'océan de voitures à cheval qui convergeaient vers la gare de King's Cross.

Pourtant, ils avançaient avec une lenteur désespérante.

Tout le monde avait-il donc décidé de voyager en cette journée ?

James avait beau détester l'idée de prendre le train, il n'ignorait pas que l'express effectuant chaque jour un trajet vers l'Écosse lui permettrait de voir la question qui l'occupait réglée rapidement, ainsi qu'il le désirait. En cet instant encore, imaginer Archibald Beck ou l'un de ses hommes pénétrer de nouveau dans sa demeure et menacer son personnel provoquait un nœud douloureux dans son estomac.

Il se força à inspirer profondément et, bientôt, les battements de son cœur se calmèrent. Il laissa retomber sa tête contre la paroi de la calèche, et elle cogna le bois plus fort qu'il ne l'avait voulu. Peut-être le méritait-il après tout.

Après que James avait investi massivement dans un dispositif industriel visant la mise au point de cargos qui fonctionnaient à l'électricité, son affaire était tombée en morceaux. Des sous-traitants avaient été blessés. Une partie du matériel s'était avérée défectueuse. L'un des concepteurs du projet avait disparu dans la nature avec une bonne part de l'investissement initial.

Trois mois plus tard, James avait sollicité un prêt pour maintenir à flot son entreprise de transport maritime et il avait réalisé seulement ensuite que Beck appartenait à la pire espèce de prêteurs avides. Une fois l'argent de l'emprunt évaporé, Beck l'avait traqué pour lui réclamer ce qu'il lui avait emprunté ainsi qu'un montant exorbitant d'intérêts.

Peut-être avait-il supposé que, en raison du sang bleu qui coulait dans ses veines, James serait en mesure de liquider des biens aisément, mais le fait était que le jeune homme n'avait jamais connu pareille existence. Ni jamais su ce qu'était une fortune héritée. Même son père avait eu tout juste de quoi vivre avec les sommes dérisoires accordées par le vieux comte.

James avait bâti sa fortune au moyen de sa propre ingéniosité et de ses propres instincts. Il avait créé sa compagnie de transport maritime, gagné le respect de ses pairs dans le monde du commerce et, à la suite d'un projet d'investissement malheureux, les fruits de ses efforts étaient partis en fumée.

Maudit imbécile. Comment avait-il pu être crédule au point de se faire escroquer par une société malhonnête ? Puis d'être victime d'un homme tel que Beck ? Durant toute sa vie d'adulte, il s'était tenu à un principe, celui de n'accepter d'aide de personne. Lorsque son oncle lui avait tourné le dos à la mort de ses parents, James s'était juré de ne plus compter que sur lui-même. Quelle que soit la somme qu'il puisse gagner, ou le succès qu'il puisse remporter, il voulait que ce soit du fait de son propre mérite, de son propre dur labeur. Avant toute chose, il s'était tenu à l'écart de la noblesse, et ce en dépit de la lignée à laquelle appartenait son père, après que l'espoir d'hériter d'un titre eut été à l'origine de la mort de ses parents. Les aristocrates aimaient s'essayer aux affaires, pourtant ils jugeaient sévèrement ceux qui gagnaient leur vie grâce au commerce.

Ce n'étaient que de maudits snobs, tout comme son défunt oncle. S'il avait une raison de remercier Rufus Pembroke, c'était pour lui avoir offert la chance d'apprendre qu'il pouvait survivre par ses propres moyens.

Mais ensuite il avait eu désespérément besoin d'argent, et Beck s'était montré formidablement rassurant. Le talent des acteurs de Drury Lane ne valait rien en comparaison de la prestation réalisée alors par ce fourbe.

Quoi qu'il en soit, James aurait dû se méfier et désormais c'était ce qu'il faisait. Plus jamais il n'accorderait sa confiance à quiconque si facilement, bon sang, il se le promettait.

— Nous arrivons, monsieur, cria de nouveau le cocher.

James agrippa la valise qui constituerait son unique bagage pour le voyage. Avec un peu de chance, cette aventure prendrait vite fin. Si le manoir n'était pas délabré, trouver un acheteur ne serait pas long.

En découvrant sa destination, il laissa toutefois échapper un juron.

L'engorgement du trafic avait peut-être semblé diminuer à mi-parcours, mais on aurait dit à présent que toutes les personnes ayant fréquenté la route avaient fini par se retrouver devant la gare. Une foule de passagers formait une vague déferlant vers l'entrée, et James se prépara à l'idée d'être écrasé par des inconnus durant tout son voyage.

Il paya le cocher, tapota sa poitrine pour s'assurer que les documents nécessaires pour prouver son statut de propriétaire d'Invermere étaient en lieu sûr et rejoignit la marée humaine en direction des quais.

Une famille qui se querellait occupait tout l'espace devant lui et, quels que fussent ses efforts pour tenter de les dépasser, un ou deux de ses membres s'écartait toujours suffisamment pour lui bloquer la route. Lorsque l'un des petits garçons s'arrêta pour ramasser un ours en peluche qu'il avait fait tomber, bloquant ainsi l'entière procession des passagers, James décida que cela suffisait.

— Pardonnez-moi.

Il se tourna sur un côté pour se faire aussi peu encombrant que sa stature massive le lui permettait et dépassa le père de famille. L'homme poussa un grommellement agacé, mais James se dégagea rapidement et put accélérer son allure. Le Scotch Express apparut bientôt sous ses yeux, et une vive méfiance l'assaillit aussitôt. S'il réussissait à monter à bord de ce train, au moins pourrait-il cesser de s'inquiéter à l'idée de devoir le faire ! se dit-il pour s'encourager.

Bien que conscient d'agir grossièrement James ne put s'empêcher ensuite de se glisser péniblement devant un couple qui, en proie à un vif échange, avait ralenti juste devant lui. Cette fois-ci, ce fut la femme qui parut le plus agacée, et le sens de la politesse de James le fit se retourner et leur adresser ses excuses a posteriori.

Mais, alors que ses yeux étaient posés sur le couple, son corps percuta quelque chose de moelleux et de chaud qui se trouvait devant lui. Puis, un bref instant plus tard, un bloc de pierre s'abattit sur son pied.

— Nom d'un chien !

Son cri de douleur s'échappa de sa bouche à l'instant où son regard percutait celui de la femme avec laquelle il était entré en collision. Ses lèvres entrouvertes signaient sa stupéfaction et son indignation, mais elle saisit son bras pour ne pas perdre l'équilibre et continua à le serrer comme si elle risquait encore de chuter.

Cela ne dérangea pas James le moins du monde. Il appréciait la chaleur et la fermeté de sa main refermée sur son avant-bras.

Sous le rebord d'un large chapeau, il entrevit alors les lèvres les plus ravissantes qu'il ait jamais vues. Pulpeuses, ourlées et roses, aux coins légèrement relevés comme si elles étaient habituées à sourire.

Mais la jeune femme ne souriait pas en cet instant et, quand elle remit son chapeau en place, un agacement sans fard flambait au fond de ses yeux bordés d'une épaisse frange de cils.

Une vive déception frappa James lorsque l'inconnue lâcha son bras pour ramasser les livres échappés du lourd sac de voyage qu'il avait fait tomber.

Soumis aux mouvements de la foule, tous deux se percutèrent de nouveau, et sa tête cogna son menton. À vrai dire, il s'agissait de son chapeau et non de sa tête – un imposant couvre-chef de couleur violette orné d'un énorme ruban de satin et de fleurs de soie.

— Vous avez abîmé mon chapeau, gronda la jeune inconnue, apparemment plus indignée par l'outrage fait à l'accessoire de mode que par celui subi par sa propre personne.

Ils étaient bien trop proches l'un de l'autre mais, à vrai dire, la nuée de voyageurs grouillant tout autour d'eux empêchait qu'il en fût autrement. Le parfum aux douces notes de fleurs et d'épices de la jeune femme était si exquis que James ne put s'empêcher de prendre une respiration un peu plus profonde.

Elle lui jeta alors un regard méfiant tout en levant les bras pour arranger son chapeau.

Verts. Ses yeux étaient verts. Mais il ne s'agissait pas d'un simple vert émeraude sombre ou d'une teinte plus courante.

Ils étaient d'un vert frais évoquant le jade, et de petits filaments d'or striaient ses iris.

— Il est juste un peu de travers.

Comme James levait une main pour tenter de l'aider, l'inconnue laissa alors échapper une petite exclamation outrée. Il prit donc bien soin de ne pas effleurer sa peau et s'appliqua à redonner sa forme au rebord du couvre-chef du mieux qu'il le put. Le chapeau était certainement fixé à sa tête par une épingle, et il stoppa aussitôt sa manœuvre quand il sentit qu'il lui tirait les cheveux.

Des cheveux blonds, aux reflets soyeux et évoquant la couleur du miel – James ne put s'empêcher de le remarquer.

— Voici. À présent, restez tranquille, ne me bousculez plus, et je ramasserai vos livres, lui lança-t-il.

La jeune femme laissa échapper une autre plainte contrariée à ces mots.

— C'est *vous* qui m'avez bousculée si nous voulons établir un tableau exact de la situation, répliqua-t-elle sans hésiter.

Le son de sa voix le fit sourire. Elle était plus grave que celle de la plupart des jeunes femmes et pourtant parée, malgré le profond agacement de l'inconnue, d'une intonation charmante évoquant une jovialité toute naturelle.

— Voilà pour vous.

James lui tendit une épingle à cheveux tombée près de l'un des livres.

— J'ai dit place, leur lança alors d'un ton cinglant un vieil homme à la volumineuse moustache.

— Un véritable gentleman offrirait son aide à une jeune femme plutôt que de se montrer aussi grossier, rétorqua l'inconnue d'un ton glacial.

Puis elle fit courir son regard sur les autres hommes présents à proximité comme pour les mettre au défi de l'invectiver ainsi que venait de le faire le vieil homme.

— Et voici.

James lui tendit le dernier des livres, et elle le glissa dans son sac de voyage avec un bref signe de tête en guise d'au revoir.

Quand elle eut tourné les talons, James sentit la foule se mouvoir autour de lui et il réalisa alors qu'il s'était immobilisé. Pour l'observer. Fasciné.

Quand elle eut rejoint la file de passagers, l'inconnue leva les yeux, admirant la canopée d'arcs d'acier qui soutenaient le plafond de la gare. Elle tenta même de tourner sur elle-même pour capturer une vision d'ensemble d'un dernier regard panoramique.

Pourquoi était-il incapable de détacher ses yeux d'elle ?

À en juger par sa voix, son accent, ses vêtements, elle ne pouvait être qu'une aristocrate. Certainement riche, très cultivée – d'après sa précieuse collection de livres aux couvertures ornées de gravures dorées – et capable de montrer un profond dédain comme elle l'avait prouvé au moment de parler au vieil homme.

Mais elle voyageait seule. Ce qui semblait pure folie concernant une lady si jeune et ravissante.

Quand le sens des convenances le saisit de nouveau et qu'il comprit qu'il devait arrêter de la regarder et avancer, elle avait hissé la lanière de son sac de voyage plus haut sur son épaule et regagné la file des passagers prêts à monter à bord.

— Vous comptez embarquer ou seulement admirer le décor, mon brave ?

Un homme massif poussa l'épaule de James, et ce dernier rejoignit à son tour la procession qui se dirigeait vers le train.

Presque malgré lui, il se mit à chercher du regard la lady à la tenue violette. S'agissait-il d'une épouse choyée qui avait été séparée de son mari ? Non, supposa James. Un homme serait fou d'abandonner une telle jeune femme. Très probablement, il s'agissait d'une sorte d'intellectuelle suffisamment indépendante d'esprit pour tenir à voyager seule.

Qui qu'elle fût, et en dépit de sa beauté, elle était également, sans doute possible, une aristocrate. Et il s'était juré de ne pas nouer de relation amoureuse avec la moindre femme de la noblesse, tout comme il avait fait le serment de ne plus jamais faire affaire avec des aristocrates.

Mais elle l'intriguait et, après des mois d'abstinence volontaire due à son cuisant échec financier, son corps réagissait avec une forme d'avidité.

Voyons, ressaisis-toi, mon ami !

Après être monté à bord du train express, James trouva assez facilement son compartiment. Comme il s'asseyait, il ne put s'empêcher de soupirer d'aise en découvrant que l'endroit était presque désert. Seul y était installé un vieux grincheux lisant le *Times*.

James avait été trop distrait par la mystérieuse jeune femme pour s'acheter un journal. Il aimait pourtant en consulter un quotidiennement. Une vieille habitude, liée à l'origine au désir de rester au fait des nouvelles susceptibles d'avoir des conséquences pour sa compagnie maritime. Désormais, il espérait lire entre ces pages un article démasquant Archibald Beck et le décrivant comme le gredin qu'il était.

Pressant ses doigts contre sa tempe, il tenta de dissiper le bourdonnement qui résonnait dans sa tête depuis son départ pour la gare. Sans la distraction occasionnée par la jeune femme sur le quai, son angoisse concernant le voyage effectuait un retour en force.

Il était parvenu à éviter d'effectuer tout trajet en train durant la plus grande partie de sa vie d'adulte. Mais il s'agissait du moyen le plus efficace pour atteindre sa destination, et le plus important désormais était de procéder rapidement à la vente du manoir écossais.

Il prit une longue inspiration pour remplir ses poumons, relâcha lentement son souffle tout en comptant mentalement, puis laissa ses yeux se fermer pour les rouvrir quelques instants plus tard.

Et c'est alors qu'il la vit, passant près de son compartiment. L'érudite à la sublime bouche.

Il se sentait toujours coupable d'avoir fait tomber tous ses livres coûteux.

Il se dit alors qu'il avait des questions bien plus urgentes à régler. Il serra fermement les poings, tout en se répétant combien elles étaient cruciales.

Il n'avait nullement besoin de subir la moindre complication liée à une amourette avec une intellectuelle née à l'occasion d'un voyage en train.

Peu importait combien cette jeune personne était distrayante et attirante.

4

Lucy trouva facilement son compartiment et fut heureuse de découvrir que deux dames seraient ses compagnes durant le voyage. Elle adressa un bref sourire à chacune, plaça son sac de voyage dans l'espace de rangement situé au-dessus de sa tête et prit confortablement place.

Voilà, à présent tout était lancé. Son père ne pourrait plus l'arrêter.

Bien que le train fût toujours immobile, en gare et crachant des nuages de vapeur, son voyage avait véritablement débuté.

Toutefois l'enthousiasme bouillonnant éprouvée le matin même s'était mué en un autre sentiment.

L'agacement l'amenait à jouer nerveusement avec les boutons de ses gants qu'elle finit par retirer pour presser le revers de sa main fraîche contre sa joue brûlante.

Quoi qu'elle pût ressentir, tout était sa faute à *lui*. Cet homme. Ce grand et grossier...

— Allez-vous bien ?

L'une des deux dames s'était assise près d'elle, et l'autre avait pris place sur la banquette opposée.

— Tout à fait, répondit Lucy avec une gaieté forcée. Je vous remercie. Il fait un peu chaud. Rien de plus.

— Vraiment ?

La femme la plus âgée inclina la tête comme si elle réfléchissait sérieusement à la déclaration de Lucy.

— Je crains que ma sœur et moi-même ne puissions partager votre avis. Nous constations à l'instant combien l'air était mordant.

L'hiver s'annonce, et nous ne pouvons que prier pour ne pas subir un temps affreusement glacial à Édimbourg.

Lucy pouvait les aider à dissiper cette inquiétude. Elle ouvrit son carnet de croquis, dont elle utilisait les pages vides pour ranger ses documents de voyage et tout ce qu'elle pourrait avoir à consulter rapidement concernant son voyage.

— Je peux vous assurer qu'il ne sera pas glacial.

Sous le dépliant des horaires des trains et la souche de son ticket, Lucy trouva la page où elle avait consigné l'information pertinente.

— L'hiver sera sans doute rigoureux mais, bien qu'un temps frais soit prévu en Écosse, il ne fera pas assez froid pour qu'il gèle.

— Comment ciel le savez-vous ?

La lady assise face à Lucy baissa les yeux vers le carnet qu'elle tenait entre ses mains comme s'il s'agissait d'un ouvrage ésotérique.

— Voici les *Prévisions météorologiques* de Simpkin. Elles ne sont pas toujours fiables mais fréquemment exactes tout de même ainsi que j'ai pu le constater.

— Bien joué. Vous êtes fort bien préparée pour votre voyage, jeune lady.

— Je l'espère, en effet.

— Ciel ! Je crois que nous ne nous sommes pas encore présentées. Je suis Jane Wilson et voici ma sœur, Maribel.

— Lucy Westmont.

Toutes trois échangèrent sourires sincères et hochements de tête aimables avant de retomber un instant dans le silence.

— Vous paraissez avoir vraiment chaud, Miss Westmont. J'ai apporté un éventail si cela peut vous être utile.

Miss Maribel Wilson tendit alors à Lucy un ravissant éventail de bois sombre décoré d'une mousseline ornée de motifs fleuris.

— Je ne tarderai pas à me rafraîchir, j'en suis sûre. L'air avait en effet une agréable touche automnale ce matin.

Malheureusement, le feu qui brûlait ses joues ne devait rien aux particularités de la météo. Il était entièrement dû à un homme dont le sourire avait failli faire se dérober ses jambes sous elle.

Et ces yeux. Personne n'avait des yeux couleur saphir tels que ceux-ci. Les romanciers et les poètes pouvaient s'extasier à propos de femmes dont les iris rivalisaient par leur beauté avec les plus admirables pierres précieuses, mais cette nuance particulière de bleu, si riche et si profonde, était extraordinaire. Jamais certainement un homme n'avait posé de tels yeux sur elle, ni ne lui avait adressé des regards si pleins de gaieté et de douceur.

L'inconnu avait semblé aussi happé par la vision qu'elle offrait qu'elle avait été elle-même fascinée en le regardant, et ce fait en particulier était tout à fait inédit pour Lucy. Les yeux des hommes ne s'attardaient jamais sur elle.

Mais les siens, oui. Effrontément. Impudemment.

Cet homme était à n'en pas douter une sorte de canaille.

Et il s'était ensuite montré autoritaire, l'accusant d'avoir foncé sur lui. Comme s'il était propriétaire du quai et que les règles de la bienséance et de la politesse ne le concernaient tout simplement pas.

Pouvait-on imaginer pareil homme régenter l'existence d'autrui chaque jour que Dieu faisait ? Voilà qui serait tout bonnement insupportable.

Lucy saisit ses gants posés sur ses genoux et entreprit de les superposer soigneusement pour les ranger dans sa poche, mais un parfum la fit suspendre son geste. Il était intense et frais à la fois. Avec des notes d'épicéa et une touche d'épices. C'était le parfum de l'homme du quai.

Mon Dieu, elle l'avait touché – et même agrippé à vrai dire.

Que lui avait-il donc pris ? Elle se souvint de cet instant où elle avait remarqué qu'ils se touchaient toujours après la collision, pour la bonne raison que c'était *elle* qui le tenait. Elle avait éprouvé un étrange sentiment de bien-être en sentant les muscles fermes se mouvoir sous sa paume tout en ayant la certitude, curieusement, qu'il ne la laisserait pas tomber.

Mais elle ne pouvait pas en être absolument certaine, bien sûr. C'était un parfait étranger et, de plus, il était bien trop beau.

Oublie-le, veux-tu.

Lucy devait chasser ces pensées de son esprit. Mon Dieu, Père pousserait un lourd soupir s'il savait qu'elle s'était sentie aussi brûlante qu'une théière bouillante dès l'instant où ses yeux s'étaient posés sur un homme séduisant.

La porte coulissa, et Lucy, relevant vivement la tête, vit un homme maigre à lunettes pénétrer dans le compartiment.

— Est-ce bien le numéro 5 ?

— En effet, monsieur, lui répondit la plus jeune des demoiselles Wilson.

Lucy réalisa alors qu'elle avait retenu son souffle, mue par le stupide espoir que ce puisse être *lui* qui vienne les rejoindre.

— Nichols, annonça l'homme tout en s'installant sur la banquette face à Lucy. Je me rends à Édimbourg, tout comme vous trois, je suppose.

— Absolument, Mr Nichols. Du moins, cela est vrai pour ce qui est de ma sœur et de moi-même.

Miss Jane Wilson tourna alors son regard vers Lucy.

— Et vous, jeune demoiselle ?

— Oh oui, je me rends en Écosse également, apprit Lucy au trio de passagers. Pour la première fois.

Les deux dames hochèrent la tête à ces mots et lui adressèrent un sourire aimable tandis que Mr Nichols les soumettait tous les trois à une observation étonnamment effrontée. Lucy l'observa scruter les deux sœurs depuis le bout de leurs bottes jusqu'au sommet de leur crâne. Quand son regard se posa sur son propre visage, elle s'attendit à ce que le voyageur rougisse ou se détourne en comprenant qu'elle l'avait surpris à fixer ses compagnes de voyage de manière fort grossière.

Mais, au lieu de cela, il lui adressa un sourire en coin presque imperceptible. Et qui ne dura qu'une fraction de seconde.

Les deux sœurs, toujours occupées à parler de la météo, ne remarquèrent pas son attitude, mais il dégageait quelque chose qui mettait les nerfs de Lucy à vif. Ou peut-être cette sensation trouvait-elle sa source dans cet étrange accrochage sur le quai de la gare avec un inconnu, grand et fort séduisant, qui la laissait encore tout ébranlée.

Après deux heures de voyage, Lucy se réjouit d'avoir pensé à emporter des livres. Par chance aucun d'entre eux ne semblait abîmé après l'incident survenu sur le quai. Elle avait choisi comme premier roman un ouvrage de Wilkie Collins, et s'absorber dans la lecture de *The Law and the Lady* était presque suffisant pour ignorer la désagréable chair de poule que la présence de Mr Nichols lui donnait.

Après avoir lu un journal durant près d'une heure, il avait appuyé sa tête contre la banquette capitonnée et feignait à présent de dormir. De temps en temps, un sentiment étrange envahissait Lucy et, lorsqu'elle levait les yeux, elle constatait qu'il la fixait de son regard perçant.

— Oh ! voyez donc l'heure, Maribel. Le wagon-restaurant doit proposer des déjeuners à présent.

La plus âgée des demoiselles Wilson, une dame d'une haute taille au port princier, était de toute évidence celle des deux qui prenait les décisions.

— Voilà qui semble être exactement ce qu'il nous faut, acquiesça aussitôt Maribel avant de se tourner vers Lucy. Aimeriez-vous vous joindre à nous, Miss Westmont ?

— J'en serais ravie.

Il s'agissait très certainement d'un vain espoir, mais elle espérait ardemment que Mr Nichols choisirait d'opter pour un autre compartiment durant leur absence. Comme il semblait endormi, elles le laissèrent profiter de son repos.

Tandis qu'elles progressaient ensemble dans le couloir, Lucy s'interdit de lancer le moindre regard à l'intérieur des autres compartiments malgré son espoir d'y trouver l'homme aux yeux saphir. *Tout ceci est tellement absurde.* Cet incident avait été fort curieux. C'était là certainement la raison pour laquelle elle était incapable de chasser l'inconnu de son esprit.

— Tenez-vous bien ! s'écria Jane Wilson au moment où le train opérait un virage étonnamment brusque. Ciel, c'est encore pire que d'être à bord d'un navire sur une mer déchaînée !

Lucy n'avait jamais mis le pied à bord du moindre bateau, mais son père avait beaucoup voyagé, et les histoires qu'il lui avait racontées lui donnaient envie d'accomplir un jour un long voyage en mer.

— Nous sommes presque arrivées, annonça l'aînée des sœurs Wilson qui avait pris la tête de la procession le long de l'étroit couloir.

Des odeurs délicieuses s'échappaient du wagon-restaurant – pain frais et café fumant. Bien que l'endroit fût déjà fort fréquenté, elles eurent la chance de trouver une table et trois chaises. Toutefois, avant qu'elles aient pu toutes prendre place, la plus jeune des demoiselles Wilson sembla en proie à une sorte de malaise.

— Oh ! Jane, je sens que ça arrive.

Maribel tituba légèrement avant d'agripper le dossier de sa chaise.

— Elle souffre d'étourdissements, expliqua Jane à Lucy tout en serrant sa sœur contre elle.

Lucy se hâta d'approcher une chaise, et Miss Wilson aida Maribel à s'y installer.

— Je vais aller vous chercher du thé et quelques biscuits, peut-être.

Lucy fit signe à un serveur qui passait tout près, et le jeune homme hocha la tête comme s'il avait entendu leur échange.

La peau de Maribel avait pris une teinte blafarde. Elle semblait en état de choc.

— Puis-je faire autre chose ? s'enquit Lucy qui désirait plus que tout aider à dissiper l'inconfort de sa compagne.

— Elle prend un remontant en cas de crise. Il se trouve dans notre compartiment, dans le sac brodé rangé au-dessus de notre banquette.

Dès que Lucy vit le serveur approcher, du thé et des biscuits posés sur un plateau, elle se leva.

— J'y vais de ce pas.

— Il s'agit d'une petite bouteille bleue, chuchota Maribel. Et je vous remercie, très chère.

— Je vous en prie.

Lucy regagna en hâte leur compartiment. Une fois qu'elle fut devant la porte du numéro 5, elle marqua un temps d'hésitation et nota que Mr Nichols « semblait » encore assoupi. Après avoir fait glisser doucement le panneau coulissant pour s'introduire dans l'espace, elle se déplaça aussi vite et silencieusement que possible. Malheureusement, le sac brodé se trouvait sur l'étagère métallique placée juste au-dessus de lui.

Lucy leva les bras, prenant grand soin de ne percuter ni l'homme ni la banquette, et réussit à se saisir du sac. Elle se retourna, le posa sur son siège et se pencha pour en explorer le contenu. Un ensemble de mouchoirs impeccablement pliés s'offrit à sa vue mais, quand elle les repoussa, elle découvrit un certain nombre de fioles dans un petit compartiment, chacune étant maintenue fermement en place par une lanière de cuir. Plusieurs d'entre elles étaient bleues, et Lucy dut examiner chaque bouteille à la suite dans l'espoir de trouver celle qu'elle cherchait. Enfin, elle en remarqua une munie de l'étiquette « Remontant en cas d'étourdissement », et la glissa dans la poche de sa jupe.

— Je vois que vous êtes revenue et que je vous ai pour moi seul.

Lucy se raidit à ces mots, et le malaise que lui inspirait déjà Mr Nichols déclencha un frisson glacé le long de son dos.

Avant qu'elle ait pu faire volte-face, l'homme avait déjà quitté la banquette et se trouvait derrière elle, un bras noué autour de sa taille.

Lucy plia un coude, se décala légèrement sur la gauche et le frappa à l'abdomen aussi violemment que possible.

Exactement comme son père le lui avait appris.

Nichols poussa un grognement sonore et la libéra.

Elle saisit cette occasion pour se retourner et serrer fermement son poing.

Penché vers l'avant et les mains plaquées sur son ventre douloureux, il leva bientôt les yeux vers elle sans cacher désormais le sourire qu'elle avait aperçu plus tôt sur ses traits. Celui-ci était aussi affreux que les intentions de Nichols.

— J'aime les femmes de tempérament, lâcha-t-il entre ses dents serrées.

Il se redressa alors de toute sa hauteur et s'essuya la bouche du revers de la main, la jaugeant ainsi qu'il l'avait fait plus tôt, son regard remontant depuis l'ourlet de sa robe jusqu'au haut de son corps.

Lucy retint son souffle et se tint prête à s'élancer vers la porte dès qu'il s'en serait suffisamment écarté. Elle recula vers l'un des coins du compartiment dans l'espoir de l'y attirer.

Mais, soudain, il la sidéra en se projetant vers l'avant, les bras tendus devant lui dans l'espoir de les refermer sur elle.

Lucy propulsa de toutes ses forces son poing dans la mâchoire de son assaillant, et une douleur fulgurante se diffusa le long de son bras et dans toute son épaule. Nichols se mit à reculer en titubant, ce qui lui offrit l'occasion de s'échapper du compartiment.

Tout en faisant coulisser la porte, la jeune femme jeta un regard derrière elle pour s'assurer que Nichols n'était pas sur ses talons. Puis elle percuta une masse dure et immobile qui se tenait devant elle. Des bras se refermèrent sur elle, et elle se débattit contre l'étreinte qui la gardait prisonnière jusqu'à ce qu'elle lève la tête et que son regard rencontre ces inoubliables yeux bleu sombre.

— On dirait que c'est désormais à votre tour de me percuter.

L'homme sourit avant de se rembrunir subitement.

— Mais... vous tremblez.

— Il...

Lucy fit un geste en direction de Nichols au moment où celui-ci se propulsait vers eux en franchissant le seuil du compartiment.

— Cette garce m'a agressé ! hurla-t-il.

L'inconnu du quai s'interposa immédiatement, tirant Lucy derrière lui de sorte qu'elle soit abritée derrière sa large carrure, protégée, cachée à la vue de Nichols.

— Reculez. Tout de suite, ordonna-t-il au voyageur.

L'homme criait si fort que Lucy sentit l'écho de ses vociférations résonner dans sa propre poitrine.

— Je la ferai jeter hors de ce train, fulmina Nichols, dont la voix adoptait à présent des accents plaintifs.

L'inconnu tourna légèrement sa tête vers Lucy, une question muette brillant au fond de son regard.

— Il a posé ses mains sur moi, murmura Lucy tout en tentant de maîtriser le tremblement de sa voix. Je l'ai frappé.

Son sauveur arqua un des sourcils sombres sous l'effet de la surprise, puis il reposa son regard sur Nichols qui poussa un grognement de douleur. L'homme du quai le tenait à présent par la gorge.

— Que se passe-t-il donc ici ?

Un bagagiste approchait depuis l'extrémité du couloir.

— Tout va pour le mieux.

L'homme du quai adressa au porteur un sourire rassurant,

puis relâcha Nichols qui se mit à tousser bruyamment, le corps courbé en deux tandis qu'il essayait de reprendre son souffle. Le bagagiste sembla hésiter un instant puis, après avoir jeté un regard à chacun tour à tour, il repartit vers l'endroit d'où il était venu.

— Retournez à l'intérieur et veillez à ce que vos satanées mains ne s'égarent plus.

Sans attendre que Nichols ne tente de résister ou de répondre, l'inconnu le repoussa et lui referma la porte au visage.

Puis il se tourna vers elle.

— Venez avec moi.

— Je ne peux pas.

— Si vous vous souciez de la bienséance, nous pourrons dire que...

— Non, ce ne sont pas les convenances qui m'inquiètent. Je dois apporter ceci à Miss Wilson.

Lucy sortit la bouteille de la poche de sa jupe et grimaça de douleur quand le tissu frôla ses articulations.

L'homme baissa les yeux vers la bouteille et saisit aussitôt son poignet.

Il la touchait dans un élan naturel et, pour une raison qu'elle ignorait, elle le laissait faire.

— Vous vous êtes blessée à la main.

— Miss Westmont ?

Miss Jane Wilson, venant de la voiture-restaurant, approchait.

L'homme, que Lucy semblait ne cesser de heurter et de toucher, relâcha immédiatement son poignet. Apparemment, il possédait bel et bien le sens des convenances.

— Je me suis inquiétée en ne vous voyant pas revenir.

Jane pressa le pas et vint poser un regard scrutateur sur le gentleman qui se tenait fort près de Lucy dans ce couloir.

— Et qui êtes-vous donc, monsieur ?

— Une connaissance, répondit Lucy tout en sentant sa gorge se nouer étrangement.

Deux heures lui avaient suffi pour se retrouver au cœur d'un scandaleux imbroglio. Son père ne cesserait jamais de lui répéter qu'il avait eu raison depuis le début.

— James Pembroke.

L'homme décocha alors son merveilleux sourire. Il n'était pas aussi fabuleux que celui dont il l'avait gratifiée plus tôt, mais il en proposait une version envoûtante dont le charme, Lucy pouvait clairement le constater, fonctionnait à merveille sur la personne de Jane Wilson.

— Notre rencontre est récente, mais j'espère que nous deviendrons bons amis.

Ces mots eurent pour effet de faire instantanément rosir la peau de Miss Wilson depuis le col montant en dentelle de son corsage jusqu'au haut de ses joues.

— Jane Wilson, lâcha-t-elle, le souffle un peu court, pour se présenter.

Puis elle sembla se souvenir de la présence de Lucy.

— Êtes-vous également souffrante, Miss Westmont ?

Lucy plaça la bouteille dans sa main intacte et la lui tendit.

— Pas le moins du monde. Je vais bien. Mais je...

Après que Jane eut saisi la fiole, Mr Pembroke contourna Lucy pour s'approcher de Miss Wilson. Il baissa le ton et dit de sa voix grave :

— L'homme dans ce compartiment est dangereux, et je ne tolérerai pas que Miss Westmont passe un seul instant de plus en sa compagnie.

Miss Wilson jeta un regard interrogateur à Lucy.

— Je ne désire pas rester auprès de Mr Nichols, et vous et Miss Maribel ne le devriez pas non plus.

La ligne parfaite des sourcils couleur argent de Jane se haussa sur son front, et sa bouche se pinça sévèrement.

— Son allure m'a déplu dès le premier instant. Mais où irez-vous ?

— Il y a de la place dans mon compartiment, dit Mr Pembroke d'un ton plein de douceur. Joignez-vous à nous, si vous le souhaitez. Compartiment numéro 1. Tout au bout du train.

Sur ces mots, il revint près de Lucy, un sourire de conspirateur sur les lèvres. Il avait charmé la femme en moins de temps qu'il ne lui en avait fallu pour propulser son poing sur le visage de Mr Nichols.

— Je ne suis pas certaine que ce soit tout à fait..., commença Jane Wilson.

— Ne vous inquiétez pas, Miss Wilson. J'ai toute confiance en Mr Pembroke.

Les paroles de Lucy semblèrent le déstabiliser, et son sourire insolent s'effaça pour laisser place à une expression plus douce, hésitante et vulnérable.

Il lui désigna la direction à prendre.

— Par ici, Miss Westmont.

Lucy se tourna vers la direction indiquée et avança vers le wagon de tête suffisamment loin dans le couloir pour dépasser le compartiment où se trouvait l'infâme Mr Nichols, mais, au bout de quelques pas, quelque chose la poussa à attendre que Mr Pembroke se rapproche d'elle.

James Pembroke.

Bientôt il fut juste derrière elle, sa veste effleurant sa robe.

— Êtes-vous bloquée ?

Ses mots avaient été énoncés à voix basse et ils étaient teintés d'un amusement qui pouvait presque faire oublier à Lucy la douleur de sa main.

— Ou avez-vous des hésitations parce que me faites bien moins confiance que ce que vous avez prétendu ?

Lucy replongea ses yeux dans ce regard bleu si espiègle. Elle ne pouvait dire si c'était à lui qu'elle ne faisait pas confiance ou bien à elle et aux pensées frivoles qui s'agitaient dans son esprit depuis l'instant où elle l'avait percuté sur le quai.

5

— Je devrais aller trouver les sœurs Wilson.

— Qui donc, dites-vous ?

James essayait de l'inciter à poursuivre la conversation tandis qu'il se concentrait sur les soins qu'il prodiguait à sa main égratignée.

Il sentait qu'elle avait besoin de distraction. Moins d'une demi-heure s'était écoulée depuis son altercation avec l'ignoble personnage dans son compartiment, et un tremblement persistait dans sa voix.

— Ce sont les deux sœurs qui voyageaient avec Nichols et moi.

À l'énoncé du nom de l'homme, un puissant frisson parcourut le corps de Lucy. James, qui la tenait, tamponnant doucement les jointures de ses doigts, le sentit.

— Pourquoi vous ont-elles laissée seule avec lui ?

— Elles n'ont rien fait de la sorte. Nous avons toutes gagné la voiture-restaurant, mais Miss Maribel Wilson avait besoin de ses médicaments et je suis retournée dans le compartiment pour le récupérer. C'est alors qu'il...

— Quand j'en aurai fini, j'irai les trouver. Comme je l'ai dit à Miss Wilson, il y a toute la place nécessaire ici. Mon seul compagnon était un monsieur âgé qui est allé lui aussi se restaurer.

Il leva les yeux vers elle, mais elle gardait son regard fixé sur la fenêtre tout en mordillant nerveusement sa lèvre inférieure.

— La plus grande question, poursuivit-il, est : que faire concernant Nichols ?

— Je l'ai stoppé dans son élan. Il n'y a rien de plus à faire.

— Il vous a agressée.

James parlait avec plus de véhémence qu'il ne l'aurait voulu. La colère bouillonnait sous la surface des apparences, mais il l'avait contenue jusqu'à présent afin de pouvoir réconforter la jeune femme.

— C'était un... malentendu. Je vous en prie, oublions Mr Nichols.

— Comme il vous plaira.

James avait acquiescé, mais imaginer que l'homme puisse quitter le train sans voir ses actes sanctionnés le mettait mal à l'aise.

Lucy plissa ses yeux de jade comme si elle ne croyait pas à cet accord concédé si aisément. Comme il était étrange de rencontrer une femme qui semble si bien lire en lui, songea James.

Pour la première fois, elle porta son attention sur sa main blessée et sur les tentatives de James pour effacer les traces de sang. Après un instant la beauté méfiante se redressa sur sa banquette et releva fièrement le menton.

— Ce n'est pas nécessaire, Mr Pembroke. Je vous assure que je suis tout à fait capable de prendre soin de moi.

Fait intéressant, malgré son ton mordant, elle ne retira pas sa main de la sienne.

Il desserra ses doigts, lui laissant ainsi toute liberté de recréer de la distance entre eux.

Mais elle n'en fit rien, et James pinça ses lèvres pour s'empêcher de sourire. Une petite victoire, certes, mais il n'en avait connu que fort peu dernièrement. Il avait par conséquent l'intention de la savourer pleinement.

— Vos talents en matière de boxe sont incontestables. Je suis certain que le nez de cet homme le fera souffrir pendant un bon moment.

James résista à l'envie de poser de nouveau les yeux sur Lucy tandis qu'il parlait, gardant son attention sur la tâche en cours.

Il ne pouvait nier la capacité de la jeune femme à utiliser elle-même l'eau, le linge et le savon qui lui avaient été fournis par le personnel du train.

Toutefois, quelque chose en lui avait envie, besoin, de lui prodiguer ces soins. Ce devait être simplement parce que trop de temps s'était écoulé depuis la dernière fois qu'il avait touché une femme. En outre, cette tâche lui offrait une distraction bienvenue, l'empêchant ainsi de penser au tragique accident qui avait coûté la vie à sa famille.

Pourtant, cette beauté était plus qu'une simple distraction. Le besoin de l'aider, de la toucher, était directement lié à ce qu'était cette femme en particulier.

Peut-être une part de son élan était-elle due aux remords qu'il éprouvait pour s'être comporté tel un goujat sur le quai plus tôt dans la journée. Quant au reste, il demeurait un mystère à ses yeux. Il savait seulement qu'il y avait quelque chose à son propos – peut-être était-ce sa capacité à se maîtriser – qui lui donnait envie de lui offrir assistance et protection.

— Son menton, plus précisément, murmura-t-elle un instant plus tard.

James sembla ne pas comprendre.

— J'ai visé son nez, mais je l'ai raté, ajouta-t-elle d'un air piteux. Mon père m'a toujours conseillé de viser les points les plus sensibles, mais sa mâchoire était particulièrement dure. Ainsi que le prouve le revers de mes doigts.

James ne put réprimer un sourire, mais Lucy resta impassible, se contentant de tourner la tête pour scruter le paysage défilant derrière la vitre ainsi qu'elle l'avait fait presque continuellement depuis qu'elle s'était assise face à lui et qu'elle avait posé sa main contre le bol rempli d'eau.

Mais elle n'était pas restée silencieuse ni immobile. Au-delà du tremblement qu'il sentait par instants parcourir son bras, une énergie nourrie d'impatience perceptible bouillait en elle. C'était comme si elle avait hâte d'être debout et de bouger.

Il s'agissait là d'un élan qu'il comprenait fort bien.

— J'espère sincèrement que Jane et Maribel ne retourneront pas dans le compartiment. Même si j'imagine qu'elles le devront afin de récupérer leurs sacs.

— J'ai presque terminé, dit-il doucement pour la rassurer autant que pour se rappeler de ne pas faire durer ce moment plus que de raison. J'irai les trouver et rapporterai leurs affaires jusqu'ici.

Toutefois, il la tint un instant supplémentaire, prenant son temps, réticent à l'idée d'arrêter de la toucher. Mais, bien entendu, il le devait. Ils étaient des étrangers l'un pour l'autre, et la jeune femme se souciait des convenances. Ainsi qu'il le suspectait, elle était noble et possédait de ce fait le titre de lady d'après le bout d'enveloppe dépassant de son sac de voyage. *Lady Lucy Westmont.*

James se figea soudain. Que diable faisait-il ? Il évitait les nobles, c'était là la règle qu'il s'était fixée. Peu importait qu'il fût lui-même un aristocrate désormais.

Dieu tout-puissant. Il avait eu si peu de temps pour assimiler cette nouveauté ou songer à ce que cela signifiait pour son avenir.

Son unique objectif était de liquider le manoir écossais dont il avait hérité.

Mais, désormais, il pouvait imaginer un futur dans lequel des entremetteuses pousseraient sur son chemin de jeunes femmes telles que Lady Lucy. Ces dernières seraient profondément déçues. En dépit de son titre, et même s'il allait profiter des revenus tirés de la vente d'une propriété, il n'avait rien de plus à offrir en termes de sécurité financière qu'une semaine plus tôt.

Il lâcha sa main et posa le tissu près de lui.

— Ces égratignures devraient bientôt guérir.

— Vous avez oublié un petit endroit, juste ici.

Lucy reprit le linge humide et essuya son doigt.

Il semblait que la lady appréciait fort peu qu'on lui vienne en aide. Elle avait envie de prendre soin d'elle-même.

Quelques instants plus tard, elle le sidéra en venant faire courir ses doigts sur les jointures de sa main droite.

— Je vois que vous êtes blessé, vous aussi.

Elle le regarda d'un air interrogateur.

— Qui avez-vous frappé ?

Le moment était arrivé.

Une lueur de méfiance brillait dans son regard candide.

— C'est une histoire qui ne vaut pas la peine d'être contée.

— Voilà qui est fort injuste, Mr Pembroke. Vous savez tout de l'incident qui m'a concernée.

— C'est le cas, en effet. Mais mes secrets n'appartiennent qu'à moi, Lady Lucy.

— Comment connaissez-vous... ?

Ses sourcils pâles se froncèrent, et son regard se fit inquiet.

James pointa le doigt vers le sac de voyage trop rempli placé près d'elle.

— Mon regard s'est posé sur le bord de ce courrier.

Lucy saisit immédiatement l'enveloppe et l'enfonça plus profondément dans le sac.

— Je vous en prie, appelez-moi Miss Westmont. Je préfère éviter les manières trop formelles.

La jeune femme était-elle totalement dénuée de prétention ou simplement terriblement naïve ?

— L'aristocratie met un point d'honneur à user de manières formelles, non ?

Elle battit des paupières, et sa très charmante bouche se pinça à ces mots.

James comprit alors qu'il l'avait offensée. Une fois encore, il s'était comporté en mufle. Quelles que puissent être ses réserves à l'égard des nobles tels que son oncle, Lucy ne méritait pas de faire les frais de son amertume.

— Les membres de ma famille essayent de ne pas être si solennels en privé.

— Dans ce cas, je crois que je les apprécierais beaucoup.

Un sourire songeur releva les coins de la bouche de la jeune femme.

— Tout le monde apprécie mon père, même s'il est peut-être celui qui s'attache le plus au cérémonial dans notre famille.

Elle sembla méditer sur ce fait un instant.

— Mais la diplomatie est un univers dans lesquels ces considérations sont cruciales, non ?

— Puis-je vous demander le nom de votre père ?

— Le faut-il vraiment ?

La question sembla la troubler bien plus qu'il ne l'aurait imaginé.

— Vous voulez vous aussi préserver vos secrets ?

— Je n'en ai pas vraiment, répondit-elle aussitôt avec une franchise et une simplicité qu'il croyait disparues. Mais je préférerais qu'il ne sache pas que j'ai dû frapper un homme au visage moins d'une heure après qu'il m'a laissée à la gare.

Elle bloqua son souffle avant de le relâcher lentement.

— Il s'est inquiété des dangers que je pourrais rencontrer en voyageant seule, et je l'ai rassuré. Mais sans doute avait-il raison. Vouloir effectuer ce trajet seule était peut-être pure folie.

— Vous serez en sûreté pour le reste du voyage, Miss Westmont. Je vous en fais le serment, lui dit-il, soutenant son regard.

Il voulait qu'elle le croie. Il désirait sa confiance.

Il s'assurerait de la sécurité de Lucy Westmont pour le reste du voyage jusqu'à Édimbourg.

— Vous ne devriez pas faire de promesses que vous ne pouvez honorer, Mr Pembroke. Jusqu'à présent, rien à propos de ce voyage ne s'est passé comme je m'y attendais.

Il appréciait sa prudence. Sous ses airs de déesse rayonnante avec ses cheveux aux reflets d'or, son nez retroussé et ses lèvres évoquant un bouton de rose, la lady n'avait rien d'une idiote.

— Quoi qu'il en soit, je ferai tout mon possible pour qu'il ne vous soit fait aucun mal.

— Je vois.

Elle pressa légèrement sa main douloureuse puis étendit ses doigts comme pour évaluer sa douleur.

— Êtes-vous désormais mon protecteur autodésigné ?

Il y avait une pointe de dureté dans la voix de Lucy. Et James réalisa qu'ils n'étaient pas si différents l'un de l'autre dans leur volonté de ne pas accorder facilement leur confiance.

— Considérez cela comme un dédommagement pour le moment de notre rencontre. Je me suis montré plutôt...

— Grossier ?

— Impatient.

— Je dirais plutôt terriblement autoritaire.

— Vous sembliez excédée.

— Je ne l'étais pas jusqu'à ce que vous renversiez tous mes livres par terre.

— Vous voyez, la taquina-t-il. Vous êtes excédée à présent.

Elle pinça fermement les lèvres et lui lança un regard de défi.

— J'ai un frère cadet qui me taquine aussi souvent qu'il le peut, Mr Pembroke...

— James.

— ... je peux vous l'assurer. Je ne suis pas facilement irritée.

— Je raffole des défis.

— Vos tentatives seraient vaines.

— N'est-ce pas à moi d'en décider ?

En son for intérieur James avait déjà pris sa décision. Tout moment passé en compagnie de cette lady si ravissante en vaudrait la peine. Ce voyage en train, qu'il redoutait depuis qu'il avait décidé de se rendre en Écosse, n'aurait pu être qu'une occasion pour lui de ressasser ses échecs ou de se heurter au souvenir de son dernier voyage en train vers le nord du pays.

La rencontrer avait tout changé. Il avait aimé chaque instant passé auprès d'elle et était particulièrement heureux de l'avoir éloignée de Nichols.

Quand il commença à dérouler ses manches, il sentit que Lucy suivait ses mouvements du regard et leva les yeux pour découvrir qu'une adorable teinte rosée venait parer ses joues.

Elle se pencha pour récupérer les accessoires qu'il avait utilisés pour nettoyer ses blessures, déposant le bol sur le plateau, pliant le linge et plaçant dessus le pain de savon.

— Je devrais rendre tout ceci.

— Laissez-moi vous aider.

Il se pencha pour lui prendre les objets des mains, mais elle les éloigna de lui.

— Je n'ai nul besoin d'être dorlotée, Mr Pembroke.

— Pardonnez-moi, Miss Westmont, répondit James en levant les mains pour marquer sa reddition.

Plus ils passaient de temps ensemble, plus elle semblait sur la défensive. Presque comme si elle avait le sentiment d'avoir quelque chose à prouver. Peut-être les doutes de son père à propos de son désir d'indépendance lui restaient-ils sur le cœur.

— Je vous en prie, ne croyez pas que je vous sous-estime, intervint James.

Lucy le regarda alors avec attention, laissant son regard vagabonder avec une indéniable audace. S'il fallait se fier aux endroits sur lesquels il s'attardait, il semblait que ses yeux, ses épaules et sa bouche lui plaisaient particulièrement.

Il sourit. Non pour la troubler – bien que de toute évidence c'était le cas – ni même la séduire. Il sourit pour lui montrer qu'il savait quel tour avait pris ses pensées et que ceci lui était fort agréable.

— Vous êtes une canaille, lâcha-t-elle dans un souffle, d'un ton si bas qu'il ne l'aurait pas entendue si elle avait été un peu loin de lui.

Mais elle était tout près. Douloureusement près.

Son parfum l'enveloppait, et son souffle réchauffait son visage.

— Je n'ai jamais pensé en être une mais j'adore entendre ce mot franchir vos sublimes lèvres.

Il était bel et bien une canaille. Un homme si séduisant et si à l'aise avec sa beauté virile ne pouvait que l'être.

— Si vous voulez bien m'excuser.

Lucy déglutit avec peine, serra le bol et les ustensiles contre sa poitrine et quitta le compartiment numéro 1.

Elle progressa d'un pas vif dans le couloir, renversant un peu d'eau en chemin et s'arrêta à la jonction entre le wagon du compartiment de James et le suivant.

Les yeux fermés, elle prit plusieurs longues inspirations jusqu'à ce que les battements de son cœur retrouvent un rythme plus normal.

Mon Dieu, cet homme. James Pembroke. Personne n'avait jamais été capable de la troubler aussi facilement que Mr James Pembroke. Il était imprévisible. Un moment effronté, puis soudain charmant. Elle était capable de cerner la plupart des gens, de les comprendre. Elle écoutait, se montrait attentive et décelait la meilleure façon de les approcher. C'était un ensemble de compétences qu'elle avait appris de son père diplomate. Mais Mr Pembroke la déconcertait.

Elle trouva un employé de la compagnie de chemin de fer juste à l'intérieur du wagon-restaurant qui prit ses ustensiles en hochant la tête.

— Désirez-vous une table, mademoiselle ?

— Non, je vous remercie.

Elle n'avait nulle envie de manger. L'incident avec Nichols lui avait mis les nerfs à vif, et au contact de Mr Pembroke elle avait senti son ventre se nouer d'émotion plus de fois qu'elle n'était disposée à l'admettre.

— La voici !

Maribel pointa un doigt vers Lucy, ce qui amena Jane à tourner la tête vers elle et à se lever.

Cette dernière lui fit signe de les rejoindre, et Lucy approcha des deux sœurs tout en priant pour ne pas avoir le rouge aux joues et pour que ses traits ne trahissent rien de son trouble.

— Nous envisagions à l'instant d'aller vous retrouver. J'étais un peu inquiète au sujet du gentleman qui s'est occupé de vous.

L'expression déplaisait fortement à Lucy, mais elle savait que Miss Wilson n'avait eu aucune pensée malveillante.

— N'avons-nous rien à craindre de lui ? demanda la plus jeune des sœurs Wilson d'un ton méfiant. Jane dit qu'il est bel homme.

— Un homme beau n'est pas forcément bon, asséna Jane. J'ose espérer que la plupart des jeunes femmes le savent.

Elle jeta à Lucy un regard perçant.

— Je le sais, répondit cette dernière.

Lucy n'était pas certaine d'avoir jamais entendu pareille maxime, mais sa méfiance envers les hommes séduisants puisait sa source dans trois Saisons passées à regarder les plus attirants jeunes lords jouer avec les sentiments de jeunes ladies à la manière de maîtres marionnettistes.

Elle ne pouvait pas expliquer pourquoi elle faisait confiance à Mr Pembroke, alors qu'il prenait de toute évidence plaisir à la taquiner.

— Comptez-vous vous joindre à nous ?

— Avec plaisir, acquiesça Lucy. Mais je souhaite également vous inviter à venir vous installer dans le compartiment de Mr Pembroke quand vous aurez terminé votre déjeuner.

— Toutes nos affaires se trouvent encore dans le compartiment numéro 5 avec Mr Nichols.

— Dans ce cas, j'irai les chercher.

La voix grave qui venait de s'élever attira leur attention en direction de Mr Pembroke qui venait d'entrer dans le wagon-restaurant et s'approchait à présent de leur table. Lucy nota qu'elles n'étaient pas les seules femmes à remarquer son entrée dans les lieux.

Elle aurait parié sans peine qu'il était homme à attirer l'attention féminine partout où il allait.

— Oh ! il est bel et bien séduisant, murmura Miss Maribel.

Et, en effet, il l'était. Bien trop apparemment pour la sérénité d'esprit de Lucy.

— Je vous raccompagne ?

— Miss Westmont n'a même pas eu le temps de boire une tasse de thé.

— Dans ce cas nous pourrions demander à être servis dans mon compartiment.

— Mon Dieu, s'exclama Miss Maribel d'un ton ébahi. Existe-t-il un détail auquel vous n'avez pas pensé, monsieur ?

Cette remarque provoqua un petit pincement dans la poitrine de Lucy.

C'était le genre de remarque qu'elle entendait souvent à son propos de la bouche de sa meilleure amie, Miranda. Elle n'était pas habituée à ce que quiconque soit aussi attentionné ou serviable qu'elle l'était elle-même.

Et il s'agissait d'étranges qualités pour une charmante canaille.

— Vous trois méritez un peu de quiétude après cette affreuse mésaventure avec Nichols.

Lucy s'éveilla en sursaut et se redressa vivement sur la banquette. Son cou, son épaule et sa main protestèrent aussitôt. Il lui fallut un moment pour réaliser que la nuit était tombée.

Face à elle, les sœurs étaient assises côte à côte. Maribel avait posé sa tête contre l'épaule de sa sœur, et toutes deux dormaient profondément.

Elle massa un instant son épaule douloureuse puis tenta d'atteindre de sa main le nœud de tension qui s'était formé vers le haut de son dos.

— Je vous proposerais bien mon aide mais, si nous réveillions les sœurs, cela causerait un véritable scandale.

James avait parlé à voix basse, d'un ton empreint de chaleur et rendu rauque par le sommeil.

— Je n'ai pas besoin d'aide. Merci beaucoup.

Lucy jeta un regard vers James Pembroke et découvrit l'air amusé qui se peignait sur son visage.

Il avait retiré sa veste et dénoué sa cravate dont le tissu sombre se détachait de manière saisissante sur la blancheur de sa chemise. Son cou apparaissait dans une échancrure qui donnait à voir la base de sa gorge parsemée d'un duvet sombre.

Les doigts de Lucy fourmillaient d'envie de se poser sur lui. Elle aurait dû être choquée par la façon si libre dont ils s'étaient touchés mutuellement depuis leur rencontre quelques heures seulement plus tôt. Mais il n'y avait aucune gêne dans ces gestes, nulle honte. Il semblait naturel et étrangement normal de se sentir à son aise avec lui.

Pourtant, quand leurs regards se croisèrent, elle perçut que lui n'était à son aise.

— Ai-je dormi longtemps ? s'enquit-elle.

Elle parlait à voix basse afin de ne pas réveiller les deux sœurs.

— Deux heures environ.

Il plongea une main dans ses cheveux, et Lucy remarqua alors le voile de sueur qui couvrait son front.

Il faisait frais dans le compartiment, il paraissait donc fort illogique qu'il se retrouve dans pareil état.

— Quelque chose vous perturbe-t-il ?

Il réprima un rire.

— Peut-être est-ce le fait de rester si longtemps immobile. Je ne suis pas très doué pour ce genre d'exercice.

— Je peux le comprendre sans peine. J'aime être occupée, moi aussi.

Il acquiesça et lui adressa un sourire compatissant.

— Mais nous serons bientôt arrivés.

Le regard de Lucy passa alors sur les deux sœurs endormies.

— Et alors nous pourrons tous détendre nos jambes, précisa Lucy.

À ses mots, elle ne put s'empêcher de remarquer que le regard de James Pembroke s'égarait brièvement vers ses propres jambes. Une canaille, décidément.

— Vous ne m'avez pas dit ce qui vous amène en Écosse. Pour ma part, je vais rendre visite à ma tante.

— Et moi, j'ai certaines affaires à régler, dit-il simplement mais d'un ton qui paraissait avoir pour but de décourager toute question supplémentaire.

Lucy cependant n'était pas dépourvue de curiosité. En particulier à son égard.

— Oh ! vous êtes donc un homme d'affaires ?

Il acquiesça mais prit soin toutefois d'éviter de regarder dans sa direction. Subitement, le paysage qui défilait derrière la vitre - bien que plongé dans l'impénétrable obscurité nocturne - semblait exercer sur lui une intense fascination. Tout en gardant les yeux fixés vers l'extérieur, il tira sur la cravate qui pendait à son cou et roula le tissu en boule dans sa main, comme s'il avait été rongé d'inquiétude.

— Quelles sortes d'affaires ?

Lucy ignora tous les signaux que James Pembroke envoyait pour indiquer qu'il ne souhaitait pas être poussé à livrer des informations personnelles.

Quel homme curieux.

D'après son expérience, Lucy savait que les gentlemen étaient fort heureux de parler de leurs accomplissements, parfois à un point qui ne tardait pas à susciter une impérieuse envie de bâiller.

Quand elle se sentait anxieuse, parler avait tendance à apaiser son esprit. Même si le sujet abordé était stupide. La simple diversion offerte par la conversation était capable de faire des merveilles.

Elle mordilla sa lèvre, se demandant ce qu'elle pourrait dire pour mettre James Pembroke à son aise.

— Votre séjour en Écosse sera-t-il long ?

Son regard se posa brièvement au-dessus de la tête de James. Il ne transportait pas comme elle de sac de voyage trop rempli, bien qu'il eût pu donner au bagagiste deux malles à ranger sans qu'elle le sache.

— Pas si je peux l'éviter.

Il lui décocha l'un de ses sourires charmeurs, aussi vif et acéré qu'une flèche, qui la désarma complètement.

Lucy déglutit avec difficulté et intima à son cerveau de trouver une réponse pleine d'esprit. Mais il n'y parvint pas.

L'homme se tourna de nouveau vers la fenêtre, un léger sourire s'attardant sur ses lèvres. Comme s'il était satisfait que son assaut de charme ait eu l'effet désiré en la laissant sans voix.

— Gardez vos secrets si vous le voulez, Mr Pembroke, lança Lucy d'un ton feignant l'indifférence et pourtant teinté d'une pointe d'agacement.

Elle l'observa comme elle l'aurait fait avec un mystérieux gentleman à l'occasion d'un bal.

Sa mâchoire était crispée et son front plissé par l'anxiété. Il n'était pas à son aise comme il l'avait été quand ils s'étaient trouvés seuls.

Peut-être la présence des sœurs avait-elle altéré leur complicité. Ou peut-être n'avait-il jamais été aussi intrigué par elle qu'il en avait donné l'impression. Si trois Saisons lui avaient enseigné une chose, c'était que les sentiments étaient bien souvent inconstants.

Après quelques minutes de silence, il dit à voix basse :

— Je crains de ne pas être très friand des voyages en train.

— Et quelle en est la cause ?

Il prit une profonde inspiration.

— Un… incident survenu durant mon enfance. Rien dont je souhaite parler.

— Je vois.

Elle voulait qu'il lui en dise plus, mais le ferait-il ?

Ils étaient des inconnus l'un pour l'autre après tout. Des inconnus dont les chemins se sépareraient bientôt.

Comme elle s'y attendait, il se fit silencieux mais continua de tordre le tissu de sa cravate entre ses mains.

— Mon père est le comte de Hallston.

Elle ne savait pas vraiment pourquoi elle avait brusquement lâché cet aveu. Peut-être était-ce dans l'espoir que, si elle répondait à la question qu'elle avait évitée plus tôt, il pourrait également en dire davantage.

Sa manœuvre fonctionna, du moins pour obtenir son attention. Il inclina la tête.

— J'ai entendu parler de votre père. Il est connu pour être philanthrope.

— Oh oui, Père recherche toujours des moyens d'aider autrui.

James s'agita sur sa banquette, laissant enfin le tissu chiffonné de sa cravate reposer sur sa cuisse.

— Je sais que vous avez peur qu'il apprenne ce qu'il s'est passé avec Nichols...

— Disons plutôt que je ne souhaite pas qu'il découvre que j'ai été confrontée au danger même qu'il redoutait dès l'instant où je suis montée à bord du train. Je ne désire pas le décevoir plus que je ne l'ai déjà fait.

— Je ne peux imaginer que vous puissiez être la cause de la moindre déception.

Lucy cligna des paupières en sentant le feu gagner ses joues.

— Ce sont de bien aimables paroles.

Si aimables qu'elle se sentit soudain affreusement gênée, incapable de savoir où poser son regard ni que faire de ses mains.

— J'ai raté trois Saisons, voyez-vous.

— Raté ?

James riva son regard sur elle, de façon plus intense encore qu'auparavant. Sourcils froncés, il la fixa, presque comme s'il posait les yeux sur elle pour la toute première fois.

— En quoi avez-vous échoué ?

Lucy haussa un sourcil surpris. Était-il vraiment résolu à l'obliger à se montrer plus explicite ?

— J'ai échoué à trouver un mari, Mr Pembroke.

— Nul homme n'était-il donc à la hauteur ?

L'expression de James se radoucit.

— Aucun d'eux ne me convenait.

Lucy décida qu'il était juste de ne pas mentionner que très peu d'entre eux lui avaient fait la moindre proposition.

— Il n'y a rien de mal à réfléchir sérieusement avant de prendre une décision d'importance. C'est ainsi que nous devrions tous procéder.

L'intensité de son ton fit songer à Lucy qu'il ne faisait pas référence à son échec sur le marché des célibataires.

Elle était d'accord avec le principe qu'il énonçait.

— Curieusement, Père dirait peut-être que j'agis de façon impulsive, mais je présume que je me connais bien et que j'essaye de faire les bons choix.

Malgré l'affreuse mésaventure survenue avec Nichols, elle avait toujours le sentiment que ce voyage en Écosse comptait au nombre de ces bons choix.

Les sœurs s'agitèrent sur la banquette, et tous deux leur jetèrent un regard, s'attendant à ce qu'elles s'éveillent. Elles n'en firent rien, toutefois Mr Pembroke retomba dans le silence. Lucy avait envie de continuer à le presser de questions. Mais il s'était retiré en lui-même, croisant les bras et tournant une fois encore son regard vers la fenêtre.

— Pour ma part, je parle davantage lorsque je suis inquiète. Il semblerait que vous préfériez faire le contraire.

Lucy se pencha vers lui.

— Je suis désolée si je n'ai fait qu'empirer la situation.

— Vous ne pourriez aggraver les choses, dit-il avec dans la voix une inattendue douceur.

Puis il se tourna vers elle et baissa le ton jusqu'à murmurer :

— Et vous n'avez rien fait de mal. J'ai apprécié nos échanges, Lucy Westmont.

— Et il en est de même pour moi.

Le murmure se coinça dans sa gorge, comme si elle venait d'avouer un fait important.

— J'espère que vous profiterez bien de votre séjour en Écosse. Que vous ferez de belles découvertes et lirez beaucoup.

Il jeta un regard à son sac de voyage débordant de livres.

— Je vous souhaite de même pour ce qui est de votre visite, Mr Pembroke. À l'exception peut-être de ce qui a trait à la lecture.

Le sourire qui s'était peint sur les traits de Lucy s'évanouit dans l'instant. Ainsi c'était fini. Le temps des au revoir était arrivé. Bientôt leurs chemins se sépareraient, et ils ne se reverraient probablement jamais.

Cette perspective, presque impossible à concevoir, la contrariait, mais elle fit de son mieux pour mettre de côté ses pensées mélancoliques.

C'était le premier voyage qu'elle effectuait seule, et toutes sortes de nouvelles expériences l'attendaient, c'était certain.

6

James trouva une calèche parmi celles qui accueillaient les passagers tout juste arrivés. Le cocher accepta facilement de le conduire jusqu'à Invermere, même s'il n'avait pas omis de lui rappeler que le trajet de trente miles les ferait arriver tardivement – trop tard pour effectuer la moindre visite, c'était là ce qui était sous-entendu. Mais, à la vérité, James n'était pas un visiteur. Il possédait ce fichu endroit. En temps normal, il aurait évité de réveiller les domestiques, mais tout à propos de ce voyage avait revêtu un caractère d'urgence.

Le répugnant sourire narquois de Beck apparut subitement dans son esprit, puis le souvenir de la peur lue dans le regard de Mrs Wilton lui revint. Il ne permettrait pas que quiconque d'autre ait à souffrir à cause de ses propres échecs.

Mais, avant de gagner Invermere, James devait honorer un rendez-vous. Du moins espérait-il que le notaire écossais qu'il avait contacté se rendrait disponible même après avoir été prévenu tardivement, et qu'ils pourraient régler leurs affaires rapidement.

— Vous me retrouverez ici dans une demi-heure ?

Le cocher acquiesça d'un hochement de tête, et James le salua d'un geste de la main.

Alors qu'il quittait la gare pour rejoindre Princes Street, James ne put résister à l'envie de scruter la foule dans l'espoir d'y apercevoir une lady coiffée d'un chapeau sophistiqué de couleur violette. Elle n'était pas difficile à repérer. Lady Lucy Westmont se tenait auprès des sœurs Wilson, et toutes trois étaient occupées à récupérer leurs bagages auprès d'un porteur.

Un désir ardent et néanmoins vain le submergeait et, bien que la raison pût suffire à le mettre de côté – mieux valait pour elle qu'elle ne connaisse pas un homme tel que lui, n'est-ce pas ? –, une part de lui refusait d'accepter le fait que leurs routes ne se croiseraient plus jamais. Leur rencontre était tout à fait inattendue, et elle était la femme la plus stimulante dont il ait jamais fait la connaissance, mais également la plus attirante. Il savait que, même s'ils avaient passé peu de temps ensemble, son souvenir resterait gravé en lui. En réalité, il craignait même de ne jamais pouvoir l'oublier. Il s'attarda sur le trottoir, enfilant ses gants, bien qu'il détestât les porter, et redressant sa cravate, tout en sachant que ses vêtements resteraient inévitablement froissés après ce voyage de près de neuf heures.

Qu'espérait-il donc ? Qu'elle regarde dans sa direction et s'approche de lui, juste pour prolonger une forme de complicité qui semblait la troubler au plus haut point ? Il n'avait rien à offrir à une lady telle que Lucy Westmont. Du moins pour l'instant.

Mon Dieu, dire « pour l'instant » avait quelque chose de si attrayant. Comme l'avenir semblerait alléchant s'il trouvait le moyen de manœuvrer pour qu'elle en fasse partie.

Son père, ainsi qu'il l'avait appris quand elle avait de mauvaise grâce accepté de livrer son nom, était l'un des aristocrates les plus célèbres de Londres. Une référence en matière d'initiatives caritatives, puissant à la Chambre des lords, et connu pour soutenir financièrement des programmes de travaux publics. James avait failli investir dans un projet impliquant un groupe d'aristocrates à l'esprit civique. Il avait été prêt à faire une exception à sa règle habituelle consistant à éviter les nobles parce qu'il s'agissait d'un projet d'assainissement qui, bien que promis à lui rapporter fort peu, aurait produit d'importants bénéfices pour la vie des Londoniens. Bien que le projet eût finalement avorté, James se souvenait que l'implication de Lord Hallston avait été un argument bénéfique pour attirer des investisseurs.

Mais que prévoyait-il de faire concernant Lucy ? Apparaître à Londres dans plusieurs mois et resurgir dans son existence, alors qu'elle aurait probablement tout oublié de leur étrange petite parenthèse à bord d'un train roulant vers l'Écosse ? Ou qu'elle aurait trouvé un prétendant prêt à lui donner plus qu'il ne pouvait le faire lui-même actuellement ? C'était ce qu'elle méritait.

Une fois qu'il fut sorti de ses rêveries, James réalisa que les trois femmes marchaient, en fait, dans sa direction.

Sa bouche s'assécha, ses paumes lui semblèrent subitement brûlantes, et son esprit se démena pour trouver les mots propres à expliquer son comportement, lui qui était resté à les observer – à l'observer – pendant bien trop longtemps.

— Vous manquais-je déjà, mesdames ?

— Mr Pembroke, voilà que nous nous retrouvons, lança Miss Maribel Wilson d'un ton taquin au moment de le rejoindre. Je suis surprise, je l'avoue, car vous sembliez véritablement pressé de vous occuper de vos affaires.

— C'est le cas, en effet.

— Et où vos projets vous appellent-ils ? demanda Lady Lucy en levant son regard vers lui, les fleurs violettes de son chapeau s'agitant sous l'effet du vent. Ou cette information fait-elle également partie de vos nombreux secrets ?

Ses yeux pétillaient de malice. Même après une journée entière passée à bord d'un train, une abominable confrontation avec un goujat et cette inquiétude qu'elle ressentait à l'idée de ne pas satisfaire les attentes de son père, elle débordait de vitalité et d'espièglerie.

— J'ai un rendez-vous.

James sortit sa montre à gousset de sa poche.

— Ciel, je suis en retard.

Observer Lucy en compagnie des sœurs Wilson lui avait fait perdre toute notion du temps.

— Allez-vous loin ? reprit la jeune femme. Devez-vous héler une calèche ?

— Non, c'est inutile. Je me rends au Guildford Arms. C'est au bout de Princes Street, sur Register Place.

— Quelle fabuleuse coïncidence ! s'exclama Miss Jane Wilson d'un ton presque enfantin qui lui valut d'attirer tous les regards sur elle. Selon ce plan, c'est tout proche de l'endroit où nous nous rendons pour dîner, le Café Royal.

Elle s'avança vers sa sœur et glissa son bras sous le sien.

— Pourquoi ne pas faire le chemin ensemble ?

Sans attendre la moindre réponse, Miss Wilson partit d'un pas vif, entraînant avec elle sa sœur qui, plus petite, devait presque bondir pour suivre son rythme.

Lady Lucy se trouvait toujours auprès de James.

— Venez-vous, vous aussi ? s'enquit-il.

James lui offrit son bras, un geste galant qu'il n'avait pas accompli depuis des mois.

— Non, répondit-elle, la calèche de ma tante doit arriver d'un instant à l'autre pour me conduire chez elle.

— Il s'agit donc d'un au revoir.

— Une fois encore, dit-elle avec un sourire.

Par tous les diables, il se comportait à la manière d'un idiot follement épris.

— Je vous souhaite le meilleur, Lady Lucy Westmont. Une fois encore.

— Je vous adresse également mes meilleurs vœux de réussite, Mr Pembroke, quelle que soit la mystérieuse entreprise pour laquelle vous êtes venu en Écosse.

Ce fut au tour de James de rire. Sa curiosité lui plaisait et lui donnait presque envie d'être un homme aussi mystérieux que ses taquineries voulaient le laisser entendre.

Elle commença à se détourner de lui et il sentit un pincement dans la région du cœur – l'expression d'un sentiment de déception qui semblait ridiculement vif étant donné la courte durée de leur relation.

— Vous rentrerez ensuite à Londres, je suppose ?

En cet instant, des envies de promesses assaillirent James. Il voulait lui assurer qu'il lui rendrait visite dès qu'il regagnerait la capitale. Mais il n'était même pas certain du moment de son retour et ne voulait pas prendre d'engagements qu'il ne pourrait honorer. Même s'il ne la connaissait que depuis une journée, il savait que Lady Lucy Westmont méritait mieux.

— C'est ce que j'espère, se contenta-t-il de répondre.

Quelque part dans le lointain, l'horloge d'un clocher sonna l'heure pile.

— Je dois partir.

— Bien entendu. Ne me laissez pas vous retarder.

— Tout ira bien pour vous ?

— Je sais me débrouiller seule, Mr Pembroke. Tout se passera au mieux.

James hocha la tête et soutint son regard plus longtemps qu'il n'aurait dû. Son attitude avait beau être parfaitement insensée, il n'avait nulle envie d'être celui qui romprait le lien qui s'était établi entre eux. Mais Lady Lucy, femme intelligente s'il en était, le fit la première. Après l'avoir salué à son tour, elle baissa les yeux et se tourna pour observer la file de calèches et de *cabs* approchant de la gare pour emporter ou déposer des voyageurs.

Il tourna à son tour les talons, quitta la gare et prit la direction empruntée par les sœurs Wilson.

En quelques minutes à peine, James atteignit une intersection sur West Register Street et repéra le Guildford Arms. Ainsi que les sœurs l'avaient mentionné, le Café Royal se trouvait tout près.

James n'aperçut pas les deux femmes parmi les personnes attablées dans le restaurant élégamment décoré, mais il avisa un homme installé à l'intérieur du Guildford Arms et qui regardait par la vitre d'un air impatient. S'agissait-il du notaire écossais ?

Une fois entré dans le pub bondé, James se fraya un chemin jusqu'à lui.

— Mr Abercrombie ?

— *Aye*, c'est bien moi.

L'homme mince au nez surmonté de lunettes bondit de son siège et tourna vers James un visage soulagé.

— Et je présume que vous êtes Lord Rossbury.

James était tellement décontenancé par l'utilisation de son titre qu'il ne put qu'acquiescer avant de prendre place à la table. Le notaire fit un signe à la barmaid et, peu après, une pinte de bière dont il n'avait pas particulièrement envie fut posée devant lui.

— Je vous remercie de vous être rendu disponible si rapidement.

— *Aye*, c'est tout à fait normal, monsieur le comte. J'ai été contacté par Mr Cathcart, votre notaire de Londres.

Il désigna des documents soigneusement disposés devant lui.

— Il fait référence à une propriété située au nord d'Édimbourg. Je crois comprendre que vous avez hérité des terres et de la demeure.

— C'est le cas, en effet.

James prit une gorgée de bière et trouva le breuvage plus savoureux qu'il ne l'avait imaginé.

— Avez-vous eu le temps de vous informer quant à la propriété et, surtout, à l'état de la demeure ?

L'homme n'avait été contacté que très récemment, et James n'attendait pas de miracles de sa part, mais ce que Cathcart avait dit à propos de la présence au manoir de l'une des anciennes maîtresses de son oncle faisait peser un indéniable poids sur sa conscience. Vivait-elle toujours dans les lieux ? Considérait-elle la demeure comme sienne et, plus important encore, avait-elle ou non laissé l'endroit tomber en ruines ?

— Personne n'a eu l'occasion de s'y rendre pour l'instant, monsieur le comte.

Abercrombie gratifia James d'un large sourire avant de propulser un doigt osseux dans les airs.

— Mais vous serez heureux d'apprendre que j'ai sollicité les services d'un expert en évaluation de biens. Un homme avec lequel j'ai déjà travaillé. Digne de confiance. Efficace. Il se rendra sur place dès lundi prochain si cela vous convient.

— Le plus tôt sera le mieux en effet.

James engloutit une autre gorgée de bière, et bien qu'il accueillît avec joie la sensation de chaleur s'épanouissant en lui, il fut plus que ravi quand la barmaid déposa également sur leur table du pain et du fromage.

— Si vous voulez bien me pardonner un peu d'impertinence, my lord, quelle est la raison de cet empressement ?

L'homme se montrait bel et bien impertinent, certainement bien davantage que ne l'aurait été Cathcart. Mais, après les derniers mois écoulés, James avait fini par apprécier les personnes franches et directes plus que jamais dans sa vie.

— Je vous laisserai être impertinent si vous me permettez d'être direct. J'ai besoin d'argent, Abercrombie. J'en ai désespérément besoin.

Le notaire hocha la tête d'un air solennel, semblant comprendre la situation de James bien mieux que si ce dernier l'avait davantage expliquée. Abercrombie fouilla un instant dans ses papiers, et

James observa ses sourcils broussailleux se hausser et s'abaisser tandis qu'il s'attelait à la rédaction de quelques notes sur un petit morceau de papier.

— La précédente évaluation remonte à presque dix ans mais, en me basant sur cette somme, je pourrais me renseigner pour l'obtention d'un prêt pour vous avec le manoir comme garantie.

— Non, plus d'emprunts.

James souffrait d'être lié au pire dépravé de Londres parce qu'il avait été assez stupide pour accepter un prêt de sa part. Jusqu'à ce que cette dette soit effacée et qu'il soit de nouveau solvable, il n'emprunterait pas le moindre penny supplémentaire.

— C'est compris. Dans ce cas j'attendrai d'avoir des nouvelles de Dickson lundi, et nous verrons la manière de procéder à partir de là.

— Auriez-vous la moindre idée du temps qu'il faudra pour vendre l'endroit ?

— Difficile à dire. Tout dépend de son état, en réalité.

Il fit courir son doigt sur le courrier qu'il avait dit avoir reçu de Cathcart.

— Lady Cassandra Munro ?

— La maîtresse de mon oncle.

— Je connaissais son mari.

Un air contrit s'était peint sur son visage.

— Un vrai vaurien. Un homme séduisant, mais un sale type néanmoins. Si vous voulez m'excuser de m'exprimer de la sorte, monsieur le comte.

— Parlez librement, Abercrombie. Je préfère qu'il en soit ainsi.

James ne savait pas ce qu'il souhaitait réellement connaître de la vie de cette femme, en particulier s'il allait être contraint de la mettre à la porte une fois arrivé à Invermere. Un élan de compassion commençait déjà à se former en lui pour celle qui avait remplacé dans sa vie un mufle séduisant par son oncle si cruel et lugubre.

— Son mari vit toujours ?

— Non, il est mort il y a des années. Perdu en mer. L'homme en question était un pirate.

Après des années passées dans le monde du commerce maritime,

James connaissait les hommes de cette trempe. Généralement, il s'agissait de personnes intelligentes, des stratèges qui ignoraient dangereusement la peur.

— J'espère sincèrement qu'elle n'habite plus sur place. Peut-être qu'après la mort de mon oncle la lady est passée à autre chose.

De toute évidence, trouver des amants n'était pas difficile pour elle.

— C'est une éventualité, monsieur le comte. Mais, si elle vit toujours là-bas, je présume qu'elle ne se laissera pas facilement déloger. Elle était l'épouse d'un pirate et la maîtresse d'un grincheux. Je ne la connais pas, mais elle semble posséder un solide tempérament.

James échoua à étouffer un grognement de contrariété.

— On dirait bien que vous êtes convaincu de la difficulté de la tâche, n'est-ce pas ?

Abercrombie lança un regard perçant à James sous ses sourcils broussailleux.

— Oh *aye*, assurément.

Trois quarts d'heure après que James et les sœurs Wilson l'eurent laissée à la gare, Lucy se tenait recroquevillée sur un banc tandis que le ciel s'assombrissait et que l'air devenait plus froid à chaque instant. Ayant eu la présence d'esprit de glisser une écharpe dans son sac de voyage, elle noua l'étoffe de laine à son cou, savourant aussitôt le réconfort apporté par son doux parfum de lavande.

Elle repensa au télégramme envoyé à sa tante : elle était certaine d'y avoir mentionné l'heure exacte de son arrivée.

En outre, l'horaire de l'express quotidien était connu de tous et n'aurait pas représenté un grand mystère au cas où Tante Cassandra ou son cocher auraient égaré son télégramme.

Lucy jeta un regard vers la file de voitures à cheval arrivant et repartant de Waverley Station puis tourna la tête dans la direction opposée, ainsi qu'elle l'avait fait des dizaines de fois au cours de la demi-heure écoulée.

Elle ignorait totalement à quoi la voiture de Tante Cassandra ressemblait, mais personne ne pourrait confondre sa tante avec une autre. Sa beauté et la riche nuance auburn de ses cheveux lui permettaient de se faire remarquer au sein de la moindre foule.

Où êtes-vous donc, Tante Cassandra ?

Lucy se leva et ne put réprimer un petit grognement en constatant la raideur qui frappait ses jambes tout autant que son dos. Elle était restée assise trop longtemps, et attendre dans le froid était absurde. Elle n'avait jamais eu pour habitude d'attendre que quelqu'un d'autre qu'elle règle ses propres problèmes.

Elle marcha d'un pas décidé vers la file de voitures à cheval, et au même instant un *cab* à l'allure défraîchie s'arrêta au bord du trottoir. Son cocher sauta immédiatement à terre. Il fit courir son regard sur chacune des personnes qui se trouvait à l'extérieur de la gare comme s'il était en quête de quelqu'un.

— Recherchez-vous un passager, monsieur ? l'appela Lucy tout en s'approchant à grands pas.

— Lady Lucy Westmont ?

— Oui, c'est moi !

Lucy courut pour retrouver le cocher tout en sentant inquiétude et lassitude se dissiper.

— Vous avez été envoyé par ma tante ?

— *Aye*, my lady, par Lady Cassandra Munro.

L'homme retira son chapeau et le serra contre sa poitrine tout en inclinant la tête.

— Pardonnez mon arrivée tardive.

— Ce qui compte est que vous soyez là à présent.

Lucy désigna sa malle.

— Je suis prête à partir sur-le-champ si cela vous convient.

Le vieil homme leva les yeux vers le ciel.

— Vous arriverez bien après la tombée de la nuit, milady.

Il lança un coup de menton en direction de Princes Street, la rue vers laquelle s'étaient dirigés les sœurs Wilson et Mr Pembroke.

— Je pourrais vous conduire directement jusqu'à un hôtel et venir vous chercher pour faire le trajet aux premières heures du jour si vous préférez.

— S'il vous plaît, monsieur. J'aimerais partir maintenant. Ce soir.

Elle était impatiente de voir sa tante et de réellement commencer ses vacances écossaises.

Le cocher la fixa un long moment, et Lucy soutint son regard, tandis que de petits nuages se formaient dans l'air froid devant leur bouche. Tous ceux à qui elle avait eu affaire depuis le début de son voyage – à commencer par son père – l'avaient sous-estimée. À l'exception peut-être de Mr Pembroke. Elle souhaitait que le cocher n'appartienne pas non plus à la première catégorie.

— Très bien.

En quelques minutes, l'homme corpulent rangea la malle à l'arrière de la calèche et lui tendit une main gantée pour l'aider à grimper à l'intérieur.

— Vous n'avez aucun autre bagage ?

— Ce sac de voyage seulement.

Lucy le souleva sans pouvoir réprimer un grognement. Elle avait vraiment emporté trop de livres.

— Mon nom est Tavish, milady. Nous effectuerons le trajet en deux heures si le temps reste au beau fixe.

— Je vous remercie.

— Utilisez donc la couverture qui se trouve ici pour vous tenir chaud.

Dès que Lucy se fut installée dans la calèche, la fatigue causée par les événements du jour s'abattit sur elle. Elle ressentait encore dans son épaule la douleur causée par la façon dont Nichols lui avait saisi le bras, et ses jointures étaient toujours endolories.

Toutefois un souvenir plus doux lui revint en mémoire – la délicatesse de James Pembroke quand il avait tenu et soigné sa main. Ils avaient été si proches l'un de l'autre tandis qu'ils parlaient à voix basse ensemble. La proximité avait été telle qu'elle avait pu enregistrer dans sa mémoire la forme de sa bouche et remarquer les petits fils argentés parcourant ses iris bleu sombre.

Elle ne connaissait cet homme que depuis une journée, pourtant elle gardait tant de souvenirs des moments qu'ils avaient partagés !

Il était toutefois bien insensé de songer à lui. « Consacrez votre énergie à ce que vous pouvez raisonnablement accomplir plutôt que d'alimenter des pensées fantasques », disait Mrs Winterbottom.

James Pembroke veillait jalousement sur sa vie privée et

semblait résolu à ne rien partager le concernant. C'était vrai, elle avait été réticente à l'idée de donner le nom de son père mais, s'il avait sincèrement souhaité la connaître, il aurait fait un effort pour qu'elle le lui dise.

Ses vacances ne faisaient que commencer. Durant les jours à venir, elle découvrirait une foule de choses à faire et à voir, et les événements liés à son voyage en train seraient détrônés par toutes ces nouveautés, n'est-ce pas ?

Elle ferma les paupières et tenta de repousser le souvenir du sourire de James Pembroke, de son parfum mêlant bois et épices et de ses mains la touchant de façon plus intime que ne l'avait fait aucun homme avant lui.

7

James contempla en clignant des paupières le ciel de velours bleu déployé au-dessus de sa tête avant de réaliser, en se redressant brusquement, qu'il s'agissait du plafond capitonné de la calèche prise pour quitter Édimbourg. Et qui se trouvait à présent immobile.

Ainsi, ils étaient arrivés à Invermere.

Il ouvrit la portière de la voiture et trouva le cocher occupé à déposer son unique valise de vêtements sur les graviers de l'allée.

— On dirait que quelqu'un est encore éveillé, dit l'homme en pointant le doigt vers une fenêtre de la façade de ce qui semblait être un vaste manoir, dont la silhouette se dressait sous la lueur de la lune.

— Fort bien, marmonna James avant de plonger sa main dans sa poche pour en tirer un pourboire que le cocher accepta avant de repartir.

Son estomac se noua sous l'effet d'une appréhension mêlée d'impatience. Ce ne serait pas aussi simple qu'il l'aurait souhaité. Il en était intimement persuadé. Son instinct, dont il avait pourtant douté après l'échec de ses investissements et l'affaire le liant à Beck, n'était pas entièrement défaillant.

Un mouvement derrière la fenêtre éclairée attira son attention. Quelqu'un avait dû jeter un regard à l'extérieur pour voir quelle étrange calèche arrivait de façon si inattendue, voilà qui ne faisait aucun doute.

De son poing fermé, il cogna à deux reprises contre la porte d'entrée avant de remarquer la présence d'un heurtoir un peu plus bas sur le battant.

Des lumières apparurent derrière davantage de fenêtres au rez-de-chaussée, et une voix de femme s'éleva.

Lady Cassandra, j'imagine.

L'homme qui lui ouvrit l'examina à la faveur de la vive lueur dispensée par les lampes du hall d'entrée.

— Bonsoir, débuta James d'un ton cordial. Pourrais-je parler à Lady Cassandra Munro ?

— Madame ne reçoit pas de visiteurs à cette heure.

Le petit homme aux cheveux gris parlait avec un fort accent écossais, et son ton illustrait une combinaison parfaite de méfiance et d'agacement.

— Pardonnez-moi cette arrivée tardive.

James gardait son ton léger, cherchant à ne rien laisser paraître de son anxiété.

— Je crains qu'il ne s'agisse d'une question urgente.

Sa déclaration sembla donner matière à réflexion à son interlocuteur mais seulement durant un bref moment.

— C'est impossible, monsieur. Je peux transmettre un message à madame si vous le souhaitez.

— Puis-je vous demander votre nom ?

James l'avait visiblement outré avec sa question. Ses sourcils broussailleux se haussèrent vivement sur son front ridé.

— Drummond. Majordome de Lady Cassandra.

— Eh bien, voyez-vous, Mr Drummond… (James se pencha comme s'il désirait lui faire part d'un secret.) La question est également particulièrement délicate.

L'homme était inflexible. James pouvait le lire au fond de son regard. Il se demandait même pourquoi il avait pris la peine de lui ouvrir. Un instant plus tard, il commença à refermer la porte, non sans avoir salué James d'un hochement de tête.

James glissa sa botte dans l'entrebâillement au moment où une femme de haute taille, à l'air autoritaire et vêtue d'une robe sombre et à haut col, approchait de la porte.

— Madame est absente, lança-t-elle à son attention. Laissez un message, ou bien partez et revenez un autre jour. De préférence durant les heures appropriées aux visites.

L'accent de la femme était aussi raffiné que ses lunettes cerclées de cuivre et son ton aussi affirmé que celui d'un professeur d'élocution anglais.

James l'aurait prise pour la lady en personne si elle n'avait pas été vêtue d'un vêtement terne surmonté d'un col blanc amidonné.

Comme si elle avait entendu les questions tournoyant dans l'esprit de James, elle vint se placer près de Drummond, créant de ce fait un rempart pour l'empêcher d'entrer.

— Je suis Mrs Fox, la gouvernante de madame, et si vous m'indiquez votre nom, monsieur, je lui ferai savoir que vous êtes venu.

User de son charme ne serait dans le cas présent d'aucune utilité. Il plongea donc la main dans la poche intérieure de son manteau et en sortit une copie - fournie par Cathcart - de la lettre qu'il avait envoyée à Lady Cassandra pour l'informer du fait qu'il était à présent le propriétaire du manoir. Apparemment, la femme, absente, n'avait pu consulter la missive.

Plutôt que de s'expliquer verbalement, James tendit le document à la femme afin qu'elle le lise elle-même.

Mrs Fox lui arracha le papier des mains. Elle le fixa, abasourdie, puis donna le document au majordome qui se tenait près d'elle.

— J'ai hérité du titre de mon oncle et de ce manoir. Quand Lady Cassandra sera-t-elle de retour ?

— Nous ne le savons pas avec certitude. Elle a dû s'absenter inopinément.

— Puis-je ?

James désigna d'un geste le long couloir qui se déployait derrière elle.

La gouvernante et le majordome échangèrent un regard puis s'écartèrent pour laisser James pénétrer dans les lieux.

Dès qu'il l'eut fait un animal de la taille d'un petit poney et muni d'énormes pattes velues se précipita vers lui.

James s'immobilisa aussitôt, attendant de voir si la créature avait pour intention de l'attaquer ou simplement de le renifler.

Le chien décida que le renifler était suffisant et curieusement la présence de James fut rapidement validée par la bête. Le chien de chasse géant s'assit face à lui et leva la tête pour le regarder comme s'il attendait de James qu'il fasse le prochain pas.

— Bon chien, dit-il à l'animal d'un ton prudent en tapotant sa tête gris sombre.

— Hercule, tu ne vaux vraiment rien comme chien de garde, grommela le vieil homme.

Les murs bleu canard du couloir étaient recouverts de tableaux aux couleurs éclatantes, et quelques statues grandeur nature se trouvaient disposées çà et là. Sur le seuil d'une pièce, au milieu du couloir, James aperçut quelques autres domestiques.

Il contourna Hercule et poursuivit son chemin. Chaque pièce qu'il découvrait était encombrée de bric-à-brac, de meubles et d'œuvres d'art. Aucun mur n'avait été laissé nu.

James ne pouvait pas imaginer que ce style décoratif soit le fait de son oncle. La plupart de ces objets devaient appartenir à Lady Cassandra Munro. C'était sa maison, mais elle n'en était pas propriétaire.

Derrière James, les domestiques rassemblés échangeaient des propos feutrés dans lesquels perçait un certain affolement.

— Comptez-vous loger ici ? demanda insolemment un jeune homme, probablement un valet de pied.

— Je suis le propriétaire d'Invermere, réserver une chambre d'hôtel serait revenu à gaspiller de l'argent. J'aimerais commencer l'inspection du manoir dès le lever du jour.

— En l'absence de Madame ? s'étonna d'un ton plein de mépris une jeune femme rousse coiffée d'une charlotte blanche.

— Je crains de ne pouvoir attendre son retour. Mais elle sera bientôt rentrée, n'est-ce pas ?

James préférait procéder aussi poliment et respectueusement que possible.

— Nous l'attendons demain, à moins qu'elle soit retardée encore une journée.

— Fort bien. Je me réjouis déjà de la rencontrer.

Le valet de pied laissa échapper un ricanement amer.

— *Aye*, c'est ce que vous dites maintenant, bien sûr.

Mrs Fox et Drummond se tenaient près du seuil. La gouvernante serrait toujours la lettre dans sa main et la montrait à son interlocuteur tout en échangeant avec lui à voix basse. Soudain, tous deux levèrent leurs regards vers James.

— Je peux préparer une chambre pour vous, monsieur, si vous voulez bien patienter dans cette pièce.

Drummond s'avança d'un pas étonnamment alerte pour un homme de son âge et conduisit James vers un salon luxueux au décor rose et or. Un feu crépitait dans l'âtre, et ce fait à lui seul était trop réjouissant pour que James puisse résister à son attrait.

— Je vous remercie.

Le vieil homme lui adressa un bref signe de tête, quitta la pièce et referma la porte. Un bruit métallique s'éleva de la serrure, et James se retourna vivement vers le battant clos.

L'avaient-ils enfermé à clé ?

Il tourna la poignée et découvrit que la porte était bel et bien verrouillée.

Voilà qui est sacrément merveilleux.

— Mrs Fox ? Drummond ?

Il cogna contre l'épais panneau de bois puis fit les cent pas devant l'âtre, se délectant de la douce chaleur prodiguée par les flammes. Quand il constata qu'aucune réponse ne lui était adressée, il se laissa tomber sur un canapé rembourré en lâchant un lourd soupir.

À ce stade, il ne savait pas s'il lui importait vraiment d'avoir été emprisonné dans la pièce pour la nuit. Voilà qui était mieux que d'avoir été laissé dehors, dans le froid, après tout.

À présent que la possibilité du repos était proche, son épuisement s'imposait à lui. Tout ceci pourrait attendre qu'il consacre quelques heures au sommeil, n'est-ce pas ? Lady Cassandra, le fait de sortir de cette satanée pièce, faire savoir à qui appartenait la propriété, informer la lady qu'il lui faudrait trouver un nouveau toit... demain, à la première heure, il s'attaquerait à tous ces sujets.

James s'installa sur un canapé de damas doré face au feu puis renversa la tête en arrière, laissant le capitonnage rembourré accueillir sa nuque.

Dès qu'il eut fermé les yeux, un souvenir frappa son esprit.

De pâles yeux verts bordés de cils couleur sable – Miss Lucy Westmont lui jetant un regard noir, stupéfaite et ébranlée, puis doux, curieux et témoignant d'une fascination comparable à celle qu'il éprouvait pour elle.

Quel dommage qu'il ne lui soit jamais donné de revoir ces ravissantes lèvres et ces yeux affolants.

De style gothique avec des fenêtres en arcs brisés et dotée d'une tourelle. Voilà quel était selon Lucy le genre de demeure que Tante Cassandra adorerait. Elle s'attendait donc à ce qu'Invermere soit une maison spectaculaire, à la façade envahie par le lierre au milieu d'un jardin revenu à l'état sauvage et parsemé de statues brisées.

Tandis que la calèche ralentissait sur l'allée gravillonnée, Lucy se pencha vers la fenêtre et tenta d'apercevoir sous la lueur de la lune la demeure que sa tante aimait tant.

Quand sa silhouette apparut enfin, Invermere lui coupa le souffle.

La bâtisse n'était pas haute ni munie de créneaux comme certains châteaux.

Il y avait bel et bien du lierre toutefois qui s'étendait sur une moitié de la façade et couvrait les deux niveaux de l'architecture.

Mais celle-ci était d'allure classique et offrait une élévation rectangulaire et symétrique, dans l'esprit de ce qu'aurait souhaité Lucy si elle avait pu concevoir un manoir pour elle-même.

Néanmoins ce ne fut pas la simplicité du bâtiment qui attira son regard au prime abord, mais bien ses fenêtres.

Tant de verre qui devait scintiller de façon exceptionnelle sous l'éclat du soleil. Trois ouvertures de chaque côté de la porte d'entrée et une rangée de sept au niveau supérieur. Au moment où la calèche s'engageait dans le dernier virage, Lucy remarqua que le côté de la demeure était percé du même nombre de fenêtres, la plupart d'entre elles cachées par des volets clos à cette heure.

— Nous voici arrivés, mademoiselle, lança le cocher en faisant s'arrêter les chevaux juste en face de la porte d'entrée.

Une douce lueur brillait derrière quelques fenêtres du rez-de-chaussée, ce qui ravit Lucy.

Comme elle espérait que sa tante se trouve à l'intérieur et soit encore éveillée pour l'accueillir !

— Dois-je attendre, mademoiselle ?

— Tout ira bien, lui lança Lucy tout en lui tendant quelques shillings. Merci de m'avoir amenée à bon port.

L'homme la salua en touchant la lisière de sa casquette et fit tourner bride aux chevaux pour qu'ils parcourent l'allée dans le sens inverse.

Lucy ne pouvait détacher son regard des fenêtres. Elle brûlait d'impatience de se retrouver dans le manoir quand les lueurs du matin viendraient s'y déverser à flots. La lumière serait parfaite pour peindre, et elle suspectait que ce point devait compter grandement dans l'affection que sa tante portait à l'endroit.

— Bonsoir, mademoiselle.

Lucy sursauta vivement. Elle n'avait pas remarqué que quelqu'un venait d'ouvrir la porte d'entrée. La femme se tenait devant elle vêtue de ce qui semblait être sa chemise de nuit et elle tenait une bougie dont elle protégeait la flamme d'une main.

— Je suis Lady Lucy Westmont, et je suis ici pour voir ma tante, Lady Cassandra. Elle m'a invitée. Je sais qu'elle est peut-être couchée à cette heure...

— Il nous a été demandé de vous attendre, milady. Entrez, je vous prie.

La femme leva un bras à demi couvert par son châle et invita Lucy à entrer avant de jeter des regards nerveux derrière elle.

— Venez donc vous réchauffer. Nous vous expliquerons ensuite la situation.

Lucy entra. La femme l'aida à retirer sa cape puis attendit qu'elle ait ôté ses gants.

— N'avez-vous pas reçu le message de madame, milady ?

— Non. De quel message parlez-vous ?

— Une amie de madame est tombée malade, et Lady Cassandra est partie hier pour aller prendre soin d'elle. Un message a été envoyé à la gare mais nous n'étions pas certains qu'il arrive à temps pour que vous le receviez.

Une profonde déception vint s'ajouter à l'épuisement que ressentait déjà Lucy. Elle n'avait envie de rien de plus que de dormir.

— C'est regrettable, mais j'espère que son amie se rétablira au plus tôt. Je me débrouillerai aussi bien que possible jusqu'à son retour. Je suis sûre que tout ira pour le mieux.

La gouvernante ne semblait pas rassurée, et une expression

angoissée se peignait encore sur ses traits. Lucy remarqua alors qu'elle avait sorti un document plié de la poche de sa jupe.

— Ce n'était pas à cette situation à laquelle je faisais allusion, milady.

La voix de la femme tremblait un peu et, en s'approchant d'elle, Lucy sentit l'intensité de sa tension nerveuse.

Une fois qu'elle eut pénétré plus avant dans le vestibule, Lucy nota que plusieurs domestiques et un valet de pied s'étaient rassemblés un peu plus loin. Ils chuchotaient entre eux tout en jetant des regards furtifs dans sa direction.

— Tout d'abord, donnez-moi votre nom puis expliquez-moi ce qui ne va pas, je vous prie.

Lucy s'était adressée à la femme en usant du ton le plus calme dont elle était capable, bien qu'elle ne fût pas encore tout à fait remise du voyage en calèche effectué dans le vent froid de la nuit.

— Elmira Fox, mademoiselle. Je suis la gouvernante de madame. Et voici McKay, Senga et Mary.

Elle désigna d'un geste les autres domestiques regroupés à quelques pas. Puis elle la surprit en appelant :

— Drummond !

Un instant plus tard, un homme plus âgé, aux yeux cernés et à l'élégant habit, apparut. Le majordome, devina Lucy.

— Je l'ai enfermé, dit-il en poussant un soupir soulagé. J'ai passé la tête dans la pièce quelques minutes plus tard, et il sommeillait comme un homme qui n'aurait pas dormi depuis des jours. Si nous prenons garde à baisser la voix... (Il regarda Mrs Fox d'un air entendu.) il n'ouvrira pas l'œil avant l'aube, j'en fais le pari.

— Comment tout ceci peut-il être vrai ?

Senga s'avança en tordant son tablier entre ses mains. La jeune fille avait pleuré s'il fallait se fier à ses yeux rougis.

— Quelqu'un peut-il, je vous prie, me dire ce qui s'est passé ? Qui est donc enfermé ?

Lucy fit suivre ses paroles d'un regard rassurant adressé à chaque membre du personnel.

— Quel que soit le problème, je suis sûre que nous pouvons trouver une solution.

— Il n'y a pas de solution, milady, dit le jeune valet de pied,

McKay, d'un ton pragmatique, et Lady Cassandra sera fort mécontente à son retour.

Lucy pouvait sans peine imaginer la rancœur que pourrait éprouver sa tante envers quiconque ayant perturbé son personnel à ce point.

C'était une femme impétueuse et extrêmement loyale. Mais ce que Lucy peinait à saisir était ce qui avait bien pu causer l'inquiétude et la colère qu'elle lisait sur tous les visages tournés vers elle.

La demeure était silencieuse. Rien ne semblait sortir de l'ordinaire – à part son apparition brutale au milieu de la nuit.

Elle se tourna vers Mrs Fox.

— Jusqu'au retour de ma tante, je suis prête à vous porter assistance de toutes les façons possibles.

— Il s'agit d'un gentleman, milady.

Senga avait parlé tout bas et lancé un regard plein de méfiance en direction de la porte fermée située derrière elle.

— Là-dedans, murmura-t-elle en désignant du pouce le battant de bois.

— Un intrus ?

Un mauvais pressentiment déclencha sur la peau de Lucy un frisson comparable à celui suscité plus tôt par Mr Nichols.

— En quelque sorte.

Le ton de Drummond était si grave et sérieux que Lucy commença à se demander si quelqu'un avait été blessé.

— Vous l'avez enfermé à clé dans cette pièce ? Quelqu'un a-t-il été envoyé chercher les autorités ?

— *Aye*, c'est le cas, et, non, nous ne l'avons pas fait, répondit Mr Drummond d'un ton véhément, comme s'il s'attendait à être blâmé pour avoir pris ces décisions.

— Est-il dangereux ?

Lucy réalisa qu'il s'agissait peut-être d'une question à laquelle ils ne pouvaient répondre. Son expérience malheureuse avec Nichols lui avait enseigné que l'apparence d'un homme ne suffisait pas à déterminer son degré de dangerosité.

Mr Pembroke était grand, impressionnant, dangereux, en raison de son charme à tout le moins, et pourtant Nichols lui avait tout d'abord donné l'impression d'être une personne effacée.

— C'est un danger pour nos moyens de subsistance.

La jeune femme rousse qui venait de s'exprimer pour la première fois fit un pas vers Lucy.

— Et qui êtes-vous ?

— Mon nom est Mary, m'lady.

La jeune fille lui adressa une révérence mal assurée.

— Je suis l'une des femmes de chambre de madame.

— Je ne suis pas sûre de comprendre. Cet homme n'est pas dangereux, et malgré tout vous craignez pour vos conditions d'existence ?

— Nous ne sommes pas certains qu'il soit celui qu'il prétend être, grommela Drummond d'un ton grave.

Lucy fronça les sourcils. Tous les membres du personnel semblaient déstabilisés, et leurs actions ne semblaient répondre à aucune logique claire, ce qui ne faisait qu'accroître sa curiosité au sujet de celui qu'ils avaient enfermé dans le salon.

— J'aimerais lui parler, dit soudain Lucy à Mrs Fox. Quelqu'un a-t-il essayé de s'entretenir avec cet homme ?

— Nous avons échangé quelques paroles, répondit Mrs Fox, sur la défensive. Drummond a peut-être réagi de façon excessive.

— La clé, je vous prie.

Lucy tendit sa main, paume largement ouverte.

La gouvernante jeta un regard au majordome qui lui adressa un signe de tête en retour.

Elle approcha et tendit la clé à Lucy.

— Voyez par vous-même, m'lady.

Lucy prit la clé, la glissa dans la serrure tout en se demandant quelle sorte d'homme pouvait bien se trouver de l'autre côté de la porte. Drummond s'avança, et Mrs Fox s'approcha d'elle, comme si elle comptait l'accompagner à l'intérieur.

Lucy ouvrit la porte, et une vague de chaleur s'échappa aussitôt de la pièce. En un seul coup d'œil, elle distingua le feu de cheminée, le gros chien qui releva la tête et la tourna vers elle ainsi qu'un homme étendu sur un canapé bien trop petit pour sa stature.

Il paraissait plus épuisé que dangereux.

— Qu'a-t-il fait exactement ? murmura Lucy à Mrs Fox qui se tenait à présent derrière elle.

— Il est apparu à la manière du roi en personne et a prétendu que tout lui appartenait.

— Tout ?

— La maison et tout ce qu'elle contient et qui était au vieux comte. Il dit être l'héritier du comte de Rossbury. Son neveu.

Sa tante avait bien eu une relation avec un comte. Lucy avait eu vent de ces rumeurs. Il s'agissait d'un Anglais, mais elle n'avait pas entendu dire qu'il était mort ni compris qu'Invermere était sa demeure et non une propriété que sa tante avait simplement achetée.

— Donc le manoir lui appartient ? chuchota Lucy.

— *Aye*, s'il est vraiment le nouveau comte, dit Drummond d'une voix qui trahissait sa méfiance totale.

Lucy s'avança prudemment. Elle commençait à s'inquiéter du fait que les employés de maison de sa tante aient pu faire du mal à cet homme.

L'éclat des flammes baignait le contour de son visage d'une lueur chaude et dorée, et Lucy se couvrit la bouche pour étouffer un cri de surprise.

James Pembroke était encore plus beau dans l'abandon du sommeil. L'éclairage dispensé par le feu mettait en valeur le contour affirmé de sa mâchoire et le renflement sensuel de ses lèvres. Ses cheveux sombres n'étaient qu'une masse désordonnée couleur ébène. Quelques mèches couvraient son front, et une boucle égarée caressait sa joue.

Même endormi, il dégageait un tel magnétisme que Lucy ne put s'empêcher d'approcher davantage. Elle brûlait d'envie de le toucher parce que c'était ce qu'ils semblaient ne pouvoir s'empêcher de faire chaque fois qu'ils se trouvaient près l'un de l'autre.

L'espace d'un instant elle oublia presque qu'une demi-douzaine de membres du personnel de maison observait la scène depuis le seuil de la pièce. Un élan incontrôlable lui fit tendre les doigts vers son bras. Elle avait besoin d'avoir la certitude qu'il était bel et bien là, devant elle, qu'il ne s'agissait pas d'un simple mirage qu'elle avait fait apparaître sous ses yeux en raison de son si puissant désir de revoir un jour cet homme.

Et alors la pensée la frappa, la réalité s'imposa à elle, cette vérité qui lui donnait soudain la nausée et serrait son estomac.

Cet homme qui l'avait touchée, aidée, fait sourire, n'était pas uniquement James Pembroke. C'était un homme qui entendait prendre possession du manoir adoré de sa tante alors que cette dernière était absente et ne pouvait rien pour se dresser contre ce qu'il exigeait.

À peine eut-elle tourné les talons dans l'intention de rejoindre la porte en silence que James s'éveilla. Lucy, que Dieu lui vienne en aide, ne put s'empêcher de jeter un regard fiévreux par-dessus son épaule. Alors qu'il était plongé dans l'abandon du sommeil, l'homme l'avait privée du spectacle de ses superbes yeux et de son envoûtant sourire.

Et voilà qu'il réapparaissait, un soupçon de sourire relevant les coins de sa bouche.

— Suis-je dans un rêve ?

Puis la réalité sembla le frapper à son tour. Il se redressa puis bondit sur ses pieds pour rejoindre Lucy. Sans l'ombre d'une hésitation, il posa sur son bras une main lourde et délicieusement chaude.

— Allez-vous bien ? Comment m'avez-vous trouvé ? Avez-vous de nouveaux problèmes avec Nichols ?

Les questions se précipitaient pour franchir ses lèvres, se succédant les unes aux autres.

Sa voix était grave et rauque, et Lucy regretta de ne pas pouvoir s'asseoir et parler simplement avec lui ainsi qu'ils l'avaient fait dans le train.

— Cette lady est la nièce de notre maîtresse. Je vous demanderai de bien vouloir retirer vos mains d'elle, *monsieur le comte*.

McKay était un homme imposant qui ne pouvait s'exprimer sans paraître menaçant.

L'expression de James passa de l'inquiétude à la colère avant de se muer en une stupéfaction qui fit s'écarquiller ses yeux saphir un bref instant.

— La nièce de Lady Cassandra, articula-t-il lentement, comme si les éléments se mettaient en place dans son esprit. Il s'agit de la tante à laquelle vous veniez rendre visite ?

Il soutint son regard, ignorant la présence de McKay et le fait que Mrs Fox était entrée dans la pièce.

Il lâcha effectivement son bras, et Lucy se blâma de remarquer ce fait plus que toute autre chose.

Puis la colère enfla en elle. Une colère envers ses rêveries et la facilité avec laquelle elle avait été éblouie par le magnétisme tout masculin de James et ses manières trop familières alors qu'elle ignorait quasiment tout de lui.

La colère de découvrir que, parmi tous les hommes peuplant cette terre, il avait fallu que ce soit *lui* qui vienne à Invermere pour s'emparer de la demeure de sa tante.

— Si seulement vous aviez fait état de vos véritables intentions, du but de votre voyage, lorsque nous étions à bord du train, *Lord Rossbury*, nous aurions pu avoir cette discussion à ce moment-là.

Comment les choses se seraient-elles déroulées si elle avait su qu'il était un aristocrate en route pour l'Écosse dans le but de bouleverser la vie de sa tante ?

James s'écarta comme si elle l'avait frappé. Elle se montrait trop émotive. Agitée. Tout ce que déconseillait Mrs Winterbottom.

Lucy ferma les yeux dans l'intention de compter jusqu'à dix, mais il l'interrompit.

— Lady Lucy.

Son nom avait été prononcé à la manière d'une douce supplication.

Elle percevait qu'il avait envie de s'expliquer autant qu'elle désirait lui poser une foule de questions. Mais elle avait besoin de temps. Du temps pour s'entretenir avec sa tante. Mais aussi pour faire le point sur ses sentiments concernant le plus séduisant des gentlemen sur lequel elle ait jamais posé les yeux, un homme qu'elle connaissait à peine et dont pourtant le parfum enivrait ses sens.

— Pouvons-nous préparer une chambre pour Lord Rossbury ?

Il était clair que les longues jambes et les larges épaules du comte ne pouvaient être accueillies par le canapé de sa tante.

— Lucy.

Cette répétition trahissait un élan qui la faisait brûler d'envie de faire volte-face et de lui offrir tout ce qu'il pourrait demander.

D'une certaine manière, elle lui devait à tout le moins une fière chandelle.

Mais expliquer tout ceci au personnel en cet instant semblait un défi trop écrasant. Elle ne se retourna pas vers lui, préférant garder ses yeux rivés sur la gouvernante.

— Il me faudra une chambre également, dit-elle à Mrs Fox avant de jeter un regard par-dessus son épaule. Nous pourrons discuter demain matin, Lord Rossbury. Je présume que vous êtes aussi épuisé que je le suis moi-même.

Lucy le laissa donc ainsi, avec ses vêtements froissés, ses cheveux superbement ébouriffés et, à ses pieds, un énorme chien qui devait appartenir à Tante Cassandra et qui pourtant restait à ses côtés tel un loyal compagnon.

L'unique certitude de Lucy était qu'elle n'allait pas laisser cet homme, tout charmant et attirant qu'il puisse être, expulser sa tante de sa propre maison.

Il devait exister une solution, et il lui fallait la trouver.

Mais, alors que Lucy suivait Mrs Fox vers l'étage et l'une des chambres destinées aux invités, son esprit ne s'appliquait pas, ainsi qu'il l'aurait dû, à trouver des façons de régler le problème posé par l'héritage de James et la possible éviction de sa tante. Le petit sourire de Pembroke emplissait ses pensées, cette façon dont ses lèvres s'étaient immédiatement relevées en un sourire quand il s'était éveillé et qu'il l'avait découverte, stupéfait, près de lui. Il avait été aussi heureux de la revoir qu'elle l'avait été en découvrant sa présence.

Ciel, comment était-il possible qu'un homme rencontré dans un train la bouleverse si complètement ? Mrs Winterbottom serait horrifiée.

Elle devait cesser de rêver aux lèvres et aux sourires de Lord Rossbury et à tout autre détail concernant sa personne.

Elle était venue en Écosse pour voir sa tante, et désormais une tâche l'attendait : résoudre le problème posé pour qure Tante Cassandra reste dans sa maison adorée.

Cela comptait plus que tout.

8

James s'éveilla en sursaut. Il lui semblait que seuls quelques instants s'étaient écoulés depuis qu'il s'était étendu sur le lit et avait soupiré d'aise en constatant l'excellente qualité du matelas. À en juger par les rais de lumière filtrant à travers les rideaux à demi tirés de la chambre où l'avait conduit le majordome, nombre d'heures avaient défilé. Pourtant, son épuisement demeurait comme intact.

Il quitta sa couche et, tout en se dirigeant vers la fenêtre, enfila sa chemise.

Ainsi, c'était cela, l'Écosse.

Une brume épaisse flottait au-dessus du sol, et une lueur à l'horizon semblait porter la promesse de l'apparition du soleil dans le ciel toujours teinté d'obscurité.

Au-delà des champs qui jouxtaient le manoir, il pouvait distinguer des collines et une forêt nappée de brume. Plus près de la demeure, la brise faisait frémir sur les branches les feuilles aux teintes rouge et or.

La beauté de la nature environnante, d'abord apaisante, fit bientôt surgir en lui un souvenir profondément enfoui.

Elle le ramenait aux visites qu'il effectuait enfant dans le Shropshire où les immenses jardins verdoyants du domaine de Summervale se trouvaient bordés par une forêt. Chaque fois qu'il courait trop loin en direction des bosquets d'arbres, il se retournait vers sa mère et lisait sur ses traits peur et inquiétude. C'était ainsi qu'il se rappelait son expression, ce jour-là, dans le train. Il secoua la tête comme pour chasser la douleur qui étreignait sa poitrine à l'évocation de cette image.

Mieux valait laisser ne pas s'attarder sur ce pan de son passé.

Le splendide paysage écossais faciliterait la vente d'Invermere. C'était cela qui comptait.

Un puissant sentiment de fatigue s'abattit de nouveau sur lui au moment où il s'écarta de la fenêtre, mais son esprit toutefois était plus qu'alerte. Il était animé par l'envie urgente d'en finir avec cette affaire, ainsi qu'avec Beck, et de retrouver son existence.

Sa première tâche consisterait à voir avec le personnel s'il existait la moindre évaluation de la valeur des lieux. Abercrombie enverrait bientôt un expert pour juger de la question, et James supposait que tout document concernant le manoir pourrait l'aider à effectuer son travail plus rapidement.

Dès le lever du soleil, il examinerait lui-même l'état de la demeure. Ce qu'il avait vu d'elle jusqu'à présent semblait en bon état, mais son constat avait été réalisé de nuit et alors qu'il était épuisé par sa journée. Et son esprit était alors en outre bien trop préoccupé par une belle aristocrate. Oh bon sang, il l'était encore, pour tout dire.

Il n'avait fait que céder à un élan chevaleresque, voilà ce dont il tentait de se convaincre. Une jeune femme livrée à elle-même déclencherait sans nul doute le désir d'agir en protecteur chez la plupart des hommes. Mais voilà qui n'expliquait pas pourquoi il avait envie de poser ses mains sur elle chaque fois qu'elle était tout près. Pourquoi il voulait connaître le goût de sa peau, savoir ce qu'il ressentirait si ses cheveux frôlaient doucement sa poitrine. Il avait réprimé toutes ses pensées liées aux plaisirs de la chair après avoir tout perdu, mais celles-ci revenaient à présent en force.

Jamais une femme n'avait suscité son intérêt si entièrement et de façon si rapide.

Depuis qu'il avait fait la connaissance de Lucy Westmont, pas un instant ne s'était écoulé sans qu'elle occupât ses pensées. La voir devant lui quand il avait ouvert un œil sur l'inconfortable canapé avait apaisé l'étrange douleur qui irradiait dans sa poitrine depuis l'instant où ils s'étaient séparés à Édimbourg.

Il désirait la nièce de la femme qu'il était sur le point de déloger. *Merveilleux.*

Cela avait beau être insensé, impossible, il avait envie de la revoir. Dans l'instant. Il y avait tant à dire. Tant à expliquer.

Mais le soleil n'était pas encore levé et, malgré toutes les façons dont tous deux avaient repoussé les limites de la bienséance à bord du train, le personnel éprouvait déjà une vive méfiance à son égard et il n'avait nul droit de mettre en péril la réputation de Lucy.

Même s'il se tenait à l'écart de toute relation avec des femmes de la noblesse, il avait une idée assez nette de la fragilité de la réputation d'une lady dans les sphères les plus élevées de la société.

Comme il était étrange que la règle qu'il s'était fixée depuis nombre d'années ne l'ait pas empêché de ressentir cette fascination dévorante pour la fille d'un comte.

Comme il était curieux de penser que la mort d'un homme qu'il n'avait pas vu depuis près de trente ans avait fait de lui un comte à son tour. Peut-être le père de Lucy pourrait-il lui dispenser quelques précieuses leçons en la matière.

Cette pensée l'amusa durant les douze secondes qui lui furent nécessaires pour se souvenir que le titre dont il avait hérité le rendait encore plus désargenté qu'il ne l'était auparavant. Désormais il avait les dettes de son oncle à rembourser en plus des siennes.

Non, il n'avait aucun droit de gagner la chambre de Lucy. Aucun droit d'être obsédé par sa personne. Il n'avait rien à offrir à une lady telle que Lucy, quel que soit l'élan qu'il ressentait pour elle. Et, à en juger par son désir obstiné d'indépendance, il doutait qu'elle désire qu'il le fasse.

Même s'ils avaient franchi les limites des convenances. Même s'il savait ce qu'était de sentir la douceur de sa peau sous la pulpe de ses doigts. Même s'il avait le bonheur de pouvoir faire rosir ses joues chaque fois qu'il se trouvait près d'elle.

Il décida de quitter sa chambre ; il avait besoin de bouger. Peut-être qu'une bonne marche à travers les champs embrumés d'Invermere lui ferait le plus grand bien.

Il trouva Hercule devant sa porte. Le lévrier écossais se leva, oreilles dressées et remuant la queue, comme s'il était prêt lui aussi à une promenade avant l'aube.

— J'apprécie ta loyauté, mon ami.

James se pencha pour caresser le pelage rêche du chien.

— Et je dois en profiter maintenant parce que tu me détesteras sans nul doute quand ta maîtresse sera revenue.

James descendit les escaliers aussi silencieusement que possible, intensément conscient du fait que derrière l'une des portes qu'il longeait, Lucy dormait paisiblement. Près de l'une des pièces closes, Hercule s'arrêta et laissa échapper une petite plainte.

— Est-elle là, mon garçon ?

James fixa le battant et comprit aussitôt quel imbécile il était. Il ne pouvait s'empêcher de l'imaginer dans un lit immense, dévêtue, cheveux étalés sur son oreiller...

Une lumière vacilla au bout du couloir, signe que Mrs Fox grimpait les escaliers.

— J'ai entendu des pas et me suis demandé s'il y avait un problème en cette heure si matinale.

Ostensiblement, la femme fixa la porte qu'Hercule avait indiquée avant de tourner un regard interrogateur à James.

— Je ne pouvais dormir, lui expliqua-t-il à voix basse. Je me suis dit que je pourrais sortir pour une promenade matinale.

— Certainement, monsieur le comte.

Elle désigna d'un geste la cage d'escalier, et James s'y dirigea. La gouvernante le suivit d'un pas presque silencieux. Ce ne fut qu'une fois qu'ils eurent atteint le bas des marches qu'elle s'adressa de nouveau à lui.

— Dois-je faire apporter du thé dans la salle à manger ? Nous y disposons tout ce qu'il faut pour le petit déjeuner sur le buffet, mais pas avant plusieurs heures.

— J'apprécierais de boire un thé. Et un café encore davantage.

Ses paroles firent presque naître un sourire sur les lèvres de la femme.

— Entendu, Lord Rossbury.

Quelque chose d'autre occupait son esprit et lui brûlait les lèvres à en juger par la façon dont elle avait commencé à lui parler avant de s'interrompre tout en restant toutefois à ses côtés dans le vestibule.

— Dites ce que vous avez sur le cœur, Mrs Fox. Je préfère qu'il en soit ainsi.

Subir les remontrances d'une gouvernante guindée était de loin préférable au fait de se retrouver de nouveau enfermé dans un salon ou de voir son café empoisonné.

— Loin de moi le désir de me montrer impertinente, monsieur le comte.

— Je vous accorde le droit d'être aussi brutale que vous le désirez.

— En vérité, je n'ai que deux questions.

Elle déglutit de nouveau et redressa les épaules.

— Pourquoi devez-vous vendre Invermere de façon si urgente ?

— J'ai besoin d'argent. Le titre de mon oncle m'a été transmis accompagné de dettes et sans véritables actifs. À l'exception de ce manoir.

James embrassa du regard l'élégant sol de marbre, le style classique des corniches et le déploiement exubérant des tableaux ornant les murs. Il ne pouvait imaginer son oncle se sentir chez lui dans pareil endroit.

— Il est évident que votre maîtresse aime cette demeure.

Même le plus parfait des imbéciles aurait pu constater qu'elle était davantage celle de Lady Cassandra Munro que celle de son oncle.

— Et je suis certain que nous pourrons trouver un arrangement qui lui conviendra.

Du moins l'espérait-il. Il n'appréciait pas d'endosser le rôle du méchant de l'histoire, mais il n'aurait pas vraiment d'autre choix si la situation le nécessitait.

— Je l'espère, monsieur le comte.

James lui adressa un petit signe de tête compatissant et un léger sourire.

Seul un léger sursaut de ses épaules, trahissant sa surprise, indiqua à James que la femme avait remarqué son expression.

Il pouvait deviner ses craintes. Il les comprenait fort bien. Quand il était jeune homme et tentait de se faire une place à Londres, la perte de certains emplois l'avait contraint à dormir dehors. Et quand ses affaires avaient pris un mauvais tour, il avait dû annoncer les pires nouvelles à des hommes et à des femmes qui travaillaient pour lui.

— Quoi qu'il se passe, je veillerai à ce que vous et le reste du personnel gardiez un emploi.

— Je préfère rester auprès de Lady Cassandra.

Sa voix se fit plus dure pour s'accorder à son attitude.

— C'est compris. Et j'apprécie votre loyauté.

Hercule vint alors pousser légèrement la jambe de James, comme s'il avait envie de voir sa fidélité reconnue également, même s'il l'avait accordée avec une extrême facilité. James caressa aussitôt la tête du gros chien.

— Voilà qui m'en apprend beaucoup à propos de Lady Cassandra avant même d'avoir fait sa connaissance. À présent posez-moi donc votre deuxième question.

— Celle-ci pourrait vous offenser.

— Je vous en prie. Exprimez-vous.

James avait un peu le sentiment que la gouvernante et lui disputaient une partie d'échecs et qu'elle s'apprêtait à jouer un coup qu'il aurait dû anticiper.

— Quelles sont vos intentions à propos de Lucy Westmont ?

Son corps réagit avant qu'il n'ait pu articuler le moindre mot. Une onde de chaleur s'épanouit dans sa nuque et sa gorge s'assécha subitement. Et Mrs Fox, dont il soupçonnait que peu de choses lui échappaient, semblait percevoir une réponse qu'il n'était pas encore prêt à formuler au moyen de mots.

Plutôt que d'attendre sa réplique, elle prit de nouveau la parole.

— Lady Lucy est très chère au cœur de sa tante et, bien que le personnel d'Invermere comprenne qu'il doive faire preuve de discrétion, j'ai l'intention de m'assurer qu'aucune calomnie ne pourra la frapper. En particulier en l'absence de notre maîtresse.

— Je ne lui ferai jamais le moindre mal ni ne permettrai à quiconque de la blesser de quelque façon qui soit.

Mrs Fox tordit la bouche, donnant à son visage une expression que James peinait à interpréter.

— Il y a beaucoup d'intensité dans votre ton, monsieur le comte, s'agissant d'une lady que vous n'avez rencontrée qu'hier soir.

— Notre rencontre remonte à hier matin, pour être exact.

Comment avait-elle imprimé si profondément sa marque en lui en si peu de temps ?

James referma sa main sur sa nuque et courba la tête à la recherche d'une réponse à la question de Mrs Fox autant qu'à son inexplicable attirance pour Lucy. Il ne pouvait trouver aucun motif rationnel. Tout ce qu'il pouvait dire était que ce qu'il ressentait pour elle était incontestable et qu'ils avaient établi un lien entre eux qu'il n'avait pas hâte de perdre.

— Une femme telle que Lady Lucy Westmont produit chez ceux qui la rencontrent une première impression puissante.

Il s'agissait là d'une explication simple qui ne révélait rien de l'effet que la lady produisait sur lui.

— Je peux le constater, monsieur le comte.

Mrs Fox jeta un regard vers un salon aux rideaux grands ouverts. Ses fenêtres donnaient sur le côté de la demeure opposé à celui de la chambre de James mais offraient une vue presque similaire. Des champs couverts de brume et des arbres dont la silhouette se détachait dans le lointain.

— Elle me rappelle beaucoup Lady Cassandra. Il ne m'a pas étonné qu'elle se lève tôt et gagne aussitôt le terrain de tir à l'arc ainsi que sa tante a coutume de le faire.

— Elle est déjà levée ?

James lança un regard furtif vers la fenêtre et l'aperçut alors. Dans un lointain champ au sol jonché de feuilles, elle se tenait, le dos tourné à la demeure, un énorme arc entre les mains. Ses cheveux tombaient en une cascade de boucles dans son dos et rebondirent souplement au-dessus sa taille quand elle tendit la main pour saisir une flèche.

— On dirait Artémis.

Quand il se retourna vers Mrs Fox, ses sourcils s'étaient légèrement haussés de surprise, mais elle ne répondit rien à son commentaire.

— Il semblerait qu'aucun de nous ne soit très doué pour les réveils tardifs.

Mrs Fox jeta un regard en direction de Lucy.

— Je lui ai dit qu'il ferait froid à cette heure, mais elle est assez…

— Entêtée.

— Opiniâtre.

Mrs Fox lui jeta un regard qui, sans être complètement chaleureux, pouvait être décrit comme sympathique.

— Cela fait déjà un certain temps qu'elle est dehors. Je vais rejoindre le rez-de-chaussée et préparer du café. Peut-être pourriez-vous demander à Lady Lucy si elle aimerait également en boire ?

— J'y vais de ce pas.

Il prit congé de la gouvernante en lui adressant un signe de tête et s'avança vers la porte d'entrée.

— Votre manteau, Lord Rossbury ?

Il n'avait pas besoin de son maudit manteau. Il avait besoin de voir Lucy.

Dans son rêve, elle rattrapait ses livres avant qu'ils ne tombent. Il n'y avait pas de collision avec Mr James Pembroke, pas d'infâme Mr Nichols, seulement des heures de plaisante conversation avec les sœurs Wilson.

Ce n'était que plus tard, au moment où le train arrivait en gare qu'elle remarquait James.

Il avançait rapidement sur le quai comme s'il cherchait quelqu'un. Puis leurs regards s'arrimaient l'un à l'autre, et elle descendait du train, il tendait une main vers elle et l'invitait à danser.

Tout cela n'avait aucun sens, bien entendu. Danser ainsi sur un quai de gare. Mais, quand elle s'était éveillée avant l'aube, le souvenir de ce songe était si vif que sa main semblait garder la chaleur imprimée par le contact des doigts de James.

Son père serait horrifié de savoir qu'elle l'avait laissé la toucher, lui tenir sa main. Qu'elle avait passé du temps seule avec un homme, tout simplement. Il s'agissait-là de comportements que personne dans sa famille ne se serait attendu à la voir adopter.

Une attitude à laquelle certainement personne ne s'attendrait de la part d'une morne vieille fille.

Même en cet instant, alors qu'elle se tenait au milieu d'un champ à l'est de la demeure et contemplait le soleil levant peindre des stries orange et dorées à travers le ciel matinal, imaginer

James encore étendu dans son lit fit résonner le battement de son cœur dans sa gorge.

Ses cheveux seraient-ils ébouriffés comme ils l'avaient été quand elle l'avait trouvé endormi sur le canapé ? Si elle le réveillait, lui sourirait-il de la même façon ?

Ciel, comme elle désirait qu'il le fasse. Comme elle aurait aimé qu'il ne soit pas l'homme venu pour jeter sa tante hors de sa maison.

Mais, bien entendu, il était cet homme et elle avait pris une décision lorsqu'elle s'était éveillée tôt et était partie en quête de l'arc et du carquois que sa tante mentionnait si souvent dans ses lettres. En traversant le jardin envahi par la végétation pour rejoindre le terrain d'exercice, Lucy n'avait cessé de se répéter mentalement une phrase.

Je ne le laisserai pas gâcher mon voyage en Écosse.

Levant l'arc, elle tendit la corde. La chaleur se propageant dans ses muscles et le ralentissement de son souffle au moment de viser apaisèrent l'inquiétude qu'elle éprouvait depuis son réveil. Elle tira la flèche et sentit la fébrilité l'envahir le temps qu'elle percute la cible, moins près du centre qu'elle ne l'aurait voulu.

Décidée à mieux faire, elle se tourna pour tirer une autre flèche du carquois et sentit que le ruban retenant jusqu'alors ses cheveux s'était défait. Mais cela importait peu. Seule dans un champ écossais aux premières heures de la matinée, qui la verrait ? En outre, son voyage avait pour but de la libérer de tout ce qui était attendu d'elle au sein de la haute société londonienne.

Lucy arma sa flèche, savourant la tension dans la corde et le bois de l'arc, éprouvant une tension similaire dans son corps. Son souffle forma un petit nuage dans l'air froid du matin, et elle libéra la flèche.

Un cri de victoire retentit quand celle-ci se planta tout près du centre de la cible.

— Vous êtes douée.

La surprise causée par la présence de James Pembroke lui coupa un instant le souffle. Et sa voix, basse et éraillée par le sommeil, propulsa un délicieux frisson tout au long de son dos.

— Non, ce n'est pas exact.

Lucy encocha la flèche suivante et se tourna pour lui faire face, tout en faisant appel à toute sa volonté pour ne pas se muer en idiote bafouillant à la vue de son séduisant visage.

— Je ne suis plus aussi douée qu'autrefois.

— Est-ce votre tante qui vous a enseigné le maniement de l'arc ?

— J'ai appris dans l'institution pour jeunes filles où j'ai suivi mes études, mais Tante Cassandra, elle, est une archère renommée.

Durant un long moment, James se contenta de la regarder.

Une nouvelle prudence se lisait dans ses yeux ; peut-être avait-il remarqué la détermination toute neuve qui brillait au fond de ceux de Lucy. Mais, quoi qu'il en soit, ni l'un ni l'autre ne semblait désireux de détourner le regard.

Le soleil s'était levé, éclairant le bleu des iris de James et révélant la présence d'un léger duvet sombre sur sa mâchoire. Il ne portait ni gants, ni gilet ou cravate. En fait il avait l'air d'être tombé du lit avant de se vêtir en hâte.

— Comment saviez-vous où me trouver ?

— Mrs Fox me l'a indiqué. Puis je vous ai vue par la fenêtre.

Il pointa un doigt vers la maison et le salon, dont les fenêtres donnaient sur-le-champ.

— Vous m'avez donc observée.

Une onde de chaleur s'épanouit dans le cou de Lucy, et ses joues devinrent bientôt brûlantes.

— Je me suis réveillé tôt, et il m'a semblé qu'une bonne marche pourrait m'aider à réfléchir, répondit-il en lui souriant.

— Et Mrs Fox, à qui aucun son n'échappe, vous a surpris tout comme elle l'a fait avec moi, semble-t-il.

— C'est une femme vigilante, et sa méfiance envers moi est tout à fait sensée. Nous nous montrons protecteurs quand quelqu'un compte à nos yeux. Comment pourrais-je l'en blâmer ?

— Vous comprendrez quand vous aurez fait la connaissance de Tante Cassandra. Elle suscite ce genre de comportement en chacun.

Il détacha enfin son regard du visage de Lucy et balaya des yeux le champ et la forêt qui se déployait au-delà.

— C'est un endroit magnifique.

— Oui, je voulais m'y rendre depuis si longtemps.

Lucy réalisa soudain que sa première visite à Invermere pourrait également être la dernière. À cause de James. À cause du besoin qu'il avait de vendre le manoir au plus tôt. Elle lâcha brusquement :

— Peut-être souhaitera-t-elle acheter Invermere.

— Je le lui vendrais avec plaisir.

James s'avança d'un pas, une lueur d'incertitude au fond de ses yeux bleus.

— Si ceci était possible.

— Je ne sais pas vraiment combien est lucrative son activité de portraitiste.

Son art lui rapportait-il suffisamment d'argent pour faire l'acquisition d'une propriété sise sur des acres de la splendide campagne écossaise ?

— Votre tante est donc artiste.

Il s'agissait d'un constat et non d'une question. Lucy pouvait voir la réalité s'imposer dans l'esprit de James à la manière du soleil levant qui éclairait peu à peu ses traits.

— Tant d'œuvres dans cette demeure sont du même style éclatant.

— Elle aime la couleur bien plus que je n'en avais conscience. J'ai pour projet de faire progresser mes connaissances en étudiant sa façon de l'utiliser.

— Il y a une fresque sur le plafond de la chambre d'invité que j'occupe. Est-ce son œuvre également ?

— Oui, dit Lucy en abaissant son arc et en approchant. Elle m'a indiqué il y a quelque temps dans une de ses lettres qu'elle avait pour projet de peindre une fresque dans chaque pièce. Celle de ma chambre représente un jardin. Que montre la vôtre ? demanda Lucy, cédant à son insatiable curiosité.

— Une scène pleine de fantaisie.

James laissa échapper un doux ricanement, et un peu de la tension qui régnait entre eux se dissipa alors.

— On y voit une licorne et une forêt.

Lucy sourit.

— Je me rappelle la lettre évoquant celle-ci en particulier.

Durant quelques instants, James regarda tout autour de lui avec une expression songeuse.

— Elle a incontestablement imprimé sa marque dans cette demeure.

Lucy ne savait que dire. Que le tempérament original de sa tante imprègne tout Invermere était parfaitement logique. C'était peut-être insensé mais elle s'était attendue à trouver en arrivant une sorte de ruine gothique. En vérité l'extravagance de Cassandra était moins liée à des questions de décoration qu'à sa volonté de ne pas être prisonnière des règles de la bonne société.

— J'espère pouvoir faire de même un jour.

James inclina la tête comme si elle l'avait déboussolé.

Lucy tenta de ne pas fixer son regard sur l'échancrure de sa chemise et sur les muscles de son cou qui se tendirent quand il porta son regard vers le champ avant de le reposer sur elle.

— Ce que je veux dire, c'est que j'aimerais être assez originale moi-même pour pouvoir imprimer ma marque sur le monde.

— Je ne doute pas un instant que vous y réussirez.

— Vous faites preuve d'une bien belle confiance pour un homme qui ne me connaît que depuis une journée.

Lucy s'attendait à ce qu'il lui adresse une réponse taquine, un trait d'esprit amusant qui ferait naître un sourire sur ses lèvres et propulserait une onde de chaleur à travers tout son corps.

Mais, au lieu de cela, il s'approcha d'un pas. L'éclat du soleil mettait en valeur de façon merveilleuse la couleur de ses yeux extraordinaires. Pour la première fois, elle y décela une légère touche de vert.

Non pas d'une teinte d'un pâle vert olive comme la sienne, mais un vert mousse, une splendide nuance sombre.

— J'étais autrefois doté d'un excellent instinct. Quand j'envisageais de faire un investissement, je ressentais un petit picotement quelque part par ici.

Il pointa le doigt vers le centre de son torse, en dessous de son cœur mais plus haut que la taille de son pantalon.

Lucy riva ses yeux sur sa main, comme fascinée tandis qu'il traçait lentement un cercle qui tendit le tissu de sa chemise contre son abdomen.

— Quelque chose s'allumait en moi. C'était comme un moteur qui se déclenchait, plein d'énergie et de feu, et je savais.

Il la stupéfia alors en plaçant un doigt sous son menton et en le relevant doucement jusqu'à ce que leurs regards se percutent.

— Je n'avais pas ressenti cela depuis fort longtemps et puis...

— Et puis ? murmura Lucy, qui parvenait étrangement à articuler une réponse alors même qu'elle retenait son souffle.

— Je vous ai rencontrée.

— Moi ?

Le regard de James plongea vers ses lèvres dont elle était certaine qu'elles tremblaient et qu'elle sentait aussi brûlantes que si elle venait de boire une gorgée d'un thé trop chaud. Elle savait ce qui devait se produire ensuite.

Enfin. Pour la première fois de sa vie. Ici, dans ce champ glacial, sous les lueurs d'une aube écossaise, un homme qui la faisait frémir allait l'embrasser.

Les doigts de James s'égarèrent plus bas, effleurant délicatement la peau de son cou avant de remonter pour glisser derrière son oreille une mèche de cheveux qui voletait dans le vent.

Il se pencha vers elle.

Elle inspira si profondément qu'elle se trouva presque prise de vertige.

— Je me disais, murmura-t-il, ses lèvres formant déjà un éclatant sourire, que vous pourriez peut-être me donner une leçon ?

La remarque était si inattendue que Lucy se figea sur place. Elle garda le silence tandis qu'il s'avançait vers la balle de foin recouverte de tissu tenant lieu de cible avant d'en retirer les flèches qu'elle y avait plantées.

— Avez-vous déjà...

— Non, mais j'apprends vite.

Il lui adressa alors un clin d'œil.

Un clin d'œil. Cet homme était aussi changeant qu'un orage d'été.

Un instant, il la faisait se sentir à son aise – ainsi qu'elle l'avait rarement été en compagnie du moindre gentleman – et le suivant, il était capable d'enflammer son corps tout entier. Il était pour elle un parfait mystère.

Elle n'aimait pas les mystères. Comprendre le fonctionnement des choses était ancré dans sa nature, et le fait de bien se connaître avait toujours été l'une de ses forces.

Mais il provoquait chez elle des réactions totalement inhabituelles tandis que lui-même demeurait en grande partie une énigme à ses yeux.

— Puis-je ?

Il approcha, tenant les flèches qu'il avait ramassées au-dessus du carquois attaché à la ceinture de Lucy.

Il attendit qu'elle acquiesce d'un signe de tête avant de les glisser à l'intérieur de l'étui.

Toutes, sauf une.

Voyant son air impatient, Lucy lui tendit l'arc. Cette précieuse possession de sa tante était un objet charmant – d'un bois sombre et patiné décoré de quelques feuilles peintes et de lierre gravé au-dessus et en dessous de la poignée.

Bien que James eût prétendu ne rien connaître en matière de tir à l'arc, il testa la tension de la corde et plaça sa main sur la poignée à la manière d'un archer chevronné. Tout en mettant la flèche en place, il jeta un regard à Lucy par-dessus son épaule dans l'attente de ses conseils.

— Il y a une encoche.

Lucy approcha et fit courir son doigt à l'endroit cité.

— Et il vous faut tenir la poignée...

Elle hésita avant de poser sa paume sur la main de James. Il observa son visage à cet instant comme pour juger de sa réaction.

— Un peu plus bas, l'encouragea-t-elle, le souffle un peu plus court qu'elle ne l'aurait voulu.

Le toucher lui semblait familier. Il était peut-être une énigme, mais elle savait déjà combien sa peau serait chaude contre la sienne. Sa main était large et puissante, et un duvet sombre ombrait la base de son poignet. Ils avaient noué un lien durant leur voyage en train, peu importait ce qui pourrait se dresser entre eux désormais.

— Comme ceci ? demanda-t-il d'un ton aussi bas que le sien.

— Exactement.

Lucy cessa de le toucher et serra son poing fermement. Comme lorsqu'ils s'étaient trouvés à bord du train, le bref contact lui avait mis les nerfs à vif.

Elle se sentait tout à la fois étrangement réconfortée et aux prises avec une tension peu commune.

Il tendit la corde.

— Pas autant.

Quand il corrigea son geste, elle acquiesça.

— Voilà, comme ceci. Maintenant visez, calmez votre souffle tout en vous concentrant sur la cible, et laissez s'envoler votre flèche.

Plutôt que de simplement relâcher la corde, James avança sa main, brisant un peu l'élan de la flèche. Elle vola vers le sol et atterrit dans des fougères à la droite de la cible.

— Puis-je ?

Lucy leva les mains pour l'inviter à lui rendre l'arc. Il le tint alors à l'horizontale et le déposa sur ses paumes tendues comme s'il s'agissait d'une offrande.

— Montrez-moi comment faire, lui dit-il d'un ton encourageant.

Lucy réprima un gloussement et lui adressa un demi-sourire.

— Je croyais que vous aviez tout observé depuis la fenêtre.

— J'étais bien trop loin. Allons, la pressa-t-il. Je veux apprendre.

— Votre posture est bonne. Le placement de vos mains, la tension que vous imprimez à la corde sont corrects. Mais, une fois que vous avez encoché la flèche, la seule chose qui devrait bouger ce sont vos doigts au moment où vous lâchez la corde. Laissez la puissance de la corde faire le reste. Comme ceci.

Lucy prit l'arc, mit une flèche en place et s'assura qu'il regardait.

Mais il s'était déplacé derrière elle, si près que la chaleur émanant de son corps la protégeait à présent du froid matinal.

— Puis-je ?

Il tendit le bras, sa manche frôlant la sienne, son torse plaqué contre le dos de Lucy. Puis il enroula sa main autour de la sienne.

Lucy retint son souffle et sentit son murmure courir sur sa peau.

— Je ne suis pas certaine...

— Montrez-moi simplement comment faire, Lucy, dit-il, ses lèvres effleurant presque son oreille. Je ferai comme vous me l'indiquerez.

Le contact sur sa peau était délicat, mais elle ne pouvait ignorer la chaleur de son corps. Elle s'infiltrait dans sa peau, apaisante et affriolante à la fois. Et son parfum. Une odeur évoquant la forêt, les sous-bois, avec une note qui avait quelque chose d'enivrant.

Lucy tendit la corde. La main de James suivit son mouvement.

Elle lâcha son souffle contre la corde, se concentrant sur la cible. Les doigts de James pouvaient gêner le tir, mais elle agit ainsi qu'il le suggérait. Exactement comme elle l'aurait fait s'il n'avait pas été là.

Sur une expiration, elle leva ses doigts et libéra la flèche, qui jaillit vivement pour venir se ficher au centre de la cible.

— À vous maintenant.

Lucy se tourna pour lui tendre l'arc mais, au moment où il allait le saisir, des bruits de pas faisant crisser les feuilles couvertes de givre se firent entendre.

— Lady Lucy, j'ai eu votre message pour la préparation d'un panier mais vous n'avez pas mentionné quand il vous le faudra. Aviez-vous un horaire en tête ?

— Un panier ?

James arqua de surprise un sourcil noir d'ébène.

Alors que Lucy se tournait pour répondre à Mrs Fox, une idée frappa son esprit. Elle avait l'intention de descendre jusqu'au loch, de faire des photographies avec son appareil et de croquer le paysage. Un parfait début pour ses vacances écossaises. Mais il y avait quelque chose qu'elle désirait encore davantage : des réponses de la part de Lord Rossbury.

— Que diriez-vous de 11 heures ? proposa-t-elle à la gouvernante, intensément consciente du fait que James ne la quittait pas des yeux.

— Fort bien, milady.

La femme plus âgée leur jeta à tous deux un long regard.

— Si l'un de vous désire une boisson chaude, du thé et du café, ainsi qu'un repas léger, ont été servis dans la salle à manger.

— J'ai déçu ses attentes, dit James doucement en regardant la gouvernante s'éloigner. Elle m'a envoyé jusqu'ici pour vous encourager à revenir à l'intérieur pour vous réchauffer, et je me suis laissé distraire.

— J'ignorais totalement que j'étais une telle source de distraction.

James laissa échapper un rire viril qui donna à Lucy l'impression d'avoir remporté un prix. Mais, quand il nota qu'elle ne riait pas, il prit un air sérieux.

— Vous n'en avez vraiment aucune idée, n'est-ce pas ?

— J'ai beaucoup d'idées, bien au contraire, monsieur le comte.

Elle n'appréciait pas toute allusion au fait qu'elle puisse être naïve. En particulier de sa part.

— Je n'en ai jamais douté.

Il s'avança d'un pas.

— Vous captez l'attention, Lady Lucy. N'en doutez jamais.

Lucy abandonna toute attitude défensive quand elle comprit que ses paroles ne sous-entendaient rien de négatif. Bien au contraire, il s'agissait d'un compliment de sa part.

Il leva une main comme s'il s'apprêtait à la toucher de nouveau mais il n'en fit rien. Après avoir lancé un regard en direction du manoir, il s'écarta, ménageant une belle distance entre eux.

— Mrs Fox se montrera vigilante, sans nul doute. Elle s'inquiète pour votre réputation et ne m'accorde nulle confiance.

Lucy jeta un regard furtif vers la demeure et distingua alors la silhouette sombre de Mrs Fox qui les observait depuis la fenêtre.

Bien entendu, il avait raison. Mrs Fox et l'ensemble des domestiques étaient en droit de s'interroger sur les événements de la veille au soir. Ciel, il avait fallu des heures à Lucy pour trouver le sommeil malgré la fatigue causée par le voyage parce qu'une foule de questions troublait son esprit.

Et pourtant, ce matin, James était apparu alors que le soleil chassait la brume nappant le champ et il avait enroulé son corps autour du sien pour qu'elle puisse lui apprendre à tirer une flèche. Ses efforts pour comprendre le sens de sa présence s'étaient évanouis comme leurs souffles dans l'air glacé.

Mon Dieu, elle n'avait jamais été aussi peu pragmatique de toute sa vie. En vérité, c'était *lui* qui détournait le cours de ses pensées.

— J'ai dit que nous parlerions ce matin, monsieur le comte, mais, à vrai dire, je n'ai pour vous que des questions.

La transformation que ces mots provoquèrent la stupéfia. Subitement s'évanouirent la douceur du regard de James et le sourire taquin qui relevait les coins de sa bouche. L'éclat radieux brillant au fond de ses yeux bleus disparut. Il s'était subitement renfermé sur lui-même, creusant une distance entre eux, aussi efficacement que s'il était entré dans une pièce et avait claqué la porte derrière lui.

Son comportement était très semblable à celui qu'il avait adopté dans le train quand il s'était montré réticent à révéler la moindre information sur son compte. Décidément, il avait tout d'un homme ayant des secrets à garder.

— Pourrions-nous parler plus tard ? Je suis venu en Écosse pour inspecter Invermere en prévision de sa vente et j'aimerais m'acquitter de cette tâche ce matin avant l'arrivée de votre tante.

Lucy serra plus fort l'arc entre ses mains. Sa froideur était aussi saisissante que ses compliments, mais d'une façon fort différente.

— Bien entendu, Lord Rossbury. Venez me trouver quand vous serez prêt à répondre à mes questions.

Jamais dans sa vie Lucy n'avait compté au nombre de celles qui quittent une conversation de façon théâtrale ou ressentent le besoin irrépressible de le faire. Ce genre de réaction était réservé aux beautés telles que sa sœur Marion ou aux petits diables comme son frère Charlie. Mais le regard que James Pembroke posait sur elle était presque trop intense, et son parfum et la proximité de son corps entamaient sa sérénité naturelle. Elle n'était pas habituée à perdre son sang-froid parce qu'un gentleman l'observait, et ce séjour était un moment fort mal choisi pour commencer à agir de la sorte.

Elle vérifia donc une nouvelle fois qu'elle avait ramassé toutes les flèches de sa tante, tourna les talons et se mit en chemin vers le manoir. En cet instant, elle comprenait ce qu'était le pouvoir d'avoir le dernier mot puis de quitter la scène. Elle tenta de savourer le moment.

Mais, bien entendu, une foule de pensées l'assaillit. Elle avait bien plus à dire à Lord Rossbury. Des remarques taquines, caustiques.

Des choses qu'une « mégère » dirait. Elle les résuma dans son esprit, s'arrêta et pivota vers lui.

Il se tenait exactement à l'endroit où elle l'avait laissé, le regard toujours rivé sur elle.

— Vous avez vos propres raisons de vous trouver ici, et elles semblent très pressantes, lança-t-elle à travers champs. Je suis venue pour ma part en villégiature et dans le but de rendre visite à ma tante bien-aimée. Et j'aimerais vaquer à ces occupations. Mais il semble que nous ne pourrons nous empêcher d'être l'obstacle indésirable dans les projets de l'autre.

Cette déclaration était encore une plus belle façon d'avoir le dernier mot, n'est-ce pas ?

9

James commençait à penser que la lady était une source de tracas.

Pas de terribles tracas, bien entendu. Pas de la sorte de ceux qui l'attendaient à Londres. Elle incarnait des soucis bien plus doux, une tentation bien trop plaisante alors qu'il n'avait pourtant pas un seul instant à perdre.

Rien à propos de ce voyage ne serait marqué par l'insouciance, il le savait. Il n'était pas en vacances et il n'avait pas le temps de flirter avec une intellectuelle ayant des « projets ».

Pourtant, en cet instant, plus d'une heure après qu'il eut gagné le terrain de tir à l'arc et qu'il eut fini avec son corps enlacé au sien, il se tenait là à l'observer, une fois encore.

Il se retrouvait à ne pas faire ce pour quoi il était venu jusqu'en ces lieux. Il n'était pas occupé à examiner la maison dans le but d'identifier des réparations à effectuer ou des problèmes à régler, mais à observer, fasciné, Lucy alors qu'elle remplissait une petite toile de touches colorées.

Il avait prévu de commencer l'examen des pièces de l'étage quand il avait remarqué un endroit à l'arrière du manoir.

Un jardin d'hiver rempli de plantes et pourvu de tout l'attirail d'un atelier de peintre en son centre.

Lucy se tenait de profil, et un carré de vive lumière traversant le haut plafond vitré éclairait le tableau qu'elle peignait. À intervalles réguliers, elle levait les yeux vers une grappe de fleurs suspendues qu'elle essayait visiblement de restituer au moyen de peinture et d'habiles traits de pinceau.

Jusqu'à présent, elle ne l'avait pas remarqué, et il ne pouvait se résoudre à interrompre son travail. En certaines occasions il avait adoré diriger Pembroke Shipping. Il s'agissait de journées au cours desquelles une cargaison lucrative était entrée au port ou un nouveau client lui avait confié le convoiement de ses produits. Mais il n'était pas sûr d'avoir pris en signant des contrats ou en passant en revue des documents liés à ses affaires un plaisir aussi absolu que celui qu'elle éprouvait en capturant la beauté d'une fleur dans le jardin d'hiver de sa tante.

Son sourire n'était pas figé. Au contraire, il semblait danser sur ses lèvres quand elle reculait pour examiner son travail ou quand elle déposait sur la toile un coup de pinceau audacieux. Parfois, elle mordillait sa lèvre inférieure entre ses dents, parfois sa langue passait sur sa pulpeuse lèvre inférieure.

Quand la joie qu'il ressentait à la contempler propulsa une onde de désir tout au bas de son ventre, James comprit que le moment était venu de partir. Mais, bien entendu, dès qu'il bougea, il attira l'attention de Lucy.

— Oh ! dit-elle d'un ton circonspect, les yeux écarquillés de surprise. Vous m'avez trouvée.

Elle plongea son pinceau dans un bocal rempli d'eau puis l'essuya sur un chiffon avant de retirer sa blouse.

— C'est vrai, mais vous sembliez ravie de vous adonner à votre art, et je suis désolé de vous interrompre.

Il désigna la toile d'un geste.

— Voulez-vous que je vous laisse terminer ?

Lucy inclina la tête sur le côté et fixa son œuvre.

— Je pense avoir fini. Ou peut-être ferai-je un ajout plus tard.

— Puis-je ?

Lucy s'écarta, lui permettant ainsi de s'approcher. James ignorait totalement quelle était cette fleur tombante que la jeune femme avait peinte, une variété aux pétales rouges froncés dégageant une senteur légèrement sucrée mais bien entendu moins envoûtante que les notes florales du parfum de Lucy.

— Magnifique, murmura-t-il.

Elle avait choisi une fleur déjà ravissante et l'avait parée de plus de couleurs, tout en saisissant les reflets changeants du soleil à sa surface et donnant ainsi plus d'éclat à la nuance rouge de la fleur. Ses coups de pinceau imprimaient quelque chose de vif et souple à l'ensemble sans qu'il soit le moins du monde chaotique.

— Vous êtes fort talentueuse.

— Disons que je me débrouille. Rien de comparable à la qualité des œuvres de Tante Cassandra.

— Votre art a quelque chose de puissamment lumineux.

Elle sourit, et un intense soulagement enfla en lui.

— C'est simplement dû à la lueur du soleil, je suppose, mais merci pour vos aimables paroles. J'adore peindre mais je ne pratique pas assez cet art pour véritablement développer le moindre talent.

— Vous devriez peindre davantage dans ce cas.

Il attendit que le regard de Lucy croise le sien.

— Vous êtes bien trop douée pour ne pas le faire.

La jeune femme baissa la tête à ces mots. C'était l'une des rares fois où James avait vu sa hardiesse vaciller. Quand elle releva son visage vers lui, ses joues étaient parées de la plus délicate teinte rosée, et elle le gratifia d'un sourire qui lui coupa littéralement le souffle.

— Je me disais que nous pourrions parler dans le grand salon.

— Bien entendu. J'irai là où vous voudrez.

— Si la chance est avec nous, il devrait y avoir dans cette pièce quelque chose qui pourrait vous être d'une grande aide.

Elle sembla se délecter de l'air de surprise qui se peignit à ces mots sur le visage de James, et un petit sourire triomphal arqua ses lèvres avant qu'elle ne sorte à grands pas du jardin d'hiver, le laissant la suivre.

Quand il l'eut rejointe dans le salon, il la trouva qui l'attendait devant un bureau avec un grand registre serré entre ses bras croisés.

James scruta la couverture du volume, mais rien n'indiquait ce que ce dernier pouvait contenir.

— Il s'agit du registre des réparations effectuées à Invermere, lui apprit alors Lucy.

Elle tendit le volume vers lui et le lâcha quand James l'eut saisi.

— Je suppose que ces rouleaux de documents posés sur le bureau sont les plans du manoir.

James se retrouvait rarement bouche bée et n'avait jamais été aussi constamment déconcerté par la moindre femme.

— Où avez-vous trouvé tout ceci ?

— Ce n'est pas moi qui ai déniché ces documents mais Mrs Fox. Après que je lui ai demandé de les chercher.

Il croyait avoir réduit à néant la moindre fragile sympathie qu'il ait pu susciter auprès de la gouvernante quand il avait pris quelques libertés avec Lucy dans le champ le matin même.

Mais peut-être n'était-ce pas le cas.

— Pourquoi donc m'aidez-vous ?

Quoi qu'elle puisse déclencher en lui, Lucy était en droit de lui en vouloir.

Elle croisa de nouveau les bras, s'appuya contre le bureau et laissa échapper un long soupir recueilli.

— Eh bien, comme le dirait Mrs Winterbottom...

— Mrs qui ?

— Mrs Winterbottom, dit-elle, un peu sur la défensive. Elle a écrit un livre sur la meilleure façon de gérer les défis posés par l'existence.

— Un livre sur l'étiquette ?

James ne pouvait imaginer une jeune femme aussi anticonformiste que Lucy souscrire à ce genre de règles.

— Ciel, non ! Je déteste les ouvrages traitant de l'étiquette. Les écrits de Mrs Winterbottom sont différents. Elle encourage l'indépendance, croit que les femmes devraient apprendre à se débrouiller seules et prodigue des conseils quant à la conduite à tenir quand des soucis surviennent.

— Voilà des idées qui font écho à celle que vous êtes.

Le visage de Lucy s'illumina, puis elle le regarda en plissant les yeux.

— J'ignore s'il s'agit là de votre intention, mais je prendrai vos paroles comme un compliment, dit-elle en hochant la tête d'un air ravi.

James sourit et eut, l'espace d'un instant, le sentiment que quelque chose en lui, une chose nouée très fermement, commençait à se desserrer légèrement.

— Alors quel est le rapport entre cette Mrs Winterbottom et le fait de m'aider ?

Lucy se redressa et le regarda droit dans les yeux.

— Elle dirait qu'un problème doit être affronté plutôt qu'évité et que plus tôt on s'attelle à une tâche difficile, plus tôt on peut en avoir fini avec elle.

James ne pouvait contester ces paroles. En fait, l'un des garçons plus âgés avec lequel il s'était lié d'amitié durant sa jeunesse prônait une philosophie comparable, bien qu'elle eût été formulée de façon un peu moins élégante.

Quand vous vivez un véritable enfer, continuez d'avancer.

Apparemment, cette Mrs Winterbottom n'était pas si mauvaise. Mais quelque chose dans les paroles de Lucy le perturbait.

— Je suis désolé d'être le problème qui s'est présenté à la porte de votre tante au moment même où vous vous y avanciez vous-même.

Ses excuses semblèrent l'irriter davantage que tout ce qu'il avait dit depuis son entrée dans la pièce. Peut-être parce que cela venait toucher le cœur du problème existant entre eux.

— Pourquoi vous être présenté à sa porte ?

Elle croisa de nouveau les bras comme pour se préparer à sa réponse.

Il avait toutefois une forme d'avance sur elle. Il s'était mis lui-même en condition pour entamer cette discussion dès le soir précédent. Et il avait redouté ce moment.

— Je crois comprendre que vous avez hérité du titre et des propriétés de l'homme que ma tante...

Ses grands yeux d'un vert lumineux s'ouvrirent un peu plus grand, et elle releva le menton si légèrement qu'il ne l'aurait pas remarqué s'il n'avait pas été intensément conscient du moindre de ses mouvements.

— Sa maîtresse, poursuivit Lucy.

James eut un petit ricanement, et un air de surprise se peignit sur les traits de Lucy.

— Ce fait est-il erroné ?

— Non, simplement difficile à croire.

— Que vous ayez hérité ou qu'ils aient été amants ?

— La seconde de ces deux affirmations.

— Je peux vous l'assurer, Tante Cassandra est la plus belle…

— Sur ce point, je n'ai pas le moindre doute. C'est uniquement l'idée que mon oncle ait pu attirer l'attention d'une telle femme qui provoque ma réaction.

— Vous ne l'aimiez pas ?

— Je le connaissais à peine.

Il se détourna, la gorge serrée par la colère. Les coups violents frappés par son cœur n'avaient rien à voir avec elle. Il s'agissait d'une douleur ancienne, et elle n'avait nul besoin d'en connaître les détails.

— Nous étions brouillés.

Appuyant une main sur le cadre de l'une des hautes fenêtres d'Invermere, il fixa à l'extérieur l'allée jonchée de feuilles mortes.

— J'ai été informé de sa mort au moment où l'on m'a appris qu'il n'avait pas d'autre héritier. Rien de tout cela n'était ni attendu ni recherché.

Elle approcha presque sans que les talons de ses bottes ne fassent le moindre bruit sur le tapis.

— Puis-je vous demander à quand remonte sa disparition ?

Quand elle fut près de lui, James put sentir son regard qui examinait son visage. Peut-être s'attendait-elle à y lire de la douleur ou du chagrin. Penserait-elle de lui qu'il était un monstre au cœur de pierre s'il n'éprouvait ni l'un ni l'autre ?

— Récemment, mais je ne peux prétendre connaître la date exacte. J'ai appris son décès il y a quatre jours lors d'un rendez-vous avec son notaire.

Elle laissa échapper une petite exclamation de surprise qui capta l'attention de James.

— Je me demande si ma tante le sait. Je ne peux supporter l'idée qu'elle perde au même moment un être cher et sa maison.

Lucy posa une main légère sur sa manche.

— Pourquoi vous faut-il la vendre ?

Il leur avait fallu plus de temps pour entrer dans le vif du sujet que lorsque le sujet avait été abordé avec Mrs Fox, mais il détestait plus que tout d'avoir à expliquer cette partie de l'histoire à Lucy.

— L'argent qui sera retiré de cette vente… J'en ai désespérément besoin.

À son vif étonnement, Lucy hocha la tête comme si elle comprenait.

— Le patrimoine des Rossbury doit être en piètre état. Je présume qu'il y a beaucoup à entretenir. Papa parle toujours des dépenses qui…

— Il n'y a pas de patrimoine, Lucy. Seulement des dettes et ce manoir.

Comme il avait levé un peu le ton, il reprit un instant son souffle.

— Et puis aussi, un bijou pour votre tante.

Ce fut au tour de Lucy d'avoir un petit rire.

— Je suppose qu'il est aimable de la part de votre oncle d'avoir un peu songé à elle.

— Non, vous vous trompez.

Sur ce point, il tenait à être absolument clair.

— Cet homme n'avait rien d'aimable.

La voix de James vint frapper les fenêtres d'Invermere pour résonner fortement dans la pièce. Lucy comprenait qu'il détestât profondément son oncle, pourtant elle percevait la douleur profonde qu'il gardait en lui. Quels que fussent les événements désagréables auxquels avait été confrontée sa famille, il semblait avoir hérité d'un lourd fardeau en plus de son titre.

— Vous avez besoin de l'argent de la vente d'Invermere pour payer les dettes liées à cet héritage. Cela, je le comprends sans peine, mais pourquoi est-ce si urgent ?

— Parce que ce n'est pas tout. Il y a certaines raisons qui n'ont rien à voir avec le maudit titre de mon oncle.

Sa voix était empreinte d'une si sourde tristesse que Lucy sentit sa gorge se nouer douloureusement. Elle garda le silence, bien déterminée à lui donner le temps de rassembler ses pensées et animée de l'espoir qu'il lui ferait suffisamment confiance pour révéler ce qui le troublait tant.

Il fit durant quelques instants les cent pas dans la pièce mais, juste à l'instant où il se tournait vers elle comme pour lui livrer son explication, un son s'éleva dans le couloir qui attira leur attention.

Un *chut* murmuré suivi de chuchotements et d'une plainte typiquement canine leur apprit que le personnel écoutait aux portes.

— Nous pourrions aller parler ailleurs, murmura Lucy à son intention. Que diriez-vous d'une promenade jusqu'au loch ?

Quelques nuages masquaient le soleil, mais la journée jouissait malgré tout d'une température des plus clémentes et descendre vers le loch figurait en bonne place dans la liste des activités que Lucy comptait entreprendre durant son séjour. Bien sûr, elle avait prévu de dessiner ou de faire des photographies, mais cela pouvait attendre un autre jour.

Il fixa la porte du regard, hocha la tête et commença à traverser la pièce.

Lucy se plaça en travers de son chemin et vint presser une main contre son gilet. La chaleur de son corps sous sa paume était singulièrement rassurante.

— Nous pourrions nous échapper par la fenêtre, chuchota-t-elle. Ainsi ils ne sauront même pas que nous sommes partis, et personne ne songera à nous suivre.

— Et constatant notre trop grand silence, Mrs Fox fera irruption dans la pièce pour voler au secours de votre honneur, la taquina-t-il à voix basse.

Lucy imagina un instant Mrs Fox sous les traits de la protectrice de sa vertu, et cette idée lui fit lever les yeux au ciel. Sans attendre l'accord de James elle se dirigea vers la fenêtre et fut ravie de découvrir que le panneau vitré se soulevait avec peu d'effort et presque sans bruit.

Elle fit signe à James d'approcher.

— Vous devriez sortir le premier pour pouvoir m'aider ensuite.

— Je commence à penser que ce n'est pas la première fois que vous agissez de la sorte.

Il accompagna ses paroles d'un petit sourire ironique, mais obéit et fit passer l'une de ses jambes par la fenêtre. Il était si grand et la fenêtre si basse que la manœuvre consistait simplement pour lui à enjamber le rebord pour se retrouver les deux pieds sur la terre ferme. Lucy imagina faire de même avec ses membres bien plus courts et échouer complètement.

James se pencha vers l'intérieur une fois qu'il fut dehors.

— Ce sera plus facile si vous vous asseyez sur le rebord et que je vous porte.

— Eh bien, à présent c'est mon tour de commencer à suspecter que *vous* avez déjà agi de la sorte, monsieur le comte.

Tout en parlant, elle fit ainsi qu'il l'avait suggéré, prenant place sur l'appui de fenêtre et pivotant sur elle-même pour faire passer ses jambes à l'extérieur.

Durant chacun de ses mouvements, la main de James resta posée sur elle pour l'empêcher de tomber.

Puis elle se trouva face à lui, les yeux baissés vers son beau visage, et il plaça ses deux mains sur sa taille.

Elle réalisa alors que son souffle était malaisé. Même à l'occasion d'une valse, un homme ne posait jamais qu'une seule main sur sa taille, l'autre étant refermée sur ses doigts.

Quelque chose à propos de cet instant, de la façon dont il la touchait, donnait le sentiment d'être insoutenablement intime. Et il le ressentait également s'il fallait se fier à la force de son étreinte et à l'éclair brûlant qui traversait son regard.

— Posez vos mains sur mes épaules, Lucy.

L'instruction énoncée d'une voix rauque propulsa une vague de frissons le long des jambes de Lucy jusqu'à remonter tout au centre de son être.

Mais, bien entendu, James ne faisait que se montrer pragmatique. Une qualité qu'elle appréciait grandement. Elle était tout à fait capable de se montrer pragmatique elle-même.

Elle posa donc une main sur chacune de ses larges épaules. Sous ses doigts, Lucy sentit ses muscles se contracter quand il la souleva du rebord pour l'aider à gagner l'extérieur.

Durant tout ce temps, elle garda son regard rivé au sien et ce même après que ses pieds eurent touché le sol.

— Il y a peut-être une faille dans ce plan, dit-il en murmurant toujours comme si le personnel de maison risquait de surprendre ses paroles.

Il se tenait si près d'elle que son souffle chaud caressait sa peau à la manière d'une plume infiniment douce.

— Laquelle ?

— L'un de nous connaît-il le chemin jusqu'au loch ?

— Moi, bien entendu.

— Je ne devrais jamais douter de vous.

Il s'inclina légèrement devant elle avant de lever le bras dans la mauvaise direction.

— Ouvrez donc la voie, Lady Lucy.

Lucy fit quelques pas dans la bonne direction avant de s'arrêter. James grogna et s'arrêta net derrière elle.

— Nous devrions longer ces haies puis faire le tour par ici. Si nous empruntons le chemin le plus direct, ils pourront nous apercevoir depuis la maison.

Le rire de James s'éleva à ces mots.

— Vous êtes réellement déterminée à user de ruse, chère demoiselle. N'allons pas trop loin dans ce sens sinon ils croiront que j'ai pris la fuite avec vous.

— Peut-être avez-vous raison.

Il importait peu à Lucy que les domestiques voient d'un mauvais œil le fait que tous deux passent du temps seuls, mais ils n'avaient pas besoin de donner au personnel davantage de raisons de se méfier de James.

— Empruntons donc simplement le chemin principal. Il n'est pas loin.

— Vous l'avez déjà parcouru ?

— Non.

Lucy lui jeta un regard et manqua de trébucher sur l'une des pierres du chemin.

— Mais j'ai effectivement fait une petite promenade ce matin avant de gagner le terrain de tir à l'arc.

— Je suis désolé que vous n'ayez peut-être plus beaucoup de temps devant vous pour explorer Invermere.

Un éclair plein de noirceur traversa le regard de James.

— Un seul homme est à blâmer, pour autant que je sache.

Le défunt comte de Rossbury.

— Si votre oncle avait réglé ses dettes ou offert le manoir à

Lady Cassandra, vous ne seriez pas là, et Invermere pourrait être à elle aussi longtemps qu'il lui plairait.

Il ne répondit rien, et Lucy reprit sa marche.

— Elle a évoqué ses promenades jusqu'au loch dans nombre de ses lettres et a même envoyé des dessins de l'endroit à diverses saisons.

Dès que ces mots eurent franchi ses lèvres, Lucy aperçut elle-même la vue en question et se figea sur place.

— Le voici.

Le loch était encore plus beau qu'elle ne l'avait imaginé.

Des nuages flottaient dans les cieux, leurs formes sombres se reflétant à la surface des eaux d'un bleu profond. Le sol était parsemé de bruyères qui coloraient également les collines au loin. Il lui faudrait sans faute revenir avec son appareil-photo ou du papier pour dessiner.

— Mon oncle est responsable de beaucoup de maux.

La noirceur qui perçait dans la voix de James la tira de sa contemplation.

— Mais il n'est pas l'unique raison pour laquelle je me trouve ici en cet instant et dois vendre Invermere prochainement.

Lucy l'avait pressenti depuis le départ mais à présent, alors qu'elle voyait la détresse dans son regard, elle craignait d'entendre le reste de l'histoire.

— J'ai des dettes également. J'ai fait... une erreur de jugement, et la conséquence en a été que j'ai perdu beaucoup.

— Qu'avez-vous perdu ?

Un accent tragique teintait chacun des mots du comte, et Lucy voulait savoir tout de cette histoire, non pas uniquement en raison de son inquiétude au sujet de sa tante mais parce qu'elle désirait le connaître.

— Tout.

Il passa une main dans ses cheveux avant de laisser échapper un rire amer.

— Mon entreprise de commerce maritime, la confiance de mes collègues, ma tranquillité d'esprit.

— J'en suis terriblement désolée.

Lucy avait entendu parler d'hommes d'affaires et même

d'aristocrates qui, après avoir beaucoup gagné grâce au commerce, avaient tout perdu au jeu ou à la suite d'un mauvais investissement. De telles pertes de réputation et de fortune semblaient pouvoir advenir du jour au lendemain. Dans les cercles dans lesquels évoluaient ses parents, plus d'un gentleman avait été écarté pour s'être montré incapable de rembourser ses dettes.

— J'ai travaillé durant des mois pour tout rebâtir.

Il secoua sa tête.

— Et l'argent retiré de la vente d'Invermere vous aiderait ?

— Pour tout dire, oui.

— Il y a quelque chose d'autre, n'est-ce pas ?

Lucy sentait dans chacun de ses mots une tension et une résistance, comme s'il soupesait savamment ce qu'il souhaitait partager et ce qu'il était résolu à tenir secret.

Le vent se renforça, s'engouffrant dans ses cheveux et dans le tissu de sa robe. Après l'avoir fixée un instant, James se détourna et se mit à faire les cent pas comme plus tôt dans le salon.

— Je me montre impertinente, ajouta alors Lucy. Ma mère me dit souvent que ma curiosité causera ma perte.

Tout d'abord, elle douta qu'il l'ait entendue mais, peu après, il revint près d'elle et posa doucement ses mains sur ses bras.

Mais il n'allait toujours pas lui livrer la vérité.

Lucy lut sa réticence dans son regard ainsi qu'un autre sentiment. De la peur ?

— J'apprécie votre curiosité. J'aime même votre effronterie. Mais mieux vaut que vous ne sachiez pas le reste.

Lucy se sentit trémir, d'une part parce qu'il sous-entendait l'existence de quelque sombre secret qu'il se refusait à révéler, mais également parce que le vent avait soudain forci. James frictionna les bras de Lucy de ses paumes chaudes.

— Qu'adviendra-t-il de ma tante ?

Lucy le laisserait garder ses secrets pour lui, s'il le désirait, mais l'avenir de Tante Cassandra était ce qui comptait le plus à ses yeux.

— Je vous jure que je la traiterai de manière équitable.

— Je l'espère de tout cœur.

Tout au fond d'elle, elle savait qu'il en serait ainsi. Quoi qu'il ait décidé de lui cacher, Lucy savait que James Pembroke n'était pas un méchant homme. Il n'était venu à Invermere que parce que des raisons indépendantes de sa volonté l'y avaient poussé, des raisons dont il se serait passé et dont la plupart échappaient totalement à son contrôle.

Bien entendu, elle craignait que cela ne suffise pas à amortir le choc que sa tante subirait en apprenant que sa maison bien aimée devait être vendue, mais Lucy ne doutait pas un instant que James honorerait sa promesse.

Une goutte de pluie glacée tomba sur son front, et James vint la chasser du bout des doigts au moment où un peu d'eau atterrissait sur son propre nez.

— Nous devrions rentrer.

Il avait raison, mais Lucy s'attarda toutefois un peu plus.

Quand ils pénétreraient de nouveau dans la maison, il ne serait plus possible pour eux de parler ouvertement ou de s'appeler par leurs prénoms respectifs, ni de faire montre de la proximité qui semblait leur venir tout naturellement quand ils étaient seuls.

— Si Tante Cassandra arrive cet après-midi, ce pourrait être notre dernière occasion de parler en privé.

— Je n'en suis pas si certain.

James jeta un regard en direction de la maison.

— Vous semblez fort douée pour vous échapper par les fenêtres.

— Et, dès que mon père l'apprendra, il sautera à bord de l'express pour Édimbourg.

— Vos parents ne savent donc pas quelle virtuose de l'évasion vous êtes ?

— Je ne suis pas sûre qu'ils me connaissent si bien que cela, à vrai dire.

Lucy n'avait pas eu l'intention de faire naître cet éclair de tristesse au fond des yeux de James.

Elle n'avait pas envie de susciter la moindre compassion, en particulier de sa part.

— Mais peut-être est-ce ma faute. Pour l'essentiel, j'ai toujours fait ce que l'on attendait de moi.

— Et désormais vous vous sentez prête à vous rebeller ?

Les mots énoncés doucement de sa voix chaude avaient tout d'un défi.

— Tout à fait.
Son visage s'éclaira d'un sourire plein de malice.
— J'aimerais beaucoup voir cela, Lady Lucy Westmont.
— Alors restez bien attentif, Lord Rossbury.

10

Le jour suivant, Lucy réussit à éviter James presque totalement. Il la vit marcher dans les champs aux abords immédiats de la maison et entendit le personnel mentionner qu'elle s'était rendue jusqu'au loch pour dessiner, mais elle ne rechercha pas sa présence et ils n'échangèrent pas le moindre mot.

Vers la fin de la journée, aussi ridicule que puisse paraître ce sentiment, James s'aperçut qu'elle lui manquait. Lui parler, se trouver près d'elle, être l'objet de son attention lui manquait.

Pourtant il n'était pas certain de la manière à employer pour l'approcher et il se retrouva aux prises avec un trop-plein d'énergie quand la nuit tomba.

Quand il entra dans le salon où il avait été enfermé le soir de son arrivée, il fut heureux de trouver un bon feu allumé dans l'âtre. Aucun n'avait encore été préparé dans la chambre qu'il occupait, et il rechignait à déranger le personnel. En plus du ressentiment palpable à son encontre, il percevait désormais l'inquiétude qui s'était installée après que leur maîtresse ne fut pas apparue comme attendu la veille.

Lucy était soucieuse, elle aussi. En l'une des occasions où il l'avait aperçue furtivement, elle était descendue pour parler à Mrs Fox et lui demander si le moindre courrier ou télégramme était parvenu de la part de sa tante. Derrière les fenêtres d'Invermere, la pluie légère avait cédé la place à un terrible orage, qui très certainement retarderait encore davantage les projets de retour de la maîtresse des lieux.

Hercule l'observait depuis la place à laquelle il s'était installé, devant le feu, comme s'il attendait que James décide s'il restait dans le salon ou s'il s'en allait. Ce dernier ne savait quel choix faire, à vrai dire. En vérité, il n'était descendu que parce qu'il était dérangé par l'idée de se trouver sous le même toit que Lucy et de ne pas la voir ni lui parler.

Le chien releva la tête, et James se laissa retomber sur un siège près de lui avant de faire courir sa main sur l'épais pelage gris de l'animal.

— Je me demande ce qu'elle fait là-haut.

Il était trop tôt pour dormir, et il était certain que la jeune femme n'avait aucun problème pour trouver de quoi s'occuper. Bon sang, les livres qu'elle avait emportés avec elle, nombreux à en juger par leur poids, suffiraient à garder occupé le lecteur le plus assidu durant un mois entier.

Il avait été si distrait au moment de leur rencontre qu'il n'avait pas pris garde à leurs titres. Désormais, il se demandait quelle sorte d'ouvrages Lucy aimait lire. Des volumes rédigés par cette Mme Winterbottom, apparemment.

— Désolée de vous déranger, monsieur le comte.

James prit une grande inspiration pour s'encourager avant de se tourner vers Mrs Fox. Il se sentait bien peu prêt à livrer la moindre bataille, mais elle était le genre de femmes dont il s'attendait à ce qu'elle frappe quand sa garde était baissée.

— Mademoiselle a demandé des biscuits et une boisson chaude, et je me demandais si vous aimeriez également que je vous rapporte quelque chose des cuisines.

Un whisky, c'était cela qu'il désirait réellement, mais il n'avait pas vu le moindre bar dans la demeure.

— Va-t-elle descendre ?

C'était ce qu'il désirait. Il venait tout juste de s'empêcher d'aller frapper à la porte de sa chambre et de rompre la dernière parcelle de bienséance qui subsistait encore entre eux.

Plutôt que de répondre à sa question, Mrs Fox, qui se tenait toujours sur le seuil du salon leva les yeux en direction de la cage d'escalier.

Une étrange vibration fit dresser les cheveux de James sur

sa nuque, et il n'eut pas besoin de la voir pour savoir que Lucy approchait.

Mon Dieu, était-il sensible à sa seule présence désormais ?

La jeune femme entra en trombe dans la pièce comme s'ils avaient prévu de s'y retrouver et lui adressa aussitôt un sourire plein de chaleur.

— Je prendrai ma boisson ici si je ne vous dérange pas.

— Restez donc.

En voyant l'un de ses sourcils fauves s'arquer de surprise, James réalisa que sa réponse avait franchi ses lèvres sur un ton qui ressemblait à un ordre.

— Ce que je voulais dire, c'est que vous ne me dérangez pas le moins du monde.

Chacun de ces mots était tout à fait faux, si l'on considérait que le fait de poser les yeux sur elle avait mué son émotion à l'idée de la retrouver en quelque chose de beaucoup plus avide.

— J'ai apporté de quoi lire.

Elle leva un livre devant elle d'un air presque fier, un gros volume pourvu d'une couverture aux lettres dorées.

— Voilà qui ne me surprend guère.

James sourit mais contint le rire qu'il aurait voulu laisser éclater, Mrs Fox les observant encore depuis le pas de la porte.

— Des biscuits pour vous également, Lord Rossbury ?

— Oui, je vous remercie, Mrs Fox.

La gouvernante soutint son regard comme pour lui adresser un avertissement silencieux avant de poser les yeux sur Lucy puis, une nouvelle fois, sur lui.

Dès qu'elle fut partie, il se pencha plus près de Lucy et murmura :

— Est-ce celui qui m'a presque brisé le pied ?

— Si vous voulez parler de celui que vous avez sans ménagement fait tomber sur le quai de la gare, non ce n'est pas lui. Il s'agissait d'un roman de Dickens. Mais celui-ci est tombé également.

Elle inclina le livre et examina sa couverture.

— Bien qu'il ne semble pas avoir souffert du mauvais traitement qui lui a été infligé.

Elle prit un siège face à celui qu'il venait de quitter, près du feu. L'espace d'un instant, il s'abîma dans la contemplation de ses mèches d'or éclairées par le feu. Soit Lucy ne remarquait pas son observation attentive, soit elle était tout à fait disposée à ce qu'il s'y livre, et il espérait que la seconde solution était la bonne.

— Vous n'avez pas de roman, dit-elle enfin paisiblement tout en tournant une page.

— Oh ! détrompez-vous, je ne suis pas sans lecture. C'est simplement que j'ai fini par loucher à force de me concentrer sur les différentes notes.

James leva devant lui le registre qu'il avait passé en revue au cours des dernières heures.

— Et quelles sont vos conclusions ?

Lucy gardait ses yeux rivés sur son propre livre, mais il percevait qu'elle était aussi captivée par son contenu qu'il l'avait été par sa lecture du registre des réparations effectuées à Invermere.

— Votre tante a fort bien entretenu ce manoir.

— Elle l'aime énormément, il est vrai.

Enfin, elle releva la tête et regarda vers lui, mais son front était légèrement plissé par l'inquiétude.

— Je me demande pourquoi elle n'est pas arrivée aujourd'hui.

— Le temps...

— Mais il faisait beau ce matin.

— Peut-être la tempête provient-elle du nord.

— Mmm.

Elle posa son livre, et James se redressa sur son siège, pensant qu'elle allait approcher. Mais, au lieu de cela, elle se dirigea vers le seuil et la porte restée ouverte.

Mary apparut un instant plus tard avec entre ses mains un plateau chargé de tasses, de biscuits et d'un récipient dont il supposait qu'il contenait du thé.

— Je m'en chargerai, Mary.

James voulut quitter son siège pour aider Lucy, mais elle fut plus prompte à gagner la table disposée entre les deux canapés de la pièce et avait quasiment rempli sa tasse avant qu'il ait pu faire le moindre mouvement. Elle était suffisamment habile pour donner l'impression qu'aucun de ses gestes ne lui coûtait le moindre effort.

— Il s'agit de camomille. L'appréciez-vous ?

Elle hésita avant de lui tendre une tasse pleine du breuvage.

— Je ne me souviens pas en avoir beaucoup bu, mais je peux déjà vous assurer que cette tisane serait plus à mon goût si un peu de whisky y était mêlé.

Lucy attendit qu'il prenne la tasse puis s'avança vers la tablette de la cheminée et glissa sa main derrière quelques cadres et figurines. Elle trouva bientôt ce qu'elle cherchait, une petite clé, et se dirigea vers un bureau verni placé dans un coin de la pièce.

— C'est ici que Tante Cassandra conserve ses bouteilles d'alcool, dit-elle doucement.

Puis elle se tourna vers lui et baissa davantage la voix.

— Elle me l'a dit dans l'une de ses lettres. Apparemment, Drummond vidait ses réserves chaque fois qu'elle remplissait ses carafes.

James s'imagina le revêche Mr Drummond après quelques verres de scotch et ne put décider si pareille situation rendrait le vieil homme plus aimable ou plus irascible.

— Je pense que celui-ci contient du whisky.

Elle leva devant elle l'une des bouteilles emplies d'un liquide ambré.

— Vous n'en avez jamais bu ?

— Non, jamais.

Elle approcha, s'assit et croqua dans un biscuit.

James l'imita et fut surpris de découvrir que le gâteau à l'exquise saveur beurrée et recouvert d'un délicieux glaçage avait un goût de cannelle. De sucre. D'épices. Une saveur qui évoquait un peu la lady dont il s'était mis à rechercher la proximité. Il se concentra sur sa tasse pour s'empêcher de s'attarder sur le tour indocile pris par ses pensées.

— Oh ! mon Dieu !

Lucy tenta d'étouffer un gloussement avant d'éclater d'un rire franc.

Quand James jeta vers elle un regard interrogateur, elle reposa sa tasse et son assiette et se leva.

Elle tendit la main vers lui, et il s'approcha instinctivement vers elle.

— Juste ici. Vous avez un peu de glaçage au coin de la bouche.

Il hésita un instant avant d'essuyer le mauvais côté de sa lèvre. Lucy s'approcha davantage.

— De l'autre côté.

— Ici ?

James pointa le doigt vers l'endroit où il pouvait sentir quelque chose au coin de sa bouche. Depuis l'instant où Lucy était entrée dans la pièce il avait été saisi de l'envie de la toucher. Mais c'était encore mieux si c'était elle qui le faisait.

Cette réalité n'échappait pas à l'esprit vif de Lucy. Elle plissa les yeux, hésita un instant puis se pencha avec sur les lèvres un sourire entendu. Elle fit courir son doigt à la lisière de la lèvre du comte et ramassa le petit morceau de glaçage avec le bout de son doigt.

— Voici. Vous voyez ?

Lucy s'apprêtait à lécher son propre doigt quand elle remarqua l'intensité avec laquelle James l'observait.

— Voulez-vous ce petit morceau de glaçage ? demanda-t-elle.

En cet instant il aurait été prêt à accepter la moindre chose que Lucy pouvait lui offrir. Mais il vit un éclair de doute traverser son regard. C'était comme si elle désirait être à son aise dans cette situation de flirt mais ne l'était pas. Du moins, pas encore.

James se pencha vers elle et accueillit le bout de son doigt dans sa bouche. Les lèvres de Lucy s'entrouvrirent alors sous l'effet de la surprise. Elles étaient si rebondies et veloutées, et d'un rose si charmant, qu'il sentit monter en lui l'envie de faire courir sa langue sur leur contour délicat.

Il attira son doigt un peu plus profondément avec sa langue et le suça délicatement.

Lucy passa sa langue sur ses lèvres et retira son doigt lentement. Elle reposa alors sa main sur ses genoux.

— C'était délicieux, lui dit alors James à voix basse.

Lucy leva de grands yeux vers lui, le souffle court, se sentant tout aussi dépassée par la force de ce qui se produisait entre eux qu'il l'était lui-même.

— Et si nous lisions ? murmura-t-elle d'une voix tremblante. Enfin, voulez-vous que je vous fasse un peu de lecture ? À voix haute. Pour nous deux. Ou je pourrais simplement vous parler un peu du livre que je lis actuellement.

— Voilà qui me plairait grandement.

Au point où en étaient les choses pour James, il s'agissait soit de l'écouter sagement parler de son livre, soit de la hisser sur son épaule et de l'emporter à l'étage. Même s'il doutait d'être capable d'effectuer deux pas avant d'alerter la toujours vigilante Mrs Fox.

Lucy reporta son attention sur le gros volume qu'elle avait mis de côté.

— Voudriez-vous un peu de whisky ? demanda-t-il une fois qu'elle se fut réinstallée sur son siège près du feu. Vous avez dit n'en avoir jamais bu.

La main de James trembla légèrement quand il leva la carafe pour remplir son verre. Résister contre l'élan qu'elle faisait naître en lui mettait au défi le contrôle qu'il tentait d'exercer sur lui-même.

— Je ne crois pas que je devrais.

Elle fixa le verre puis jeta un bref regard vers les lèvres de James avant de baisser de nouveau les yeux vers son livre.

James sourit et se rassit.

— Vous ne m'en avez pas encore donné le titre.

Levant l'ouvrage devant elle, Lucy lui en montra la couverture d'un bleu profond et ornée de lettres dorées. *Mythes et légendes populaires d'Écosse*.

— Voilà qui est tout à fait approprié.

— Oui, exactement.

Elle feuilleta les pages.

— Cette légende parle d'un kelpie.

— Oh ! de quoi s'agit-il ?

James n'avait lu aucun conte populaire écossais, mais certains des hommes travaillant sur ses navires racontaient des histoires à propos de créatures des mers.

— Un monstre marin, lui apprit Lucy d'une voix plus basse. Qui pouvait prendre la forme d'un cheval ou d'un homme. On raconte qu'ils attiraient les femmes dans leurs pièges.

Elle se tut un instant, le front plissé.

— Et les enfants. Certains récits sont plaisants et d'autres un peu macabres.

Le regard de Lucy se mit à pétiller d'impatience quand elle commença à tourner les pages en quête de la légende qu'elle lirait à James.

— Cette histoire raconte comment une femme avait asservi un kelpie pour qu'il travaille comme un cheval de trait dans la ferme de son père.

— Voilà qui n'est pas très gai.

Lucy éclata de rire à ses mots.

— La pire des histoires doit être la suivante. Un groupe d'enfants qui se trouvait près d'une rivière découvrit un cheval près de l'eau. Une bête splendide. Ils ne purent résister à l'envie de monter sur son dos. L'un des garçons n'avait pas envie d'une promenade, il souhaitait seulement toucher l'animal. Mais dès qu'il posa un doigt sur lui, il ne put plus le retirer.

Elle leva les yeux vers lui, et James soutint son regard tout en sirotant son whisky.

Les joues de Lucy s'empourprèrent.

— Qu'a donc fait le garçon ? demanda-t-il. A-t-il été emporté au loin par le kelpie ?

— D'après la légende, il a sorti un couteau de sa poche et a coupé son doigt pour se libérer, répondit-elle d'un ton réjoui.

— Vous aimez les histoires terrifiantes me semble-t-il.

— Peut-être un peu, il est vrai. Ma sœur aînée me racontait autrefois des histoires effrayantes avant que nous allions nous coucher pour me tourmenter.

Des tourments forts amusants pour Lucy à en juger par le ton qu'elle employait.

— J'ai donc inventé des récits qui faisaient peur à mon tour. Et une sorte de compétition s'est instaurée entre nous.

— Aimez-vous la compétition en règle générale ?

C'était le cas de James mais, étant donné qu'il avait passé une grande partie de sa vie seul, il avait été son unique adversaire. S'incitant à faire mieux, éprouvant une profonde déception quand il ne se montrait pas à la hauteur de ses propres attentes.

— Non. C'est juste que j'aime bien faire les choses.

Et elle les faisait fort bien, peut-être même bien mieux que la plupart des gens. Malgré d'occasionnels accès de doute, elle semblait avoir confiance en elle, même si James suspectait qu'elle ne jugerait pas convenable de s'en vanter. On enseignait aux femmes à agir de la sorte, et James trouvait cela parfaitement ridicule.

— Dites-moi dans quels domaines vous excellez. Mis à part celui de raconter des histoires effrayantes.

Pour toute réponse, Lucy eut un petit haussement d'épaules.

— Pas de fausse modestie, je vous prie, insista James. J'aimerais savoir.

— Je suis douée pour la plupart des choses auxquelles je consacre un réel effort. Mais j'ai plus particulièrement du talent pour aider autrui. Les membres de ma famille, mais des amis également. Mon amie, Miranda, se marie dans près de deux semaines, et il m'est revenu de prendre en charge la plus grande part des préparatifs.

— Voilà une bien grande et lourde responsabilité.

— Ce genre de projet me convient tout à fait.

Elle avait répondu avec tant d'empressement et de vigueur que James soupçonna que ce n'était pas entièrement vrai.

Après un instant passé à feuilleter les pages de son livre, elle ajouta :

— La plupart du temps.

— Donc, parfois, cela vous dérange ?

— Ce qui doit probablement laisser supposer que je suis une femme épouvantable.

— Pas le moins du monde. J'ai passé la plus grande partie de mon existence à ne m'occuper que de moi. Aider son prochain est tout simplement admirable à mes yeux.

Il semblait qu'elle était issue d'une famille dotée d'une fibre philanthropique, et il devait admettre que les aristocrates prêtant assistance aux autres méritaient son respect.

— Dernièrement j'ai eu envie de faire quelque chose qui ne soit que pour moi, poursuivit la jeune femme.

Les mots avaient franchi ses lèvres d'une voix faible, presque hésitante, comme si elle n'était pas tout à fait certaine de pouvoir avouer ses aspirations.

— Vous avez donc quitté Londres sous l'identité de la très

serviable Lady Lucy et êtes venue en Écosse sous les traits de Lady Lucy la rebelle, qui marquera le monde de son empreinte.

— Êtes-vous en train de vous moquer de moi ?

Lucy quitta son siège et serra contre elle le livre consacré aux mythes écossais comme s'il s'agissait d'un bouclier destiné à la protéger.

James se leva à son tour.

— Absolument pas. Jamais pareille idée ne me viendrait à l'esprit. Je pense que vous allez faire exactement ce que vous avez prévu de faire, et j'aurais simplement aimé être là pour en être témoin.

— Vous partez bientôt ?

— C'est ce que je prévois, en effet.

James n'avait jamais imaginé que l'envie de régler au plus vite la question du manoir serait associée à un sentiment de regret.

Lucy si perspicace sembla le remarquer.

— Vous ne paraissez pas entièrement convaincu, Mr Pembroke.

— Peut-être ai-je réalisé qu'il ne s'agira pas d'une affaire aussi simple que prévu.

Elle l'observa avec attention, tandis que son regard fouillait son visage comme s'il tentait de voir au-delà de ses mots et de l'expression de ses traits pour atteindre les parts vulnérables de lui-même qu'il montrait rarement .

— Eh bien, j'espère que vous resterez ici suffisamment longtemps pour voir un peu de ma rébellion.

11

Après son réveil, James resta étendu sur son lit si longtemps que son cœur se mit à battre au rythme du tic-tac de l'horloge ornant la tablette de la cheminée, un rythme plus lent et régulier que le crépitement de la pluie qui frappait les vitres. Il avait donné un nom à chaque protagoniste – y compris à cette satanée licorne – peuplant la fresque du plafond.

Cecil lui avait semblé un bon choix pour baptiser cette créature flamboyante et pleine de fantaisie.

Dans l'âtre, les flammes tremblantes dispensaient encore dans la pièce une douce chaleur, mais il n'avait nul besoin de se réchauffer. Ses pensées avaient dépassé les limites de la bienséance depuis plusieurs heures déjà pour devenir franchement licencieuses.

Il avait l'impression d'être un fou, un scélérat, une personne méprisable, étendu ainsi à quelques pièces de distance d'une femme qui provoquait en son corps une douloureuse tension, et le faisait tant sourire que les muscles de son visage lui faisaient mal.

Le moment où il avait encerclé sa taille de ses mains pour l'aider à franchir la fenêtre du salon était imprimé dans son esprit, et il aurait été prêt à parier toute la fortune qu'il ne possédait plus que les pensées de Lucy s'étaient alors égarées dans les mêmes contrées que les siennes.

Mais, de grâce, qu'on lui permette d'avoir la réponse à sa question. Lucy était-elle également réveillée ?

Il s'était convaincu de ne pas la rejoindre à deux reprises déjà.

La seconde fois, il avait fait tout le chemin jusqu'au couloir avant d'opérer un demi-tour.

Que toutes les questions de bienséance aillent au diable. Il n'en avait jamais eu besoin au-delà de ce qui avait été exigé de lui quand il travaillait dans le milieu du commerce.

L'étiquette des affaires n'avait jamais vraiment été qu'une question de civilité élémentaire visant à protéger l'ego de ses collègues masculins.

Et puis, bien entendu, il y avait cette règle qu'il s'appliquait, celle consistant à éviter le moindre flirt avec les jeunes femmes de l'aristocratie. Oui, il fuyait toute liaison avec des nobles parce qu'il ne pouvait supporter l'hypocrisie de la haute société, mais il avait aussi tenu à s'épargner tout tracas lié au risque de porter atteinte à la réputation d'une lady. Il n'avait jamais rêvé d'être un homme qui compromettait les jeunes innocentes. Même si une veuve noble avait été disposée à une liaison avec lui, il n'aurait jamais souhaité être le goujat coupable d'avoir fait perdre la face de cette femme au sein de la « bonne » société.

Par conséquent cette fascination était tout simplement nouvelle, inconnue.

Mon Dieu, comme il avait envie d'elle. Prétendre le contraire était inutile. Mais il ne lui servirait à rien non plus de se leurrer lui-même en croyant qu'il pourrait être bon pour elle au-delà d'une nuit de plaisir.

Son plaisir à elle. La moindre de ses rêveries enfiévrées avait trait au fait de la mener au sommet du plaisir plutôt que de chercher sa propre satisfaction. Il avait envie de la voir s'abandonner et atteindre l'extase encore et encore.

Mais, au-delà de cela, elle méritait bien mieux que ce qu'il pouvait lui offrir.

Même si ses parents la considéraient comme une « vieille fille », ainsi que Lucy l'affirmait, ils n'accueilleraient pas favorablement un comte sans le sou, un armateur ruiné, au sein de leur famille.

Bon sang. James se leva pour gagner la fenêtre, tirant les rideaux d'un coup sec pour pouvoir presser son front contre la vitre fraîche.

Bizarrement ses pensées, tout d'abord concentrées sur la perspective de goûter chaque parcelle du corps de Lucy, l'avaient mené à une évaluation de son inadéquation avec le rôle d'époux potentiel.

Le mariage ne faisait pas partie de ses désirs et ne figurait même pas au rang des questions qui comptaient dans sa vie. Il avait été trop occupé, trop tourné vers le sujet du maintien de son indépendance, trop effrayé de décevoir toute autre personne que lui-même. Et il n'avait pas comme les autres hommes la moindre aspiration à posséder une famille ou des héritiers.

Il avait perdu sa famille et décidé qu'en fonder une n'était pas pour lui. La fortune lui suffisait.

Du moins était-ce ce qu'il avait cru.

Avant d'agir de façon imprudente, il regagna son lit et se laissa tomber sur le matelas capitonné.

Il lui vint soudain à l'esprit que Lady Cassandra Munro devait avoir meublé la pièce. Son oncle ne s'était jamais soucié du bien-être d'autrui.

James passa une main sur son visage. La venue de la tante de Lucy, attendue pour le lendemain, lui procurerait sans nul doute un immense soulagement. Plus tôt elle serait là, plus tôt tout ceci pourrait être réglé. Pourtant, désormais, elle n'était plus un simple nom mentionné par un notaire. Elle était une lady adorée par la femme qui dévorait ses pensées. Une lady qui avait consacré une grande partie de son temps à prendre grand soin d'Invermere.

Fermant les yeux, il tenta de chasser toute autre pensée pour simplement imaginer ce qu'il ressentirait s'il pouvait enfin oublier Beck pour toujours.

Il était presque retombé dans le sommeil quand un son fit se tendre tout son corps. Ou ne s'agissait-il que du fruit de son imagination ? Le craquement du bois et un mouvement à l'extérieur, devant la porte de sa chambre. Peut-être s'agissait-il d'Hercule ? L'animal ne lui avait-il pas témoigné sa joie de le revoir le matin précédent également ?

Mais un instant plus tard s'éleva un « chut » susurré qui était sans aucun doute possible émis par une femme.

Il enfila son pantalon puis revêtit et commença à reboutonner sa chemise tout en traversant la pièce. Une fois devant la porte il l'ouvrit d'un geste vif.

Lucy se tenait devant lui, main levée, comme si elle s'était apprêtée à frapper. Elle abaissa aussitôt son bras en le voyant.

Le plaisir céda instantanément la place à la stupéfaction. Une sorte de brasier s'alluma dans la poitrine de James, et cette chaleur qui s'épanouissait en son être lui arracha un sourire alors même que Lucy le fixait, les yeux écarquillés de stupeur.

— Oh ! lâcha-t-elle comme si elle était surprise que ce soit lui qui ouvre la porte de sa propre chambre.

— Mmm, répondit-il.

— Vous êtes réveillé, murmura-t-elle avant de lancer un furtif regard inquiet vers le couloir.

— Tout comme vous, constata-t-il.

James se pencha pour vérifier à son tour que le couloir était bien désert.

— Quelque chose ne va pas ?

— Puis-je...

Elle pinça les lèvres, ferma les paupières, secoua la tête et fit une nouvelle tentative.

— Puis-je entrer ?

Son ton bas et la lueur de détermination dans son regard propulsèrent un frisson le long du dos de James.

Il recula d'un pas pour lui permettre d'entrer, referma la porte derrière elle et se força à attendre qu'elle lui explique la raison de sa venue au lieu de la prendre dans ses bras ainsi qu'il en brûlait d'envie.

— Voilà qui doit vous sembler étrange.

Elle murmurait toujours et parcourait en parlant la pièce du regard.

— Inattendu, c'est certain, concéda le comte.

Bien que ce ne fût pas entièrement vrai, n'est-ce pas ? Devait-il avouer qu'il s'était presque trouvé devant sa porte une heure plus tôt ? S'il s'agissait d'une tentative de séduction, elle ne semblait pas tout à fait certaine de son fait. Dans tous les cas, elle donnait le sentiment d'être une véritable boule de nerfs. Le constater l'inquiétait fortement, et il s'empêcha de penser qu'il était, plutôt que les événements du train, la cause de son agitation.

Peut-être des cauchemars affectaient-ils la jeune femme ? Dieu savait que de mauvais rêves l'avaient tourmenté durant dix années après la perte de ses propres parents. Cela se reproduisait encore, à l'occasion.

— Quelque chose vous trouble-t-il, Lucy ?

Même si elle n'était venue auprès de lui que pour trouver un peu de réconfort, il serait heureux de le lui procurer.

— Humm…

Elle s'assit au bord d'un des sièges disposés près de l'âtre et reposa la chandelle qu'elle avait emportée avec elle.

— C'est une pièce fort agréable. Et j'aime vraiment cette licorne.

Elle fit un geste vague en direction de la peinture au-dessus de son lit à laquelle elle continua à jeter des regards par instants.

Quelle que soit la raison de sa présence, Lucy se montrait hésitante. James avait toujours été fort peu patient, mais pour elle il était prêt à maîtriser les élans naturels de son tempérament.

Il alluma la bougie placée près de son lit et l'apporta auprès de Lucy avant de s'installer face à elle. Il s'assit lentement, se pencha vers elle, les mains jointes entre ses genoux.

— Quelle que soit la question que vous souhaitez évoquer, sachez que je vous écoute.

Elle fixait jusqu'alors les braises rougeoyantes dans l'âtre mais, à ses mots, elle se tourna et lui adressa un sourire rayonnant qui lui coupa le souffle.

— Vous rendez tout ceci plus facile que je l'avais imaginé.

— Fort bien.

James lui sourit à son tour, mais il était toujours troublé.

— Qu'y a-t-il de plus facile ?

Après un long regard, si long qu'elle lui donna l'impression de pouvoir lire chacune de ses pensées, Lucy se leva. Elle dénoua le ruban de sa robe de chambre et laissa le vêtement retomber sur le siège placé derrière elle avant de venir face à lui.

Ils avaient échangé leurs places habituelles. Généralement, c'était elle qui levait la tête vers lui et non l'inverse.

— Je suis venue vous demander si vous seriez prêt à envisager de... Ou peut-être devrais-je le formuler ainsi... J'apprécierais grandement que vous m'embrassiez.

James cligna des paupières sous l'effet de la surprise, songea un instant à se pincer pour se prouver qu'il ne rêvait pas avant de se sentir presque étourdi quand tout son sang sembla se propulser tout au bas de son ventre.

— Vous embrasser ?

Dire ces mots était des plus étranges, c'était comme s'il les prononçait pour la première fois et ne connaissait même pas leur signification.

Lucy tendit les mains devant elle comme pour solliciter son indulgence.

— Je sais. Il s'agit là d'une requête inattendue. Peut-être même non désirée...

— Lucy...

— Mais, voyez-vous, je ne l'ai jamais été. Embrassée, c'est ce que je veux dire. Et je n'ai jamais vu en aucun homme avant vous celui qui pourrait me donner mon premier baiser.

Elle bloqua son souffle avant de lui lancer un regard hardi. Bien plus rempli d'audace qu'à son habitude.

— Je veux que mon premier - et peut-être mon unique - baiser me soit donné par vous, James Pembroke, Lord...

James se leva pour venir presser un doigt contre ses lèvres.

— James suffira. J'aime quand vous m'appelez James.

— James.

Elle laissa le nom s'attarder sur ses lèvres.

— Étudierez-vous ma demande ?

La réponse n'avait jamais fait le moindre doute. Peut-être Lucy le savait-elle car elle se pencha alors vers lui, posa ses paumes sur son torse et fixa d'un air fiévreux son cou et la peau de son torse que laissait apparaître sa chemise à demi ouverte.

L'éclat vert de ses yeux se teinta d'un désir fiévreux.

— J'ai une annonce à vous faire, Lady Lucy Westmont.

James noua un bras autour de sa taille avant de caresser la peau veloutée de sa joue du revers de ses doigts.

— J'ai envie de vous embrasser depuis le jour de notre rencontre.

— Depuis deux jours, dans ce cas ?

— J'ai l'impression que bien plus de temps s'est écoulé depuis cet instant.

Il repoussa une mèche de ses cheveux couleur miel, puis referma sa paume sur sa nuque.

— Mais c'est une bonne chose à vos yeux ?

— Humm. Une *très* bonne chose.

Il inclina la tête mais résista au désir d'aller trop vite pour s'emparer de ce qu'il désirait tant. Au lieu de cela, il s'appliquerait à ce qu'elle vive un instant délicieux. Elle lui avait fait don de ce moment et il voulait qu'elle se souvienne de ce baiser pour toujours.

Il caressa la chair tendre de son cou, laissant ses doigts danser à la lisière de dentelle de sa chemise de nuit jusqu'à ce qu'il entende sa respiration se faire plus heurtée. Puis il vint frôler de ses lèvres l'endroit où son pouls battait follement.

— James, lâcha-t-elle dans un souffle tout en agrippant sa chemise. S'il vous plaît.

Il embrassa le coin de sa bouche, et elle se hissa sur la pointe des pieds, pressant son corps contre le sien. Rien n'avait jamais semblé si parfait à James. Le fait de la tenir tout contre lui. De la toucher. Curieusement, l'impression que tout était déjà écrit dès l'instant de leur rencontre le frappa. Pourtant, il ne comprenait pas et n'aurait jamais imaginé recevoir un jour un présent aussi précieux que la confiance de Lucy.

Enfin, il posa ses lèvres sur les siennes, et Lucy laissa échapper un soupir de soulagement. C'était comme si elle avait attendu cet instant, l'avait attendu, *lui*, aussi longtemps qu'il avait patienté lui-même pour ressentir un jour pour une femme ce qu'il éprouvait en cet instant.

Quand la main délicate de Lucy se posa sur son épaule, il noua son autre bras autour d'elle pour venir presser ses courbes douces, son corps brûlant, contre lui.

Puis, alors que le baiser de James se faisait plus hardi encore, Lucy s'immobilisa. Se raidit entre ses bras.

— Entendez-vous ? murmura-t-elle, s'écartant pour rompre leur baiser.

Il perçut le son, bien que le sang pulsant dans ses oreilles lui rendît la tâche difficile.

Il y avait de la musique. Un chant. Ni l'un ni l'autre n'étaient très mélodieux mais tous deux témoignaient d'un bel enthousiasme. Et leur volume sonore se renforçait encore.

— De quoi s'agit-il ?

James répugnait à laisser Lucy partir mais il la libéra quand ses doigts quittèrent son épaule.

Puis elle le surprit en saisissant sa main et en l'entraînant vers la fenêtre, car elle avait justement identifié le jardin comme le lieu d'où s'élevaient les sons.

Comme elle s'approchait de la vitre, le chant cessa et une voix d'homme s'éleva.

— Cassandra, venez à votre fenêtre, mon amour.

Lucy fit brusquement volte-face, ses yeux écarquillés scintillant sous la lueur de la chandelle.

— Il pense qu'il s'agit de la fenêtre de la chambre de Tante Cassandra.

— Ou bien est-ce un voleur essayant de provoquer une diversion ?

Lucy pressa son visage contre la vitre puis releva le vantail avant que James ne puisse l'en empêcher.

— Cher monsieur, lança-t-elle à l'homme d'un ton presque cordial, vous vous trompez de fenêtre.

Grands dieux, cette femme se montrait serviable même envers un cambrioleur potentiel !

— Laissez-moi faire, intervint James en s'approchant de Lucy. Vous n'avez pas la moindre idée de qui peut être cet homme.

— Il a un luth et il est trop soûl pour se rappeler quelle fenêtre est celle de la chambre de ma tante. Comment pourrait-il s'agir d'un cambrioleur ?

James regarda en fronçant les sourcils la femme dont les lèvres étaient encore rosies par leurs baisers. Bon sang, comme il avait envie de revenir deux minutes plus tôt à peine.

— Je vous demande pardon, jeune demoiselle, lança l'intrus avec un fort accent écossais et d'une voix mal articulée. Mais qui diable êtes-vous et qu'avez-vous fait de ma femme ?

James passa sa tête par la fenêtre. Sous la lueur de la lune se tenait un homme grand, corpulent, barbu et portant un étrange chapeau, un manteau trop long et un luth.

— Qui êtes-vous donc, mon brave ? Il est 1 heure du matin, bon sang.

— Il semble ivre, dit Lucy en venant poser ses mains à côté

des siennes sur l'appui de fenêtre. Pourrions-nous connaître votre nom je vous prie, monsieur ?

— Je lui ai déjà posé la question.

— Vous ne vous êtes pas montré très poli.

Lucy le poussa du coude d'un air taquin, et James fut submergé par l'envie de fermer la fenêtre, tirer les rideaux et reprendre leur baiser là où il avait été interrompu.

— Cassandra !

L'inconnu chanta ce prénom comme s'il faisait partie des paroles de sa chanson.

— Ma jolie lady. La plus jolie des ladies.

Lucy étouffa un rire.

— Il est amoureux.

— Il est soûl et c'est un épouvantable chanteur.

— Monsieur, je suis Lady Lucy Westmont. Cassandra est ma tante, mais elle n'est pas chez elle.

— Je monte, annonça alors l'homme.

James se voyait incapable de déterminer si l'inconnu l'avait mal entendue ou si son esprit était trop absorbé par ses rêveries alcoolisées.

— Comment ça, « monter » ? murmura Lucy tout en se penchant davantage par la fenêtre.

James referma sa main dans son dos, agrippant un pan du tissu de sa chemise de nuit pour la garder en sécurité à l'intérieur.

— Puis-je jeter un coup d'œil ?

La fenêtre était haute mais trop étroite pour que tous deux penchent le haut de leur corps en même temps.

Lucy se recula pour laisser la place à James. Il ne fallut qu'un instant à celui-ci pour comprendre que l'homme au pied du bâtiment n'était pas dans son état normal.

James se tourna vers Lucy.

— Je pense qu'il a pour intention d'escalader la façade.

Lucy agrippa le bras de James.

— Mon Dieu, il va se blesser !

— Je ne crois pas qu'il ira très loin dans son entreprise. Il ne tardera pas à réaliser combien son projet est insensé.

James tendit ses mains vers elle pour la rassurer, mais Lucy s'écarta vivement et se précipita vers la porte.

— Nous devons l'arrêter sur-le-champ !

Dès qu'elle eut lâché ces mots dans un souffle, elle s'élança dans le couloir, ses pas résonnant bruyamment sur le sol et Hercule courant à sa suite.

Quand Lucy eut enfilé une cape et ses bottes et regagné la cage d'escalier, James l'attendait avec une lanterne à la main.

— Vous venez vous aussi ?

— Bien entendu. Je ne vous laisserai en aucun cas sortir seule.

Une étrange expression se peignait sur les traits du comte. L'intensité de son regard fit naître en Lucy l'envie de se trouver de nouveau dans sa chambre, ses doigts caressant toujours sa peau, le baiser qui avait uni leurs lèvres les conduisant plus loin encore.

Ce moment d'intimité lui manquait déjà terriblement.

Mais il y avait une forme de tension dans la mâchoire de James. Lucy ne pouvait dire si cela était dû à la déception d'avoir été interrompu ou au regret d'avoir agi de la sorte avec elle.

— Il pleut. Nous devrions sortir avant qu'il tente d'escalader le mur et se rompe le cou, lâcha-t-elle, se hâtant de le précéder dans les escaliers avant que ses véritables sentiments ne se révèlent.

— Préparez-vous, dit-il doucement. J'ai entendu du mouvement au rez-de-chaussée. Le vacarme a réveillé le personnel.

— Peut-être le connaissent-ils.

— C'est le cas, en effet, milady, dit soudain une voix.

Mrs Fox les observa un instant depuis le bas de l'escalier avant de se charger d'allumer les lampes à gaz du vestibule.

— J'ai envoyé McKay dehors pour se charger de lui, mais je suis désolée que ses pitreries aient troublé votre sommeil.

Elle s'adressait à la jeune femme mais jeta un regard en direction de James également.

Il s'était arrêté près de Lucy, et sa proximité était à la fois source de réconfort et de tentation désormais pour la jeune femme. Ses joues étaient encore brûlantes, probablement roses, mais elle n'avait que faire des conclusions que Mrs Fox pourrait tirer de la vision qu'elle offrait. Elle avait réfléchi longuement et avec le plus grand sérieux à sa décision avant de se rendre dans la chambre du comte, et elle ne regrettait pas un seul instant de ce qu'elle avait vécu.

— Nous nous chargerons de le renvoyer chez lui si vous souhaitez regagner vos chambres, leur lança Mrs Fox par-dessus son épaule tout en ouvrant la porte d'entrée. Avec un peu de chance, vous pourrez profiter de quelques heures de sommeil supplémentaires.

— Mais qui est-ce, Mrs Fox ?

La curiosité de Lucy était telle qu'elle l'aurait empêchée de se rendormir.

— Blackwood, jeune demoiselle, lui répondit l'homme en personne.

Ce dernier franchit le seuil de la demeure puis s'avança d'un pas titubant avant de retrouver son équilibre en s'appuyant sur l'une des statues toutes proches. Il tapota gauchement le bras de marbre de la sculpture et murmura, « Merci, chérie », avant de s'avancer dans le vestibule et d'approcher de Lucy.

James vint aussitôt se placer devant elle. Lucy le contourna et posa sa main sur son bras pour lui faire savoir que sa galanterie n'était pas nécessaire en cet instant. L'homme semblait extrêmement joyeux et s'empressa de se présenter.

— Angus Blackwood.

Il pressa son poing contre sa bouche pour tenter de bloquer une éructation sans y parvenir et se mit à l'observer attentivement en plissant les yeux.

— Vous êtes la nièce de Cassandra, n'est-ce pas ? dit-il avec toujours le même fort accent écossais. Vous avez le même feu qui brûle au fond de ces yeux verts comme la mer.

Lucy bloqua son souffle quand il pointa son doigt vers elle. Il s'avança comme s'il s'apprêtait à la toucher, mais James écarta son geste de son bras.

— N'en faites rien, dit-il simplement sur le même ton grave et glacial qu'il avait employé à l'adresse de Nichols dans le train.

Pour toute réponse, Blackwood leva les mains en signe de reddition avant de sourire.

— C'est compris.

— McKay peut vous reconduire chez vous avec votre calèche..., dit Mrs Fox.

— L'hospitalité n'a-t-elle plus cours à Invermere, Fox ? Je ne referai pas le même chemin ce soir avec ce temps effroyable.

La pluie se mit à fouetter les vitres, déjà battues par le vent, comme pour souligner ses propos.

— Peut-être pourrions-nous préparer une chambre pour Mr Blackwood ? proposa Lucy.

Elle ignorait pourquoi, mais cet homme attisait grandement sa curiosité. Il était plus haut en couleur qu'aucun homme qu'elle ait rencontré jusqu'alors, et en découvrir davantage sur son compte lui semblait une bonne façon de mieux connaître sa tante. S'il n'avait pas été 1 heure du matin, elle lui aurait servi un bon café et posé mille questions.

— Il a une chambre, dit discrètement Mrs Fox, l'air un peu déconfit. Gagnez donc l'étage quand vous vous en sentirez capable, Mr Blackwood.

Ce dernier souleva alors son chapeau orné d'un ruban rouge et esquissa une petite révérence qui le fit presque trébucher.

Lucy le saisit par l'épaule, et James prit son autre bras.

— Êtes-vous certaine qu'il s'agisse d'une bonne idée ? murmura-t-il à la jeune femme par-dessus la tête de l'homme.

— Il n'est pas en état de faire quoi que ce soit à part se reposer.

James ne répondit rien et se contenta de soutenir le regard de Lucy.

— Laissez-nous vous conduire à l'étage, Mr Blackwood.

L'homme leur sourit tour à tour et les laissa le guider jusqu'au pied de l'escalier. Là, il se dégagea de l'étreinte de James et posa sa main sur celle que Lucy avait refermée sur son bras.

— Cassandra m'a parlé de vous, dit-il tandis qu'ils continuaient à gravir les marches.

— Oh ! vraiment ?

Lucy voulait savoir ce que sa tante disait d'elle mais elle craignait d'entendre de nouveau des mots tels que « morne vieille fille ». Ou, pire encore, que James entende pareille description d'elle.

— Elle a dit que vous étiez une jeune femme brillante mais prise au piège.

— Quel piège ?

— Les responsabilités familiales, les devoirs divers, toutes ces absurdités liées à une certaine vie sociale. Un feu qui couve, c'est ce qu'elle a dit. Qui attend de déployer toute sa vigueur et son éclat.

La gorge de Lucy s'assécha à ces mots, et des larmes vinrent lui piquer les yeux.

Ces termes étaient plus charmants que ceux de « vieille fille » mais ils illustraient une vérité qu'elle s'était interdit de voir pendant trop longtemps.

Angus Blackwood n'en dit pas davantage, mais il pointa le doigt vers une porte située face à eux dès qu'ils eurent atteint le sommet des escaliers. Une fois qu'il fut entré à l'intérieur d'un pas chancelant, il se tourna pour refermer le battant derrière lui.

Lucy saisit la poignée pour l'en empêcher.

— Tout ira bien ? lui demanda-t-elle.

— Un peu de sommeil, quelques excuses distribuées demain matin et un petit déjeuner, et je serai un homme neuf.

Il sourit d'un air ensommeillé, les yeux à demi-clos puis il rouvrit subitement les paupières. Bien qu'il ne fût pas sobre, il paraissait avoir un moment de lucidité.

— Quand sera-t-elle de retour ?

— Demain, nous l'espérons. Peut-être dans l'après-midi, sinon dans la soirée.

La réponse sembla lui procurer un vif soulagement.

— Bien. Elle me manque terriblement, c'est là la vérité.

Lucy relâcha la poignée pour lui permettre ainsi de refermer la porte derrière lui.

— Allez-vous bien ? s'enquit James d'une voix teintée d'inquiétude.

— Oui.

Mais il n'en était rien. Ce baiser avait fait naître dans son corps une fièvre, une sensation presque douloureuse telle qu'elle n'en avait jamais éprouvé dans sa vie. Et la façon dont sa tante l'avait décrite à Mr Blackwood ne faisait d'une certaine façon que renforcer cette douleur.

James lui prit la main, l'entraîna plus loin dans le couloir, de sorte qu'ils ne soient pas vus depuis le vestibule, au rez-de-chaussée, et l'entoura de ses bras. Il savait. Curieusement, il savait sans qu'elle ait à prononcer le moindre mot qu'elle avait besoin du simple réconfort offert par la chaleur de son corps, l'odeur de sa peau, la puissance de ses bras noués autour d'elle pour la garder à l'abri.

Déposant sa joue contre sa poitrine, elle ferma les yeux et écouta le rythme régulier et puissant de son cœur.

— Je suis là, murmura-t-il contre ses cheveux.

Lucy passa la main sur sa joue et découvrit qu'une larme y avait coulé sans qu'elle s'en soit aperçue. Se sentant soudain stupide, elle ne pouvait concevoir de tourner son visage vers lui et n'avait plus qu'une envie, celle de regagner l'intimité de sa propre chambre au plus tôt.

James sembla le sentir également. Quand elle releva la tête, il entoura son visage de ses deux mains et chassa la larme de son pouce. Puis il se pencha vers elle pour embrasser son front.

— Vous brillez d'un éclat vif et vigoureux. N'en doutez pas.

Sur ces mots, il la libéra et s'engagea dans le couloir pour rejoindre sa chambre.

Lucy le regarda jusqu'à ce qu'il disparaisse dans la pièce, taraudée par le regret de ne pouvoir l'accompagner. Animée du désir de sentir de nouveau ses lèvres sur les siennes. La veille, elle avait fait le serment de ne pas laisser cet homme troubler ses vacances, et désormais elle n'était plus impatiente de mener sorties et visites mais bien de se réveiller dans quelques heures pour pouvoir le revoir enfin.

12

Le matin suivant, James se servit une tasse de café et s'installa dans un fauteuil du salon qui offrait une vue sur la cage d'escalier. Il entendait le personnel circuler dans la demeure, préparant la maison pour la journée et pour l'arrivée de leur maîtresse, mais il n'avait encore vu nul d'entre eux et cela lui convenait fort bien. Depuis son réveil, il avait espéré que Lucy serait la première personne sur laquelle ses yeux se poseraient.

Il avait détesté la laisser seule le soir précédent.

Elle avait eu besoin de réconfort, et il avait offert ce qu'il avait pu lui donner, mais il lui fallait savoir ce qui l'avait conduite au bord des larmes.

Et il avait également besoin de lui dire qu'il prévoyait de faire un bref passage en ville avant l'arrivée de sa tante.

L'expert qu'Abercrombie avait promis de dépêcher n'était pas encore arrivé, et rien ne pouvait progresser sans une juste évaluation de la valeur de la demeure et de la propriété.

— Drummond pense que je devrais vous provoquer en duel.

La voix grave et grondante d'Angus Blackwood résonna depuis le sommet des escaliers.

— Pistolets. À l'aube.

James s'engagea dans le couloir pour lui faire face.

— Malheureusement, l'aube est déjà passée, vous avez donc laissé passer votre chance.

James avait envie de détester Blackwood pour avoir saboté son moment avec Lucy, mais cet homme possédait une affabilité naturelle que même sa conduite insensée de la veille au soir ne pouvait altérer.

— C'est bien vrai. Je ne suis plus le lève-tôt d'autrefois.

Blackwood descendit lentement les marches à la manière d'un homme craignant d'accomplir le moindre mouvement brusque. Une fois arrivé au pied de l'escalier, il leva d'un air interrogateur un sourcil blanc et broussailleux.

— Combat à l'épée dans l'après-midi ? questionna le vieil homme en désignant d'un geste la cheminée placée derrière James.

Une collection d'armes était suspendue au-dessus de son linteau. James imaginait que le premier époux de Cassandra, le capitaine de navire, les avait rapportées de diverses destinations.

— Cassandra aime les épées, nous avons donc l'embarras du choix.

— Les épées ne sont pas mon fort, je le crains. Existe-t-il une troisième possibilité ?

Le visage ridé de l'homme s'éclaira d'un sourire.

— Seriez-vous d'accord pour subir un interrogatoire inamical ?

— Faites ce que vous avez à faire, Blackwood. Toutefois, si vous voulez avant cela boire un peu de café, vous en trouverez sur le buffet de la salle à manger.

— Drummond m'a déjà servi une grande tasse de ce sombre breuvage, et mon estomac ne saurait en supporter davantage.

Il prit place sur le canapé, déposant son imposante stature contre les coussins en poussant un lourd soupir. Quand ses paupières se fermèrent, James ne put s'empêcher de se demander s'il n'allait pas s'endormir. Mais, un instant plus tard, il redressa ses épaules et pointa un regard vif sur lui.

— Il m'a dit que vous étiez venu prendre la demeure de ma lady.

— Malheureusement, je suis en effet là pour prendre possession de la propriété.

— Cet événement n'est pas malheureux pour vous-même cependant. Vous avez hérité de tout, n'est-ce pas ?

James ne voyait pas d'utilité à cacher la vérité. Quelque chose à propos de Blackwood le faisait penser qu'il décèlerait toute tentative dans ce sens de toute façon.

— En toute honnêteté, mon héritage consiste en un titre, ce manoir et très peu d'autres choses. Mais, oui, tout m'est revenu.

— Bon sang, dit Blackwood avec un grognement de mépris. Je savais que c'était un sale type et qu'il était près de ses sous.

James acquiesça.

— C'était un sale type, en effet, et un homme dépourvu de toute générosité. Mais c'était aussi un joueur et apparemment extrêmement peu chanceux dans ce domaine.

— J'étais informé de cela. Le jeu est ce qui a mis fin à leur relation. Je croyais qu'il avait arrêté par la suite, mais apparemment il n'en a rien fait.

Blackwood pinça entre ses doigts l'arête de son nez.

— Je regrette de ne pas avoir rencontré Cassandra avant que cette ordure ait croisé son chemin.

Il jeta un regard en coin à James.

— Sans vouloir vous offenser, vous qui appartenez à sa famille.

— Parlez de lui comme il vous plaira. Je n'ai pas la moindre affection pour cet homme et je suis presque certain que savoir que c'était moi qui hériterais lui a été pénible.

— Vous vous êtes brouillé avec lui, c'est cela ?

James laissa échapper un ricanement amer.

— C'est une manière de dire les choses.

— Racontez-moi donc cette histoire, le pressa Blackwood. S'il ne doit pas y avoir de duel et que votre jeune amie n'est pas encore descendue, nous avons du temps.

James étudia son visage et se reconnut un peu en lui. Comme lui-même l'avait fait autrefois, Blackwood utilisait son charme et son aisance pour désarçonner son interlocuteur. Il n'avait aucune raison de ne pas lui dire la vérité. Blackwood n'avait certainement pas une haute opinion de son oncle, compte tenu de ce qu'il lui avait dit à l'instant.

— J'ai perdu mes parents à l'âge de neuf ans. Il était le seul membre de ma famille et il m'a renié. Plus ou moins.

James ne put empêcher un sourire triste de se peindre sur ses lèvres.

— La primogéniture se moque des querelles familiales.

— Il était plus qu'un sale type, dans ce cas. Mais bien un véritable scélérat.

James ne pouvait qu'être d'accord avec cette affirmation, mais le reconnaître face à Blackwood eut pour effet d'aiguiser sa propre curiosité.

— Comment Lady Cassandra s'est-elle liée à Rossbury ?

— Pourquoi a-t-elle noué une relation avec ce diable d'homme ? C'est là votre question, j'imagine.

Blackwood fit une amère grimace.

— Un mauvais concours de circonstances. Elle avait perdu son Lord Munro, un homme au tempérament de feu, s'il faut en croire les histoires qu'on raconte. J'imagine que Rossbury semblait réservé. Stable. Mais il n'en était rien, n'est-ce pas ? Il avait ce problème avec les jeux d'argent. Et ceci l'a dégoûtée tout autant que sa froideur.

— Et c'est alors qu'elle a fait votre connaissance ?

— *Aye*.

La voix de Blackwood se fit plus grave, et son regard sembla presque s'embrumer.

— Et quel jour de chance ce fut pour moi !

Il semblait perdu dans ses pensées, bien loin du moment présent, comme s'il revivait mentalement certains souvenirs. Puis il tourna de nouveau son regard rêveur vers James.

— Et qu'en est-il de ce jour de chance qui fut le vôtre ?

— Mon jour de chance ?

— La jeune demoiselle vient rendre visite à sa tante juste maintenant. N'est-ce que pure coïncidence ?

— En effet. Nous avons fait connaissance tout à fait par hasard sur le quai de la gare de King's Cross et nous sommes présentés l'un à l'autre plus formellement durant le voyage. J'ignorais totalement qu'elle était la nièce de Lady Cassandra. Jamais je n'aurais voulu gâcher ses vacances.

— Mais si vous n'aviez pas gagné l'Écosse à bord de ce train et à cette heure, vous ne l'auriez peut-être jamais rencontrée. Le destin a un plan pour vous, mon garçon.

Blackwood gloussa et pencha la tête sur un côté, examinant James avec une intensité déconcertante.

— Vous êtes attaché à elle, n'est-ce pas ?

— C'est vrai.

James ne jugeait pas utile d'user de faux-fuyants avec ce personnage haut en couleur dont le caractère franc et ouvert invitait à agir de même avec lui. Mais il n'entendait pas livrer le moindre détail supplémentaire sur la question.

Un rire complice se mit à résonner dans la gorge de Blackwood.

— C'était totalement inattendu, j'imagine.

— Tout à fait.

James but une gorgée de café et secoua la tête.

— Rien à propos de ce voyage ne s'est déroulé ainsi que je m'y étais attendu, à vrai dire.

— C'est ainsi qu'est la vie, n'est-ce pas ?

Blackwood fixa le feu du regard et laissa échapper ce que James interpréta comme un soupir un peu triste.

— Mais, je dois l'avouer, *nous* savions que ce jour viendrait. Du moins, j'avais dit à Cass qu'il en serait ainsi dès l'instant où elle a reçu la nouvelle de la maladie de ce vieux diable.

— L'a-t-elle contacté ?

James présumait que les deux amants s'étaient perdus de vue à l'apparition de la maladie de son oncle.

Selon toute vraisemblance, Rossbury n'avait eu ni les moyens ni la force physique de voyager, mais Lady Cassandra était-elle venue le voir ?

— Non, elle avait fini par le détester et répugnait à entretenir la moindre correspondance avec lui. C'est une femme merveilleuse, ma Cassandra, mais parlez-lui de détails pratiques et elle ne voudra rien savoir.

Il se pencha et étendit les bras pour réchauffer ses mains près du feu.

— Je lui ai dit que ce satané comte anglais ne lui laisserait rien. Je m'attendais à ce qu'un notaire la chasse d'Invermere bien avant vous. Sans vouloir vous faire insulte, ajouta-t-il avec un geste vague en direction de James.

— Considérant que Drummond avait envie que vous me tuiez dans un duel, je suis prêt à accepter de bonne grâce pareille insulte.

Ils échangèrent un sourire, et James éprouva un étrange sentiment de camaraderie à l'égard de Blackwood.

— Donc il ne lui a réellement rien laissé ?

— Un bijou, selon le notaire de Rossbury. Mais, non, il ne lui a pas légué le manoir.

James n'avait jamais été fier d'être parent de Rufus Pembroke. Diable, il avait nourri un profond ressentiment à l'égard de cet homme toute sa vie, mais depuis son arrivée à Invermere, depuis qu'il avait fait la connaissance de Lucy et en avait appris davantage au sujet de Lady Cassandra, il comprenait véritablement quel homme petit et cruel son oncle avait été.

— Et vous souhaitez vendre rapidement ?

— Mon entreprise de transport maritime a besoin d'un apport de capitaux.

James fit pianoter ses doigts sur son siège. Il s'exprimait comme si Pembroke Shipping n'avait fait que subir un problème ponctuel de trésorerie mais, en vérité, il se demandait de plus en plus s'il pourrait jamais véritablement remettre son entreprise sur pied.

— Jamais entendu parler d'un comte qui soit également armateur avant aujourd'hui.

— Je n'ai jamais eu pour intention d'*être* un comte, et pour être honnête mes affaires ont périclité.

Le souvenir de ce qu'il avait été autrefois et pourrait ne plus jamais redevenir lui était particulièrement douloureux ces derniers temps.

Jusqu'à ce qu'il rencontre Lucy, son entreprise avait occupé ses pensées du lever au coucher. Elle était, sans l'ombre d'un doute, une obsession bien plus plaisante. Mais, sans son entreprise et sa fortune, il était très loin d'être un prétendant valable pour elle.

— Par conséquent Invermere pourrait être votre salut.

Blackwood s'enfonça sur le canapé, étendit son bras le long du dossier et soupira.

— Je ne peux m'empêcher de me demander comment Cass prendra cette situation.

— Je préférerais vendre à Lady Cassandra, bien entendu. Si elle souhaite acheter Invermere.

James avait espéré attendre l'arrivée de la lady pour aborder la question de la vente, mais il était curieux de découvrir ce que Blackwood savait de l'état de ses finances.

— Vous n'avez pas la moindre idée du genre de femme à laquelle vous avez affaire, n'est-ce pas ?

Blackwood, plissant les paupières, lui jeta un regard interrogateur. Puis il se leva et s'approcha d'un coin de la pièce. Le dos tourné à James, il déplaça quelques objets puis trouva une peinture qu'il vint poser sur la table, en appui sur le mur.

— Vous ferez bientôt sa connaissance.

— Lady Cassandra, je suppose.

La femme représentée sur la peinture le fixait d'un air assuré qui lui rappelait l'audace qu'il aimait voir éclairer le regard de Lucy. Et Cassandra n'avait pas fait preuve de mièvrerie en réalisant son autoportrait.

Ses cheveux étaient à demi décoiffés, comme si elle les avait retenus à l'aide d'épingles et que le vent avait fait s'envoler la moitié d'entre elles. De petites rides étaient tracées au coin de sa bouche et de ses yeux d'un vert éclatant.

— Une femme fabuleuse, je peux vous le jurer, mais une femme sans fortune.

Blackwood gardait son regard rivé sur la femme du portrait qu'il contemplait avec un doux sourire aux lèvres.

— Entêtée, et il n'y a rien de pire que cela.

James avala une gorgée de café tandis que Blackwood reprenait sa place sur le canapé. Rien dans toute cette entreprise ne serait facile. Il s'en doutait avant son arrivée, mais il n'aurait jamais pu deviner avec quelle rapidité la tâche lui apparaîtrait comme impossible.

— Je pourrais vous acheter l'endroit deux fois avant la fin de la journée.

— Vraiment ?

James s'avança sur son siège.

— Je serais d'accord pour cela, Blackwood.

L'homme laissa échapper un rire qui claqua dans la pièce avec la force d'un coup de feu.

— *Aye*, et elle me tranchera la tête si je le fais. Du moins, ne me pardonnera-t-elle pas, et je ne peux supporter l'idée de la perdre.

— Mais vous la laisseriez perdre sa maison plutôt que cela ?

— Ai-je mentionné combien elle est obstinée ?

Les coins de la bouche de Blackwood se relevèrent en un sourire plein de sympathie.

— Écoutez-moi, Rossbury, sa charmante nièce ressemble grandement à Cass. Je prends le pari que vous comprendrez ce que peut signifier l'entêtement d'une jeune femme très bientôt.

James reporta de nouveau son attention sur son café, bien décidé à éviter le sujet de Lucy par crainte d'en révéler trop sur ses sentiments. Qui pouvait savoir ce que Blackwood raconterait à Lady Cassandra une fois qu'elle serait arrivée ? Même si tout ce qu'il avait entendu dire à propos de la femme lui laissait deviner que cette dernière était aussi intelligente et perspicace que sa nièce.

— Bonjour, messieurs.

James se leva et se retourna au son de la voix de Lucy. Le plaisir habituel qu'il ressentait en la voyant se manifesta mais il était cette fois accompagné de nouveaux sentiments. Une fièvre ardente et un féroce désir de la protéger, même alors qu'elle faisait passer son regard de l'un à l'autre avec méfiance, comme si voir ces hommes s'ingérer dans des affaires qui n'étaient pas les leurs était la dernière chose qu'elle voulait. Quelle part de leur conversation avait-elle surprise ?

— Peut-être devrions-nous permettre à Tante Cassandra d'avoir son mot à dire pour ce qui concerne ses propres affaires ?

Apparemment, elle en avait entendu suffisamment pour être piquée au vif à la place de sa tante et, ceci, James le comprenait fort bien.

— Bonjour, chère demoiselle.

Quand James avait quitté son siège, Blackwood l'avait imité, bien que dans son cas la manœuvre se fût accompagnée de craquements d'articulations et d'un grognement exprimant sa fatigue.

— Vous pouvez être certaine que je me soumettrai à la volonté de Cassandra en tout point, ma jeune amie. Monsieur le comte et moi nous contentions d'avoir une plaisante conversation.

Il balança son bras dans la direction de James.

— Bien qu'il me reste encore à lui demander pour quelle raison vous vous trouviez dans la même chambre tous les deux hier soir.

— Blackwood...

Ce désir de protection que James ressentait à l'égard de Lucy se mua en quelque chose d'animal, et Blackwood lui sembla subitement moins attachant.

— Tout va bien.

Le calme de Lucy quand elle l'arrêta dans son élan le figea sur place.

Des années de leçons sur l'étiquette et d'apprentissage des règles concernant les convenances à respecter par la gent féminine signifiaient que Lucy savait comment réagir à la déclaration provocatrice de Mr Blackwood.

Et, au-delà de ce qu'elle savait, ses réactions étaient généralement viscérales quand elle agissait mal. Sa peau était la première à la trahir, passant d'une teinte rosée à un rouge éclatant. Puis son pouls se mettait à tambouriner dans sa gorge ou le sang semblait se précipiter en vagues violentes à l'intérieur de ses oreilles.

En cette journée, elle était ravie de découvrir que les vieilles habitudes et les règles stupides pouvaient être dépassées.

Dès que ses yeux s'étaient posés sur James, elle avait lutté pour ne pas les laisser s'égarer vers ses lèvres ou pour ne pas le rejoindre, le toucher, le saluer ainsi qu'elle le désirait véritablement.

Mais elle ne pouvait pas éprouver une once de la colère et de l'inquiétude qu'elle lisait dans son regard. Elle n'éprouvait pas la moindre honte pour ce qu'elle avait fait, ce qu'ils avaient fait. Et absolument aucun regret. Simplement de la frustration à cause de cette interruption causée par l'homme qui était selon toute vraisemblance l'amant de sa tante.

Cet homme qui l'observait à présent avec une expression pleine de bonté. Son air ne trahissait aucun jugement, ses traits étaient seulement empreints d'une expression amusée, comme si ses mots avaient été destinés à les taquiner et non à les condamner.

— Étant donné que vous aviez pour projet d'escalader les murs d'Invermere pour pénétrer dans la chambre de ma tante, Mr Blackwood, je ne doute pas que vous comprenez la situation et que vous n'oserez pas m'interroger à propos d'une question si délicate.

— Je comprends tout à fait, Lady Lucy. En me remettant ainsi à ma place, vous montrez que vous êtes bel et bien du même sang et de la même trempe que ma chère Cassandra.

L'Écossais la salua en baissant la tête mais ne parvenait pas à se montrer embarrassé.

— Ce que je comprends également c'est que vous êtes venue en Écosse pour y passer des vacances et qu'elles n'ont pas vraiment débuté.

— Il reste encore du temps.

Lucy jeta un autre regard à James.

Projeter une escapade, c'était là l'un des sujets qu'elle souhaitait aborder avec James en cette matinée – l'idée qu'ils pourraient peut-être s'accorder le plaisir d'une excursion avant l'arrivée de Tante Cassandra.

— Avez-vous exploré la ville ?

— Non, mais j'adorerais le faire. Ce projet figure dans ma liste.

— Édimbourg, voilà une superbe idée pour une sortie d'une journée, commença James avant de lui lancer un regard étrange et de tomber dans le silence.

Mais elle avait envie d'entendre ses paroles bien plus que de discuter de sujets futiles avec Mr Blackwood.

Lucy leva un sourcil interrogateur, comme pour l'exhorter à poursuivre mais, bien qu'il s'approchât d'elle, il resta muet, visiblement réticent à prendre la parole devant tout autre qu'elle.

Lucy adressa alors à Angus Blackwood le plus poli de ses sourires.

— Pourrais-je avoir un mot avec monsieur le comte ?

— Bien entendu, milady.

Blackwood eut l'amabilité de tirer la porte derrière lui de sorte qu'elle soit presque fermée.

— Je prévoyais de faire un court passage en ville pour mes affaires, lui dit enfin James une fois qu'ils furent seuls.

Ceci provoqua le rougissement qu'elle aurait dû ressentir plus tôt. Parce que la perspective d'une escapade seule avec lui était précisément ce qu'elle avait imaginé dès son réveil.

— M'emmènerez-vous avec vous ? Si nous ne nous attardons

pas trop, nous devrions être de retour à temps pour l'arrivée de Tante Cassandra, ne pensez-vous pas ?

— C'est à espérer, sinon votre tante sera de retour avant nous et pensera que je me suis enfui avec vous.

Il tendit ses mains vers elle, et elle déposa ses paumes contre les siennes. Son corps vibrait d'excitation à l'idée de passer une journée entière avec lui. Elle avait envie de partir aussi tôt que possible.

Mais James n'était pas de cet avis. Même s'ils se connaissaient depuis fort peu de temps, elle parvenait à déchiffrer ses véritables sentiments sous sa façade toujours charmante.

— Il me faut rendre visite à mon notaire en ville.

— Préféreriez-vous gagner Édimbourg seul ?

— Non.

Il caressa de son pouce le revers de ses doigts.

— Et j'aimerais mieux que vous n'y alliez pas seule non plus, mais je ne veux pas que des questions liées à mes affaires gâchent la première sortie de vos vacances.

— Je suis capable de trouver des compromis. En vérité, j'en ai accepté bien trop souvent.

— Raison de plus pour que vous ne le fassiez pas en cette occasion.

— Je propose que nous profitions tout d'abord un peu de la ville, puis je trouverai un endroit où déguster une tasse de thé pendant que vous vous consacrerez à votre rendez-vous.

— Lucy, je suis incapable de vous dire combien de temps il durera.

— Je sais être patiente.

James éclata de rire à ces mots et lui adressa un grand sourire qui alluma des étincelles dans le ventre de Lucy.

Elle leva les yeux au ciel en le voyant tenter de cesser de rire.

— Fort bien, fort bien. Vous ne m'avez pas vraiment vue faire preuve de la moindre patience, ce qui constitue une raison de plus de vous prouver que j'en suis capable.

— Nous devrions partir bientôt.

— Je peux être prête dans une demi-heure.

James afficha une expression sceptique et, avant que Lucy n'ait pu lui adresser une réplique acide, Blackwood entra de nouveau dans la pièce.

— Cassandra voudra peut-être me voir rôtir en enfer pour cela, mais je pense qu'il s'agit d'une excellente idée.

Il donna une tape amicale à James dans le dos.

— Si ma lady revient avant vous, je serai là pour l'accueillir.

Il jeta un bref regard à James avant de se tourner vers Lucy.

— La nouvelle de cet héritage sera peut-être moins brutale si elle est livrée par mes soins.

— J'espère tout de même que nous pourrons être de retour avant son arrivée. Cela semble-t-il envisageable si nous passons quelques heures en ville ?

Lucy pensait que rien n'adoucirait vraiment le choc de la nouvelle concernant le futur destin d'Invermere, et apprendre que sa nièce était partie en excursion avec l'homme qui possédait désormais sa maison pourrait ne pas non plus réjouir Cassandra.

Mais sa tante voudrait qu'elle profite de son séjour en Écosse, et quelles que soient les raisons de Mr Blackwood, l'étincelle malicieuse dans son regard indiquait qu'il appréciait de jouer les entremetteurs à sa manière.

— Si vous prenez le train à la gare d'Inverkeithing, c'est réalisable.

— Y a-t-il une correspondance pour Édimbourg ?

Lucy commençait à douter de ses capacités en matière d'organisation, ou du moins de la véracité des informations contenues dans le guide auquel elle s'était fiée, *Le Joyeux Voyageur*.

— *Aye*. La gare est à cinq miles tout au plus du manoir.

— Dans ce cas allons-y. Nous serons de retour dans l'après-midi.

James paraissait presque aussi enthousiaste qu'elle à présent que la question était réglée.

— Prenez ma calèche pour vous rendre à la gare, si vous le souhaitez, leur conseilla Blackwood. Je vais de ce pas parler à mon cocher.

— Je vous remercie, Blackwood.

Une fois l'homme parti, James s'approcha de Lucy. Il était si près qu'il pouvait la toucher, mais la jeune femme se montra réticente. Ils n'avaient pas encore parlé de la nuit précédente, et elle n'avait pas encore la certitude que leurs sentiments étaient réciproques.

— Souhaitez-vous être accompagnée d'un chaperon ?

Il avait posé la question avec un tel sérieux qu'elle ne put s'empêcher de sourire. Son désir d'agir selon les convenances après qu'ils furent tous deux allés bien au-delà des limites de ce que l'on attendait d'elle la faisait apprécier James encore davantage.

— Le voulez-vous ?

Lucy tenta d'afficher une expression innocente.

— Pas le moins du monde.

James lui adressa alors un petit clin d'œil plein de malice et se pencha plus près encore tout en baissant le ton.

— Même si je semble avoir du mal à me conformer aux règles établies quand vous êtes près de moi.

— Eh bien, sachez que j'apprécie votre tentative.

— Vraiment ?

Les yeux de James se mirent à pétiller tandis qu'il la regardait en souriant.

— Bien entendu. Vous préoccuper de ma réputation est fort attentionné. Mais je suis lasse des règles et j'ai décidé d'agir selon mes désirs de façon déterminée. Je ne suis pas disposée à reprendre l'attitude que je respectais auparavant.

Il déglutit avec peine et laissa son regard tomber vers ses lèvres.

— Je n'éprouve nul regret quant au fait d'être venue jusqu'à votre chambre, James. Vous pouvez dire de moi que je suis incorrigible si vous le souhaitez.

L'ambiance taquine qui avait présidé à leurs derniers échanges sembla s'évaporer, et il resta songeur durant quelques instants, laissant son regard fixé vers la fenêtre visible par-dessus l'épaule de Lucy. Il semblait sur le point de prendre une décision.

Le souffle de Lucy se bloqua dans sa gorge. Sur le terrain de tir à l'arc, elle avait eu la certitude qu'il allait l'embrasser. Désormais elle craignait qu'il mette les choses au clair concernant ses propres sentiments à son égard. Peut-être jugeait-il qu'elle n'était à ses yeux rien de plus qu'une jeune femme impulsive.

Mais James inclina la tête et l'observa avec ce regard qu'aucun avant lui n'avait posé sur elle. Comme si elle était fascinante. Comme s'il n'avait nulle envie de détacher ses yeux d'elle.

— Retrouvez moi devant le manoir dans une demi-heure, Lucy l'Incorrigible.

13

Quand Lucy fut projetée vers l'avant, James agrippa son bras pour la maintenir sur la banquette de la calèche.

— Blackwood nous avait prévenus, sa voiture peut rouler très vite, dit-elle avant de souffler pour chasser de son visage de petites mèches de cheveux échappées de ses épingles.

James se pencha vers l'avant afin d'amortir le choc dans le cas où le cocher téméraire de Blackwood prendrait un autre virage de façon aussi périlleuse que le précédent.

— Allez-vous bien ?

— Oui, mais je crois que je n'oublierai jamais ce trajet en calèche.

Lucy serra contre elle le sac de voyage qu'elle avait emporté avec elle depuis Londres.

— Au moins n'ai-je pas renversé mon sac durant ce trajet.

— Pour l'instant.

James éclata de rire lorsqu'elle plissa les yeux à ces mots.

— Vous ne voyagez pas léger, n'est-ce pas ? Laissez-moi porter ceci quand nous serons en ville, voulez-vous ?

— Je me suis dit qu'il me faudrait me limiter, je n'ai donc pris que mon guide de voyage, une liste d'idée de visites et mon carnet de croquis.

— Un carnet de croquis ? Me permettrez-vous d'y jeter un coup d'œil ?

Lucy étreignit son sac plus fermement.

— J'ai bien peur de ne laisser personne voir mes dessins.

— Je comprends.

James imaginait qu'il renfermait des dessins de fleurs, peut-être d'animaux et très certainement des visages. Peut-être même le sien ? Mais, avant tout, il avait envie qu'elle sache qu'il n'insisterait pas. Si elle devait le lui montrer, il voulait que ce soit parce qu'elle en avait sincèrement envie.

Tout comme elle était venue jusqu'à sa chambre en agissant de son propre fait.

— J'y réfléchirai, ajouta-t-elle un instant plus tard. Mon frère et ma sœur se moquaient volontiers de moi parce que j'avais une passion pour le dessin mais bien peu de don.

— C'est absolument faux si je me fie à ce que j'ai vu dans le jardin d'hiver de votre tante.

— Oh ! je me suis améliorée. En fait, leurs railleries m'ont probablement incitée à le faire. À prouver ce que je valais.

James sentit cette parole faire écho en lui.

— Je comprends.

— Avez-vous d'abominables frères et sœurs vous aussi ?

— Je n'ai ni frère ni sœur.

Elle se pencha vers lui, les yeux écarquillés de surprise.

— Je ne peux imaginer la liberté que cela doit procurer. Ceci vous a-t-il rendu plus autonome ?

— Vivre de façon indépendante était pour moi une nécessité.

La douceur du regard de Lucy lui donna envie de faire machine arrière.

Même si évoquer sa vie avec Blackwood le matin même avait semblé étrange et pourtant curieusement libérateur, il n'avait jamais révélé pareils détails bouleversants à la moindre lady de sa connaissance.

Il ne pouvait supporter l'idée qu'elle ait pitié de lui ou qu'une femme qu'il désirait le voie sous les traits du garçon effrayé qu'il avait été autrefois. Et respecter ce souhait avait toujours été simple parce qu'il ne s'était jamais autorisé à se sentir assez proche de quelqu'un pour être tenté d'évoquer cet ancien cauchemar qu'il avait vécu.

Mais Lucy n'était pas n'importe quelle lady. Curieusement, alors qu'il ne la connaissait que depuis quelques jours, ses habituelles tactiques d'évitement semblaient ne plus convenir. Il se sentait plus proche d'elle qu'il ne l'avait été de quiconque depuis fort longtemps.

— J'ai perdu mes parents lorsque j'étais enfant.

— Je suis terriblement désolée de l'apprendre.

Elle tendit la main pour saisir celle de James. Il resta immobile mais elle ne rompit pas le contact.

Il finit par serrer sa main, mais n'eut pas à parler davantage car la calèche s'arrêta à cet instant et le cocher les escorta bientôt jusqu'au quai de la petite gare.

— Je porterai votre sac de voyage, lança James qui constata qu'il était en effet bien plus léger que lors du trajet précédent.

— Très bien, mais promettez-moi de ne pas jeter le moindre coup d'œil à mon carnet de croquis.

Ils achetèrent leurs billets et découvrirent qu'ils étaient arrivés à quelques minutes du départ du train du matin. Il ne comportait que deux wagons. Les places n'étaient pas numérotées, et il n'y avait pas de compartiment privé. James pointa du doigt une banquette libre et offrit à Lucy de prendre place près de la fenêtre. Quand il voulut ranger son sac de voyage sur l'étagère métallique placée au-dessus de leurs têtes, elle protesta faiblement et il le déposa donc sur le siège près d'elle.

Dès qu'il se fut glissé sur la banquette, Lucy plaça son sac de voyage près de la fenêtre afin qu'il n'y ait rien entre eux, et James fut heureux de s'installer près d'elle de sorte qu'ils se retrouvèrent coude contre coude.

— Dites-moi ce que contient votre liste.

— Le château, bien entendu. Le Nelson's monument. Calton Hill.

James baissa les yeux vers son doigt qui courait sur la liste qu'elle avait établie.

— La Camera Obscura ? Voilà qui pourrait vous plaire, non ?

— Oui, cet endroit semble tout simplement fascinant. Il s'agit d'un mécanisme utilisant des lentilles et des miroirs pour offrir une vue de la ville.

Lucy se tourna sur son siège et posa une main sur son bras, agrippant légèrement le tissu de son manteau.

— C'est exactement l'endroit que je pensais proposer, mais je me demandais si vous ne préféreriez pas quelque chose de plus…

— Ce sont vos vacances, Lucy. Vous devez vous faire plaisir.

Elle sourit d'une façon qu'il aurait qualifiée de timide chez toute autre jeune femme.

— Voilà qui me donne l'impression d'être terriblement gâtée, lâcha-t-elle alors.

Elle s'enfonça de nouveau dans son siège mais noua son bras autour du sien. Ce simple geste enflamma le sang dans les veines de James tout en lui procurant un profond réconfort. Du moins en cet instant c'était lui qu'elle avait choisi.

Si faire des choix de façon indépendante lui donnait l'impression d'être trop gâtée, il se demandait également jusqu'à quel point ses parents devaient être stricts et collet monté. Ce voyage représentait une forme d'évasion pour elle, et il espérait qu'elle pourrait profiter pleinement de cette journée, même si les choses changeraient certainement après l'arrivée de sa tante. À vrai dire, cette escapade pourrait fort bien être sa dernière occasion de passer du temps seul avec elle.

Lucy dirigea son attention vers la fenêtre. Elle fit pianoter ses doigts sur le bord de son carnet de croquis, et James se demanda si elle aussi percevait que cette sortie pourrait bien être unique.

— Blackwood est un personnage intéressant, dit-elle à voix basse. Que pensez-vous de lui ?

— Il tient beaucoup à votre tante. C'est là une évidence.

— Vous le pensez sincèrement ?

Elle se retourna vers lui, et pour la première fois James nota que de petites taches de rousseur couleur cannelle constellaient son nez et ses joues.

— Il a proposé d'acheter Invermere pour elle.

Elle se recula à ces mots, et ses yeux verts s'écarquillèrent de surprise.

— Vraiment ?

Relâchant le bras du comte, elle posa brièvement la main sur sa cuisse.

— Voilà qui réglerait tout, n'est-ce pas ?

— D'après Blackwood, votre tante ne le permettrait jamais.

Lucy laissa échapper un long soupir.

— C'est une femme fort têtue.

— C'est ce qu'il a dit, fit James en lâchant un petit rire. Il se disait que vous lui ressembliez peut-être sur ce point.

Il lui lança un petit regard en coin et sourit quand elle laissa échapper une petite exclamation outrée.

— Je ne suis pas têtue, lâcha-t-elle, les dents serrées, d'un air obstiné.

James émit alors un rire trop sonore au regard des règles de la politesse, ce qui lui attira les regards désapprobateurs et les reproches à demi voilés de certains passagers. Dès qu'il se fut ressaisi, Lucy rit à son tour et elle pressa une main contre sa bouche pour s'empêcher de faire autant de bruit qu'il en avait fait plus tôt.

Juste après, elle leva un visage souriant vers lui et le poussa légèrement de son épaule. Il commit alors l'erreur de remarquer ses lèvres. Ses lèvres si splendides et expressives. Puis le regard de Lucy tomba vers sa bouche, et le désir entre eux devint une réalité tangible.

Il n'avait pas été en mesure de l'embrasser ainsi qu'il l'aurait voulu la veille au soir, et il avait envie de se rattraper.

Il caressa sa joue du bout des doigts, sa peau aussi douce qu'un pétale de rose et délicieusement réchauffée par le soleil.

Ignorant toutes les raisons pour lesquelles il ne devait pas agir de la sorte, il glissa sa main sur sa nuque pour l'attirer plus près.

— Non !

Une voix d'homme couvrit le bruit des discussions emplissant le compartiment.

— Quelqu'un, s'il vous plaît...

Les passagers face à eux se tournèrent pour voir ce qui provoquait cette agitation, et James se retourna à son tour sans lâcher Lucy.

Au même moment, elle se libéra de son étreinte et se retrouva sur ses genoux. Il ne put retenir un faible grognement en sentant leurs deux corps si intimement proches l'un de l'autre, mais en un instant elle avait disparu. Elle était passée par-dessus son corps pour atteindre le couloir où des dizaines de documents s'échappaient d'une valise placée sur une étagère de rangement face à eux.

— Pardonnez-moi, murmura-t-elle à James. Je dois l'aider

Laissez-moi faire, poursuivit-elle à l'attention d'un homme plus âgé muni de lunettes qui essayait sans succès de capturer les papiers dégringolant dans ses bras, une tâche qui se compliqua encore quand les dames assises autour de lui protestèrent alors qu'il tentait de récupérer les documents tombés sur elles ou à proximité.

La dame assise sous l'endroit où la valise avait été rangée poussa un cri perçant quand une liasse de papiers chuta sur son chapeau avant de retomber dans le couloir.

Quelques passagers supplémentaires se levèrent mais ils ne faisaient pas grand-chose pour secourir le pauvre homme.

James se pencha et ramassa tout ce qu'il pouvait, puis il tenta de former une pile nette avec les documents collectés.

— Voici déjà ceux-ci, dit-il à Lucy qui s'était agenouillée pour récupérer les feuilles égarées sous les banquettes du train et celles qui jonchaient le couloir.

Il l'aida de son mieux bien que le couloir fût si étroit qu'il marcha sur quelques papiers et crut compliquer encore la situation.

Il leur fallut un bon quart d'heure pour tout ramasser, et Lucy ne cessa de s'occuper de l'homme qu'une fois qu'il eut regagné son siège, prêt à remettre ses documents dans l'ordre, et que sa valise fut rangée aussi sûrement que possible malgré son verrou brisé.

Quand elle regagna leur banquette, James se décala pour la laisser reprendre sa place près de la fenêtre.

— Je n'ai vu dans ma vie qu'une seule autre personne apporter si rapidement son aide à quelqu'un qui en avait besoin.

— Vraiment ? Et qui était-ce ?

Pour la première fois depuis leur rencontre, l'attention qu'il lui portait sembla la mettre mal à l'aise. Comme si elle craignait qu'il la juge durement, quand c'était tout l'inverse qui était vrai.

— Elle était infirmière dans une clinique de l'East End.

— Je serais pour ma part une infirmière lamentable. La vue du sang me donne la nausée, comme vous vous en souvenez sans doute.

— Je me le rappelle fort bien, et j'admire néanmoins cet instinct qui vous pousse à voler au secours d'autrui.

En particulier si l'on considérait qu'il avait pour sa part appris à s'occuper de sa propre survie en premier lieu. En plus d'une occasion, ce souci apporté à son propre bien-être et sa capacité à se débrouiller seul lui avaient permis de rester en vie.

— Je vous remercie.

Elle arrangea les poignets de ses manches puis repoussa des mèches de cheveux défaites tout en faisant mine de ne pas lui prêter la moindre attention. Puis elle se tourna vers lui et lui demanda :

— Et pour quelle raison vous trouviez-vous donc dans une clinique de l'East End ?

Oh ! la demoiselle était fort douée pour faire oublier le malaise qu'elle éprouvait face à tout compliment en dirigeant la conversation vers un autre sujet. Mais aussi pour l'amener à en révéler davantage à propos de sa propre histoire en posant sur lui ses grands yeux verts pleins d'une infinie curiosité. Mais James était tout aussi doué qu'elle pour détourner une attention qu'il ne voulait pas voir s'attarder sur lui.

— Vous n'appréciez pas particulièrement les louanges, n'est-ce pas ?

— C'est faux, rétorqua-t-elle, sur la défensive.

Puis elle poussa un soupir qu'il interpréta comme un aveu.

— Je les aime autant que quiconque, j'imagine. Mais ce que vous avez dit à propos du fait d'aider les autres… Je ne suis pas certaine de mériter pareil compliment. En particulier si l'on considère que je suis venue en Écosse pour échapper à tout cela.

Avant qu'il ait eu le temps de comprendre le sens de sa remarque, le train entra en gare et, dès qu'il se fut arrêté, les passagers se propulsèrent hors de leur siège, rassemblant leurs bagages et prenant la direction des portes.

— Nous voici arrivés.

Elle avait lâché ces mots dans un souffle et arborait le même regard rêveur qu'à l'instant où il avait posé les yeux sur elle pour la première fois. Cependant elle connaissait déjà Waverley Station et par conséquent, une fois qu'ils furent hors du train, elle se sentit plus qu'heureuse de rejoindre la rue avec James.

— La Camera Obscura se trouve dans la Outlook Tower, et il faut prendre cette direction selon ma carte.

Elle tordit son guide de voyage dans ses mains et lui montra le plan.

Mais James ne s'y intéressa nullement, ayant toute confiance dans ses compétences en matière d'orientation. Seules Lucy et la joie qu'elle semblait trouver dans des choses aussi simples que la présence d'un chariot de fleuriste débordant de fleurs de serre sous le froid ciel automnal comptaient à ses yeux.

— Aimeriez-vous un bouquet ?

— Non, où le mettrais-je durant notre visite de la tour ?

Son esprit pratique fit naître un rire charmé dans la gorge de James et ce d'autant plus qu'il s'était toujours considéré lui-même comme une personne particulièrement pragmatique.

— Quand nous repartirons pour Invermere dans ce cas.

— Ce serait tout à fait charmant, en effet.

Lucy, prête à nouer son bras au sien, marqua un instant d'hésitation.

Aux yeux des personnes environnantes, ils devaient avoir tout l'air de deux amoureux. James détestait de ne pas pouvoir véritablement lui faire simplement la cour. Il lui tendit malgré tout son bras et se délecta du moment où elle glissa sa main au creux de son coude. Il savoura le fait de savoir qu'elle lui accordait sa confiance et lui offrait le privilège d'avoir son corps pressé contre le sien.

Qu'il lui fasse la cour ou non, il avait envie de la toucher non pas parce que c'était ce qui était attendu, mais parce qu'elle occupait toutes ses pensées, de jour comme de nuit.

Lucy marchait d'un pas pressé et, même avec ses grandes enjambées, c'était elle qui l'emmenait dans son sillage.

— Ne vous inquiétez pas. Nous arriverons dans les meilleurs délais et nous avons devant nous plusieurs heures avant le train du retour.

— Je ne veux pas que vous ayez à écourter votre rendez-vous avec le notaire, répondit-elle.

— Nous n'avons pas fixé d'horaire précis pour notre rencontre et s'il le faut je me contenterai de laisser un message à cet homme pour lui indiquer de faire venir l'expert au plus vite.

James l'arrêta pour la guider vers l'auvent d'une boutique.

— C'est une journée qu'il vous faut savourer.

Une bouffée d'émotion fit briller les yeux de Lucy. Elle ne sourit pas, mais les coins de sa bouche se relevèrent imperceptiblement. L'espace d'un instant, elle détourna le regard.

— Qu'il *nous* faut savourer, dit-elle avec une détermination paisible. Une journée dont nous devons pleinement profiter. Pour nous en souvenir.

Il se souviendrait de chaque jour, de chaque instant passé avec elle, mais ni lui ni elle ne paraissaient disposés à dire à voix haute ce qu'ils semblaient penser tous deux. Et cela convenait à merveille à James.

— Dans ce cas, faisons en sorte qu'elle soit mémorable.

Lucy ne cessa de jeter des regards derrière elle tandis qu'ils grimpaient les marches de la tour abritant la Camera Obscura pour s'assurer que James la suivait toujours. Quelque chose avait semblé capter son regard quand ils s'étaient trouvés sur le trottoir, et il paraissait distrait depuis lors.

Mais il était là chaque fois qu'elle regardait par-dessus son épaule, son visage souriant levé vers elle.

— Continuez d'avancer. Je veux la voir.

Elle le voulait également. Ils étaient sur place depuis presque une heure et avaient parcouru les étages inférieurs qui abritaient une exposition détaillant l'histoire et les points d'intérêt majeurs du pays.

La Camera Obscura était plus vaste que ce à quoi elle s'était attendue, une immense surface concave reflétant une vue d'Édimbourg en temps réel.

James se tenait derrière elle, sa main offrant un contact chaud et réconfortant au bas de son dos, tandis qu'ils attendaient leur tour pour faire partie de la demi-douzaine de visiteurs autorisés à admirer l'attraction en même temps.

Quand leur tour arriva enfin, James la laissa se tenir proche de la vue et se plaça derrière elle alors qu'une dame coiffée d'un imposant chapeau à plumes occupait bien plus de place qu'elle ne l'aurait dû.

L'image reflétée de la ville était extraordinaire.

— Regardez, lui dit Lucy à voix basse, en pointant le doigt vers le mouvement des piétons dans les rues que permettait d'observer la large vue panoramique.

— C'est remarquable.

— On dirait une énorme loupe.

Il se pencha plus près, son corps aussi proche du sien qu'il l'avait été sur le terrain de tir à l'arc.

Lucy inclina la tête pour pouvoir l'observer, et une onde de chaleur se déversa dans ses veines. Elle reconnaissait l'expression peinte sur les traits de James. Il la regardait ainsi parfois, comme s'il contemplait quelque chose de véritablement magnifique.

Quand un guide les invita à ressortir, Lucy réalisa qu'elle avait autant aimé observer la réaction de James face à l'attraction que le phénomène visuel en lui-même.

— Que faisons-nous maintenant ? s'enquit-il quand ils eurent rejoint la rue.

— C'est l'heure de votre rendez-vous, non ?

— Pas encore.

Il jeta un coup d'œil à sa montre à gousset, puis la glissa de nouveau dans la poche de son gilet.

— Citez-moi un autre lieu figurant sur votre liste.

Lucy n'était pas prête, elle non plus, à voir ce moment partagé prendre fin.

— Nous ne sommes pas très loin de Calton Hill.

— Dans ce cas ce sera notre prochaine destination.

Il lui offrit de nouveau son bras, et ils marchèrent côte à côte.

Lucy les conduisit jusqu'au Royal Mile et, même s'ils venaient tous deux de l'une des villes les plus animées du monde, ils ne purent que s'émerveiller en bons touristes qu'ils étaient en découvrant bâtiments, boutiques et anciennes églises.

— Si seulement j'avais le temps de m'arrêter et de faire des croquis.

— Je regrette sincèrement que vous ne puissiez le faire. Peut-être pourrez-vous revenir.

Revenir. Elle comprenait ce qu'il voulait dire, revenir sans lui.

Comment pouvait-il faire le moindre projet quand sa priorité était de vendre Invermere et de retourner à ses affaires, à Londres ?

Lucy eut un instant envie de lui demander s'ils pourraient se revoir quand tout ceci serait fini. Mais James ne lui avait rien proposé au-delà de cette journée, et elle était résolue à savourer les prochaines heures.

— Ne vous inquiétez pas. Nous serons de retour à temps.

Il avait mal interprété son absence de réponse, croyant qu'elle se tracassait à propos de Tante Cassandra.

— Je le sais. Excusez-moi, je ne faisais que rêvasser, lui dit-elle.

Le plaisir de leur promenade grimpa d'un cran quand ils atteignirent le sommet de la colline. Lucy lâcha une exclamation admirative en voyant la ville qui, s'étendant sous leurs yeux, offrait un splendide tableau peuplé de bâtiments en pierre de tuffeau et de clochers d'églises. Lucy s'avança de quelques pas pour avoir une meilleure vue et percuta James qui admirait en cet instant le charmant Stewart Monument.

Il noua aussitôt un bras autour de sa taille pour l'empêcher de glisser.

— Nous semblons avoir pour habitude de nous percuter l'un l'autre, nota-t-il alors.

Lucy pressa une main sous le revers du col de son manteau, là où son cœur battait à coups forts et réguliers.

En jetant des regards alentour, elle constata qu'ils étaient pratiquement seuls à cet endroit de la colline.

— Que diriez-vous de m'embrasser ?

Les doigts de James suivirent la couture à l'arrière de sa robe, ce qui eut pour effet de propulser de délicieux frissons le long du dos de la jeune femme.

— Voilà une excellente question, dit-il d'une voix rauque et taquine.

Lucy glissa deux doigts entre les boutons de sa chemise, et une onde de désir parcourut son corps quand elle caressa sa peau nue.

— Et quelle est votre réponse ?

14

James ne pouvait ni répondre par des mots ni attendre de goûter de nouveau ses lèvres.

Ne va pas trop vite.

Mais il était au-delà de ce type de considération à présent.

Il en était de même pour Lucy. Ses mains se refermèrent sur les revers du manteau de James, et elle l'attira plus près quand il se pencha pour s'emparer de sa bouche.

C'était comme s'il l'avait tenue ainsi mille fois déjà. Et comme cette sensation était exquise !

Mais leur baiser avait quelque chose de neuf. Et il lui donnait le sentiment d'être le début de tout ce qu'il désirait véritablement. De ce qu'il avait cherché trop longtemps.

Lucy fit courir ses doigts sur sa joue puis le long de sa mâchoire, geste qui sembla l'enflammer tout entier. Il parcourut alors de sa langue ses lèvres veloutées et pulpeuses, et elle laissa échapper une petite exclamation de plaisir.

Sous le tissu de sa cape, il fit glisser sa main vers le bas du dos de la jeune femme avant de l'attirer contre lui. La chaleur de leurs deux corps enlacés réchauffait quelque chose tout au fond de lui, et il poussa un grognement de satisfaction quand elle vint à son tour faire courir la pointe de sa langue taquine sur ses lèvres.

— Lucy, murmura-t-il contre sa bouche.

Elle rejeta la tête en arrière, à bout de souffle, les lèvres empourprées sous l'effet de leurs baisers.

— Ne vous arrêtez pas, lâcha-t-elle.

Elle jeta des regards tout autour d'eux.

— Il n'y a personne dans les environs, et je n'ai que faire des convenances. Je veux vivre ce moment avec vous.

James réprima un rire puis vint blottir son visage dans son cou pour humer son doux parfum aux accents floraux.

— Mais je n'avais pas prévu de m'arrêter.

— Oh.

L'envoûtant sourire de Lucy renfermait tant de promesses.

— Vous êtes superbe.

Elle cligna des paupières, et son regard se troubla.

— Embrassez-moi, c'est tout.

James s'exécuta alors, effleurant ses lèvres de son doigt avant de goûter sa bouche. Mais il était évident que Lucy n'entendait pas le laisser prendre toutes les initiatives. Elle l'embrassa avidement, explorant son corps sous son manteau, repoussant son gilet pour pouvoir poser sa paume contre sa poitrine.

Il était sien en cet instant et elle était sienne elle aussi.

Et c'était ce qu'il désirait. Elle était ce qu'il désirait, même si ce baiser devait être tout ce que la vie leur offrirait jamais.

Lucy rompit leur baiser la première et tourna son regard vers un couple gravissant la colline à quelque distance.

James avait été trop absorbé par l'instant pour entendre leurs voix feutrées mais elle était plus observatrice.

— Nous devrions probablement partir, dit Lucy.

Son ton exprimait une déception similaire à celle qui étreignait la poitrine de James.

Ils se tenaient toujours, et elle leva la tête pour l'embrasser une fois encore.

— Vous avez raison, répondit-il.

Il détestait qu'il en soit ainsi, mais elle se montrait pragmatique. Une qualité qui avait été sienne autrefois. Quelques journées seulement avaient suffi à tout changer.

— Il y a encore ce rendez-vous auquel vous devez vous rendre.

— Mon rendez-vous, en effet.

Pour la première fois depuis qu'il avait appris qu'il avait hérité d'un manoir écossais qui pouvait signifier la fin de ses problèmes financiers, James se demanda s'il existait une autre solution que celle envisagée.

Non pas qu'il n'ait pas fait tout son possible pour faire tourner le sort en sa faveur depuis presque une année.

La vente d'Invermere pouvait enfin lui permettre de regagner tout ce qu'il avait perdu, mais à présent émergeait également la possibilité que tout cela lui coûte le lien qu'il avait noué avec Lucy.

Quelque chose au fond de lui – son vieil instinct auquel il croyait autrefois si farouchement – lui dit que, une fois qu'il aurait pris possession de sa demeure, Lady Cassandra ne serait pas heureuse de le voir continuer à fréquenter sa nièce.

Lucy garda les yeux rivés sur son guide de voyage tandis qu'ils marchaient, et il tint fermement son bras pour l'empêcher de trébucher.

— Je l'ai trouvé !

Elle s'arrêta net.

— Il y a un salon de thé juste au bout de la rue où vous avez dit que se trouvent les bureaux de votre notaire.

James en nota le nom puis scruta la rue qui se déployait devant eux.

— Je le vois, là-bas. Et les bureaux d'Abercrombie devraient se trouver dans le bâtiment juste ici.

Le salon de thé n'avait rien de fastueux mais d'une certaine façon cela le rendait plus charmant. James préférait la simplicité à l'agitation et au faste ; il en était déjà ainsi quand il possédait assez d'argent pour fréquenter des endroits luxueux.

— C'est parfait, dit Lucy avec enthousiasme. Je serai ravie de vous attendre ici.

James se sentit aussitôt désolé de ne pouvoir s'asseoir à ses côtés pour partager avec elle un agréable déjeuner. Même s'il n'avait pas jeté le moindre regard à sa montre depuis près d'une heure, il sentait le temps filer. Leur journée ensemble toucherait bientôt à sa fin.

Lucy se trompa en interprétant son expression et tenta de le rassurer.

— Tout ira bien pour moi. Et vous serez bientôt de retour. Peut-être pourrais-je me souvenir de suffisamment de détails à propos de ce que nous avons vu pour réaliser quelques dessins en votre absence ?

James déposa un baiser sur sa joue, et ce simple geste suffit à lui donner l'énergie nécessaire pour affronter son rendez-vous avec Abercrombie. Quelques minutes plus tard, il traversa la rue en courant, impatient de voir l'affaire réglée.

À l'intérieur d'un bureau lambrissé caché derrière une porte sur laquelle était soigneusement peint le nom d'Abercrombie, James trouva un employé qui le scruta par-dessus la monture de ses lunettes.

— Puis-je vous aider, monsieur ?

— Je me présente, Lord Rossbury. Je viens voir Mr Abercrombie. Je crains qu'il n'attende pas ma venue mais je n'en aurai pas pour longtemps.

— Malheureusement, Mr Abercrombie ne sera là que plus tard dans l'après-midi. Mon nom est Cairns. Puis-je vous aider d'une quelconque manière, monsieur le comte ?

— Quand je lui ai parlé il y a trois jours de cela, il a promis d'envoyer un expert pour procéder à l'évaluation de la valeur d'une demeure dont j'ai hérité.

— Laissez-moi vérifier, je vous prie. Je n'en aurai que pour un instant.

Le jeune homme fit un geste en direction d'une rangée de chaises robustes alignées contre un mur et, sans attendre de réponse de la part de James, il quitta son bureau pour disparaître dans une autre pièce.

James, ne pouvant se résoudre à s'asseoir, entreprit d'arpenter la pièce. Mais cela ne fut d'aucune utilité pour calmer ses nerfs. Il pouvait encore sentir le goût de Lucy sur ses lèvres, la chaleur et la douceur de son corps pressé contre le sien. Il mourait d'envie de la retrouver. Par chance, le jeune homme fit son retour quelques minutes plus tard seulement avec un morceau de papier qu'il lui tendit.

Mr Dougray Dickson étaient les seuls mots inscrits sur la feuille.

— L'expert, monsieur le comte. Selon les notes qu'il a laissées, Mr Abercrombie a contacté cet homme il y a deux jours et il est censé arriver aujourd'hui.

Absolument merveilleux.

— Je vous remercie, Mr Cairns.

James avait presque quitté la pièce quand il entendit le jeune homme lui souhaiter une bonne journée.

La journée avait été bonne, en effet. Une journée parfaite quelques instants plus tôt encore, mais elle semblait désormais promise à se muer en véritable enfer.

Lady Cassandra serait déjà dans tous ses états en apprenant que sa nièce, venue lui rendre visite, était partie avec l'homme qui avait pour projet de mettre son univers sens dessus dessous, mais il présumait qu'elle serait absolument furieuse de trouver sur place un expert inspectant le manoir comme s'il s'agissait d'une marchandise plutôt que de sa maison.

Comme il remontait la rue en direction du salon de thé, il remarqua que des nuages bleu-gris emplissaient le ciel, cachant le soleil qui les avait si bien réchauffés durant leur promenade à travers Édimbourg. Ils laissaient croire que l'heure était bien plus tardive qu'elle ne l'était réellement, mais il se rapprocha d'une devanture et sortit sa montre à gousset de sa poche pour vérifier malgré tout ce point.

Il avait perdu la notion de tout, à part Lucy, pendant ce baiser sur la colline.

C'est à cet instant toutefois que James perçut qu'une personne située non loin de lui se retournait vivement. Les pans de son manteau gris décrivirent un cercle autour de l'homme quand ce dernier se pencha vers une vitrine comme si quelque chose y avait attiré son regard. Des dizaines de personnes admiraient les devantures sur l'artère animée, mais étrangement cet homme paraissait familier a James. Il aurait pu jurer avoir déjà vu ce pardessus gris tourterelle plus tôt dans la journée.

James poursuivit son chemin, marchant plus lentement à présent, et il tourna la tête pour voir si l'homme le suivait.

Le cœur battant à coups plus rapides, il se força à avancer en conservant un pas régulier. Puis il aperçut une étroite ruelle entre les bâtiments qui se dressaient devant lui, à seulement un bâtiment de distance du salon de thé. Changeant sa trajectoire pour gagner le côté opposé du trottoir, il s'engouffra bientôt dans l'étroit espace.

Ce n'était même pas une ruelle, un passage plutôt, trop étroit pour le moindre véhicule et à peine assez large pour ses propres épaules.

Il tourna donc un peu son corps, ses bras venant frôler les briques de chaque côté de la voie, et patienta.

Des personnes passèrent devant l'entrée du passage mais pas l'homme au pardessus gris.

James approcha alors de l'entrée de la ruelle, à un pas seulement du flot de personnes qui déambulaient sur le trottoir, et il scruta l'extrémité de la rue.

Il ne vit personne, mais un frisson au bas de son dos lui apprit qu'il était observé. James se retourna et il remarqua la présence de l'homme près d'une devanture, sur le même trottoir que lui à présent et à seulement quelques pas. Il lui sembla reconnaître un des hommes de main de Beck.

Ce filou enverrait-il un homme pour le surveiller à pareille distance de Londres ? Et comment celui-ci savait-il qu'il se trouvait en ville en ce jour précisément ?

James ne pouvait pas prendre le risque de mêler Lucy dans la moindre histoire impliquant Beck.

Se tournant de nouveau, il avança dans l'étroit passage, espérant qu'il déboucherait sur une véritable allée. Il trouverait peut-être ensuite une porte arrière donnant sur le salon de thé où Lucy attendait.

Après quelques instants des pas firent crisser le gravier derrière lui.

James ne voulait pas de confrontation. Il n'avait pas besoin que lui soit rappelée la somme due ou l'impatience ressentie par Beck en raison de son remboursement tant attendu. Ces questions hantaient chaque jour son esprit.

Quand le rythme des pas s'accéléra, James fit volte-face pour se trouver nez à nez avec l'homme.

— Que voulez-vous ? lui lança-t-il.

L'homme s'arrêta et se contenta de l'observer, sans prononcer le moindre mot.

James se maudit de ne pas avoir emporté d'arme pour ce voyage.

— Que me voulez-vous ? insista James, en criant cette fois-ci. Avez-vous un message à transmettre ?

L'homme garda le silence si longtemps que James décida de l'ignorer et d'aller rejoindre Lucy. Mais, dès qu'il se mit à courir, la voix de l'inconnu résonna au loin derrière lui.

— Beck veut qu'on vous surveille. Alors, je vous surveille !

James lui jeta un dernier regard avant de poursuivre en hâte le long du passage. À sa grande surprise, l'homme de main de Beck ne tenta pas de le suivre. Mais le soulagement de James s'évanouit quand il réalisa que c'était peut-être parce qu'il avait vu précisément où Lucy et lui s'étaient séparés et qu'il comptait la rejoindre le premier.

James se mit à courir au moment où il atteignait le croisement. Ainsi qu'il l'avait espéré, une ruelle courait à l'arrière des échoppes qui bordaient la rue.

Rien n'indiquait vraiment que le prochain bâtiment était l'arrière du salon de thé mais James ne pouvait pas perdre un instant en se livrant à une exploration plus minutieuse des lieux. Il tenta d'ouvrir la porte située à l'arrière du bâtiment et eut la surprise de découvrir qu'elle n'était pas verrouillée.

— Et qui êtes-vous donc ?

Une femme au visage écarlate portant tablier et bonnet blanc se planta face à lui dès qu'il eut franchi le seuil. Sa tenue tout comme l'odeur de rôtis et de pâtisseries qui flottait dans l'endroit firent pousser à James un profond soupir de soulagement.

— J'avoue être un peu perdu, ma bonne dame. Est-ce par ici qu'on accède au salon de thé ? s'enquit-il en pointant le doigt quelque part derrière elle.

— Vous avez pris la mauvaise entrée, monsieur. Mais c'est d'accord, vous pouvez passer par ici.

James s'inclina poliment et adressa à la femme le plus beau sourire dont il était capable avant de traverser la petite cuisine animée et de franchir une porte battante menant à la salle du salon de thé.

Lucy se démarquait véritablement des autres clients. Installée près de la vitrine, elle était l'unique lady seule à table. Son carnet de croquis était ouvert face à elle et, les yeux rivés sur la vitre, elle observait avec attention l'activité de la rue.

L'avait-elle vu disparaître dans l'étroit passage ?

James avait tant envie de la retrouver que ses muscles en étaient douloureux, mais il préférait songer avec soin à ce qu'ils feraient ensuite. Malheureusement, il ne pouvait savoir avec certitude si l'homme qui le surveillait avait regagné la rue ou s'il l'avait suivi dans la ruelle.

Il avait un choix à faire, et sortir par la porte d'entrée et rejoindre la foule des passants dans la rue, lieu où ils pourraient héler une calèche, semblait la meilleure des solutions.

Dès qu'il commença à se diriger vers elle, Lucy se retourna vers lui.

— James.

La douceur de son sourire réchauffa son cœur depuis l'autre côté de la pièce. Il ne pouvait se souvenir avoir jamais vu quiconque paraître si heureux de le voir. Mais étrangement ce simple fait renforçait ses peurs. Non pour lui, mais pour elle.

— Je n'ai bu qu'un thé pour l'instant. J'ai décidé de vous attendre pour manger, mais je suis affamée.

— Je crains qu'il nous faille partir, Lucy.

— Ne pouvons-nous pas déguster une petite gourmandise ? Leur cake au citron a l'air succulent.

Elle saisit le menu placé au bout de la table.

— Nous devons partir tout de suite, insista James.

L'affreux sentiment qui l'avait assailli quand il avait informé ses amis de la perte de leur investissement à cause de sa stupidité le frappa quand il vit le plaisir ressenti par Lucy se muer en déception.

— Je suis désolé. Mais je n'insisterais pas si la question n'était pas urgente.

— Quelque chose s'est-il passé ?

Lucy se leva, ramassant ses affaires tout en l'observant, tentant de lire sur son visage les réponses qu'il ne lui fournissait pas.

— Pourrons-nous discuter de ce point une fois que nous aurons loué une calèche et pris le chemin du retour ? répondit James.

Il l'aida à finir de remplir son sac puis en passa la lanière sur son épaule avant de jeter quelques pièces sur la table et de la guider vers la porte d'entrée.

— Ne prenons-nous pas le train dans une demi-heure ?

— Une calèche fera mieux l'affaire.

James jeta un regard des deux côtés de la rue et, bien que l'artère fût moins animée à présent que les cieux s'assombrissaient, il ne repéra pas l'homme.

Un cab les dépassa, et James s'avança vers le bord du trottoir, pour tenter d'en apercevoir un autre.

— En voici un qui arrive.

Lucy fit signe au cocher de s'arrêter.

— Bien joué, lui lança James.

Il tentait de garder un ton enjoué, mais Lucy l'observa d'un air méfiant dès qu'ils furent assis dans la voiture.

— Waverley Station, lança-t-il au cocher.

— Nous prenons le train, dans ce cas ? Nous aurions pu faire le trajet à pied, cela n'aurait pas été plus long que le temps que le cab mettra pour nous mener à la gare.

James plaça sa main sur les siennes qui tenaient fermement son sac sur ses genoux.

— L'explication arrive, je vous le promets. Je me disais que la gare serait le meilleur endroit pour trouver une voiture à cheval pour nous reconduire à Invermere.

Lucy avait tous les droits d'être curieuse et de s'interroger sur son comportement. Il n'avait pas hâte de lui en livrer l'explication, mais elle en méritait bien une.

Une fois à la gare, la jeune femme sembla aussi résolue que lui à trouver une calèche.

— En voici une !

Avant qu'il puisse l'arrêter, Lucy se précipita vers un individu vêtu d'un pardessus usé. Son habit était noir ; il ne s'agissait clairement pas de l'homme envoyé par Beck. James s'approcha comme elle entamait un dialogue avec le cocher.

— Il peut nous emmener, apprit-elle à James. Et, par chance, il connaît le chemin. Il s'agit de Mr Tavish, le cocher qui m'a conduite jusqu'à Invermere.

L'homme toucha le rebord de son chapeau pour saluer James et, quelques minutes plus tard, ils étaient en route.

Lucy s'installa sur la banquette face à lui et retira sa cape après avoir dénoué le lien qui la fermait.

Se trouver assis de la sorte face à Lucy rappela à James leur premier voyage en train.

Il s'était imaginé que celui-ci changerait sa vie mais jamais il ne serait attendu à ce que ce changement soit le fait d'une aristocrate rencontrée sur le quai d'une gare.

Lucy l'observait avec une certaine audace, étudiant chaque trait de son visage et faisant même courir son regard sur ses épaules, son torse et ses jambes. C'était comme si elle désirait graver son image dans son esprit ou se préparait à peindre son portrait.

— Je suis prête à présent, lui dit-elle.

Ses mots murmurés d'une voix douce firent s'envoler la tension causée par les événements de l'heure écoulée, et James sourit.

— Je suis prête à entendre votre explication.

15

Lucy était habituée à ce que certains gentlemen soient scandalisés par son comportement. Elle avait posé assez de questions embarrassantes et interrompu un nombre suffisant de jeunes hommes prétentieux pour avoir vu des airs choqués, offensés et même méprisants sur le visage de certains durant des années.

Mais aucun d'eux n'avait jamais véritablement compté à ses yeux.

Tous étaient des goujats ou des coureurs de dot obséquieux qui l'accaparaient un instant lors d'un dîner et qu'elle avait oubliés avant le suivant.

James Pembroke n'était pas toutefois un homme qu'elle oublierait de sitôt et, en dépit de sa détermination à ne pas tomber amoureuse du premier gentleman séduisant croisé à l'occasion de cette aventure, de cette quête d'indépendance, elle craignait que ce fût le cas. Elle était tombée amoureuse.

Totalement et irrémédiablement.

Ce qu'elle lisait dans ses yeux à présent – cette peur et ce désir de l'éviter et d'éviter cette conversation – faisait souffrir une parcelle profondément enfouie de son être qu'elle croyait insensible aux coups de cœur et aux charmantes canailles.

— J'ai besoin de savoir…

— J'en ai conscience.

James s'était exprimé sans crier, mais la façon dont il l'avait interrompue l'amena à serrer les mâchoires.

Elle avait confiance en lui. Tellement confiance qu'elle lui avait permis de la toucher et s'était autorisée à se trouver seule avec lui depuis presque l'instant de leur rencontre. Mon Dieu, elle s'était même rendue dans sa chambre en pleine nuit dans l'intention de faire de lui le premier – et peut-être le seul homme – à l'embrasser.

Mais il ne lui faisait pas assez confiance pour lui livrer ce qui semblait le dévorer de l'intérieur. Et le pire était qu'elle l'avait toujours su. Il s'était montré réticent dans le train, et elle l'avait accepté parce qu'ils étaient des étrangers l'un pour l'autre, même si elle avait tout du long ressenti un lien inexplicable avec lui.

À Invermere, il lui en avait dit davantage. Mais toujours pas suffisamment. Il n'avait fait que lui livrer des pièces qui ne semblaient pas former le moindre puzzle. Certainement pas suffisamment pour obtenir une vision claire.

Par conséquent se sentait-elle si sûre de le connaître ? De le comprendre ?

Lucy appréciait les faits tangibles et en vérité elle ne connaissait pas réellement James Pembroke.

— Je ne sais par où commencer, dit-il brusquement.

Lucy retint son souffle. Pour la première fois de sa vie, elle ne savait quoi faire. Comment aider.

— Je veux entendre toute l'histoire, lui dit-elle en chuchotant presque. Quelle qu'elle soit, je suis prête à vous écouter dès que vous serez prêt.

James prit une longue respiration, et Lucy put relâcher la sienne. Le moment était venu. Il était enfin disposé à lui accorder sa confiance.

Quelques minutes toutefois s'écoulèrent dans un profond silence. Lucy croyait pouvoir entendre le tic-tac de sa montre à gousset. Mais peut-être était-ce le bruit sourd des battements du cœur de James ?

— Un accident de train s'est produit lorsque j'avais neuf ans.

Il lâcha les mots dans un seul souffle avant de sembler s'absorber dans ses souvenirs. Le voile sombre qui passa dans son regard perdu dans le lointain apprit à Lucy qu'il pouvait revoir tous ces instants très clairement dans son esprit.

— À un moment, alors que nous roulions en observant la campagne défiler derrière la vitre, ma mère m'a montré un type d'arbres qu'elle aimait. Un saule.

Il secoua la tête à ce souvenir avant de porter son regard sur Lucy.

— J'étais si concentré sur ses paroles que j'ai à peine remarqué que nous nous étions engagés sur le pont.

Lucy prit une profonde inspiration.

— La structure s'est affaissée comme si elle avait été constituée de petits bouts de bois. Tout ce qui s'est passé ensuite ne me revient à l'esprit que par bribes. Je ne peux me remémorer toute la scène aujourd'hui encore. Ce sont les sons et les odeurs qui me restent à l'esprit plus que toute autre chose.

Sa respiration s'était accélérée durant son récit, et il déglutit avec peine avant de poursuivre.

— Je le ressens ici.

Il pressa son poing contre sa poitrine.

— Mon cœur se met à battre de façon erratique ainsi qu'il l'a fait, j'imagine, ce jour-là. Je me souviens de la voix de ma mère.

Son regard se riva sur Lucy.

— Elle m'a dit de ne pas m'inquiéter.

Le sourire qui naquit sur ses lèvres était le plus triste que la lady ait jamais vu.

Lucy agrippa la lanière de cuir qui pendait à la porte de la calèche pour quitter sa banquette et venir s'asseoir près de lui. Il ne dit mot mais tendit sa main vers elle pour l'aider à conserver son équilibre.

Lucy, une fois installée, ouvrit sa main sur ses genoux, paume levée vers le ciel, et la laissa ainsi au cas où il aurait envie d'y poser la sienne.

Ce qu'il fit.

Ils se tinrent fermement la main, doigts entrelacés.

— Vous comprenez donc maintenant l'aversion que je ressens pour les locomotives.

Le ton taquin qu'elle connaissait bien n'avait aucun effet sur l'air de profonde détresse qui brillait au fond du regard de James.

— À présent vous devez connaître la ruine qui m'a frappé. Soit plus de détails que j'aurais souhaité vous révéler. Des faits dont je crains encore qu'ils puissent vous entraîner dans des tracas que vous ne méritez pas.

— Parlez-moi, je vous écoute.

— Je réussissais de manière éclatante. J'étais plus fortuné

que je pensais parfois en avoir le droit. Ma soif de compétition et, je l'avoue, probablement une once ou deux d'avidité faisaient que je me montrais toujours à l'affût de nouvelles entreprises peut-être risquées.

Il lui jeta un regard pensif.

— On aurait pu imaginer que, après avoir survécu dans les rues de Londres durant des années, je comprendrais les dangers liés au fait d'accorder sa confiance à autrui.

— Voilà une vision bien sombre de l'existence.

— Mais une manière sûre d'agir. C'est ainsi que je voyais les choses. Ne laissez personne pénétrer votre intimité et nul ne pourra véritablement vous nuire.

James pressa sa main, et Lucy essaya de ne pas trop réfléchir à ce que ce simple geste pouvait signifier.

— Mais j'avais dépassé la nécessité d'assurer ma survie. Je me sentais à mon aise. J'étais arrogant. J'ai eu besoin d'argent après l'échec d'une affaire, et c'est à ce moment-là qu'il est venu vers moi. Un homme dont j'avais entendu parler dans certains cercles comme étant un bailleur de fonds. Il s'est présenté à moi tel un allié, un ami. Il m'a promis la lune et semblait capable d'honorer ses promesses.

— Il a sympathisé avec vous ?

— Il m'a encouragé et m'a prêté des fonds immédiatement. La rapidité de cette démarche était alléchante. J'avais besoin d'argent et il en disposait. Et il semblait croire en ma capacité à sauver mon entreprise de commerce maritime. Mais, après l'échec de mon projet, j'avais perdu le respect de mes collègues et la confiance de mes clients. Ceux-ci étaient partis ailleurs. Les opportunités s'étaient taries. J'avais déjà perdu des milliers de livres dans cette affaire. Il m'était impossible de rembourser entièrement Beck même en vendant les navires de ma flotte.

Lucy se réjouit de le voir marquer une pause dans son récit. La souffrance qu'elle percevait dans sa voix lui nouait douloureusement la gorge. Elle avait entendu parler d'hommes qui se livraient à des projets d'investissement et finissaient ruinés. Elle savait également que de vils prêteurs s'attaquaient à eux. Elle connaissait même un noble qui s'était ôté la vie après avoir conduit sa famille aux portes de la pauvreté après avoir perdu sa fortune après l'échec d'une opération commerciale.

— Beck n'est pas le seul à blâmer. C'est à moi que revient la responsabilité de cette situation. Cet échec est le mien.

James s'interrompit de nouveau, prenant un long souffle comme pour se préparer à prononcer les paroles qui allaient suivre.

— Et ce n'est pas terminé. Même après avoir vendu mes navires et liquidé mes biens, je devais encore de l'argent à Beck. Je lui en dois toujours.

— Et vendre le manoir vous permettra de le rembourser ?

— Oui. Pour une raison inconnue, il a perdu patience et ne veut pas attendre plus longtemps que je rembourse la totalité de ma dette. Il se satisfaisait jusque-là de paiements ponctuels, dans la mesure de mes capacités, mais c'est un homme versatile et sans pitié.

— Est-il dangereux ?

— Il emploie des personnes qui le sont. Apparemment, le passé de Beck n'est pas si différent du mien. Il a grandi en se battant dans de sombres ruelles et fait usage de ces tactiques dans ses affaires à présent.

— Vous vous êtes battu dans de sombres ruelles ?

Un triste sourire se peignit sur les lèvres de James.

— J'ai fait ce qui était nécessaire pour survivre. Les bagarres de rue n'étaient pas courantes et je ne les recherchais certainement pas. Mais la concurrence pour travailler, se nourrir et trouver un toit était féroce.

— Je suis désolée que tout ait été si affreusement difficile pour vous.

Lucy vint poser sa main sur leurs doigts entrelacés.

— Vous avez donc appris trop tard que Beck était malhonnête ?

James jeta un regard à travers la vitre de la calèche, et un son s'éleva dans sa poitrine, un grondement semblable à un rire sans joie.

— J'ai été stupide. J'ai tout réalisé trop tard.

Lucy disposait de plus d'éléments à présent, et elle tenta de dresser dans son esprit le tableau de la situation de James. Elle comprenait qu'un prêteur peu recommandable puisse vouloir récupérer son argent et qu'il ait recours à la force pour l'obtenir.

— Vous avez ce regard particulier, lui dit James avec dans la voix une pointe de son habituel ton taquin. C'est comme si vous échafaudiez un plan.

— J'essaye simplement de bien prendre la mesure des choses. Beck ne pourra pas pousser plus loin sa tactique brutale. S'il vous tue, il ne récupérera jamais son argent.

— C'est vrai, mais sans aller jusqu'à le tuer il existe de nombreuses façons de faire souffrir un homme.

Il se tourna alors vers elle, et le regard qu'il lui adressa n'était pas teinté de cette fièvre qu'elle y lisait parfois. Au contraire, il était empli d'inquiétude, et elle y voyait une féroce envie de la protéger.

— Vous croyez… qu'il pourrait s'en prendre à moi ? s'enquit-elle.

— Avant mon départ de Londres, il a envoyé des hommes chez moi. Ils ont effrayé mon personnel et proféré des menaces. Ils ont quitté les lieux, bien sûr, mais j'ignore s'ils sont revenus. Et…

Il baissa la tête un instant et, quand il la releva, son expression s'était faite plus dure.

— J'ai été suivi aujourd'hui dans Édimbourg.

Lucy sentit aussitôt la chair de poule hérisser sa peau.

— Qui donc vous a suivi ?

— Un homme que j'avais déjà vu dans l'entrepôt de Beck lors d'un rendez-vous.

— Vous a-t-il fait du mal ?

Lucy parcourut son corps des yeux comme si elle était capable de voir à travers le tissu pour vérifier la présence d'ecchymoses ou de meurtrissures.

— Non. Beck aime la peur. Tout comme l'intimidation. Je suppose que l'homme était là pour me rappeler que j'ai une dette à rembourser.

— Donc, d'une manière ou d'une autre, Beck a été informé de votre départ de Londres.

— Ce qui signifie qu'il a probablement contraint l'un des membres de mon personnel à parler. Imaginer comment il a pu y parvenir suffit à me faire froid dans le dos.

— Il vous faut rentrer, n'est-ce pas ?

Lucy s'était fait violence pour ne pas laisser sa déception percer dans sa voix. Il lui manquerait tant.

— Il s'agit de la raison pour laquelle vous ne cessiez de souligner combien ce voyage avait un caractère urgent.

— Au moins vous comprenez un peu mieux la situation à présent, lâcha James dans un soupir.

Il libéra la main de Lucy et s'enfonça dans son siège, appuyant son dos fermement contre le dossier de la banquette.

— Et vous savez quel homme je suis. Un imbécile doté d'un manque de discernement et d'une piètre fortune.

Il leva un doigt devant lui comme s'il venait de se souvenir de quelque chose d'autre.

— Mais pourvu d'un titre, bien entendu. Je me demande comment Beck accueillera cette nouvelle.

Lucy posa une main sur son poignet.

— Peut-être cela vous aidera-t-il. S'il a vent de votre héritage et du nouveau statut qui est le vôtre, peut-être aura-t-il plus de patience à votre égard. Il sera plus convaincu du fait que son argent ne tardera pas à lui revenir.

— Les caisses du comté sont vides, Lucy.

— Mais Beck le sait-il ?

— Mon Dieu, vous êtes brillante.

Lucy se sentit rayonner de bonheur intérieurement mais elle n'était pas prête à laisser les compliments de James lui faire perdre toute raison pour l'instant.

— Et votre titre pourrait avoir un impact bénéfique sur d'autres interlocuteurs également. Peut-être pourriez-vous obtenir un prêt pour…

— Non, plus de prêts pour moi. Je ne peux m'endetter davantage alors que j'ai déjà à rembourser un emprunt à l'une des plus répugnantes canailles de Londres.

Lucy le fixa en instant, étudiant son beau visage, notant sur ses traits les signes tout à la fois de l'inquiétude et de la fatigue. Souhaitant de tout son cœur qu'il l'écouterait sans laisser ses peurs et sa tendance à l'autoflagellation l'empêcher d'opter pour de bonnes solutions.

— Je comprends que vous avez beaucoup perdu et que vous

vous en voulez autant que vous en voulez à cet affreux personnage, Beck. Je pense que vous devriez examiner tous les moyens d'échapper à l'emprise de cet homme.

Il avait supposé qu'Invermere lui permettrait d'y parvenir, bien entendu.

— Et je ne dis pas simplement cela dans l'idée de vous empêcher de vendre le manoir. Je sais que vous le devez.

À ces mots, James se contenta de hocher la tête. Il semblait soudain exténué par les révélations qu'il venait de livrer. Bien qu'ils fussent assis si près l'un de l'autre que leurs bras et leurs cuisses se percutaient à chaque virage et ornière, il paraissait s'être mis à distance d'elle. Comme s'il s'était renfermé en lui-même. Et Lucy ne savait pas comment le faire revenir auprès d'elle.

Avoir tout avoué à Lucy, lui avoir exposé toute l'affreuse vérité sans la parer du moindre artifice procurait à James un intense sentiment de soulagement. Une légèreté qu'il pouvait sentir s'épanouir dans sa poitrine, comme s'il avait enfin déposé un fardeau accablant.

Mais, une fois la vérité énoncée, il fallait la regarder en face, en examiner chaque déplaisante parcelle. Et Lucy, à sa manière époustouflante, voulait trouver une solution. Il l'admirait pour cela, il aimait ce désir insatiable qui l'animait, le désir d'aider autrui.

Rien en lui ne doutait de la sincérité de cet élan, et jamais elle n'avait utilisé les sentiments qu'ils éprouvaient de plus en plus puissamment l'un pour l'autre pour le persuader de renoncer à la vente de la maison de sa tante.

Pourtant, il ne pouvait toujours pas supporter l'idée qu'elle ait le moindre lien avec Beck. Peut-être avait-elle raison. Cet homme était davantage un fanfaron qu'une réelle menace, mais désormais il y avait de grandes chances qu'il connaisse l'existence de Lucy, et cette idée suffisait à lui glacer le sang et à lui nouer l'estomac. La protéger était sa priorité.

Il sentit la frustration qu'il provoquait en elle. Comme il n'avait pas réagi à son conseil, Lucy avait sorti de son sac son carnet de croquis qu'elle tenait incliné pour qu'il ne voie pas les traits légers qu'elle s'appliquait désormais à y tracer.

— Vous ne souhaitez toujours pas me laisser voir vos œuvres ?

— Elles ne sont pas très réussies. Je ne suis pas douée pour représenter des personnages.

Elle tourna son regard vers lui, puis vers son carnet et laissa échapper un soupir.

— Très bien. Vous pouvez regarder.

Sur le carnet qu'elle lui tendait, James put voir une scène représentant la vue qui s'était offerte à elle à travers la vitrine du salon de thé, et si effectivement les personnes arpentant la rue n'étaient tracées qu'à grands traits schématiques, le rendu des bâtiments, lui, paraissait fabuleux.

— Vous avez saisi tant de détails des façades.

— Je suis douée pour ce type de sujet. Les paysages, d'une certaine façon. Peut-être parce que je me suis principalement exercée en représentant des objets de la maison et non des personnes en mouvement.

— Puis-je ? demanda-t-il avant de tourner les pages pour découvrir ses autres réalisations.

Elle se mordilla nerveusement la lèvre un instant avant d'accepter.

— S'il le faut.

Il consulta donc le reste du carnet et sourit à chaque nouvelle page qui se dévoilait devant ses yeux. Chacune révélait ce qui captait le regard de Lucy. Elle avait même dessiné des objets présents à Invermere.

Une tasse de thé. L'escalier. L'arc et les flèches de sa tante reposant contre le papier peint aux motifs complexes de Lady Cassandra. Puis un autre motif sur lequel se détachaient des dessins de boutons.

— Est-ce mon... ?

— Oui, c'est votre gilet bleu.

Lucy haussa les épaules d'un air innocent, mais l'ombre rosée qui vint teinter la lisière de ses pommettes n'échappa pas à James.

— J'aimais le motif. Et la couleur est la même que celle de vos yeux.

— Ah vraiment ? Vous êtes une fine observatrice et possédez plus de talent que vous ne voulez l'avouer.

Elle lui reprit le carnet de croquis avant qu'il ne puisse examiner plus de pages.

— Je n'ai pas fini d'apprendre. Je me disais que peut-être Tante Cassandra me donnerait quelques leçons.

Le ton de sa voix laissait entendre qu'elle ne considérait plus ce projet envisageable.

— Et à présent ?

— Nous arriverons plus tard que nous l'avions prévu. Elle sera peut-être déjà rentrée.

Lucy battit des paupières et pinça les lèvres avant de reprendre.

— Je ne peux qu'imaginer ce qu'elle pensera quand elle découvrira que je suis partie le jour où elle était censée revenir.

— Et ce, en ma compagnie.

— Et avec vous, en effet. J'ai effectué ce voyage pour prendre le contrôle de ma destinée et faire mes propres choix. Et je n'aimerais être nulle part ailleurs qu'ici. Avec vous.

Elle caressa alors du bout des doigts le contour puissant de la mâchoire de James avant de tracer de son index le contour de ses lèvres. Tendresse, confiance, affection – elle continuait à lui accorder tant d'attention, à lui montrer combien elle le désirait, même après qu'il lui eut raconté quel imbécile il avait été, quel échec était à présent sa vie.

Lucy voyait au-delà de son charme et de la façade qu'il offrait au monde. Peut-être en avait-il toujours été ainsi. Et, à présent, il pouvait le voir, non, il pouvait le ressentir également, rien n'avait changé entre eux. Au contraire, il la voulait encore plus.

Il prit ce qu'elle lui offrait, embrassant le bout de son doigt puis pressant son délicat poignet contre sa bouche pour sentir son pouls, pour baiser cet endroit où il sentait son cœur battre aussi vite que le sien. Il fit courir sa langue sur sa peau tendre et en savoura le goût sucré et épicé.

Il ne pouvait se l'expliquer, mais elle était sienne. Peut-être uniquement pour cet instant.

Comme lorsqu'ils s'étaient trouvés à Calton Hill, un avertissement résonna en lui pour lui rappeler que cette vérité n'existerait peut-être que durant ce seul moment.

Peut-être uniquement pour les quelques heures à venir, mais en cet instant elle était sienne. Et il était sien. L'éclair de désir qui traversa son regard vert de jade lui apprit qu'elle le savait également.

Dans un élan impatient, Lucy se pencha pour presser ses lèvres sur sa mâchoire à l'endroit où venait de s'aventurer le bout de ses doigts.

James patienta, se forçant à la laisser prendre son temps. Il s'attendait à ce qu'elle embrasse sa bouche, mais Lucy baissa la tête pour venir poser ses lèvres sur les muscles tendus de son cou et le balayer de son souffle chaud.

Elle tira sur le nœud de sa cravate, puis défit un bouton de sa chemise. Le premier. Puis le second pour venir doucement effleurer la base de sa gorge.

— Cet endroit, souffla-t-elle contre sa peau. J'y pense souvent.

Elle fit courir sa langue là où battait son pouls si violemment en raison de sa proximité. De la chaleur qui émanait d'elle.

Les mains de James se trouvaient sur ses hanches, et il les fit glisser plus bas pour l'attirer plus près. Semblant lire dans ses pensées, Lucy releva ses jupes, rassemblant le tissu entre ses mains jusqu'à dévoiler ses jambes et ses bas. Puis elle grimpa sur ses genoux avant de s'asseoir à califourchon sur ses jambes et, semblant en vouloir davantage, saisit l'une de ses mains pour la ramener devant elle et la glisser entre leurs deux corps.

— Touchez-moi, murmura-t-elle. Je vous en prie, James. Je veux que vous le fassiez.

Cette femme pouvait lui demander n'importe quoi, il le lui donnerait. Tout ce qu'elle désirait, il serait heureux de le lui offrir. Un ordre aurait fonctionné tout aussi bien que sa demande doucement susurrée, mais l'accent rauque du désir dans sa voix anéantit toutes les résistances de James.

Ce désir était animal, exigeant, et il le comprenait. Il le ressentait aussi intimement qu'elle-même.

Par conséquent, toutes ses résistances, les mises en garde agitant son esprit à l'idée du futur et du fait qu'il n'avait pas assez à lui offrir, s'évaporèrent comme par magie.

Il n'y avait plus que lui et elle, et cet instant.

Il ne s'emparerait pas toutefois de son corps dans une calèche.

Elle méritait bien plus d'attentions et de tendresse que cela. Mais il pouvait lui donner du plaisir.

Glissant sa main contre le tissu brûlant de son sous-vêtement, il ne tarda pas à en trouver l'ouverture fermée par un ruban de satin dont le nœud se défit en un instant.

Lucy s'agitait au-dessus de lui, pressant son corps tendu, brûlant et pourtant si doux contre sa main.

— Respirez, ma belle amie.

Son souffle saccadé et l'éclat de son sourire le firent sourire à son tour. Quand il sentit le corps de Lucy se détendre un peu contre le sien, il glissa ses doigts au sommet de ses cuisses.

Le gémissement qu'elle poussa alors fit se tendre douloureusement et aussitôt chaque partie de son corps.

— Ne vous arrêtez pas, lâcha-t-elle dans un murmure.

— Cette idée ne m'a jamais traversé l'esprit, lui dit-il avant de déposer un baiser sur la peau satinée de sa gorge.

Au même instant, il fit courir un doigt de façon plus précise sur sa peau brûlante.

Elle était tout ce dont il avait toujours rêvé et, sans qu'il puisse réellement se l'expliquer, elle était là, entre ses bras, lui accordant sa confiance alors qu'il se livrait à la plus intime des explorations.

— Personne ne m'a jamais touchée ainsi. Personne ne m'a jamais embrassée. J'avais envie que vous soyez celui avec qui je partagerais cela. Je le voudrai toujours.

Lucy fit alors onduler son corps contre lui, se cambrant pour qu'il puisse glisser son doigt en elle.

Il adorait la sentir explorer ce qui lui plaisait alors qu'elle se mouvait timidement contre lui.

— C'est cela, ma chérie.

Il glissa un autre doigt en elle, et elle étouffa une petite exclamation qui le fit hésiter.

— Plus, dit-elle presque avec humeur. Plus, mon amour.

James l'embrassa, s'emparant ardemment de ses lèvres, faisant bientôt danser sa langue contre la sienne. Leur fièvre n'était plus douce désormais, James dispensant ses caresses au rythme des mouvements ondulants de Lucy. Puis son pouce trouva le point le plus sensible et, tandis qu'un tremblement la parcourait tout entière, il regretta de ne pas pouvoir user de sa langue plutôt que de son doigt pour lui donner également ce plaisir.

— Oh ! James.

Les mains de Lucy quittèrent ses épaules pour s'enfouir dans ses cheveux et agripper sa nuque.

— James, répéta-t-elle avant que son souffle ne se bloque brièvement et qu'elle atteigne l'extase, son corps tressaillant délicieusement entre ses bras.

Il la tint serrée contre lui, embrassant sa joue, son front.

— C'était encore meilleur que je ne l'avais imaginé, chuchota-t-elle à son oreille tandis qu'il caressait tendrement son dos.

— Vous y avez beaucoup songé, n'est-ce pas ?

— Plus qu'il n'est convenable de le faire, je l'avoue.

Elle se tenait encore assise sur lui, sa tête reposant contre son épaule, ses lèvres effleurant presque son cou.

— Il y a plus encore à découvrir.

— Je le sais et je brûle d'envie que vous m'en fassiez la démonstration.

Lucy laissa alors échapper un délicieux rire de gorge, et James sentit son écho résonner dans sa propre poitrine.

Il resserra son étreinte, souhaitant de tout son cœur que ce puisse être possible. Espérant que le petit refuge qu'ils avaient trouvé l'un en l'autre à l'intérieur de cette calèche ne serait pas totalement anéanti par les événements à venir.

— Je pourrais... (Elle bâilla avant de pousser un soupir qui donna à James le sentiment que celui-ci résonnait dans son propre corps.) m'endormir ainsi.

— Je vous laisserai faire si c'est ce que vous désirez.

— Votre position doit être fort inconfortable.

— Je suis heureux de vous garder ainsi sur moi tant qu'il vous plaira d'y rester, milady.

James sentit un léger pincement à cette idée, mais uniquement parce qu'il mourait d'envie de l'étendre sur un lit et de lui faire l'amour. Tournant la tête, il déposa un long baiser contre sa joue.

Mais, un instant plus tard, elle commença à s'agiter et quitta sa place. Il l'aida à se relever et à arranger ses jupes. Puis elle le surprit en s'installant de nouveau contre lui, mais cette fois en s'asseyant sur ses genoux tout en étendant ses propres jambes sur la banquette.

Elle posa sa tête contre sa poitrine, et il laissa reposer son menton contre sa chevelure. Les contours de leurs deux corps s'épousaient si parfaitement qu'on eût dit que leur destin était d'être l'un près de l'autre.

Avoir Lucy dans ses bras donnait à James une sensation de satisfaction qu'il n'en avait pas ressentie depuis fort longtemps. Ce qui l'enchantait et le terrifiait à parts égales.

Les fois où il avait connu cette sensation de bonheur et de sécurité, tout lui avait été arraché. Tout d'abord sa famille, puis sa fortune.

— Me réveillerez-vous avant notre arrivée à Invermere ?

— Bien entendu.

Il entendait derrière ses paroles les mots qu'elle gardait tus.

Une fois qu'ils auraient regagné le manoir, tout changerait.

— Je pense qu'elle vous appréciera, murmura-t-elle d'une voix ensommeillée.

James n'en était absolument pas certain.

16

— Nous ne devrions plus être loin désormais.

Lucy ouvrit les yeux et se redressa si vivement qu'elle percuta le menton de James.

— Je suis désolée, lui dit-elle tout en manœuvrant en hâte pour quitter ses genoux.

Le côté de son corps qui était resté pressé contre lui donnait à Lucy l'impression de s'être endormie contre un réchaud.

Une douce torpeur engourdissait encore ses membres mais son esprit, lui, s'emballait.

Invermere. Bientôt, ils seraient arrivés. Et elle aurait à affronter sa tante. *Ils* auraient à affronter sa tante.

La pluie fouettait les parois de la calèche, et le ciel qui s'assombrissait lui permit de voir son reflet dans les vitres comme dans un miroir.

— Mon Dieu ! s'exclama-t-elle.

Ses cheveux étaient en bataille, mais elle trouva plus logique d'arranger les mèches égarées à l'aide de ses épingles que de défaire entièrement sa coiffure et de tout recommencer.

— J'ai l'air affreusement échevelée, n'est-ce pas ?

James lui adressa un sourire sincère, séduisant.

— Vous êtes magnifique et ressemblez exactement à ce que vous êtes. C'est-à-dire une lady à qui l'on a donné du plaisir et qui a fait une sieste dans une calèche exiguë.

— Oh ! ce n'est pas l'image que je souhaite offrir à Tante Cassandra.

— Elle sera simplement heureuse de vous voir.

Lucy espérait de tout son cœur qu'il disait vrai. Et plus encore, qu'elle pourrait parler à sa tante de James et des raisons qui l'incitaient à vendre Invermere de façon raisonnable. Bien entendu, elle ne souhaitait pas donner l'impression de prendre un parti plutôt qu'un autre, mais elle comprenait le problème selon deux points de vue à présent. La question était de savoir si sa tante serait capable d'en faire de même.

— Nous approchons, je crois.

James pointa le doigt vers une petite architecture de pierres qui donnait l'air d'avoir un jour formé une partie de la porte marquant l'entrée sur la propriété d'Invermere.

— Oui, c'est le cas.

Lucy reconnaissait l'architecture aperçue sous la lueur de la lune quelques jours plus tôt, lors de son arrivée. Elle avait le sentiment que des semaines s'étaient écoulées depuis lors.

Tandis qu'elle regardait par la fenêtre, elle sentit les yeux de James posés sur elle. Quand elle tourna son visage vers lui, un nœud douloureux se forma dans son ventre comme si elle pleurait déjà la perte de leur complicité.

Il le ressentait également. C'était une nouvelle méfiance qui semblait s'être emparée de lui. Toute la légèreté des dernières heures s'était envolée.

— Peut-être que tout se passera bien, dit-elle, mais son ton semblait sceptique même à ses propres oreilles.

James se pencha vers elle, prit sa main tendrement et déposa un doux baiser au revers de ses doigts, comme il l'aurait fait s'ils s'étaient trouvés dans une salle de bal et qu'ils s'étaient séparés après une danse des plus plaisantes.

Voilà qui ressemblait bien trop à un au revoir.

Mais, avant qu'elle n'ait pu en dire davantage, la calèche s'arrêta devant l'entrée du manoir d'Invermere. Mr Tavish ne mit pas pied à terre cette fois-ci. Aucun bagage ne requérait son aide. Lucy plongea la main dans son réticule pour en tirer quelques pièces que James tendit au cocher.

— Je vous remercie, Mr Tavish.

— Portez-vous bien. Mademoiselle, monsieur le comte.

Tandis que la voiture repartait sur l'allée gravillonnée pour rejoindre le chemin de campagne, le cœur de Lucy se serra douloureusement dans sa poitrine.

La scène qu'elle apercevait à travers l'une des fenêtres du rez-de-chaussée lui fournit instantanément deux informations : sa tante était revenue à Invermere, et elle était, ainsi que le dirait McKay, d'une humeur massacrante.

Dans la pièce éclairée au gaz, elle s'adressait à un homme – ou, plutôt, apostrophait une personne – que Lucy ne reconnaissait pas. Elle était si absorbée dans ce face-à-face tendu qu'elle n'avait remarqué ni l'arrivée ni le départ de la voiture à cheval.

Contrairement à Mrs Fox. Cette dernière avait ouvert la porte d'entrée et se tenait sur le seuil, comme lors de la nuit de son arrivée.

— Et si nous entrions ? proposa James d'une voix tendue.

Lucy resta immobile, ne prenant pas le bras qu'il lui offrait.

— Je ne connais pas cet homme.

— Moi non plus, mais je pense savoir qui il est.

— Oh ! vraiment ?

Lucy sonda les traits de James et n'y lut que détresse et inquiétude.

— Il s'est passé tant de choses que j'ai oublié de vous en parler.

Il la regarda avant de détourner de nouveau les yeux.

— L'expert est très certainement arrivé aujourd'hui, et c'est sans doute lui qui subit les foudres de votre tante en cet instant.

— Mon Dieu.

Lucy partit d'un bon pas, sans l'attendre. Non parce qu'elle ne souhaitait pas être vue en sa compagnie mais parce que son instinct lui dictait de se précipiter à l'aide de l'infortuné visiteur qui se tenait silencieux face à sa tante tandis que cette dernière s'époumonait.

— Mrs Fox, lança Lucy à la gouvernante en entrant pour la saluer.

La femme la surprit en posant sa main pour ralentir son élan.

— Madame ne prend pas très bien les choses. Elle souffre énormément de la situation, et je vous exhorte à ne pas l'oublier. Quoi qu'il puisse se passer.

— Bien entendu.

Lucy dégagea son bras de l'étreinte de Mrs Fox bien que la femme ne l'eût pas serrée fermement.

Quelque chose à propos de sous-entendu laissant penser qu'elle était incapable de comprendre la détresse de Lady Cassandra l'irritait terriblement.

Elle aimait tendrement sa tante et l'admirait. Depuis de nombreuses années, elle aspirait à lui ressembler davantage.

Toutefois, alors qu'elle approchait de la porte fermée du salon, la peur s'abattit sur elle comme un seau d'eau glacée qu'on aurait déversé le long de son dos.

Jamais au cours de son existence Lucy n'avait eu à subir le mécontentement de sa tante, mais elle se doutait qu'elle ne tarderait pas à le connaître.

Elle entendit les pas de James résonner derrière elle. Elle brûlait d'envie de sentir le contact rassurant de sa peau – sa main venant se poser dans son dos, ses lèvres frôlant sa joue – mais elle savait qu'il ne la toucherait pas en cet instant. Pas encore. Pas avant qu'ils ne sachent comment la situation se résoudrait entre lui et Tante Cassandra.

— Tout se passera bien, murmura-t-il, et en cet instant elle l'adora parce qu'il essayait de la rassurer.

Non, elle l'adorait. Tout simplement.

Plutôt que de pénétrer dans le salon sans y avoir été invitée, elle frappa à la porte et entendit les éclats de voix se calmer. Mr Blackwood ouvrit la porte un instant plus tard, ce qui la surprit grandement car elle n'avait pas remarqué sa présence en observant la scène qui se jouait derrière la fenêtre.

— La demoiselle est de retour, dit-il avec sa jovialité habituelle. Regardez un peu dans quel état vous vous trouvez, vous avez l'air glacée et tremblante. Laissez-nous vous installer près du feu.

Il la fit entrer dans la pièce, posant lourdement sa main sur son épaule puis cria à Mrs Fox par la porte ouverte de leur apporter du thé.

Cassandra, figée sur place, la fixa du regard. Ses yeux d'un vert si semblable à celui de ses iris étaient brillants, ses joues, écarlates, et des mèches auburn s'étaient échappées de ses épingles. Puis elle ouvrit grand les bras pour signifier à Lucy de la rejoindre.

Cette dernière s'exécuta, et Cassandra l'étreignit ainsi qu'elle l'avait fait toutes les fois qu'elle était venue en visite à Hallston House ou dans le domaine familial du Sussex. Une étreinte franche, un élan d'affection enveloppant qui donnait toujours à Lucy l'impression d'être aimée et en sécurité.

Cassandra s'écarta d'un pas et ferma ses mains sur les bras de Lucy.

— Regardez-vous, ma chère enfant. Ma si ravissante nièce.

Elle posa sa paume contre sa joue.

— Allez-vous bien ?

Lucy ne savait pas si cette question correspondait aux phrases polies qu'on réservait aux personnes que l'on retrouvait après une longue séparation ou si son visage trahissait quelque chose.

— Je vais bien, ma tante.

Tandis que Lady Cassandra la serrait de nouveau contre elle, Lucy hasarda un regard en direction de l'homme qui se tenait devant le bureau dans un coin de la pièce. Il paraissait impassible mais misérable avec ses lèvres pincées et ses épaules affaissées.

Tante Cassandra devait avoir remarqué son intérêt pour le visiteur car elle desserra son étreinte et recula d'un pas.

— Vous avez apparemment fait la connaissance d'Angus.

Elle fit alors un geste en direction de Mr Blackwood.

— Et je sais que vous n'avez pas encore rencontré Mr Dickson parce qu'il a fait irruption dans ma maison inopinément tandis que vous vous trouviez en ville.

Lucy salua le visiteur d'un hochement de tête avec un air qu'elle espérait aimable.

— Mr Dickson.

— Dickson est un expert venu fureter chez moi, tout mesurer et évaluer pour décider le prix de vente de ma maison.

Cassandra, incapable de se montrer placide, posait sur Lucy un regard brûlant d'émotion, sans que la jeune femme ne soit certaine de la nature de l'émotion en question.

— Saviez-vous que Mr Dickson viendrait, Lucy ?

Il s'agissait donc de colère. Elle était contenue mais ne pouvait être entièrement masquée.

— Non, je l'ignorais, répondit la jeune femme.

Il s'agissait de la vérité au sens strict, car l'expérience avait appris à Lucy que les personnes en colère n'avaient pas le moindre intérêt pour les détails et les explications élaborées. La simplicité était ce qui fonctionnait le mieux avec elles.

— Mais vous connaissez la raison de sa venue.

Il ne s'agissait pas d'une question mais plutôt d'une accusation.

— Oui, en effet, Tante Cassandra, et j'en suis désolée.

Sa tante sembla prête à s'effondrer à ces mots.

Elle sortit un mouchoir de sa poche et s'en tamponna le front, puis pressa le revers de sa main contre sa joue. Elle ferma les yeux un instant, et la tension qui nouait ses épaules sembla se dissiper un peu.

— Cass...

Mr Blackwood s'avança d'un pas, mais elle le fit stopper d'un geste.

— Je suis prête, dit-elle enfin avant de se redresser de toute sa hauteur, torse bombé, menton relevé, et de prendre une profonde inspiration.

Lucy ignorait ce qu'elle voulait dire, et ni Mr Dickson ni Mr Blackwood ne semblaient le savoir davantage.

Tous trois échangèrent des regards déconcertés tandis que sa tante s'avançait vers la porte située derrière Lucy.

— Je suis prête à rencontrer le comte qui, sans me prévenir, sans avoir la courtoisie de m'adresser le moindre courrier, est venu détruire tout ce que j'avais construit pour moi-même.

Elle déglutit comme si elle luttait pour maîtriser ses nerfs ou un assaut de nausée.

— Et il a compromis ma nièce bien aimée.

— Tante Cassandra...

Lucy ne pouvait trouver les bons mots pour former une réponse. Un brasier de colère s'alluma dans sa poitrine, et elle serra les poings de rage. Mais elle n'avait nulle envie d'aggraver la détresse de sa tante.

Puis elle entendit des pas et reconnut la démarche de James.

— Lady Cassandra.

James prononça son nom doucement tout en s'approchant pour se placer à la droite de Lucy. Puis il la salua en s'inclinant vers elle.

N'ayant jamais été très doué pour les formalités, il reproduisait les attitudes observées auprès de la noblesse dans les quelques fêtes et salles de bal qu'il avait fréquentées.

— J'avais grande hâte de faire votre connaissance.

Le tic-tac de l'horloge, le bruit des domestiques se déplaçant dans le couloir et le souffle malaisé du pauvre Mr Dickson étaient les seuls sons qu'il pouvait percevoir tandis que la lady prenait tout son temps pour le jauger.

Elle le scruta lentement, attentivement, examinant tout depuis sa chevelure en passant par sa cravate jusqu'au bout de ses bottes qui émergeait au bas des jambes de son pantalon. Puis elle riva ses yeux aux siens pour lui adresser un regard stoïque et sévère à la fois.

Ses yeux ressemblaient tant à ceux de Lucy. Du moins, possédaient-ils la même couleur même si James n'y trouvait rien de la chaleur, de la douceur et de l'audace si séduisante qu'il lisait habituellement dans ceux de la jeune femme.

— Si vous étiez si impatient de faire ma connaissance, Lord Rossbury, je présume que ce n'était que par hâte d'évaluer la valeur de ma demeure et d'empocher le fruit de sa vente. A-t-on établi un prix pour ce bien ?

— Je comprends votre colère...

— J'en doute grandement. À moins de vous être retrouvé dans la même situation que celle que je vis en cet instant, comment le pourriez-vous ?

James hocha la tête sans se sentir nullement découragé. Il n'avait jamais douté du fait que la lady serait impressionnante.

— Je vous ai adressé une lettre - ou, pour être plus exact, j'ai chargé le notaire de mon oncle de le faire - annonçant ma venue. Je suis navré que vous ne l'ayez pas reçue avant mon arrivée. J'aurais dû expédier un télégramme pour vous avertir dans un délai raisonnable, les torts me reviennent. Entièrement.

— Eh bien, je suis ravie de savoir que je blâme la bonne personne.

— Le temps pressait, mais ce problème est également de mon fait.

— Je ne suis pas séduite par l'humilité, monsieur le Comte.

— Voyez-vous, milady, j'ai commis une grave erreur, poursuivit-il, acceptant sa pique mais ne la laissant pas le désarçonner. J'ai connu l'échec de l'entreprise que j'avais bâtie. J'ai tout perdu. Trahi amis et collègues. Et je dois de l'argent à un homme dénué de tout scrupule. Rien de tout cela n'excuse mon comportement envers vous. Il s'agit simplement de l'unique explication que je puisse vous offrir.

Pour la première fois depuis qu'il se trouvait dans la pièce, Lady Cassandra ne lui répondit pas par une remarque acerbe.

Au lieu de cela, elle reprit son observation attentive, le regardant des pieds à la tête comme si elle recherchait quelque chose susceptible de lui avoir échappé la première fois.

Mrs Fox fit son entrée à cet instant. Peut-être avait-elle attendu une accalmie dans leur échange avant de se montrer.

Pour une raison inconnue, elle était venue servir le thé elle-même. Elle devait être curieuse, très certainement, de savoir comment les choses se déroulaient pour sa maîtresse.

James ne lui en voulait pas le moins du monde.

— Je servirai le thé, proposa Lucy.

— Je vous remercie, ma chère enfant.

Sa tante s'adressait à elle avec une chaleur sincère, et James était heureux de le constater. Car, par-dessus tout, il tenait à ne pas provoquer de rupture entre elles.

— Nous devrions tous nous asseoir, annonça Lady Cassandra en agitant ses mains comme pour indiquer à chacun de prendre place à sa guise.

Blackwood opta pour le canapé, Lady Cassandra s'installa sur le siège placé près de lui, quant à Mr Dickson, il choisit le plus éloigné d'elle. James, pour sa part, s'assit sur le second canapé, face à Blackwood.

Lucy attendit que tous aient choisi leur place pour rejoindre Blackwood. James était déçu mais non surpris.

Il lui aurait probablement conseillé de procéder de la sorte, sachant que sa tante l'observait attentivement, scrutant le moindre mouvement de Lucy tandis que cette dernière versait le thé dans cinq tasses puis tendait chacune d'elles à son destinataire après avoir déterminé qui avait envie de citron, de sucre ou de crème.

Les minutes que Lucy consacra au rituel du service semblèrent accorder à chaque personne présente dans la pièce une occasion de prendre une pause bienvenue.

La tension s'apaisa, et James s'autorisa une profonde inspiration.

Lady Cassandra but une gorgée de thé, ferma les paupières comme si elle se délectait du breuvage puis reposa sa tasse sur une table basse avant de fixer une fois encore son attention sur James.

— Il semble que nous ayons en commun le fait de prendre de mauvaises décisions, Lord Rossbury.

Elle serra plus fort son châle autour de ses épaules et se tourna dans son fauteuil pour lui faire directement face.

— Je pensais que le pire des choix de mon existence avait été de nouer une relation avec Rufus Pembroke. Il a eu assez de charme pour me duper en me faisant croire qu'il était un homme bon, mais cette façade s'est rapidement désagrégée. C'était assez simple pour ma part, j'avais alors envie de stabilité à tout prix.

Elle lança son index vers le ciel pour appuyer son propos.

— Mais pas de mariage. Jamais plus.

Blackwood grommela des paroles incompréhensibles en réaction à cette déclaration.

— Mais, chaque fois que je me suis blâmée et que j'ai senti de la haine envers mes choix, j'ai trouvé du réconfort dans tout ceci.

Elle traça dans les airs un vaste arc de son bras comme pour décrire l'espace de la pièce et, au-delà, de la maison.

— Je m'attendais à ce qu'il m'enlève Invermere quand je n'ai plus voulu de lui.

Elle haussa les épaules, yeux écarquillés d'étonnement.

— Mais il ne l'a pas fait. À une époque, il avait prétendu m'en faire cadeau, bien sûr. C'était au moment où il désirait me séduire. Mais ensuite je n'ai simplement plus entendu parler de lui.

— On pourrait aussi dire que vous avez ignoré ses courriers, intervint Mr Blackwood.

Lady Cassandra lui jeta un regard perçant, mais son expression fut vite adoucie par un demi-sourire.

— Il ne m'a pas délogée. Personne n'est venu me faire quitter les lieux. J'ai donc commencé à me sentir à mon aise ici. Comme si j'avais une maison bien à moi.

— Nous pourrions acheter la demeure..., ajouta Blackwood rapidement.

— Nous avons déjà eu cette conversation, Angus.

Pour la première fois depuis qu'elle s'était assise, Lady Cassandra se cala véritablement dans son siège, faisant reposer ses mains sur ses accoudoirs à la manière d'un monarque sur son trône.

— Pour que je puisse acheter, j'aurais besoin de temps pour trouver les fonds nécessaires. Pour obtenir un prêt.

Elle tourna son regard en direction du vestibule, comme si elle pouvait voir les peintures qui s'y trouvaient.

— Je pourrais vous proposer un acompte et, si je me sers de certaines de mes œuvres comme garantie, je crois que Lady Grimshaw, une amie, associée de la banque de son père, me prêtera le reste.

James réfléchit à sa proposition. Il s'agissait exactement de ce qu'il avait espéré. Qu'elle puisse acheter le manoir elle-même, mais le délai dans lequel la transaction pourrait se concrétiser semblait flou.

— Je ne peux attendre les fonds longtemps, Lady Cassandra.

— Dans ce cas, je vous avancerai...

Blackwood s'était glissé vers le bord du canapé comme s'il s'apprêtait à se lever.

— Non, Angus, cingla-t-elle. Je vous ai dit non. Respectez ma volonté sur ce point, je vous prie.

— Vous êtes décidément la femme la plus têtue qui soit, rugit Blackwood avant de bondir et de quitter la pièce en trombe.

La lady resta de marbre.

— Il est évident que je n'ai pas eu le temps de parler à Lady Grimshaw, mais je pense pouvoir vous adresser un paiement complet d'ici la fin du mois.

— Milady..., commença James.

Du coin de l'œil, il vit Lucy se lever brusquement pour l'interrompre.

— Vous ne pouvez même pas savoir si vous trouverez un autre acheteur dans ce délai. La fin du mois semble très raisonnable, ne croyez-vous pas ?

— *Si* elle peut obtenir un prêt, lui répondit James à voix basse.

Lucy pinça les lèvres, se rassit sur le canapé et joignit ses mains sur ses genoux.

Peut-être se comportait-il de nouveau comme un imbécile en réagissant de la sorte. Peut-être pouvait-il convaincre Beck de patienter encore quelques semaines. Il avait déjà attendu un certain temps, non ?

— Combien ? s'enquit Lucy en concentrant toute son attention sur l'expert chargé de l'évaluation du domaine. Combien vaut cette maison, Mr Dickson ?

— Oh.

Le quinquagénaire semblait surpris qu'une occasion de prendre la parole lui ait été accordée.

— Oui, eh bien, je n'ai pas vraiment... enfin, je veux dire que je n'ai pas encore pu prendre note de tous les éléments ou de produire un rapport...

— Une estimation grossière, mon brave, asséna Lady Cassandra, qui peinait à contenir son courroux. Vous avez exploré les lieux pendant plus d'une heure, je crois.

— Euh, oui, madame, et je vous suis sincèrement reconnaissant de m'avoir permis de le faire.

— Combien, Mr Dickson ?

— D'après mon évaluation la valeur du manoir et de ses presque seize acres de terre, s'il faut en croire les documents qui m'ont été fournis, est de douze mille livres.

Les yeux de Lady Cassandra s'écarquillèrent à ces mots.

James sentit le regard de Lucy posé sur lui. Il tourna ses yeux vers elle en lui adressant un bref signe de tête.

Cette somme suffirait à rembourser Beck et à le sortir de tout endettement.

— Je vous remercie, Dickson, dit James avant de se lever.

Mr Dickson voulut l'imiter mais rencontra quelques difficultés car il avait du mal à ramasser et à tenir dans ses bras tous ses documents. Lucy vola à son secours quand les plans qu'elle avait précédemment fournis à James tombèrent par terre.

— Je n'ai plus que quelques informations à consigner et je pourrai ensuite repartir, dit l'homme.

— Disposez-vous d'une voiture pour vous permettre de rentrer chez vous ?

Lucy semblait éprouver une certaine compassion pour le visiteur que sa tante avait traité sans le moindre ménagement. James ressentait la même chose qu'elle. L'expert n'avait fait que venir à Invermere pour s'acquitter de la tâche qui lui avait été confiée.

— Oh oui, mademoiselle. Ma calèche est dans l'écurie.

— Fort bien. Puis-je vous raccompagner vers le vestibule ?

— Il pourra trouver le chemin par lui-même, asséna Lady Cassandra qui avait elle aussi quitté son siège. Adieu, Dickson. J'aimerais parler seule au comte et à ma nièce à présent.

— Bien entendu, milady.

Après que Mr Dickson eut quitté la pièce, James jeta un regard furtif à Lucy. Elle paraissait aussi circonspecte que lui.

Lady Cassandra laissa perdurer le lourd silence qui s'était abattu sur la pièce.

Lucy fut la première à prendre la parole.

— Je veux aider à résoudre cette question, Tante Cassandra. Dites-moi simplement ce que je peux faire.

Bien entendu, elle avait envie de porter assistance à sa tante. Mais cette dernière ne semblait pas d'humeur à accepter l'aide de quiconque. James réalisa qu'il l'avait offensée en n'acceptant pas sa proposition sur-le-champ, même si à vrai dire il n'avait encore rien refusé ni même décidé.

— Nous avons face à nous deux questions, dit enfin la lady, d'une voix basse et étonnamment froide. Celle de la vente d'Invermere, bien entendu, et celle relative au mystère qui entoure ce qui peut bien se passer entre vous deux.

Elle lança un regard furieux à James, puis son expression se radoucit quand elle tourna son visage vers Lucy.

— Lucy et moi devons parler, par conséquent il vous faut vous en aller, Lord Rossbury.

James fronça les sourcils. Elle ne lui avait posé aucune question et aurait pu se contenter de lui demander de quitter les lieux au même instant que Dickson si elle avait simplement envie de passer un peu de temps seule en compagnie de Lucy.

Mais James n'avait nulle envie de la contrarier.

— Bien sûr, milady.

— Je veux que vous quittiez la maison. J'ai demandé au personnel de rassembler vos effets ...

— Tante Cassandra.

Lucy fit un pas vers elle, mais la lady poursuivit.

— Il y a un cottage dans la propriété, peu après la lisière du bois. J'ai demandé à une domestique d'y faire le ménage et de le préparer pour votre venue. Voilà un logement qui devrait faire l'affaire en attendant que nos deux grandes questions soient réglées.

James tenta de ne pas tourner son regard vers Lucy, gardant toute son attention respectueusement dirigée vers la femme qui lui parlait, mais il sentait ce que la jeune femme éprouvait. Il sentait sa frustration et mourait d'envie de l'apaiser.

— Je vous en prie, ma tante, si vous vouliez seulement écouter...

— Ce sera parfait, lui dit James en tendant instinctivement son bras vers elle dans un geste d'apaisement.

Lady Cassandra esquissa un mouvement, comme si elle avait pour intention de se placer entre eux.

— Partez. Sur-le-champ, Lord Rossbury, ordonna la tante de Lucy. Je vous adresserai un message demain, et nous pourrons alors parler ensemble.

James contint sa colère et prit la direction de la porte.

— Et si je découvre que vous avez fait le moindre mal à ma nièce de quelque manière que ce soit, je fais le serment que je vous ensevelirai de mes mains dans les jardins d'Invermere.

17

— Plus petit est le chiffre, moins vous gagnez de points en plaçant votre palet là. Avez-vous compris ?

— Je le crois.

Lucy n'en était pas complètement sûre. L'explication de la règle du jeu livrée par sa tante avait été brève et formulée d'une voix encore emplie de la tension éprouvée lors de la réunion dans le salon.

Mais à présent, une demi-heure après que sa tante eut jeté James hors d'Invermere, elles se tenaient ensemble dans la salle de bal du manoir.

Lucy ignorait jusqu'à cet instant que la demeure abritait une telle pièce et, à en juger par les toiles d'araignée ornant les lustres dorés pendus sur le haut plafond, on aurait dit qu'elle n'avait pas été beaucoup utilisée récemment. Du moins, pas pour danser. Le sol, en revanche, était impeccablement entretenu, son magnifique bois sombre si parfaitement ciré que, si Lucy l'avait foulé sans souliers et les pieds uniquement chaussés de bas, elle serait tombée à coup sûr.

Ce parquet rutilant justifiait la présence de petits palets qu'elle et sa tante étaient supposées faire glisser à l'intérieur de triangles numérotés situés à chacune des extrémités de la salle de bal.

L'étrangeté de cette situation - devoir ainsi apprendre les règles du jeu de palets alors qu'elles avaient des questions plutôt urgentes à évoquer - n'aurait pas dû la surprendre.

En fait, ce moment lui procurait un peu de réconfort. Sa tante était une femme originale, qui avait toujours trouvé difficile de rester en place lorsqu'elle leur rendait visite à Londres. Et en cela elle lui ressemblait parfaitement. Ce jeu était une façon de passer une soirée bien plus conforme au tempérament de Cassandra.

— Commencez votre récit au tout début, dit-elle une fois qu'elle eut placé les palets devant Lucy et devant elle.

— J'ai fait sa connaissance sur le quai de la gare de King's Cross.

À ces mots sa tante haussa un sourcil surpris.

— Nous nous sommes percutés, précisa Lucy.

Tante Cassandra leva les yeux au ciel et agita la main, encourageant la jeune femme à pousser un palet en direction d'un triangle. Lucy donna un coup de crosse, et le palet glissa si vite et si loin qu'elle le perdit presque de vue.

— Mon Dieu, ma chère enfant, vous ne connaissez pas votre force.

C'était là le ton de la Tante Cassandra qu'elle adorait. Légèrement taquin et pourtant plein d'amour et d'admiration.

— Je ferai mieux la prochaine fois.

Elle sourit à Lucy.

— J'en suis certaine. Vous avez toujours appris vite.

Arpentant une portion de la pièce sans quitter des yeux le triangle, Cassandra choisit finalement un endroit et se mit en place.

— Vous avez « percuté » cet homme. Que s'est-il passé ensuite ?

Dans l'intervalle entre sa question et le moment qu'il fallut à Lucy pour songer à une réponse à la fois entièrement vraie et le plus flatteuse possible pour James, sa tante joua son coup. Son palet bleu glissa vers le triangle numéro trois, ce qui était une fort belle performance, si Lucy se souvenait correctement des règles en matière de score.

— J'ai trouvé mon siège. Et plus tard nous avons partagé un compartiment privé avec deux charmantes sœurs résidant à Hampstead.

— L'histoire ne s'arrête pas là.

Lucy ignorait comment sa tante devinait la réalité de manière si juste, étant donné qu'elle n'avait pas posé les yeux sur elle.

Elle était trop intensément concentrée sur la partie.

— À vous, Lucy.

Lucy comprit qu'elle devait imprimer moins de force à ses

lancers. Qu'elle n'avait qu'à porter son attention sur l'endroit où elle souhaitait voir aller le palet et laisser son élan faire son œuvre. Elle poussa plus doucement cette fois, et le palet glissa mais s'arrêta sur le parquet avant d'avoir atteint le triangle.

— Bon sang.

Lucy se raidit aussitôt, s'attendant à entendre la voix de sa mère prononcer une remontrance immédiate. Mais sa tante laissa simplement échapper un rire sincère.

— Nous avons le même tempérament et un sens identique de la compétition, d'après ce que je vois.

Elle agita sa main dans les airs.

— Poursuivez, je vous prie. Racontez-moi la suite.

Lucy réfléchit à la manière de condenser son récit. D'arranger la réalité en la présentant sous son jour le plus favorable sans livrer trop de détails. Voilà qui ne devrait pas être trop ardu. Après tout, James et elle ne se connaissaient que depuis quelques jours.

— La calèche est arrivée tard pour me conduire à Invermere...

— J'en suis affreusement désolée, ma chère enfant. J'espère que vous me pardonnerez pour cela.

— Bien entendu. Et tout s'est finalement passé pour le mieux. Mr Tavish est venu me chercher, et nous avons effectué le trajet sans encombre. Lord Rossbury était là à mon arrivée, et nous avons été tous les deux fort surpris de nous revoir. J'ai été doublement stupéfaite d'apprendre la raison de sa venue.

— Mais il ne vous dérangeait pas de résider sous le même toit que lui ? En l'absence de tout chaperon ?

— Invermere regorge de domestiques. Nous ne sommes jamais restés longtemps seuls ensemble sans qu'on nous observe.

Ne rougis pas. Ne. Rougis. Pas.

Lucy réalisa alors qu'elle retenait son souffle et elle s'appliqua donc à le relâcher lentement. Le terme « longtemps » restait assez vague, mais elle n'avait pas menti.

Tante Cassandra s'apprêta à jouer puis sembla se raviser et commença à arpenter de nouveau la pièce.

— Et durant ce temps pendant lequel vous avez été *la plupart du temps* observés, vous en êtes venue à quoi ? À l'apprécier ? À développer une forme d'attachement pour lui ?

— Oui, répondit simplement Lucy.

La partie la plus simple de leur conversation touchait à sa fin.

— Il est séduisant, dit Lady Cassandra. Je vous l'accorde sans peine. Indéniablement séduisant. Doté d'un physique des plus avantageux, sans nul doute.

Désormais il était impossible à Lucy de se retenir de rougir. En fait, elle suspectait que son corps tout entier était à présent recouvert de plaques roses.

Tante Cassandra joua son coup, et le mouvement fut si fluide qu'il s'en dégagea une sorte de beauté réconfortante. Lucy songea immédiatement qu'il serait amusant de la dessiner en train de jouer. Si elle avait le talent pour croquer la figure humaine.

— Donc, en seulement quelques jours, vous vous êtes enamourée de cet homme qui possède Invermere.

Sa tante se retourna vers elle en traçant un arc de cercle dans l'air avec sa crosse.

— Ce point me surprend, je dois dire. Vous avez connu trois Saisons et n'avez pu être conquise par le charme d'aucun gentleman et à présent cet… cet homme. Vous vous êtes éprise de lui en moins d'une semaine ? Que vous prend-t-il donc, Lucy ?

C'est l'amour. La réponse la plus simple, la plus pure, jaillit dans sa poitrine, dans un élan semblable à celui du chanteur prenant son souffle avant d'étonner un air. Mais elle résista à l'envie de prononcer les mots à voix haute. James devait être le premier à les entendre.

Plutôt que de répondre, Lucy marcha de long en large ainsi que sa tante le faisait avant de jouer, se mit en place et frappa son coup avec une confiance qu'elle n'avait pas ressentie lors de ses essais précédents. Le palet glissa gracieusement sur le bois ciré en produisant un bruit doux et satisfaisant avant de rejoindre le triangle marqué du numéro 2.

— Bien joué !

Tante Cassandra s'approcha suffisamment pour presser le bras de Lucy d'un geste rassurant.

— Je me doutais que vous seriez excellente à ce jeu. Pour être artiste, il faut posséder le talent de coordonner regard et geste.

— Je ne suis pas réellement une artiste.

— Vous pourriez le devenir, ma chère enfant.

Elle mit en place son dernier palet, sembla prête à frapper mais stoppa son geste, hésitante.

— Que ferait-il dans pareille situation ? Je parle du nouveau comte.

— Il m'encouragerait, à coup sûr.

Tante Cassandra poussa son palet avec trop de force, et il tournoya loin de la cible, reproduisant ainsi le premier coup effectué par Lucy.

— Il s'agit donc d'amour.

Sa tante souffla le mot avec une telle tristesse dans la voix que Lucy fut immédiatement saisie de l'envie de la réconforter. Mais elle se sentit aussi libre de l'avouer à présent.

— Je pense que c'est fort possible, en effet. Du moins pour ce qui me concerne.

Lucy voulut se concentrer sur son prochain tir, mais Tante Cassandra semblait en avoir fini avec le jeu. Elle gagna le côté de la salle de bal et posa sa crosse sur un présentoir destiné au rangement du matériel du jeu.

— Jusqu'où êtes-vous allés, Lucy ? Vous faut-il épouser cet homme ?

— Non, répondit-elle en secouant énergiquement la tête. Je ne serai pas contrainte d'épouser quiconque.

Ne jamais avoir l'obligation de prendre époux était, ainsi que le réalisa Lucy, un fabuleux présent que ses parents lui avaient fait. Son père l'encourageait peut-être à être sociable et sa mère avait assisté à chacune de ses Saisons avec autant d'enthousiasme que lors de la première, mais ils avaient clairement indiqué que, pour une décision aussi capitale, c'était à elle que le choix devrait revenir. Et il avait toujours été sous-entendu que ne pas faire de choix – ne choisir aucun futur époux – pouvait également être une possibilité.

Pourtant, bien entendu, Lucy comprenait le sens des paroles de sa tante.

Aux yeux de la plupart des gens, l'intimité qu'elle avait partagée avec James dans la calèche ferait du mariage une nécessité pour préserver sa réputation.

Mais elle n'avait sincèrement jamais songé à épouser James. Pas véritablement. Pas jusqu'à cet instant.

Il ne lui avait rien promis. Elle ne lui avait fait aucun serment. Il y avait eu quelque chose de merveilleux dans le fait de simplement savourer chaque moment. Sans savoir combien de temps cela durerait, n'attendant rien de plus.

Peut-être avaient-ils toujours supposé que le temps passé ensemble prendrait fin une fois que les problèmes liés à Invermere seraient réglés. Puis se posait la question quant à la réaction de sa tante. Aucun n'avait parlé à l'autre de l'avenir parce que trop d'incertitudes entouraient les événements qui les attendaient.

Peut-être était-ce là en partie la raison pour laquelle ils avaient noué un lien de façon si rapide, pourquoi les frontières habituelles avaient été si facilement franchies. Ils avaient vécu avec intensité les moments qu'ils avaient pu partager.

— Nous nous trouvons dans une situation fort confuse. Mais la vie est imprévisible, et nous devons simplement profiter au maximum de ce qui nous est offert.

Lucy suivit sa tante et plaça sa crosse sur le présentoir.

— Je suis très fatiguée. Loin de moi l'envie de me montrer impolie...

— Allez-vous reposer, ma chère enfant. Si vous vous sentez bien au moment du dîner, nous pourrons poursuivre notre conversation.

Elle prit le visage de Lucy entre ses mains, ainsi qu'elle le faisait toujours, puis déposa un baiser délicat sur sa joue.

— Dormez bien, très chère.

Lucy regagna sa chambre, se dévêtit, fit sa toilette et s'étendit sur son lit, s'attendant à ce que le sommeil l'emporte instantanément. Elle était épuisée. Ce n'était pas seulement son corps qui était exténué. Son esprit et son cœur également.

Comme la jeune femme insensée et obstinée qu'elle pouvait parfois être, elle s'était imaginé que la situation s'arrangerait par magie une fois sa tante revenue. Que James la charmerait. Que sa tante comprendrait la situation délicate dans laquelle il se trouvait. Que l'argent serait trouvé et que sa tante garderait sa maison tandis que James repartirait avec la somme dont il avait besoin.

Pourtant elle ne pouvait pas résoudre ce problème. Il n'existait pas de solution simple et rapide pour que tous ceux auxquels elle tenait soient satisfaits.

Elle ferma les yeux, et l'image de James fut la seule à s'imposer à son esprit. Elle porta sa main vers sa bouche et traça du bout des doigts le contour de ses lèvres tout en se remémorant son baiser - tendre et ardent à la fois.

Puis elle s'éveilla en sursaut en ayant l'impression que seules quelques minutes s'étaient écoulées alors même que l'obscurité régnant dans la pièce lui apportait la preuve du contraire.

Mais peu importait l'heure qu'il était. Il lui fallait voir James. Peu importait le temps qu'elle avait passé à dormir, cette sieste avait été la plus merveilleuse de sa vie.

Elle avait trouvé la solution.

À présent, il ne lui restait plus qu'à convaincre l'homme dont elle était tombée amoureuse d'accepter son plan.

— Vous devriez vous en aller.

James se demandait s'il avait bafouillé ces paroles ou s'il avait seulement imaginé le faire.

— Elle viendra vous chercher dans le cas contraire.

De l'autre côté de la pièce, Angus Blackwood avait pris place dans le seul fauteuil confortable du petit cottage dans lequel James avait été relégué.

— *Aye*, je ne vais pas tarder à partir. Je vous laisserai la bouteille. C'est l'un de mes meilleurs whiskys, vous ne trouvez pas ?

James scruta le liquide doré dans son verre tout en sentant l'alcool se diffuser dans ses veines et ses effets se manifester dans son corps. L'arôme était fabuleux. Une saveur douce avec des notes de chêne lui brûlait délicieusement la gorge chaque fois qu'il trempait ses lèvres dans le breuvage.

— Le Whisky Blackwood est le meilleur d'Écosse, si j'ose dire.

Angus fronça les sourcils et pointa un doigt vers James tout en serrant toujours son verre des autres.

— Je voulais que vous le goûtiez avant mon retour dans le Nord pour quelques jours. Je ne peux me tenir éloigné de mes affaires trop longtemps.

— Je vous remercie pour cet aimable geste, Blackwood.

Ce dernier s'installa de nouveau dans son fauteuil rembourré.

— Il ne s'agit pas seulement d'amabilité, Rossbury. J'ai une proposition à vous faire.

Si Blackwood avait pour intention de lui proposer une nouvelle fois d'acheter Invermere, James était déterminé à faire en sorte que la vente soit conclue.

Lady Cassandra n'obtiendrait peut-être pas les sommes dont elle avait besoin dans le délai que requérait la situation de James. Mais, si Blackwood le faisait - et de toute évidence c'était une sorte de riche magnat du whisky -, son achat pourrait tout régler. Même si l'élue de son cœur lui en voulait momentanément, elle finirait par comprendre qu'il avait agi par amour, et James ne doutait pas un instant du fait qu'il ferait immédiatement présent du titre de propriété du domaine à la lady.

— J'aimerais beaucoup l'entendre.

James lui servit un autre doigt de whisky. Il n'était pas homme à se laisser aller à l'ivresse de manière générale. Il préférait avoir les idées claires et l'esprit aiguisé, mais la journée écoulée avait été terrible.

— Vous reste-t-il des navires ?

La question d'Angus le surprit tant que James s'étouffa avec la gorgée d'alcool qu'il venait d'avaler. Il ressentit une vive brûlure dans sa gorge et ses poumons et se mit à tousser avec force tandis que des larmes lui venaient aux yeux.

— J'en ai un, répondit-il d'une voix enrouée quand il put de nouveau respirer normalement. Le dernier vaisseau que j'ai acheté. Je n'ai pas pu me résoudre à m'en séparer. En outre, j'en partage la propriété avec un associé, et il n'avait pas les moyens de racheter ma part.

James sourit, mais ses lèvres peignaient un rictus proche de la grimace. Les deux hommes avaient perdu de l'argent à cause de Beck.

— Quelle sorte de navire ?

— Il s'agit d'un bateau à vapeur transatlantique mais il est doté d'un moteur aux capacités accrues, ce qui le rend plus rapide que les autres navires du même type.

Le vieil homme leva son verre, le vida presque entièrement et laissa échapper un soupir satisfait.

— C'est exactement ce que je souhaitais entendre. J'avais un bon pressentiment à votre sujet, Rossbury.

Il grimaça.

— Mon Dieu, mon ami, puis-je vous appeler Pembroke ? Ou bien James ? Répéter le nom de votre oncle semble gâter le goût de mon whisky.

— James. Pembroke. Comme vous préférez. Et je suis d'accord avec l'idée que ce nom est tout simplement haïssable.

Angus leva son verre vers lui, et à l'autre bout de la pièce James l'imita.

— Transportez mon whisky jusqu'en Amérique. Que dites-vous de cette idée ?

James éclata de rire puis, remarquant qu'Angus plissait le front, il comprit qu'il parlait sérieusement.

— Je n'ai pas d'entreprise de transport maritime, Blackwood. Ce temps est révolu. Je loue encore des bureaux mais mon bail a depuis longtemps expiré pour ce qui est de mon entrepôt et de mes droits d'amarrage au port.

— Et si tel n'était pas le cas ?

— Peut-être le whisky a-t-il noyé mon esprit, mais je ne comprends pas ce que vous me proposez.

— Une sorte de partenariat, mon garçon. Votre navire, mon whisky.

— Vous agissez par pitié. Vous pourriez trouver d'autres sociétés pour transporter votre whisky.

— Il ne s'agit pas de pitié. Ce n'est qu'une excellente opportunité, pour chacun de nous.

Angus se pencha vers lui, le regard à présent intense et animé.

— Voyez un peu la situation. Vous m'offrez un bon prix pour le transport et je rends mon whisky disponible sur le marché américain.

— Où il n'est pas encore commercialisé ?

— Exactement. Et si je vous rends service par la même occasion, eh bien, j'en suis ravi. Mais il ne s'agit pas d'un acte de charité,

Pembroke. Parfois un accord commercial ne correspond pas uniquement à une démarche intéressée.

— Et cela aide-t-il à résoudre le problème de la demeure de Lady Cassandra ?

— Si vous êtes en mesure de faire ressusciter votre entreprise, aurez-vous besoin de vendre de façon si urgente ?

— Ce sera le cas, malheureusement. Remettre la société sur pied prendra des mois, et je devrai pour cela prévoir de nombreuses dépenses.

Son estomac se serra à l'idée de devoir expliquer ses échecs à quelqu'un d'autre.

— J'ai une dette que je dois rembourser bientôt. Le prêteur est... impatient.

— Je pourrais vous avancer de l'argent.

— Non, ce serait véritablement une sorte d'aumône dans ce cas.

— Pour l'amour de Dieu, vous êtes aussi têtu que Cass.

Angus secoua la tête et parut, pour la première fois depuis que James avait fait sa connaissance, quelque peu abattu.

— J'allais vous donner de l'argent de toute façon – pour garantir qu'Invermere revienne à mon aimée. Personne d'autre que nous n'aurait à le savoir. Ce serait, disons, une somme destinée à ce que vous ne vendiez à personne d'autre.

— Quel serait le montant ?

James détestait devoir sans cesse en venir à des considérations matérielles ces derniers temps mais, chaque fois qu'il repensait aux hommes de main de Beck dans sa maison, ses scrupules s'évanouissaient.

— Donnez-m'en le prix. Comme je vous l'ai dit, je pourrais tout simplement l'acheter.

— Dans ce cas, peut-être devriez-vous le faire.

James se leva et, remarquant que le verre de Blackwood était vide, tendit la bouteille à ce dernier.

Le vieil homme hocha la tête, et James versa deux doigts de whisky dans son verre.

— Si elle apprend que je l'ai trahie...

— Ne comprendrait-elle vraiment pas que vous agissez par amour pour elle ?

— Son indépendance a coûté cher à Cass, par conséquent rien n'a plus de prix à ses yeux.

Angus parlait de sa bien-aimée avec une admiration fervente semblable à celle que James éprouvait pour Lucy et pour sa détermination à se fixer des buts et à rester fidèle à ses propres désirs, quel que soit le prix à payer.

— J'irai lui parler. Je ferai une nouvelle tentative.

Il n'avait pas l'air de penser qu'il rencontrerait plus de succès que précédemment, mais il souriait malgré tout.

— Elle m'a énormément manqué.

Il était follement épris, et James ne s'était jamais imaginé si bien comprendre un jour pareil sentiment.

— Réfléchissez à ce que je vous ai dit. Réfléchissez à ma proposition. Venez donc voir ma distillerie si vous doutez du sérieux de mon entreprise. Je pars demain matin.

Angus traversa la pièce pour lui donner une tape amicale sur l'épaule.

— Nous pourrions nous prêter mutuellement assistance, mon garçon. Je ne vous propose rien par pitié. Je vous offre un moyen de rebâtir votre entreprise, un moyen qui me permettra de faire s'épanouir la mienne davantage encore.

— Je songerai à tout ce que vous avez dit, et je me consacrerai même de nouveau à cette tâche demain matin quand une nuit de sommeil aura dissipé les effets du whisky.

— Je ne pourrais demander davantage.

Angus stupéfia alors James en saisissant son visage entre ses mains.

— Vous ne devez lui montrer aucune peur. À ma lady. C'est une lionne mais elle a bon cœur. Acceptez mon offre. Donnez-lui une chance d'acheter et ne vendez à personne d'autre. Faisons en sorte que la paix règne.

— J'aimerais beaucoup qu'il en soit ainsi.

Et plus que simplement entre lui et Lady Cassandra. Durant si longtemps, il s'était si peu senti en paix avec lui-même, avec les choix qu'il avait faits.

Il lui tardait de prendre des décisions qui lui apporteraient une paix véritable et durable avec lui-même.

James regarda Angus s'éloigner une fois qu'il fut sorti du cottage afin de s'assurer qu'il prenait bien la direction de la maison.

Puis il regagna l'intérieur, s'installa dans le seul fauteuil confortable, et ferma les yeux. Et elle apparut alors dans ses pensées.

Lucy. Adorable, audacieuse, impulsive. Les images se mirent à tournoyer comme celles d'un kaléidoscope dans son esprit embrumé par le whisky.

Lucy lui souriant. Lucy lui jetant un regard noir. Sa main dans la sienne. Sa bouche charnue, voluptueuse, effleurant son cou. Le goût de ses baisers.

Oh oui, il était follement épris. Amoureux. Curieusement, à la fin de la pire année de son existence, alors qu'il n'était qu'un imbécile lâche et aux abois venu arracher sa demeure à une femme, il avait fait la connaissance de celle dont il croyait – non, bon sang, dont il était certain – qu'elle était l'amour de sa vie, cette vie si douloureusement encombrée de ténèbres.

Et il ne pouvait pas agir à ce sujet avant d'avoir réussi à donner un semblant de stabilité à cette vie chaotique. Elle le méritait, à tout le moins.

Mais, ce qui était absolument infernal à supporter, c'était qu'il se voyait incapable d'imaginer le moindre jour à venir de son existence sans elle.

18

Toute jeune femme ayant vécu une Saison londonienne savait qu'il existait maintes façons d'anéantir sa réputation. En ayant traversé trois, Lucy les connaissait toutes à merveille.

Depuis qu'elle avait posé le pied sur le quai de la gare de King's Cross, elle avait déjà accompli plusieurs actes dans la liste de ceux susceptibles de signer sa perte : se retrouver seule avec un gentleman, embrasser un gentleman, laisser un gentleman caresser les parties les plus intimes de son corps jusqu'à perdre la tête et se laisser aller à une parfaite béatitude.

Elle manqua de trébucher sur le chemin au souvenir de ce moment. Mais rien ne la dissuaderait. Elle leva un peu plus haut la lanterne qu'elle avait emportée avec elle – les nuages masquaient l'éclat de la lune en cette soirée –, retroussa légèrement ses jupes et s'engagea sur le chemin encombré de broussailles d'un pas un peu plus prudent.

Ce soir, bien que fort consciente des raisons propres à causer la perte d'une lady, elle franchissait le dernier pas vers sa ruine. Pourtant elle n'éprouvait nulle peur. En fait, une fois sa décision prise, elle s'était délectée de cette sensation d'impatience intense qui faisait vibrer son corps.

Elle avait un plan, évidemment, bien qu'elle fût suffisamment honnête envers elle-même pour savoir que ce plan pourrait fort mal tourner. Elle savait que les hommes avaient une fierté exacerbée, et elle respectait James autant qu'elle brûlait d'envie de passer cette nuit avec lui.

Elle avait par conséquent prévu une approche, allant même

jusqu'à imaginer exactement ce qu'elle allait dire et le ton qu'elle emploierait. Rassembler un certain nombre de raisons n'était absolument pas un problème. Ce plan était totalement sensé – il avait plus de sens à ses yeux qu'elle n'en avait trouvé à quoi que ce soit depuis fort longtemps.

Mais elle reconnaissait la nécessité de disposer d'un plan de secours. Celui-ci était bon également, mais doux-amer.

Des lumières brillaient à l'intérieur du cottage. C'était là un bon point. Elle avait espéré ne pas avoir à le réveiller et peut-être à le mettre de ce fait dans de mauvaises dispositions.

— Je sais ce que je veux, se répéta-t-elle à voix basse pour s'entraîner au moment de lever la main pour frapper à la porte. J'ai un plan qui réglera tous les problèmes.

— Lucy.

C'était son prénom, et pourtant elle l'oublia l'espace d'un instant, car James venait d'apparaître face à elle à demi vêtu seulement.

Son corps était tout simplement splendide.

Elle l'avait imaginé, bien entendu, mais même ses rêves n'avaient pas été à la mesure de la réalité qui s'offrait à sa vue.

Un feu crépitait dans l'âtre et dispensait la plus grande partie de la lumière qui baignait la pièce. Son éclat doré soulignait la largeur des épaules et la somptueuse musculature des bras de James, tandis que son torse, tout aussi musclé et ombré d'un duvet sombre plongeant de manière fort intrigante vers son bas-ventre, se trouvait légèrement dans l'ombre.

Il se retourna, et son dos offrit à Lucy la vision d'un exquis paysage, celui tracé par les contours noueux de ses muscles dont le clair-obscur mettait en valeur les moindres reliefs.

Elle avait senti sa force lorsqu'il l'avait rattrapée sur le quai, l'avait tenue dans le train et l'avait laissée le chevaucher dans la calèche, mais elle n'avait jamais vu un corps masculin tel que le sien. Jamais imaginé que le contour ciselé de ses muscles pourrait être si attirant, au point de lui donner une irrésistible envie de le toucher.

Mais, pour être honnête, elle était toujours tenaillée par l'envie de le toucher. Qu'il soit vêtu ou non.

Puis elle réalisa qu'il s'était retourné pour prendre et enfiler sa chemise avant de lui faire de nouveau face. Elle ravala sa déception. Si tout se passait bien en cette soirée, ils n'auraient plus jamais aucune raison d'hésiter à se revoir dévêtus l'un et l'autre.

— Je devrais vous demander de regagner le manoir, lui lança-t-il d'un ton bourru.

Mais l'étincelle de désir brillant au fond de son regard apprit à Lucy qu'il n'en ferait rien.

— Je ne partirai pas, même si vous tentez de me chasser.

Il tendit alors sa main vers son visage, et ses doigts caressèrent le côté de sa joue.

— Non, bien entendu, vous resterez. Je peux voir que vous avez quelque chose à dire, vous feriez donc mieux de délivrer votre message.

Lucy sentit l'odeur de l'alcool avant de remarquer la présence des deux verres.

— Blackwood est venu ici.

James leva une bouteille et la garda suspendue en l'air pour qu'elle puisse la voir.

— Saviez-vous qu'il possède une distillerie de whisky ? Apparemment, elle connaît un assez beau succès.

— C'est aimable de sa part de vous avoir rendu visite après que ma tante a insisté pour que vous vous installiez dans le cottage. Je suis désolée de sa décision.

— Je m'attendais à moitié à ce qu'elle me chasse complètement de la propriété. La maison m'appartient peut-être selon la loi, mais elle est sienne à tous les autres égards.

Lucy dénoua le lien qui fermait sa cape et plaça cette dernière sur le dossier d'un fauteuil. La réaction de James se révéla exactement conforme à ses espérances.

— Dieu du ciel, lâcha-t-il dans un souffle avant de s'avancer comme s'il était incapable de s'en empêcher. Vous êtes...

— Si belle ?

— Votre beauté est un fait acquis. Mais la couleur et le...

Il traça dans l'air un geste vague de sa main.

— Vous êtes époustouflante, Lucy.

Il semblait presque craindre de la toucher.

La robe de satin lavande avait nourri nombre de conversations au sein de la famille Hallston quand la couturière l'avait livrée. Non seulement le décolleté était des plus audacieux mais la découpe du dos plongeait très bas. Lucy ne l'avait jamais portée et avait commencé à se demander s'il lui serait donné un jour l'occasion de le faire.

— Fort bien, dit-elle tout bas. Je veux que vous vous souveniez de cette soirée.

Il déglutit alors avec peine, et son sang s'échauffa. Il ne faisait nul doute qu'ils se désiraient avec une intensité similaire.

Mais, tout d'abord, son plan.

— Pouvons-nous nous asseoir ?

— Oui, bien entendu.

Il la mena jusqu'à un siège rembourré, sa main plaquée dans son dos à l'endroit où le tissu prenait fin.

Une fois là, il sembla rechigner à retirer sa main d'elle et frôla de son pouce son dos nu avant de s'exécuter.

— Voulez-vous un peu de whisky ?

— Oui, s'il vous plaît, répondit Lucy.

Elle n'avait jamais bu d'alcool plus fort que le vin dégusté à l'occasion de dîners. Mais sa bouche lui semblait soudain fort sèche, et une gorgée pourrait l'aider pour ce qu'elle allait lui demander ensuite.

Il versa une infime quantité de liquide, un trait ambré au fond de son verre.

— Allez-y prudemment. Voyez déjà si cela vous plaît.

Lucy prit une petite gorgée qui suffit à brûler ses lèvres, sa langue et sa gorge. Mais, une fois que le liquide gagna son ventre, la sensation lui fit l'effet d'un pur délice. C'était comme si quelque chose venait la réchauffer de l'intérieur.

— On dirait du feu liquide.

James éclata de rire.

— C'est un nom qu'on emploie parfois, en effet.

Depuis le siège qu'il avait choisi près du sien, James tendit la bouteille vers elle.

— En voulez-vous davantage ?

— Non, pas pour l'instant.

Elle souhaitait garder l'esprit clair. Pressant une main contre sa gorge, elle tentait d'ordonner à son cœur de cesser de battre si bruyamment dans ses oreilles de sorte qu'elle puisse faire les choses correctement.

— Je pense avoir trouvé une solution qui arrangera tout.

Lucy riva son regard à celui de James et décida de ne pas prêter attention à son air sceptique. Elle s'était attendue à ce qu'il en soit ainsi. Cet homme avait déjà été dupé et devait difficilement accorder sa confiance à autrui. Peut-être n'avait-il d'ailleurs pas confiance en lui-même.

Mais tel n'était pas le cas de Lucy qui savait avec certitude ce qu'elle voulait. Enfin.

— Allez-y. Je vous écoute.

Ils étaient trop éloignés l'un de l'autre. Elle songea à ce que ferait James s'il était à sa place en cet instant.

Elle tendit la main vers lui, et il s'approcha, l'air inquiet.

Il s'agenouilla près de son siège et prit ses mains entre les siennes.

— De quoi s'agit-il ? Vous pouvez me le dire sans crainte.

— Épousez-moi.

James cligna des yeux. Une fois, puis une autre. Il détourna le regard de Lucy puis le reposa sur elle. Il ouvrit la bouche, mais aucun mot n'en sortit.

Il était abasourdi, et Lucy ne s'en étonna pas.

C'était stupéfiant et inattendu. Mais c'était également parfait.

— Ne voyez-vous donc pas ?

Elle fit courir ses doigts sur sa main jusqu'à son poignet, parce que le toucher la réconfortait.

— Si nous nous marions, tout sera réglé. Tante Cassandra pourra garder Invermere. Vous serez en mesure de rembourser Mr Beck. Et nous pourrons être ensemble ainsi que, je le crois, nous le souhaitons tous deux.

Elle déglutit avec peine parce qu'il s'agissait là de l'une des données de l'équation dont elle ne pouvait être absolument certaine.

— Si vous ressentez ce que je ressens, bien entendu.

— Lucy...

— Ma dot s'élève à quinze mille livres. Une belle somme, je le sais. Du moins, je le sais maintenant. En toute honnêteté, je ne suis pas censée en connaître le montant mais, voyez-vous, je me charge de la correspondance de ma mère...

— Je ne vous utiliserai jamais de cette façon. Vous méritez bien plus que cela.

Tout en tenant encore sa main, James vint nouer son autre paume autour de sa nuque, propulsant de délicieuses vagues de chaleur le long du dos de Lucy.

— Ne comprenez-vous pas quelle valeur vous avez à mes yeux ? Au diable votre dot.

Lucy l'embrassa alors.

Agrippant les deux pans de sa chemise ouverte, elle l'attira à elle et scella ses lèvres aux siennes avant de faire courir la pointe de sa langue sur sa lèvre inférieure ainsi qu'il le lui avait appris. Il accueillit son baiser avec le même désir ardent.

— Ne comprenez-vous donc pas ? lui dit-elle alors qu'ils étaient tous deux délicieusement essoufflés et qu'il avait commencé à retirer les épingles de ses cheveux. Vous ne m'épouseriez pas pour mon argent, mais pour ceci.

Plaçant sa paume contre son torse, elle sentit sous sa main le battement affolé de son cœur.

— Ce qu'il y a entre nous. Ce que nous partageons lorsque nous sommes ensemble.

James s'inclina vers elle, et elle noua ses bras autour de son cou, prête à échanger d'autres baisers, mais il se contenta de presser son front contre le sien.

— Quelle magnifique entêtée vous faites. Je ferais toujours usage dans ce cas de votre argent pour servir mes propres intérêts. Pour régler mes propres défaillances. La réponse est non.

— James.

Lucy s'écarta un peu, une main toujours posée sur son épaule, l'autre caressant son torse à travers sa chemise.

— Ne comprenez-vous donc pas que je tiens tant à vous que je vous donnerais simplement cet argent si je le pouvais ? En vérité, j'ai ce pouvoir car mes parents m'ont donné le choix de suivre mon cœur en ce qui concerne mon mariage.

Penchant la tête, James prit sa main dont il embrassa le revers, la paume puis les doigts.

— Lucy. Vous n'auriez pas le souhait de m'épouser si vous ne ressentiez pas le besoin de m'aider. Et j'adore en vous ce désir que vous avez de porter assistance à autrui.

Il lui sourit.

— Je ne voudrais pas que vous soyez différente. Mais vous devriez être libre de choisir un homme que vous ne vous sentez pas tenue de sauver. Je ne vous laisserai pas faire cela.

— Ce n'est pas uniquement cela. Vous devez savoir que je ressens…

— J'ai des sentiments pour vous également, mais c'est précisément la raison pour laquelle je ne peux vous épouser pour votre argent.

Lucy déglutit avec peine, la gorge douloureusement nouée par l'émotion que provoquait le refus de James. Elle voulait lui dire qu'elle l'aimait, qu'elle voudrait de lui quelles que fussent les circonstances. Mais elle pouvait voir la détermination briller farouchement au fond de ses yeux. Cette croyance chevillée à son esprit, celle selon laquelle il agissait noblement en refusant son plan. Elle avait anticipé cette réaction et, alors qu'elle tentait de lutter contre ses émotions, la logique lui criait que tout n'était pas perdu.

C'était un homme d'honneur, et elle comprenait pourquoi il trouvait le fait de l'épouser plus avantageux pour lui que pour elle. Au diable ces considérations. C'était un homme honnête, certes, mais absolument insensé.

Mais elle avait encore son plan de secours, et c'était celui dont elle était le plus certaine. Celui, en vérité, dont elle avait, ce soir, le plus envie.

— Puis-je avoir un peu plus de whisky ?

Elle le surprit une fois encore et espéra que ce ne serait pas la dernière fois avant que la nuit ne prenne fin.

Il la regarda d'un air méfiant, comme s'il s'attendait à ce qu'elle fasse quelque chose d'autre encore qu'il n'avait pas prévu. Mais il se leva docilement pour prendre la bouteille de whisky et versa davantage d'alcool dans son verre.

Elle but une petite gorgée et le dégusta véritablement cette fois-ci, appréciant la chaleur réconfortante immédiatement procurée par le liquide ambré. Mais ce dernier la fit se sentir comme étourdie également. La moindre parcelle de doute, la moindre trace de déception laissée par le refus de James s'évanouirent dans le feu de sa dernière gorgée.

Une fois son verre reposé, elle se leva, et James la rejoignit aussitôt, prêt à saisir son bras comme s'il craignait que la quantité minime d'alcool qu'elle avait ingérée suffise à lui faire perdre l'équilibre.

Curieusement, elle se sentait plus assurée et confiante qu'elle ne l'avait été de toute sa vie. Savoir exactement ce qu'elle voulait lui procurait une forme grisante de courage.

Levant ses yeux vers lui, elle glissa ses bras dans son dos et dénoua le ruban qui nouait l'arrière de sa robe. Puis elle défit la petite rangée de boutons près de sa taille et leva ses mains vers son décolleté. C'est à cet instant que la température de la pièce devint torride. Elle put voir l'instant où il comprit.

Mais elle ne cessa pas. Nul retour en arrière n'était envisageable à présent.

Elle fit glisser les bretelles sur ses épaules puis le long de ses bras. Elle ne portait ni corset ni chemise. Rien à part cette robe de satin.

James déglutit avec difficulté puis s'approcha d'un pas. Il était assez près désormais pour pouvoir la toucher.

— Lucy...

Il se pencha pour ramasser sa cape, et elle interrompit son geste.

— Je veux que vous me voyiez et je veux être avec vous ce soir.

Elle maintenait toujours le tissu de sa robe contre elle, d'un bras tendu en travers de sa poitrine. Plutôt que de lui répondre, il embrassa la courbe exquise de son épaule, la parcelle de peau tendre entre cette dernière et son cou, puis, enfin, son menton.

— Aucune femme ne m'a jamais tenté davantage, lui dit-il avant de prendre délicatement sa lèvre inférieure entre ses dents. Je n'ai même jamais imaginé pouvoir désirer quiconque autant que je vous désire.

— Je ressens la même chose, James. Donc, je vous en prie, accordez-moi cette nuit.

Une féroce bataille semblait se livrer derrière son regard

d'un bleu saphir, mais il ne détacha pas ses yeux d'elle ni ne se détourna un seul instant.

Leurs deux corps s'accordaient si merveilleusement bien. Même en cet instant, le contact de leurs deux poitrines était tout simplement fabuleux.

Elle espérait de tout cœur qu'il pouvait voir la fièvre brûlant au fond de ses yeux, voir combien elle était certaine de son choix. Lucy patienta, le laissant se débattre avec son sens des convenances.

Elle était déjà venue à bout du sien. Mais, tout en attendant, elle explorait le corps de James, suivant le contour affirmé de sa mâchoire du bout de ses doigts, couvert d'un duvet sombre et étonnamment doux. Elle effleura sa joue de la sienne tout en murmurant à son oreille :

— S'il vous plaît, James.

Peut-être fut-ce ce « s'il vous plaît » qui signa sa reddition. Peut-être fut-ce le fait qu'elle ait embrassé son cou après avoir susurré cette phrase.

Peut-être – et le cœur de Lucy voulait que ce fût vrai – ne pouvait-il pas résister à ses charmes, pas plus qu'elle ne pouvait cesser de le désirer.

Il retira les dernières épingles qui retenaient encore ses cheveux et fit courir ses doigts dans ses mèches avec une lenteur langoureuse, presque avec révérence.

— Vous êtes si exquise, souffla-t-il tout en écartant les cheveux tombés sur son épaule.

Lucy abaissa son bras, laissant ainsi le tissu de sa robe glisser lentement sur sa poitrine. Un instant plus tard, James s'agenouilla et, l'attirant contre lui, traça de sa langue un cercle délicieusement brûlant autour de la pointe tendue de son sein. Quand elle bloqua soudain son souffle, il se contenta de sourire, son regard rivé au sien et prit le bouton rose dans sa bouche.

Spontanément, les hanches de Lucy se plaquèrent contre lui comme en réponse au doux tourment qu'il lui faisait subir avec sa langue. Alors qu'il s'appliquait à porter la même attention à son autre sein, ses caresses se faisant de plus en plus langoureuses et décadentes, il sentit l'envie de Lucy d'aller plus loin.

Elle avait plongé ses mains dans ses cheveux et était prête à lui demander un peu de répit tant ses sensations la submergeaient, quand elle le sentit faire glisser le satin de sa robe sur ses hanches et ses cuisses avant qu'il ne se retrouve à ses pieds.

James s'agenouilla alors devant elle, ses mains tenant toujours ses hanches, et il la contempla comme s'il venait tout juste de découvrir un trésor n'appartenant qu'à lui. Puis il fit courir ses doigts à l'arrière de ses chevilles et de ses jambes, déposant quelques baisers sur sa peau, jusqu'à atteindre le sommet de ses cuisses.

— Comment ai-je pu avoir la chance de vous trouver ? demanda-t-il, levant vers elle des yeux si pleins d'émerveillement et de tendresse que Lucy dut lutter pour ne pas laisser les larmes noyer son regard.

— Nous sommes tous deux fort chanceux.

Il se releva alors, et elle craignit d'avoir par ses mots gâché le moment. Mais il tenait toujours sa main.

— Vous êtes sûre de vous ?

— Je n'ai jamais été plus certaine de ce que je désirais.

James la conduisit alors jusqu'à un petit lit à l'arrière du cottage, et Lucy s'étendit sur le doux matelas.

Il l'observa avec au fond des yeux une fièvre qui fit s'emballer son cœur.

— Je suppose que c'est à mon tour de me dévêtir, dit-il avec aux lèvres un envoûtant sourire, tout en jetant au sol sa chemise déboutonnée.

Après s'être délesté de ses bottes et de son pantalon, il grimpa sur le lit et planta ses paumes de part et d'autre du corps de Lucy.

Il glissa ses jambes entre les siennes et s'immobilisa, arquant son corps au-dessus du sien, les yeux plongés dans son regard.

— Je n'ai jamais eu plus envie de quoi que ce soit, lui murmura-t-il d'une voix éraillée.

Lucy écarta du bout des doigts la masse de boucles sombres tombées sur son front.

— Je n'ai jamais eu envie d'aucun homme à part vous, lui répondit-elle, imprégnant ses mots d'une inébranlable certitude.

Elle voulait lui en dire davantage. L'assurer qu'elle ne cesserait pas de le désirer après cette unique nuit partagée ou même après une vie entière passée à ses côtés.

Mais alors il lui coupa littéralement le souffle. Il s'était agenouillé devant elle, avait glissé ses mains dans son dos et il effleurait à présent de ses lèvres fiévreuses le centre de son être.

L'un de ses doigts puis la pointe de sa langue complétèrent sa caresse.

Lucy étouffa un cri. La langue de James se faisait plus hardie et se perdait vers un point si sensible qu'elle se cambra violemment et ne put qu'agripper la courtepointe quand le jeu de sa bouche se fit plus endiablé encore.

— James...

Elle ne savait pas précisément ce qu'elle voulait à ce stade. Mais elle savait ce qui ne tarderait pas à arriver.

Il le savait également. Lui accordant un bref instant de répit, il susurra contre sa peau :

— Laissez-vous aller, mon amour. Je veux vous sentir exploser contre ma langue.

Lucy passa sa main dans ses cheveux puis la referma sur son épaule, sa nuque.

Son corps se tendait davantage à mesure que la sensation s'intensifiait. James utilisait sa langue de façon experte, amoureuse, semblant savoir exactement ce dont elle avait besoin. Puis elle sentit son doigt s'introduire en elle, et un éclair de feu éclata derrière ses yeux. Elle se mit à trembler, et ses tressaillements semblaient encore ajouter à son plaisir.

— Vous êtes exquise, murmura-t-il entre deux baisers ardents. Nous ferons ainsi que vous le souhaiterez. Dites-moi si c'est douloureux ou si la moindre chose vous déplaît.

— J'aime tout. Je veux tout de vous.

Lucy sentit sa présence brûlante et insistante se presser contre son centre. Elle était si prête à l'accueillir, si fabuleusement sensible, qu'elle gémit quand il entra en elle et se cambra pour le sentir plus près encore.

Il y eut un éclair de douleur, et James s'immobilisa, attentif à ses sensations.

— Allez-vous bien ?

Lucy laissa échapper un rire et se redressa pour baiser ses lèvres.

— Je me sens encore mieux que cela.

Elle se sentait radieuse. Ce moment était fabuleux. Être avec lui, sentir leurs deux corps si intimement liés, leurs souffles ne faire plus qu'un, était merveilleux. Grâce à James, elle se sentait en sécurité, désirée, adorée.

— Je suis prête, souffla-t-elle, arquant le dos pour l'accueillir plus profondément encore en elle.

Quand il commença ses assauts, il plongea ses yeux bleus, un regard intense et comme animé d'un feu ardent, au fond des siens. Mais, au-delà de l'expression de son désir, Lucy crut y voir quelque chose d'autre également. Une promesse. Une certitude. À propos du fait que ceci n'était que le début.

Puis il s'inclina pour prendre la pointe de son sein entre ses lèvres fébriles, et ses poussées se firent plus avides, rapides, profondes. Exactement comme elle le désirait.

Elle le désirait avec autant de force qu'il avait envie d'elle, elle le sentait.

— Lucy, commença-t-il dans un murmure. Lucy.

Il répéta son nom comme s'il l'implorait.

Entendre son nom franchir ses lèvres la précipita de nouveau vers le précipice. Plus vite encore que précédemment. Elle enfonça ses ongles dans son épaule tandis qu'elle se sentait tomber dans un gouffre sans fond. Puis James la rejoignit à son tour dans l'extase. Juste après qu'elle eut crié, il lâcha son prénom dans un grognement.

Il l'embrassa à perdre haleine, et elle aurait pu jurer avoir entendu leurs deux cœurs battre parfaitement à l'unisson en cet instant.

Il se laissa retomber près d'elle sur le lit. Il n'y avait pas beaucoup de place, mais Lucy préférait qu'il en soit ainsi. Ils étaient étendus, jambes et bras enlacés, sa joue pressée contre son torse puissant.

Lucy espérait qu'il se sentait aussi comblé qu'elle l'était elle-même.

Elle leva la tête pour l'interroger sur ce point, mais il avait fermé les yeux et respirait du souffle lent et régulier de l'homme endormi.

Il semblait serein, et l'ombre d'un sourire arquait ses lèvres.

Lucy souriait, elle aussi. Quel homme entêté et merveilleux. Elle n'avait pas simplement envie de le sauver. Elle voulait l'aimer pour le restant de ses jours.

19

Pour la première fois de sa vie, James se réveilla en douceur. Il ne suffoquait pas comme après un affreux cauchemar et ne s'était pas redressé brusquement sur sa couche en ayant cru entendre un bruit menaçant. Son esprit et son corps étaient en paix, et jamais il n'avait connu pareille sensation.

Lucy était étendue contre lui, une jambe passée sur la sienne et un bras étendu en travers de son torse tandis que ses longs cheveux blonds chatouillaient son menton.

C'est là que je suis à ma place.

Il avait déjà éprouvé ce sentiment, à l'époque où il était au sommet de sa réussite à la tête de Pembroke Shipping. Un jour, il avait réalisé que ses comptes bancaires débordaient d'argent, qu'il refusait de nouveaux clients, que ses amis recherchaient sa compagnie et que ses collègues le respectaient. De plus, il pouvait s'offrir tout ce qu'il désirait.

Il se souvenait de ce moment avec une absolue clarté parce que c'était la seule fois où il avait accordé plus d'une seconde de réflexion à la façon dont il pourrait obtenir ces choses de la vie qu'on ne pouvait acheter – le bonheur, la satisfaction, l'amour. Et il avait repoussé cette pensée. Le bonheur lui était apporté par sa réussite, avait-il conclu.

La satisfaction découlait de la sécurité financière. Quant à l'amour, c'était ce qu'il ressentait pour son entreprise – une sorte d'engagement indéfectible qui lui procurait une authentique plénitude. À cette époque, il ne pouvait imaginer avoir besoin de quoi que ce soit d'autre.

Puis Lucy avait fait son entrée dans son existence, avec ces yeux verts au fond desquels brillaient une incroyable audace et une force intérieure qui transparaissait dans chacun de ses choix. Dès lors, il n'avait plus jamais été le même. C'était étrange mais il avait su, après avoir posé son premier regard sur elle, alors qu'elle le fixait la bouche bée et les yeux écarquillés, dans la gare de King's Cross qu'il la voulait dans sa vie à partir de ce jour.

S'il avait pris le temps de s'attarder sur cet élan, il l'aurait réprimé. Il n'y avait aucun intérêt stratégique dans cette rencontre. Aucun gain qu'il puisse imaginer retirer.

Une aristocrate fantasque ? Une lady résolue à mettre de côté les convenances et à faire preuve d'un espoir aveuglant en croyant que la société accepterait exactement tout qu'elle souhaitait être ?

Lui qui avait fait tout son possible pour se créer seul une position au sein de la société, du moins au sein du monde du commerce londonien, il aurait fui dans la direction opposée si quiconque lui avait dit qu'une telle femme parviendrait à si complètement l'envoûter.

Et pourtant c'était ce qu'elle avait fait. Et il avait succombé.

Même alors qu'il connaissait le sommet de sa réussite, il ne s'était pas senti aussi chanceux qu'en cet instant, allongé dans un cottage presque délabré sous une courtepointe faite de chutes de tissu auprès de la plus déterminée, la plus extraordinaire des femmes blottie contre lui.

Il ne pouvait pas la laisser partir.

Se comportait-il en égoïste ? Peut-être. Ce qu'ils vivaient était-il impossible ? Si l'on considérait l'état actuel de sa situation financière, c'était fort probable.

Mais il devait essayer même si cela impliquait de recourir à des moyens inhabituels.

James caressa ses cheveux, fit courir ses doigts sur son épaule puis sur la peau chaude et soyeuse de son dos. Lucy émit un petit soupir de contentement dans son sommeil et blottit tendrement sa joue contre sa poitrine.

Il attendit que son souffle adopte de nouveau un rythme lent et régulier. Il souleva alors doucement son bras puis se dégagea lentement de sa jambe et sortit du lit. Retenant sa respiration, il pria pour ne pas l'avoir tirée du sommeil. Mais elle se contenta de remuer sous la courtepointe, attrapant l'oreiller entre ses bras afin de le serrer ainsi qu'elle l'avait fait avec lui un instant plus tôt.

Il aurait probablement dû la réveiller. En vérité, il se doutait qu'il entendrait parler de cette décision et qu'il aurait plus tard à se justifier.

Il se vêtit rapidement et en silence avant de jeter un coup d'œil à sa montre à gousset.

Il n'avait pas le temps de s'attarder ni même de voler un autre instant de la plénitude la plus authentique qu'il ait jamais connue. Il lui fallait partir.

Balayant les lieux du regard à la recherche d'un support sur lequel écrire, il opta pour un morceau de papier froissé laissé près de l'âtre pour démarrer un futur feu. Dans un des casiers d'un secrétaire, il trouva un stylo plume presque vide.

Il chercha ses mots pendant plusieurs minutes mais échoua à faire preuve de la moindre verve. Écrire de belles promesses n'était pas correct non plus. Il décida donc de griffonner une ligne, puis une autre et signa d'un *J* inélégant.

Sa petite Athéna, qui avait l'amour d'Artémis pour le tir à l'arc, ressemblait désormais à une Vénus endormie, ses cheveux étalés autour d'elle, ses membres étendus en travers du matelas, son visage encore légèrement empourpré.

Un baiser risquait de la réveiller, mais il ne pouvait pas résister à la force de son élan.

Il se pencha sans la toucher, se contentant de déposer délicatement ses lèvres contre sa tempe, inspirant à pleins poumons son parfum floral et épicé, espérant de tout cœur qu'elle comprendrait ce que la nuit passée – ce qu'elle – signifiait à ses yeux.

Puis il se glissa hors du cottage, referma la porte derrière lui et partit sur le chemin.

Lucy fixa longuement le morceau de papier. Puis elle le froissa de nouveau, avant de le déplier et de le lisser contre sa cuisse tout en laissant échapper un soupir contrarié. Elle s'était éveillée le cœur débordant de joie. S'était étirée comme un chat dans la chaleur du lit, le cœur comblé. Et avait constaté qu'elle était seule.

La courtepointe était encore chaude, mais James restait introuvable. Elle avait même passé sa tête à l'extérieur pour voir s'il n'avait pas entrepris une promenade matinale.

Ce n'était que lorsqu'elle avait regagné l'intérieur et refermé la porte qu'elle avait remarqué le papier froissé tombé au sol face à elle.

Vous êtes la plus magnifique des femmes, et je ne suis pas certain de vous mériter.

Mais je veux tenter ma chance.

J

Voilà qui ressemblait à une devinette, et elle n'était pas très bonne en la matière. Jamais un ensemble de mots n'avait eu si peu de sens à ses yeux. La portion de phrase où il était indiqué qu'elle était magnifique était charmante, bien entendu. Il lui avait murmuré ce compliment à l'oreille durant la nuit.

Le moment où il précisait qu'il ne la méritait pas était absolument stupide.

Elle n'était même pas certaine de comprendre ce que cela signifiait. Tenir à quelqu'un n'avait rien à voir avec le fait de mériter quoi que ce soit, ce n'était que l'expression des élans les plus intimes de son cœur. James était doux, passionné, attentionné – si l'on exceptait sa décision de la quitter après qu'ils avaient fait l'amour – et il faisait bondir son cœur d'allégresse. Le seul homme à l'avoir fait se sentir désirée, adorée.

« Je vous adore ». Ces mots résonnaient dans son cœur en cet instant encore.

Pourtant, il l'avait quittée. Mon Dieu, elle ne savait même pas quelle était l'heure. Elle avait prévu de retourner au manoir la nuit précédente, en toute discrétion, mais dormir auprès de James avait été trop réconfortant. Un moment trop précieux pour ne pas en profiter. Parce qu'elle savait alors, en dépit de ses espoirs et de sa farouche détermination, qu'il s'agirait peut-être de son unique chance d'être avec lui d'une telle façon.

Dans toutes les paroles murmurées et les aveux livrés dans le feu de la passion, il n'y avait eu nulle promesse.

Il n'avait pas été question du lendemain. De ce jour.

Elle avait fait le choix de cette situation et compris que les conséquences seraient peut-être désagréables. Par conséquent, elle les affronterait, sachant qu'elle avait vécu une nuit de passion avec un homme qu'elle aimait. Ces souvenirs lui appartiendraient pour toujours.

Mais elle ne put s'empêcher de maugréer quand elle replia le morceau de papier et l'enfouit dans le corsage de sa robe après s'être habillée. Une fois sa cape nouée sur ses épaules, elle couvrit de cendres les braises qui rougeoyaient toujours dans l'âtre et quitta le cottage pour rejoindre le manoir.

L'air matinal avait quelque chose de mordant, et Lucy n'était pas habillée assez chaudement pour l'affronter. Au moment de franchir le seuil du manoir, elle claquait des dents et ne rêvait qu'à une chose : se glisser dans un bon bain chaud.

— Lucy.

Le bain chaud devrait attendre, selon toute vraisemblance.

Tante Cassandra se tenait au sommet de l'escalier, l'observant d'un air fatigué et inquiet, comme si elle avait attendu des heures durant que Lucy franchisse le seuil.

Une intense culpabilité se mêla à la frustration ressentie depuis qu'elle s'était réveillée et avait découvert que James était parti, deux sentiments qui venaient éroder la folle joie éprouvée le soir précédent en s'endormant entre ses bras.

— Rejoignez-moi dans mon salon, je vous prie.

Lucy aspirait à disposer tout d'abord d'un moment pour elle-même de sorte à se baigner et à passer un vêtement plus chaud mais, étant donné que sa tante avait ajouté « je vous prie » à sa demande, il s'agissait bien plus d'un ordre que d'une simple requête.

— Oui, Tante Cassandra.

Le temps qu'elle formule sa réponse, sa tante était repartie dans le couloir, supposant que Lucy la rejoindrait sans attendre. Arrivée au sommet de l'escalier, cette dernière vit Lady Cassandra s'entretenir à voix basse avec Senga, qui acquiesça et gagna aussitôt l'escalier des domestiques.

Une fois dans le salon de sa tante, Lucy trouva la chaleur dont elle avait tant envie. Un feu crépitait joyeusement dans l'âtre, et un service à thé les attendait sur une table entre deux fauteuils de velours rose, un nuage de fumée s'échappant du couvercle de la théière.

— Asseyez-vous donc, très chère.

Lucy choisit la place la plus proche du feu, et sa tante vint aussitôt se placer derrière elle pour déposer une épaisse couverture tricotée autour de ses épaules.

— Je vous remercie.

Tante Cassandra s'assit et déplia un plaid identique sur ses genoux. Elle observa Lucy en silence pendant longtemps, attendant de toute évidence que cette dernière se confesse avant que toute autre parole ne soit prononcée. Mais juste au moment où, ayant pris une profonde inspiration, elle s'apprêtait à se lancer, sa tante s'exprima à voix basse.

— Je sais que vous souhaitez probablement faire votre toilette puis dormir.

Bien qu'elle eût voulu s'en abstenir, Lucy rougit à ces mots. Non par honte mais parce que ces paroles impliquaient clairement que sa tante savait parfaitement où elle avait été et ce qu'elle avait fait la nuit précédente.

— Je savais que vous iriez le rejoindre, dit-elle simplement. Ma pire crainte était que vous enfuyiez pour vous marier.

Lucy était séduite par cette idée et regretta presque de ne pas l'avoir suggérée. Mais, bien entendu, il aurait refusé sa proposition.

— J'ai été heureuse d'apprendre de la bouche de Mrs Fox à mon réveil que ni voiture, ni chevaux n'avaient quitté la propriété, aux dires du garçon d'écurie. C'est aussi à ce moment que j'ai réalisé que vous n'aviez pas regagné votre chambre.

Lucy scruta les flammes tout en se demandant quels arguments pourraient amener sa tante à comprendre ses choix.

Ou peut-être ne les comprenait-elle que trop bien – elle-même s'était enfuie pour épouser Lord Munro – et souhaitait-elle uniquement livrer avertissements et remontrances.

— Je vous laisse parler à présent, dit sa tante d'une voix pleine de compassion. Dites-moi ce que vous désirez. Vous pouvez avoir toute confiance en ma discrétion, mais j'aimerais connaître vos projets concernant Lord Rossbury. Et, bien entendu, ses intentions à votre égard.

Lucy serra plus fermement la couverture autour d'elle et s'enfonça dans son siège. Elle avait confiance en sa tante et savait qu'elle n'avait rien à craindre de sa réaction Son père et sa mère, en revanche, ne réagiraient pas avec la bienveillance de Cassandra. Du moins, pas dans un premier temps.

— Mon projet est de l'épouser.

Tante Cassandra hocha la tête, légèrement décontenancée.

— Vous a-t-il demandé votre main ?

— Non. C'est moi qui lui ai fait ma demande, mais il l'a refusée.

La surprise – ou était-ce une forme de perplexité – se lut alors sur les traits de sa tante.

— Il croit agir de la manière la plus honorable qui soit en me repoussant parce que j'ai suggéré de façon fort pragmatique que ma dot aiderait à régler les difficultés financières dans lesquelles il se trouve.

Lucy perçut alors que sa propre voix s'était faite plus aiguë et que son cœur commençait à s'emballer.

— Il pourrait rembourser l'homme épouvantable à qui il a emprunté de l'argent, rebâtir son entreprise et vous pourriez garder votre demeure. Nous pourrions vous en faire cadeau, vous la vendre ou opter pour toute autre solution qui soit en accord avec votre amour-propre.

Elle s'interrompit et reprenait son souffle quand elle sentit une larme brûlante rouler sur sa joue.

— Je ne comprends rien. Ni vous, ni lui, ni ce fol attachement à un certain orgueil. Mr Blackwood vous adore. Il achèterait cette maison pour vous ou vous donnerait l'argent pour que vous en fassiez l'acquisition, sans la moindre arrière-pensée. Ma dot représente une somme que je n'ai pas gagnée. Je n'ai jamais demandé à en être pourvue. Mais elle reviendra à quiconque se tiendra près de moi devant un prêtre et entendra mes vœux.

Senga pénétra alors dans la pièce avec une bassine remplie d'eau, des serviettes et ce que Lucy reconnut comme l'une de ses robes de jour les plus chaudes et confortables. Elle portait également une petite assiette garnie de fromage et de pain.

La jeune femme affichait un air stupéfait à son entrée et le conserva quand elle déposa ce qu'elle tenait dans ses bras avant de presque s'échapper des lieux.

— Je n'avais pas pour intention de crier, expliqua Lucy avant de saisir prestement une épaisse tranche de pain croustillant.

Elle ne s'était pas aperçue jusqu'à cet instant combien elle était affamée.

Sa tante lui versa une tasse de thé fumante et la posa près d'elle sur la table basse ronde située entre elles.

— Nous évoquons des questions liées aux sentiments. Parfois crier est nécessaire.

— J'avais accepté l'idée de ne jamais me marier. Mais, maintenant que j'ai trouvé la personne avec laquelle j'aimerais passer le restant de mes jours, bien entendu je n'ai pas manqué pas de signaler combien ma dot pourrait s'avérer utile.

— Les hommes et l'argent, en particulier quand il s'agit de l'argent d'une femme...

— Il ne s'agit pas seulement d'une question d'hommes en l'espèce. Vous-même ne souhaitez pas laisser Mr Blackwood vous aider. Il s'agit d'une question d'orgueil. De fierté stupide et illogique.

Sa tante pinça les lèvres, mais elles dessinèrent bientôt un sourire.

— Laissez s'exprimer ce que vous avez sur le cœur, ma chère enfant. Montrez-vous brutale s'il le faut.

— Je suis agacée de savoir qu'il existe des solutions simples, des façons de régler les problèmes qui vous tourmentent tous deux, et que ni l'un ni l'autre n'êtes disposés à permettre à ceux qui vous aiment de vous aider.

Lucy joignit les mains et se fit presque implorante.

— Nous voulons vous prêter assistance.

Tante Cassandra se leva pour rejoindre un bureau ouvragé à l'allure délicate placé près de l'une des hautes fenêtres. Elle ouvrit un tiroir, en sortit deux objets puis regagna son siège.

Le premier des objets, un petit portrait dessiné, représentait un homme fringant et séduisant, au sourire avenant et aux cheveux auburn en bataille.

— Lord Alexander Munro. Il désirait m'aider en m'emmenant loin d'un père autoritaire. Peut-être votre mère vous a-t-elle raconté quel homme pouvait être notre père.

Cassandra secoua la tête comme pour dissiper des souvenirs désagréables.

— Alex était charmant, captivant, colérique, et n'avait pas une once d'honnêteté en lui. Puis il y eut celui-ci.

Le second objet qu'elle lui tendit était une photographie montrant un homme à l'air austère, au regard froid, à l'épaisse barbe et à la moustache cirée.

— Lord Rossbury ?

— Rufus a eu au moins le mérite de se montrer honnête. Il m'a dit qu'il ne pourrait jamais m'aimer, mais qu'il pouvait me fournir certains avantages. Un manoir en Écosse, par exemple. J'ai songé qu'il s'agissait là d'un juste échange. Jusqu'à ce que j'aspire de nouveau à avoir une existence non dénuée de passion.

— Ainsi que vous l'avez trouvée avec Mr Blackwood ?

— Tout à fait.

— Que vous refusez toutefois d'épouser.

— Ce n'est pas par orgueil, la tança sa tante en faisant un geste vague devant elle. Mais par peur.

— Que redoutez-vous donc ?

— De dépendre de quelqu'un et que cette relation se solde par un échec. Aimer quelqu'un revient toujours à prendre un risque.

— Je suis prête pour ce risque.

— Est-ce le cas de Lord Rossbury ?

Ce qu'ils ressentaient l'un pour l'autre était réel. Sur ce point, Lucy n'avait pas le moindre doute. Peut-être James ressentait-il la peur évoquée par Tante Cassandra. Ceci, elle pouvait le comprendre, mais elle ne savait toujours pas comment venir à bout de sa fierté.

— La peur est-elle également la raison pour laquelle vous ne voulez pas autoriser Mr Blackwood à vous aider ? La peur plus que la fierté ?

Lucy rendit les images des deux hommes à sa tante.

— Je suppose que c'est le cas, en effet. Angus désire m'apporter son aide parce qu'il m'adore, mais que se passera-t-il si je le déçois ? Et s'il en vient à m'en vouloir parce qu'il m'a tant donné ? Ou si, parce qu'il m'aurait tant aidée, il en venait à me respecter un peu moins ?

— Ce n'est pas ainsi que l'amour fonctionne.

Tante Cassandra pouffa à ces mots.

— D'après mon expérience, on peut dire bien des choses à propos de l'amour, mais certainement pas qu'il est prévisible, ma chère enfant. Cependant, j'adore sincèrement votre fougue et votre détermination à considérer chaque problème comme résoluble.

Lucy perçut dans ses paroles les mots qu'elle ne formulait pas. Peut-être sa tante la trouvait-elle naïve ou impulsive.

— Si je n'ai pas assez de courage pour suivre ce que me dicte mon cœur, quel était donc l'intérêt d'entreprendre ce voyage ?

— Que ferez-vous puisqu'il a refusé votre proposition ?

Les pensées de Lucy lui semblaient confuses. Elle n'avait pas pris le temps d'élaborer de véritable plan, mais elle était si épuisée qu'une seule chose semblait avoir du sens.

L'argent qu'il devait à l'abominable Beck était au centre de tous les ennuis de James. Sa vie ne lui appartiendrait pas tant que cet homme n'en serait pas sorti.

— Je pense que je devrais rentrer à Londres.

— Sans parler à Lord Rossbury ?

— Il n'est pas là, Tante Cassandra. Il est parti.

— Mais comment est-ce possible ? J'ai parlé au maître d'écurie. Aucune voiture à cheval n'est partie à part celle d'Angus, qui a pris la route ce matin pour s'occuper de ses affaires à la distillerie.

Cassandra but une petite gorgée de thé et laissa échapper un petit marmonnement pensif.

— Peut-être Angus a-t-il déposé Rossbury à la gare de Inverkeithing. Ce ne serait pas un grand détour pour lui.

— Dans ce cas, je devrais me préparer à partir également.

— Vous devriez prendre un peu de repos, ma chère enfant Partez demain si vous le devez.

Lucy ne voulait pas perdre tant de temps.

— Je ferai ma toilette, me reposerai un peu et réussirai à attraper le train du matin.

Sa tante se leva et tendit sa main à Lucy pour l'aider à se relever. Puis elle déposa ses mains sur les épaules de la jeune femme.

— Je sais que, une fois que vous avez pris une décision, il existe peu de chance de vous dissuader. Mais je peux au moins faire ceci.

Sur ces mots, elle regagna le bureau d'où elle avait tiré les images de Lord Munro et Lord Rossbury. Elle les y rangea de nouveau, puis sortit d'un tiroir une pochette en velours fermée par un cordon et qui n'était pas beaucoup plus grande que sa paume.

— Prenez ceci, dit-elle en plaçant la pochette dans la main de Lucy. Une lady voyageant seule n'est jamais trop prudente ni trop préparée.

Lucy accueillit le velours frais entre ses mains et constata que, quel que fût l'objet placé à l'intérieur, il était lourd et trapu et que son poids laissait supposer qu'il était en métal. Quand Tante Cassandra hocha la tête pour l'inviter à dénouer le lien fermant la pochette, Lucy s'exécuta, regarda à l'intérieur et étouffa un cri de surprise.

Le pistolet était si petit qu'il ressemblait à un jouet. Un jouet pourvu d'une crosse de nacre gravée.

— Il n'est pas chargé et, non, je n'ai jamais tiré sur quiconque. Mais je l'ai brandi en guise de menace, et il a intimidé des gentlemen qui pensaient que leur stature et leurs mauvaises intentions leur permettraient de prendre le dessus sur moi.

Elle fixa la pochette que Lucy tenait encore.

— Elle contient autre chose.

Le second objet était oblong, argenté et également gravé.

Une sorte de tube d'une taille presque équivalente à celle de la paume de Lucy.

Tante Cassandra le lui prit des mains avec précaution, s'éloigna d'elle et poussa un petit levier.

— Oh ! mon Dieu !

Lucy scruta la lame avec un air d'admiration enthousiaste.

— Il est aiguisé, très efficace et, comme vous pouvez le voir, simple à cacher.

Sa tante adressa à Lucy un petit sourire malicieux.

— J'ai dû utiliser cette arme et je crois qu'elle m'a sauvé la vie.

L'idée de faire le moindre mal à quiconque noua l'estomac de

Lucy, mais elle voyait l'intérêt de se munir de ces armes comme d'un moyen de dissuasion. En particulier quand une lady se trouvait aux prises avec des hommes tels que Nichols.

— Je vous remercie. Ils m'aideront à me sentir plus en sécurité.

— Fort bien.

Cassandra prit le visage de Lucy entre ses mains.

— Je suis fière de vous et de votre cœur aimant, ma chère enfant. J'aimerais pouvoir vous protéger, et ce désir de préserver votre bien-être me fait mieux comprendre votre père. Je n'aurais jamais imaginé prononcer un jour de telles paroles.

Toutes deux éclatèrent de rire. Puis Cassandra déposa un baiser sur son front.

— Soyez prudente, et je vous souhaite de parvenir à faire valoir auprès de ce gentleman que vous aimez ce bon sens qui est si typiquement vôtre.

— Vous déplaît-il toujours grandement ?

Cassandra détourna le regard, comme si elle réfléchissait fort sérieusement à sa réponse.

— La plupart des choses que je lui ai dites étaient à vrai dire destinées à son oncle. Elles étaient liées à d'anciennes peurs et rancœurs et à l'idée de perdre cette maison qui est devenue si chère à mon cœur. Si vous dites qu'il est digne de votre amour, je devrais accepter de me laisser convaincre qu'il le mérite.

— Je crois sincèrement que c'est le cas.

— Dans ce cas, partez, ma chère. Faites votre toilette, prenez un peu de repos, et McKay vous conduira à la gare si vous êtes résolue à rentrer à Londres ce soir.

Lucy reposa la couverture tricotée dans un fauteuil avant de rejoindre sa chambre tout en serrant contre sa poitrine la pochette de velours qui abritait les armes.

Il s'agissait d'un présent inattendu mais qui pourrait s'avérer utile, car elle ne prévoyait pas de regagner Londres uniquement pour rejoindre James. Le but principal de Lucy était de trouver une façon de raisonner Mr Archibald Beck.

20

Au cours des deux heures de visite de la distillerie Blackwood, James avait beaucoup appris sur les méthodes de distillation et sur les mélanges de whisky. Maints détails lui avaient été communiqués quant aux possibilités qui s'offriraient à l'entreprise si son whisky pouvait être convoyé par mer en Amérique pour un prix équitable, et James était prêt à prendre Angus pour client. Mais il restait incertain quant à la façon de remettre son entreprise de transport maritime sur pied dans les délais indiqués par le producteur d'alcool.

Les conditions proposées par Blackwood étaient extrêmement généreuses. Une grande part de ce qu'il proposait faisait plus ou moins figure de faveur parce qu'il aimait la femme dont James possédait la maison.

Même si Invermere n'avait pas été mentionné une seule fois à l'occasion de leurs négociations, James suspectait que la propriété n'avait jamais été très loin de leurs pensées à l'un comme à l'autre.

— Dois-je faire rédiger les documents afin que vous puissiez les signer ?

— Je souhaite vraiment que cette question soit réglée rapidement désormais.

James luttait contre ses hésitations, contre l'ardent désir d'agir selon sa devise de jeunesse, celle qui l'invitait à ne faire confiance à personne. Peut-être que, s'il s'en était fermement tenu à ce principe, comme il l'avait souvent pensé au cours des deux années écoulées, il n'y aurait pas eu d'accord passé avec Beck. Pas de projet industriel défaillant. Ni humiliation ni ruine.

Mais à présent il y avait Lucy. Il était non seulement prêt à repousser ses peurs pour devenir le genre d'homme qu'elle méritait, mais la nature aimante et affable de la jeune femme l'emplissait d'humilité. Ce qui le conduisit finalement à se décider.

Il se risquerait à accorder sa confiance à Blackwood et accepterait son aide. Ils étaient des hommes d'affaires et encouraient tous deux des risques en s'engageant dans cette entreprise ensemble.

— Et la maison ? s'enquit James.

Blackwood désigna d'un grand geste les notes qu'il avait rédigées durant leur négociation.

— Ces deux questions devraient rester séparées. Les affaires et la vie personnelle ne peuvent jamais l'être complètement, mais établissons cela de façon officielle. Pour la maison, les choses peuvent être moins formelles. Comme je l'ai dit plus tôt, je suis heureux de vous avancer une somme jusqu'à ce que Cass puisse obtenir un financement de son amie banquière.

James ne pouvait avoir la certitude que Beck accepterait un paiement partiel, mais c'était déjà une somme à lui donner dans l'immédiat plutôt que d'avoir à attendre que s'achève le processus de vente du manoir, que l'acheteur soit Lady Cassandra ou quelqu'un d'autre.

— Que diriez-vous d'un versement de trente pour cent de la somme ? offrit Blackwood.

— J'accepte cette proposition. La maison sera donc à Lady Cassandra.

Le simple fait de prononcer ces mots sembla débarrasser sa poitrine d'un poids immense. Il aurait été fort triste de vendre le domaine à quelqu'un d'autre, car toute souffrance infligée à Lady Cassandra aurait été fort douloureuse pour Lucy.

— Que Dieu vous bénisse, mon ami.

Blackwood pressa sa paume contre son cœur d'un air théâtral.

— Nous devrions boire pour fêter toutes ces bonnes nouvelles.

— J'ai une meilleure idée.

— Partagez-la donc, cher associé.

— Elle n'est pas liée aux affaires mais à des considérations toutes personnelles. Qui diriez-vous de retourner à Invermere pour en informer ces dames ?

— Bien dit, mon ami !

Blackwood pointa son doigt vers lui tout en quittant son siège de bureau.

— Je savais avoir trouvé un partenaire de choix en vous. Bien entendu, nous devons partir sur-le-champ. Je suis un mufle d'avoir songé à faire attendre Cass ne serait-ce qu'une seconde de plus pour lui apprendre la bonne nouvelle.

James posa sa main sur le bras d'Angus après que ce dernier eut enfilé son pardessus.

— Acceptera-t-elle la nouvelle avec joie ? Vous avez dit qu'elle ne voulait pas que vous interveniez.

— Elle ne voulait pas que j'achète la maison, c'est vrai. Mais elle a elle-même songé à une façon de retarder la vente. Si elle souhaite me rembourser une fois qu'elle aura obtenu son prêt, qu'il en soit ainsi.

Son nouveau partenaire d'affaires prit le manteau de James sur la patère de son spacieux bureau et le lui lança.

— Êtes-vous sûr de ne pas vouloir que je signe quelque chose tout de suite, avant que les documents officiels soient rédigés ?

James s'était déjà juré que, quand il serait de nouveau dans le monde des affaires, il ne manquerait plus jamais de lire la moindre ligne de tout contrat. Il s'était dit qu'il n'accepterait pas une simple poignée de main ou la parole d'un homme pour sceller le moindre accord.

Curieusement, Blackwood, avec son attitude charmante et sa nature ouverte et extravertie, avait vaincu ses réticences.

— Je vous fais confiance, mon cher.

Angus lui administra une tape amicale dans le dos.

— En outre, je parierais ma fortune sur le fait que bientôt nous appartiendrons à la même famille.

L'expression qui se peignit sur le visage de James amena Blackwood à plisser le front d'inquiétude.

— Vous prévoyez d'épouser la demoiselle, n'est-ce pas ? Le moindre imbécile pourrait voir que vous êtes fou d'elle.

— Si je vous avouais la vérité, vous ne le croiriez pas.

— Oh mon Dieu, non, mon ami. Qu'avez-vous donc fait ?

— Elle m'a demandé de l'épouser.

James se concentra sur le boutonnage de son manteau, soudain incapable de croiser le regard d'Angus. Diable, il aurait du mal à se regarder lui-même dans un miroir tant il s'était comporté de façon insensée.

— Et j'ai refusé.

— Quel idiot !

— Elle voulait utiliser sa dot pour m'aider.

— Vous avez donc refusé d'épouser une jeune dame qui vous aime au prétexte qu'elle est riche ? *Aye*, vous êtes un véritable crétin.

— À la lumière du jour, je commence à être d'accord sur ce point. Pensez-vous qu'elle me pardonnera ?

— Je l'espère. Autrement, les dîners de famille seront sacrément étranges.

Blackwood fit alors de grands gestes empressés en direction de la porte.

— Partons, mon ami. Il n'y a pas de temps à perdre. J'ai une lady à rendre heureuse et vous avez à présenter de plates excuses à une charmante jeune femme.

James sommeilla durant la seconde moitié de leur trajet et, lorsqu'il s'éveilla parce qu'Angus Blackwood le poussait quasiment hors de la calèche, il lui fallut un moment pour réaliser qu'ils étaient de retour à Invermere.

Le brouillard matinal s'était dissipé, et les rayons du soleil de cette fin de matinée faisaient scintiller les vitres des fenêtres tout en parant la façade de pierre calcaire d'une ravissante teinte caramel.

La sérénité des conditions météorologiques faisait, sans qu'il comprenne vraiment pourquoi, naître en lui des sensations positives. L'espoir que tout irait bien. Pour ce qui était de ses affaires, le vent avait déjà tourné. Son accord concernant le whisky Blackwood ne suffirait pas à rebâtir son entreprise, mais c'était déjà un bon début. Et le capital que Blackwood lui avançait l'aiderait également.

Tout ce qu'il avait eu à faire avait été de lutter et de franchir les obstacles que constituaient son orgueil et sa méfiance. Mais avait-il déjà perdu la confiance de Lucy ?

Son estomac se serrait chaque fois qu'il se remémorait l'instant où il s'était glissé hors du lit pour quitter le cottage. Lui en voulait-elle terriblement ?

Blackwood sembla déceler son malaise.

— Allons, mon ami. Tout s'arrangera. Même s'il faut du temps pour cela. Vous êtes désireux de l'attendre, n'est-ce pas ?

— Éternellement.

Blackwood éclata de rire à ces mots.

— Ciel, vous êtes véritablement fort épris.

Au sommet du perron, la porte s'ouvrit, et James s'attendit à voir apparaître Mrs Fox sur le seuil. Mais c'était Lady Cassandra qui se tenait face à eux, les lèvres entrouvertes par la surprise.

— Je croyais que vous aviez regagné Londres, Lord Rossbury.

— Non, je suis parti dans le Nord avec Mr Blackwood pour voir sa distillerie.

— Je vous présente mon nouvel associé, Cass, annonça Blackwood avec son habituelle tendance à la vocifération joyeuse et tout en administrant une tape amicale dans le dos de James.

Lady Cassandra ne lui adressa pas même un regard.

— Mais Lucy est partie vous rejoindre.

— Elle a gagné Londres ?

— Oui, elle est partie tôt pour ne pas rater le train express. Elle a à peine pris le temps de manger et de se reposer.

La nouvelle fit à James l'effet d'un uppercut. Il tenta un instant de comprendre ce qui avait poussé Lucy à agir de la sorte. Puis des reproches envers lui-même résonnèrent dans son esprit. Si seulement il lui avait parlé et lui avait expliqué ses intentions, elle serait là et il pourrait lui faire part de bonnes nouvelles.

— Je me suis conduit tel un fichu imbécile.

— Oui, il semble que ce soit le cas, en effet.

Lady Cassandra n'avait nulle raison d'éprouver la moindre compassion à son égard.

En cet instant, il ignorait s'il serait capable de se pardonner lui-même au cas où le moindre tort serait causé à Lucy.

— Un membre du personnel peut-il me conduire à la gare ?

— Vous ne pouvez pas partir maintenant, mon ami, lança

Blackwood. Entrez et venez vous réchauffer. Vous avez raté l'express de ce matin, mais vous pourrez voyager à son bord dès demain.

James secoua la tête.

— Dans ce cas, je prendrai un train plus tard dans la journée et arriverai dans la soirée. Je suis décidé à partir sur-le-champ.

Une demi-douzaine de scénarios angoissants tournoyaient dans son esprit. Et si Lucy croisait le chemin d'un homme pareil à Nichols dans le train qui la ramenait à Londres ?

Et si, pour une raison inconnue, elle découvrait son adresse et se rendait chez lui, à Cavendish Square ? Si les hommes de main de Beck surveillaient ses déplacements dans Édimbourg, le scélérat avait certainement posté des espions qui gardaient l'œil sur son domicile londonien.

Et quel meilleur moyen de l'inciter à rembourser sa dette que de menacer de faire du mal à Lucy ? Si l'homme d'Édimbourg les avait vus ensemble et avait télégraphié cette information, ils sauraient qui elle était.

— Je dois partir. Soit l'un de vos employés me conduit à la gare soit j'emprunte la calèche de Blackwood. À vous de choisir.

Lucy ne regrettait rien de ce qu'elle avait fait en Écosse, mais se faufiler hors du jardin et se glisser dans la ruelle courant derrière Hallston House la rendait plus nerveuse à chaque pas.

Ses parents avaient été surpris mais ravis de constater son retour soudain. Sa mère s'était réjouie de la revoir et son père l'avait étreinte ainsi qu'il le faisait quand elle était plus jeune, la soulevant presque de terre. Même Charlie paraissait heureux, bien qu'il eût frôlé la crise d'apoplexie quand elle lui avait appris qu'elle désirait épouser un homme rencontré dans le train pour l'Écosse.

Il avait dès lors été convaincu qu'elle prévoyait de s'enfuir pour se marier avec cet inconnu, ce qui n'aidait pas Lucy à s'enfuir sans qu'il la remarque. Après une conversation animée dans sa chambre, Lucy l'avait laissé croire qu'il l'avait dissuadée. Mais l'obstination était un trait de caractère dominant dans sa famille, et son frère avait gardé un œil attentif sur elle durant des heures. Par conséquent, elle était partie bien plus tard qu'elle ne l'avait prévu.

Dieu merci, le ciel était dégagé et la lune brillait d'un vif éclat. Lucy n'avait pas l'habitude de s'aventurer ainsi en ville aux environs de minuit. Mais elle avait connu une ribambelle de premières fois dernièrement. Elle ne pouvait pas perdre son sang-froid maintenant.

— Êtes-vous folle ? Ou êtes-vous simplement résolue à rechercher le chaos pour pouvoir l'arranger ?

— Mince !

Lucy fit volte-face et découvrit son frère marchant d'un bon pas vers elle dans la ruelle. La lueur de la lune laissait voir le mécontentement sur son visage.

— Cela ne vous regarde pas, Charlie.

— Vous êtes ma sœur. Père m'a chargé de vous protéger il y a déjà des années.

Une fois qu'il l'eut rejointe, Charlie quitta partiellement son expression courroucée pour se montrer implorant.

— Ne faites pas cela, Lu. Fuir pour se marier paraît peut-être romantique...

— Je ne fuis pas.

— Dans ce cas que faites-vous donc ici au beau milieu de la nuit ?

Lucy se mordilla nerveusement la lèvre. Rien de ce qu'elle pourrait dire ne sonnerait agréablement à ses oreilles. Toutefois elle ne lui avait jamais menti et n'entendait pas commencer en cette soirée.

— Je dois retrouver une personne avec laquelle il me faut m'entretenir.

Charlie leva les yeux au ciel d'un air goguenard.

— Humm, laissez-moi deviner. S'agit-il d'un grand et beau comte désargenté dont vous avez fait connaissance dans le train pour l'Écosse ?

— Non, à vrai dire.

Lucy sentit un instant une bouffée de triomphe gonfler en elle, mais cette satisfaction fut de courte durée car il était impossible que son frère ne lui pose pas plus de questions.

— Dans ce cas, qui est cette personne ?

Lucy pressa ses doigts au centre de son front. Elle n'avait pas dormi, souffrait d'une terrible migraine et ne voulait qu'une chose : que toute cette histoire prenne fin.

— Un homme d'affaires.

Charlie fronça les sourcils.

— Quel homme d'affaires respectable rencontrerait des jeunes femmes célibataires à minuit ?

— Je n'ai jamais dit qu'il était respectable.

— Mon Dieu, Lu. Quelle mouche vous a piquée ? Vous étiez toujours la plus raisonnable de nous tous, et votre unique désir a toujours été d'aider chacun.

— Mon escapade a pour but d'aider quelqu'un, justement, dit-elle d'un ton résolu.

Charlie ferma les yeux, prit une profonde inspiration comme s'il essayait de trouver le calme et s'avança d'un pas. Il posa sa main sur son bras.

— S'il vous plaît, laissez-moi vous accompagner ou dites-moi au moins où vous vous rendez au cas où quelque chose se passerait mal.

Il se montrait pragmatique parce qu'il la savait sensible à ce genre d'attitude.

— Son nom est Beck. Un escroc qui a abusé de la confiance de James. Je vais discuter avec lui.

Subitement, tout le calme manifesté par son frère s'évanouit, et Charlie serra son bras avec force.

— Je ne peux pas vous laisser aller converser avec un criminel au milieu de la nuit.

Il avait levé le ton, et Lucy l'incita à baisser la voix tout en regrettant de ne pouvoir effacer les mots qu'elle avait prononcés plus tôt. Charlie n'était pas discret. Extraverti et impulsif, il livrerait sans aucun doute tout ce qu'elle lui avait dit aux premières personnes qu'il croiserait. À savoir leurs parents.

— Ce n'est pas un homme auquel ma sœur devrait avoir affaire.

Lucy laissa échapper une petite exclamation de surprise.

— Vous le connaissez ?

— Fort peu, bien sûr. J'ai entendu parler de lui, voilà tout.

Son frère venait de la sidérer en se révélant comme potentiellement la personne la plus utile de son existence en cet instant. Charlie connaissait Archibald Beck.

— Dites-moi ce que vous savez à son propos.

Désormais c'était elle qui s'agrippait fermement à lui, tirant avec force sur les revers de sa veste.

— Je sais qu'il est propriétaire d'un club.

Charlie baissa un instant la tête puis releva un visage penaud vers elle.

— Il est possible que je m'y sois rendu une fois ou deux.

Il pointa un doigt vers elle.

— Jurez-moi que vous n'en direz jamais rien à Mère ou à Père.

— Comment se nomme ce club, et comment puis-je m'y rendre ?

— Lu, cet endroit n'est pas pour vous.

— Dites-moi, ou je vais de ce pas livrer à nos parents ce que vous venez de me confier.

Il la fusilla du regard et, même sous le pâle éclat de la lune, elle put constater que ses joues étaient devenues aussi rouges qu'au temps de leurs querelles d'enfants.

— Il s'agit du Helix Club, lâcha-t-il à contrecœur, les mâchoires serrées. Il se trouve dans Cannon Street, près du London Bridge.

— Vous êtes un cadeau du ciel, Charlie.

Lucy avait pensé que la partie la plus longue de son plan consisterait à trouver la trace d'Archibald Beck, mais désormais elle savait où commencer sa quête.

— Je m'en vais, lui dit-elle en s'écartant d'un pas. Ne me suivez pas et n'en dites rien à nos parents.

— Vous ne pouvez pas, Lucy.

Il saisit son bras ainsi qu'elle s'y attendait, et elle recula d'un pas.

— Tout ira bien, tenta-t-elle pour le rassurer. J'ai un pistolet.

— Seigneur, qui vous l'a donné ?

— Tante Cassandra, bien entendu.

Lucy le gratifia sur ces mots d'un sourire et d'un petit clin d'œil.

Dès qu'elle se tourna pour partir, il posa une main sur son bras.

— Ne vous faites pas tuer, lâcha-t-il dans un murmure exalté. Si je dois avouer à Mère et Père que je ne vous ai pas arrêtée dans votre élan, ils ne me pardonneront jamais.

Lucy leva les yeux à ses mots.

— Je vous remercie de vous inquiéter, mais allez donc vous coucher, Charlie. Je serai bientôt de retour.

Elle releva alors légèrement ses jupes et partit en courant dans la ruelle. Elle se réjouit de n'entendre aucun bruit de pas derrière elle ; Charlie n'aurait fait que l'encombrer.

Lucy s'était vêtue de noir, ajoutant à sa tenue un col de dentelle blanche, dans l'espoir de se faire passer pour une serveuse. Si Beck ne permettait pas l'accès des dames à son club, ce serait sans doute la seule façon d'y entrer.

Trouver un cab ne fut pas difficile, bien que le cocher la gratifiât d'un long regard quand elle lui apprit l'endroit où elle désirait être conduite.

Tandis que la voiture à cheval tressautait sur les pavés, l'anxiété et l'air frais de la nuit automnale la firent frissonner. Elle tapota l'une des poches de sa robe et sentit le relief rassurant du petit pistolet qui s'y trouvait, puis elle prit une profonde inspiration et discerna le fin cylindre du couteau à cran d'arrêt sous son corsage. Le document plié dans son réticule lui apportait un certain apaisement également. Elle était aussi prête que possible.

Le sommeil manqua de la ravir alors que le roulement régulier de la calèche l'aidait à dissiper ses inquiétudes, et elle savoura un instant de réconfort en blottissant son corps fatigué contre la banquette capitonnée.

Elle songea à James, et une bouffée de contrariété lui fit serrer les poings. Une part d'elle lui en voulait toujours de l'avoir laissée seule dans ce cottage. Mais elle ne pouvait pas nier qu'il lui manquait après seulement quelques heures de séparation.

Quel homme exaspérant ! Elle comprenait un peu mieux sa peur après avoir parlé à Tante Cassandra, et concevait parfaitement qu'accorder sa confiance lui soit difficile après ce qui s'était passé avec Beck. Mais elle avait espéré qu'il surmonterait cette réalité, ou du moins essayerait de le faire, dans son intérêt à elle.

Il ne lui plaisait guère d'affronter Beck seule, mais elle ne pouvait tout simplement pas rester les bras croisés. Si tout se passait bien en cette soirée, ils seraient libres. James serait libre, et peut-être alors pourrait-il envisager sa proposition avec un cœur ouvert.

Quand des doutes lui vinrent à l'esprit, elle les repoussa.

Obstinément pleine d'espoir. N'étaient-ce pas les termes qu'il avait employés un jour pour la décrire ?

Lorsque la calèche fit halte, Lucy tenta de se repérer, mais cette partie de la ville lui était inconnue.

— Vous êtes sûre de vouloir descendre ici, mademoiselle ?

— Est-ce bien le Helix Club ?

Comme son visage était placé dans l'ombre sous l'éclairage au gaz, Lucy put distinguer le hochement de tête du cocher mais non l'expression de son visage.

— Faites bien attention, mademoiselle.

Il repartit en fendant le brouillard, et Lucy abaissa la capuche de sa cape pour mieux observer les environs. L'homme l'avait déposée à l'orée d'une ruelle, mais le club devait bien avoir une entrée sur la rue principale.

Peut-être le cocher savait-il quelque chose qu'elle ignorait ou peut-être sa robe simple et terne avait-elle eu l'effet espéré, le laissant penser qu'elle faisait partie du personnel du club.

La ruelle était faiblement éclairée par quelques lanternes placées de-ci, de-là, alors que l'éclairage au gaz dispensait dans les rues une lumière rassurante.

Défaisant l'un des boutons sur le devant de sa robe, Lucy sortit le couteau et le serra dans sa paume. Si elle devait plonger dans les ténèbres de l'allée, elle voulait être prête à toute éventualité.

À peine eut-elle effectué un pas qu'elle entendit résonner des rires près d'un bâtiment en brique situé à quelques pas devant elle. Elle put distinguer des mouvements dans l'obscurité. Un couple, découvrit-elle, se dessinait au milieu des ombres. Les deux silhouettes se tenaient l'une contre l'autre et étaient peut-être même occupées à plus qu'une simplement étreinte. Étrangement leur présence la rassura.

Mais, après quelques pas supplémentaires, Lucy perçut un mouvement derrière elle. Des pas, plus lourds que les siens, qui s'approchaient rapidement.

Lucy fit sortir la lame du couteau, se retourna et tint l'arme devant elle.

— Ne vous avisez pas d'approcher davantage.

La silhouette imposante s'arrêta net et leva les bras vers le ciel.

— Chérie, s'il vous plaît, ne m'étripez pas avant que j'aie eu l'occasion de vous dire quel imbécile j'ai été.

Lucy relâcha son souffle avec un soulagement si puissant qu'elle lâcha le couteau.

— James ?

— Vous m'avez manqué, dit-il avant d'avancer et de la prendre dans ses bras. Je suis navré d'être parti sans la moindre explication.

Ce n'est qu'après qu'elle l'eut touché, que leurs deux corps se furent fermement étreints et qu'elle eut senti le souffle de James caresser ses cheveux que Lucy eut le sentiment de pouvoir respirer de nouveau normalement. Elle n'avait pas eu conscience de la puissance de son anxiété ni de la tension extrême qui nouait chacun de ses muscles avant de se laisser aller contre la chaleur du corps de James et de se sentir en sécurité contre son torse puissant.

— Attendez, dit-elle soudain en s'écartant de lui. Comment m'avez-vous trouvée ?

Mais la réponse lui apparut avant que le prénom de son frère ne franchisse les lèvres de James.

— C'est une bonne chose qu'il m'ait aperçu. Je ne suis pas sûr que votre père m'aurait pardonné un jour si j'avais enfoncé la porte d'entrée de sa demeure au milieu de la nuit.

Il glissa l'une des mèches de Lucy derrière son oreille.

— Je serais bien venu plus tôt, mais j'ai dû prendre le train qui roule à la vitesse normale.

— Je suis désolée. Ce voyage plus long a dû être fort pénible pour vous.

James la serra davantage contre lui, et elle surprit l'ombre d'un sourire sur ses lèvres.

— J'avais une bonne motivation.

— Vous avez effectué ce long chemin pour moi, mais vous m'avez laissée seule dans un cottage avec un vague message et rien de plus.

La colère avait pratiquement disparu, mais le souvenir lui était toujours déplaisant.

— Je me suis comporté en imbécile, je l'avoue sans peine. J'ai été véritablement stupide de vous laisser. J'aurais dû m'expliquer et vous dire où j'allais, et pour quelle raison.

— Oui, vous auriez dû le faire, en effet.

Mentionner de nouveau les événements de la matinée faisait rejaillir le souvenir de la nuit précédente. C'était la dernière fois qu'elle s'était sentie véritablement heureuse.

— Le cottage me manque, dit-elle tout en appuyant plus fort sa tête contre sa poitrine.

Il éclata de rire à ces mots, et le son grondant dans ses oreilles la fit sourire.

— J'espérais vous avoir manqué.

Lucy le repoussa d'un geste taquin.

— Bien entendu, voyons. Je pensais que vous étiez parti pour vous mettre en danger à cause d'un sentiment de culpabilité ou de fierté masculine.

James la libéra suffisamment pour incliner la tête, mais elle pouvait à peine le voir dans l'obscurité.

— Ces paroles proviennent-elles bien d'une femme qui se met elle-même en danger en cet instant ?

— Je m'apprêtais simplement à avoir une conversation avec Mr Beck.

— Avec un couteau.

— J'ai un pistolet également.

— Bonté divine, Lucy.

— Mrs Winterbottom dit que...

— Je vous adore, Lucy Westmont, mais je crains de ne pas porter le moindre intérêt à ce que dit cette chère dame.

Lucy lui répondit en se dressant sur la pointe des pieds et en s'emparant de sa bouche, et il répondit avec ardeur à son baiser, passant une main sur sa nuque pour caresser ses cheveux, tandis que l'autre pressait son dos pour l'attirer contre la chaleur de son corps.

Une porte s'ouvrit un peu plus loin dans la ruelle, et un flot de musique et de gentlemen fort bruyants se répandit dans la sombre allée.

— Nous devrions partir, murmura James contre ses lèvres avant de saisir sa main.

Il la reconduisit vers la rue puis s'avança vers le bord du trottoir pour héler un cab.

Lucy ne pouvait pas résister à l'envie d'avancer de quelques pas pour jeter un regard à la façade principale du Helix Club.

— Ciel, l'endroit a l'air fort élégant. Presque respectable.

James s'approcha jusqu'à ce qu'elle le sente tout près derrière elle.

— Beck possède nombre d'affaires respectables et florissantes. Grâce à cette façade, on lui accorde sa confiance. Mais cet endroit symbolise sa véritable nature. Un club prisé et luxueux côté rue, et des activités illégales au sous-sol avec une entrée dans la ruelle.

— Quelle sorte d'activités illégales ?

Le cheval attelé au cab qu'il avait hélé frappait le sol de ses sabots, peut-être impatient de repartir.

— Que diriez-vous d'avoir cette conversation plus tard et de rentrer chez vous pour l'instant ?

James prit tendrement sa main, et Lucy le laissa la conduire jusqu'à la voiture.

Une fois qu'il l'eut aidée à prendre place et que Lucy se fut installée dans son siège, James referma la portière et leva vers elle un visage souriant.

— Attendez, lança-t-elle, surprise, je croyais que vous repartiez avec moi.

— Il me reste une chose à faire. Tout ira bien pour moi, mais êtes-vous sûre de pouvoir regagner discrètement l'intérieur de la demeure de vos parents ?

Lucy avait envie de protester, mais la détermination dans la voix de James lui apprit qu'il ne se laisserait pas convaincre de revenir sur sa décision.

— Je suis sortie en passant par le jardin et je rentrerai par le même chemin, se contenta de répondre Lucy. J'espère juste que mes parents sont toujours couchés. Et que Charlie, pris de panique, ne les a pas réveillés.

— Je ne crois pas qu'il l'ait fait. Je lui ai assuré que je n'avais pas pour projet de vous enlever pour un mariage express à Gretna Green. Avant que j'aie pu atteindre la porte, il s'était approché de moi dans la rue et m'avait accusé d'être un rôdeur. Il était visiblement assez soûl.

Lucy ferma les yeux et prit une brève inspiration.

— Je savais que c'était un effroyable complice.

— Et je remercie le ciel pour cela. Et pour m'avoir permis de vous retrouver à temps pour vous arrêter.

Le sous-entendu laissait entendre que Lucy n'aurait pas été capable de régler la situation et se serait simplement mise elle-même en danger. Elle préféra l'ignorer, continuant de penser que son plan était valable.

— Je viendrai vous rendre visite demain.

Lucy se pencha vers lui et saisit le revers de son manteau.

— Je vous en prie, soyez prudent.

Il s'inclina vers elle pour lui donner un baiser bien trop bref.

— Je vous le promets.

Et, sur ces mots, il frappa du plat de la main le bois ciré du cab, signifiant ainsi au cocher que l'heure du départ avait sonné.

Lucy jeta un regard en arrière tandis que la voiture s'éloignait. Une part d'elle avait toujours envie de parler à Mr Archibald Beck, et son être tout entier détestait l'idée de laisser James l'affronter seul.

Elle leva la main et frappa à son tour d'un coup sec contre la paroi de la calèche. Quand le cocher ouvrit la petite trappe au-dessus de sa tête, elle lui lança :

— Auriez-vous l'amabilité de faire demi-tour et de me reconduire à l'endroit où vous avez commencé cette course ?

21

La patience était une vertu que James n'avait jamais apprise.

Dans le monde des affaires, cela lui avait grandement servi. Attendre trop longtemps pour organiser une réunion avec un client potentiel ou pour saisir une nouvelle opportunité pouvait s'avérer préjudiciable.

Bien entendu, ce trait avait participé à sa chute également. Il avait trop facilement cru aux promesses de Beck.

Au cours de l'année écoulée, il avait essayé de s'exercer à la patience, se rappelant que les meilleures choses de la vie nécessitaient de la ténacité, de la détermination et, très souvent, du temps pour être obtenues.

Mais, quand il s'agissait de Lucy, ces enseignements tout neufs semblaient tomber en miettes.

Il adorait cette femme. Il l'aimait et voulait en faire son épouse. La raison lui disait qu'ils devraient peut-être attendre un certain temps avant de convoler en justes noces. Le père de Lucy souhaiterait s'assurer que James pouvait lui assurer la sécurité financière et la respectabilité que Lucy était en droit d'attendre de la part de celui qui serait son mari.

Et, bien entendu, si Hallston avait vent de la moindre information au sujet de ses problèmes avec un homme tel que Beck, James doutait grandement de pouvoir gagner les faveurs du comte.

Peu importe qu'il possède le même titre de noblesse lui-même désormais. Hallston était apprécié par la reine. James, quant à lui, était un homme d'affaires raté qui devait de l'argent à un escroc.

S'occuper de Beck devait être sa priorité.

C'était pour cette raison que James se retrouvait dans cette rue, face à l'entrée du Helix Club, cinq minutes après que le cocher du cab fut parti pour emmener Lucy vers la sécurité de son foyer familial.

Il était tard, certes, mais suffisamment tôt pour ceux qui ne fermaient pas l'œil avant l'aube. Les clients descendaient encore de calèche puis rejoignaient les portes de laiton poli du club de Beck.

James rejoignit le flot de personnes. En entrant, il ne mentionna pas le nom de Beck, se contentant d'informer le portier de son titre. Après l'avoir longuement scruté, l'homme l'autorisa à pénétrer dans les lieux.

Il était hautement improbable que Beck soit présent sur place en cette soirée, le soir même où James avait décidé de façon impulsive de l'affronter. Mais il se sentait malgré tout poussé à tenter sa chance.

Il balaya du regard le flot de clients qui se dirigeait vers différentes salles luxueusement décorées, à la recherche d'un visage qu'il pourrait reconnaître, mais bien entendu, comme il avait fait le vœu d'éviter de fréquenter les nobles, il n'identifia personne.

Jusqu'à ce que quelqu'un retienne son attention.

Il ne s'agissait pas d'un aristocrate mais de l'un des hommes venus chez lui la veille de son départ pour l'Écosse. L'homme corpulent et silencieux.

Ce dernier, trop occupé à observer d'un œil perçant les tables de jeu du salon principal, n'avait pas remarqué sa présence.

James scruta l'assemblée un petit peu plus longtemps, espérant apercevoir un petit homme dégarni portant une moustache excessivement soignée et un bouton de rose à la boutonnière.

Beck lui avait un jour dit qu'il jouait rarement à ses propres tables mais qu'il faisait à l'occasion des apparitions pour surprendre les clients et frayer avec les gens de la haute société qui daignaient fréquenter l'établissement.

Ce soir, visiblement, ne faisait pas partie de ces moments-là.

Il rebroussait chemin en direction de l'entrée du club quand il entendit son nom. Non pas le titre de son oncle, mais bien son propre nom.

Se tournant vers l'endroit d'où provenait le son, James ne put distinguer qui avait parlé.

— Vous êtes venu nous rendre visite, Pembroke, ou juste rembourser votre dette au patron ?

L'homme qui parlait se tenait derrière lui et était bien trop proche à son goût. James se figea lorsque l'inconnu enfonça quelque chose au bas de son dos.

— Continuez à marcher et dirigez-vous vers la porte dorée sur votre gauche.

La porte en question était à moitié dissimulée par un grand rideau de velours. James, accompagné par le sbire de Beck, avança dans sa direction d'un pas maladroit tandis que l'objet dans son dos se plaquait par intermittence contre son manteau.

À un moment donné, l'homme marcha sur son talon.

— Plus vite. Avancez.

La porte dorée était déverrouillée et, dès l'instant où elle s'entrouvrit, James devina à quoi elle accédait.

Une cage d'escalier recouverte d'un tapis noir et éclairée par une douzaine d'appliques murales menait au sous-sol du club. L'endroit où les hommes désespérés ou débauchés venaient pour participer à des jeux aux mises plus élevées ou pour trouver des plaisirs auxquels la foule de l'étage – tout en désirant peut-être les connaître, elle aussi – ne souhaitait pas être vue s'adonner en public.

James s'attendait à ce qu'ils descendent jusqu'au dernier sous-sol. Il savait qu'il existait une autre cage d'escalier derrière une porte noire qui conduisait aux appartements privés de Beck. Un bureau, un salon et même une chambre. Mais l'homme, avançant dans son dos, le poussa à travers la salle, et James comprit où ils se dirigeaient.

Sur une estrade d'un noir luisant se dressait une table en marbre ouvragée sur laquelle une contorsionniste se livrait à une performance impliquant ses longues jambes galbées et des verres remplis de ce qui semblait être de l'absinthe. Derrière elle, James aperçut Beck et deux jeunes femmes assises de part et d'autre de lui.

L'homme derrière lui le poussa plus près du vil prêteur.

— Regardez ce que j'ai trouvé là-haut, patron. Je parie qu'il est venu rembourser sa dette.

Beck paraissait plus heureux que jamais, et James ne savait s'il devait mettre cela sur le compte de la boisson ou de la présence de jeunes femmes à ses côtés. Ses joues étaient écarlates, ses yeux brillants, et ce que James interprétait comme étant sa version personnelle d'un sourire se laissait deviner sous sa moustache aux pointes recourbées.

— Est-ce le cas, James ? M'avez-vous apporté mon argent ? Enfin ?

— J'ai en effet avec moi une partie de ce que je vous dois. Et j'aurai le reste très bientôt. Le vent a tourné de manière favorable pour Pembroke Shipping.

Voilà qui constituait une interprétation fort généreuse du fait d'avoir gagné un unique client tout en n'étant toujours propriétaire que d'une moitié de navire, mais James avait une raison concrète d'espérer que le sort lui serait enfin favorable.

— Ce n'étaient pas les termes de notre accord, mon ami.

James courba la tête et fouilla son esprit souffrant du manque de sommeil pour trouver une réplique appropriée. La première qui lui vint à l'idée semblait trop incendiaire, pourtant sans qu'il sache pourquoi elle lui échappa.

— Provoquer la ruine financière des *amis* dont vous vous attendez à récupérer l'argent qu'ils vous doivent n'est pas une stratégie des plus brillantes, non ?

Beck se pencha en avant. Ce fichu canon s'écrasait dans le dos de James. La contorsionniste quitta la table et foudroya James du regard pour l'avoir contrainte à interrompre son numéro.

Le silence qui s'était abattu dans la pièce fut bientôt brisé par un son rauque.

Le rire de Beck. Pas le ricanement inquiétant qui accompagnait souvent ses menaces. Sa réaction semblait sincère. Malsaine et rebutante, mais sincère.

— Je ne suis pas certain d'avoir envie de recevoir des leçons de stratégie de la part d'un pauvre bougre qui a tout perdu.

— Il n'a pas tout perdu.

Le cœur de James bondit si fort dans sa poitrine qu'il se sentit pris de vertige. Mais il ne pouvait pas prendre le temps d'analyser ses sensations car il était terrifié.

Et en colère. Et absolument stupéfait d'entendre la voix de Lucy émerger de l'un des coins de la pièce envahie par la fumée des cigares.

Peut-être était-il victime d'une hallucination. Son état de fatigue était tel qu'il n'y aurait rien eu d'étonnant à cela. Peut-être avait-il bu de l'absinthe et ne s'en souvenait-il plus.

Puis elle apparut à sa vue, et il fut trop émerveillé pour se montrer aussi furieux contre elle qu'il l'aurait dû.

Elle portait la même affreuse robe noire dotée d'un délicat col de dentelle blanche et tenait un plateau chargé de verres remplis d'absinthe, comme si elle était revenue après qu'il l'eut fait monter dans un cab et avait obtenu un emploi de serveuse au Helix Club au cours de l'heure écoulée.

Ses yeux vert jade se posèrent furtivement sur lui.

— Que faites-vous donc ici ? murmura-t-il, bien que personne ne fût en mesure de les entendre.

— Je ne pouvais vous laisser seul, chuchota-t-elle à son tour.

— Je vous ai mise dans un cab il n'y a pas dix minutes.

Il était trop irrité pour continuer à parler à voix basse.

Elle repoussa sa remarque d'un haussement d'épaules.

— Nous avons fait demi-tour.

Lucy se mordilla la lèvre d'un ton pensif avant de reprendre.

— En toute honnêteté, j'étais disposée à parler seule à Mr Beck, si nécessaire. Mais à présent nous pouvons le faire ensemble.

Elle avait l'audace de le regarder avec un sourire rayonnant aux lèvres.

— Vous êtes impossible, Lucy.

— Tenace.

— Imprudente.

— Rebelle était, je crois, le mot que vous avez un jour utilisé en guise de compliment.

— Résolue à vous mettre en danger.

— Résolue à vous aider à vous en extraire.

James fit un pas dans sa direction dans l'espoir de se défaire de l'homme armé toujours dans son dos. Il jeta un regard derrière lui et constata que la brute paraissait presque aussi stupéfaite que lui par la tournure prise par les événements.

— Laissez-la parler, lança Beck depuis son estrade avant de faire signe à Lucy d'avancer.

James calcula mentalement à quelle vitesse il pourrait attraper le bras de la femme qu'il aimait et quitter en toute sécurité le détestable club de Beck.

— Il pourra vous payer dans les tout prochains jours, monsieur Beck.

— Dites-nous donc qui vous êtes, fillette.

Lucy jeta des regards autour d'elle puis s'éclaircit la voix.

— Je suis la fille du comte de Hallston.

— Je le savais déjà, trésor, mais j'apprécie votre honnêteté.

— Quelle ironie, lâcha Lucy à voix basse mais suffisamment fort toutefois pour que James et, il l'imaginait, ceux qui l'entouraient, puissent l'entendre.

— Qu'avez-vous dit, jeune demoiselle ?

Beck posa son cigare sur un cendrier et se pencha vers elle.

— Vous osez jouer les insolentes dans mon propre établissement ?

— Vous êtes un menteur, monsieur Beck.

James se précipita vers Lucy et referma sa main sur son bras.

— Nous devrions partir. Maintenant.

Elle refusa de bouger et d'arrêter de fixer froidement l'homme qui avait joué un rôle si crucial dans la ruine de James.

— Vous croyez me connaître, ma petite. Mais je vous connais aussi.

La moustache en guidon de l'escroc tressaillit sous l'effet de son petit sourire narquois.

— J'ai mené quelques recherches pour trouver le nom de la gamine avec laquelle mon ami Pembroke est allé flâner à Édimbourg. Et j'ai découvert qu'il s'agissait d'une lady pourvue d'une dot fort bien garnie. Voilà qui est très malin de votre part, James.

— En vérité, il a refusé de m'épouser, répliqua Lucy d'une voix tendue.

James réprima un juron. Un juron envers lui-même, car il s'en voulait cruellement de l'avoir blessée.

— Contrairement à vous, monsieur, c'est un homme d'honneur.

Beck se leva brusquement, et James agrippa le poignet de Lucy pour la tirer derrière lui.

— Quittez les lieux, dit Beck d'un ton menaçant mais à voix basse.

Si basse que la plupart des personnes présentes dans la salle ignorèrent son ordre.

— Quittez cette fichue pièce, bon sang !

Cette fois, son cri résonna sous le plafond bas, et il obtint l'effet désiré.

Les gens commençaient à se presser vers la sortie. La plupart d'entre eux en direction d'une porte menant à la porte qui donnait sur la ruelle, supposa James. Quelques-uns s'avancèrent vers l'autre partie du club, à l'étage. Même les jeunes femmes qui accompagnaient Beck et la contorsionniste à la chevelure de feu déguerpirent.

Seul l'homme de main qui avait fait entrer James dans la pièce resta. Ce qui sembla convenir à Beck.

— J'en déduis que c'est vous qui allez rembourser sa dette de sa part, dit-il d'un ton détaché à Lucy.

— Non, interrompit James. Elle n'en fera rien.

Lucy lui jeta un regard courroucé.

— Nous prévoyons de nous marier, rétorqua-t-elle.

— Bien que vous ayez dit qu'il ne voulait pas de vous, la défia Beck.

— Il a changé d'avis.

James avait envie d'ergoter mais savait le moment mal choisi. Il n'y avait pas eu un seul instant depuis leur rencontre où il n'avait pas eu ardemment envie que Lucy soit sienne.

— Félicitations, tonna Beck en accompagnant ses paroles d'un large geste de sa main aux doigts couverts de bagues.

James réprima son envie de manifester son exaspération.

— Nous partons. Vous aurez votre argent.

Il jeta un regard à Lucy.

— Je ne peux pas jurer que le solde vous parviendra dans la semaine. Mais j'effectuerai vers votre compte un virement d'une valeur de quatre mille livres dès demain.

— Ce n'est que la moitié de la somme due.

— Vous obtiendrez le reste, n'en doutez pas, lui garantit Lucy.

Beck soutint le regard de James si longtemps que c'en était gênant.

James tenta de ne pas cligner des paupières tout en essayant de déchiffrer les pensées sournoises de l'homme.

— Quatre mille livres demain, le reste dans une semaine.

— Ce n'est pas...

— Ce sont mes conditions.

Beck abattit violemment son poing sur la table de marbre désertée par la contorsionniste pour appuyer ses paroles.

— Vous les aurez, lui assura Lucy avant de lancer à James un regard interrogateur. Nous partons à présent, monsieur Beck.

James glissa sa main dans la sienne, et ils tournèrent le dos à Beck, en passant d'un air inquiet devant l'imposant homme de main.

— Et Pembroke. . .

James se figea tandis que Lucy jetait un regard à Beck par-dessus son épaule.

Ils étaient à deux pas de la sortie, et tout en James lui criait de quitter les lieux sans se retourner.

— Je me suis peut-être trompé à votre sujet, dit l'escroc de sa voix que l'excès de tabac avait rendue rocailleuse.

Lucy laissa échapper une petite exclamation stupéfaite. James cligna des yeux sous l'effet de la surprise, certain d'avoir mal compris la phrase prononcée. Depuis qu'il connaissait Archie Beck, il ne l'avait jamais entendu se remettre en question ou assumer la moindre responsabilité concernant ses mauvaises actions.

James se tourna à moitié pour regarder l'homme.

— Vous n'êtes pas dépourvu de chance. Pas si une femme telle que celle-ci... (Il fit un geste en direction de Lucy avec au fond des yeux un pétillement bien trop admiratif.) est disposée à mettre les pieds dans un endroit tel que celui-ci rien que pour vous.

— Dans ce cas vous nous laisserez en paix et nous accorderez un mois pour vous rembourser entièrement ? lui demanda Lucy d'un ton plein d'audace.

Beck referma ses mains sur les revers de son manteau et les observa de son regard alerte et perçant.

James se sentait affreusement lassé par la suffisance et les manières théâtrales de ce diable d'homme.

— J'accepterai vos conditions, my lady, si... (Beck tendit alors vers Lucy un doigt bagué que James eut envie de briser en deux.) je reçois une invitation à vos noces et suis présenté au comte de Hallston.

— Vous êtes incorrigible.

James regardait par la fenêtre du cab qui les ramenait à Hallston House.

— Vous l'avez déjà dit.

Lucy savait que James était fâché contre elle et elle comprenait qu'il voudrait probablement lui faire promettre de ne plus jamais se montrer aussi imprudente.

— Tout s'est bien passé finalement, lâcha-t-elle d'un ton enjoué.

— Vous repenserez à ces mots quand votre père verra Archibald Beck apparaître lors de notre mariage.

— Notre mariage ?

Lucy tourna brusquement sa tête vers lui.

— Il y aura bien un mariage ?

— Ce projet vous intéresse-t-il toujours ?

— Vous acceptez donc ma proposition ? murmura-t-elle, et son cœur se mit à battre à tout rompre dans sa poitrine tandis qu'elle attendait sa réponse.

— Je veux vous épouser si vous voulez toujours de moi.

— Rien n'a changé. Vous savez que je voudrai toujours de vous.

— Une chose a changé toutefois.

James tendit sa main vers Lucy, et celle-ci noua aussitôt ses doigts aux siens.

— Mr Blackwood et moi sommes convenus d'un accord concernant nos affaires. Selon toute évidence, je vais transporter par bateau son whisky jusqu'en Amérique. Et nous nous sommes également mis d'accord sur des termes qui permettront à votre tante d'acheter Invermere.

— C'est fabuleux !

Lucy l'embrassa – un baiser sur ses lèvres, rapide et néanmoins ardent. Puis elle l'embrassa de nouveau, plus lentement, plus parfaitement.

— Demain, dit-il entre deux baisers, je viendrai parler à votre père.

Un frisson de panique courut le long du dos de Lucy, et elle trembla légèrement. James se méprit quant à la nature de sa réaction. Il retira en partie son manteau pour pouvoir lui en couvrir les épaules tout en l'attirant contre la chaleur de son corps.

— Laissez-moi lui parler la première, voulez-vous ? avança Lucy.

— Vous êtes inquiète.

— Père est parfois prompt à se forger une opinion, mais c'est malgré tout une personne raisonnable.

Une tendance moins marquée cependant quand le bien-être de ses enfants était en jeu se devait de reconnaître Lucy. Mais elle savait qu'elle pouvait faire comprendre à son père ce qu'elle ressentait pour James.

— S'il nous faut attendre que Pembroke Shipping...

— Je n'ai pas envie d'attendre, l'interrompit Lucy. J'aimerais pouvoir rentrer dans votre maison avec vous tout de suite.

James pouffa à ces mots.

— Moi aussi.

— Je ne sais même pas où vous résidez.

Il plissa le front.

— À Cavendish Square. Ce n'est pas l'adresse la plus prestigieuse, mais nous n'aurons pas besoin d'y rester longtemps si tout se passe bien.

— Elle est parfaitement convenable en ce qui me concerne.

Lucy n'avait que faire de l'endroit où ils vivraient.

Si cela n'avait tenu qu'à elle, elle aurait été heureuse de fonder un foyer avec lui dans ce petit cottage d'Invermere.

— Il me fallait votre adresse parce que je prévois de vous envoyer un message demain après avoir parlé à Père. Ce sera sans doute dans l'après-midi car il passe ses matinées à son club. Peut-être pourrez-vous nous rejoindre ensuite pour le dîner ?

Lucy mordilla sa lèvre et songea au prochain défi qu'ils auraient à relever ensemble.

Même si ses parents lui avaient promis de la laisser se marier par amour, elle avait toujours su que cela allait de pair avec l'idée implicite qu'elle épouserait quelqu'un ayant leur approbation. Bien entendu, ils avaient toutes les raisons d'apprécier James. Toutes les raisons comptant aux yeux de Lucy du moins. Il était bon, courageux et il l'aimait. N'est-ce pas ?

Elle se tourna vers lui dans l'espace réduit de la calèche, sans vraiment poser la question simple mais terrifiante qui lui brûlait les lèvres.

— James ?

— Vous vous inquiétez du fait que votre père puisse ne pas approuver notre union, lui répondit-il comme s'il avait lu ses pensées. Du moins certaines d'entre elles.

— Je suis un peu préoccupée, il est vrai. Mais pas totalement inquiète. Mes parents sont des personnes sensées. Je pense qu'ils verront en vous ce que j'y vois moi-même et qu'ils prendront la mesure de ce que je ressens. Je ne peux pas nier que...

Sa voix se bloqua, et une vive brûlure lui écorcha la gorge.

Un doute lancinant envahissait son esprit, l'idée qu'elle était peut-être bien plus éprise que lui.

James l'encouragea à poursuivre.

— Vous ne pouvez nier que... ?

Oh ! s'il n'y avait nulle raison de le nier, pourquoi donc hésiter ? Elle avait dit à Tante Cassandra qu'elle était prête à prendre des risques.

— Que je vous aime.

Les yeux de James se mirent à pétiller sous l'éclat de la lanterne éclairant l'intérieur de la calèche, et le séduisant sourire qui faisait naître le feu dans les veines de Lucy vint relever les coins de sa bouche.

— Et je vous aime aussi.

Lucy l'embrassa parce qu'elle ne pouvait s'en empêcher.

Il s'abandonna à l'instant à son tour, puis se fit sentimental et sema des baisers sur ses joues, le bout de son nez, son menton puis son front.

— J'aimerais que nous soyons déjà mariés, souffla-t-il contre sa peau. J'aimerais que nos efforts pour convaincre chacun que nous devons l'être appartiennent déjà au passé.

— Tout comme moi.

C'était exactement ce qu'elle ressentait, et elle était à demi tentée de lui demander de la ramener chez lui plutôt que de l'escorter jusqu'à Hallston House.

Elle n'avait pas ressenti la moindre honte à passer la nuit entre ses bras, mais laisser ses parents découvrir qu'elle n'avait pas dormi dans son lit durant la nuit ne ferait que compliquer la tâche qui les attendait.

Cette fois, le cocher du cab fit le tour de la demeure familiale pour la déposer dans la ruelle située à l'arrière et attendit patiemment tandis qu'ils échangeaient leurs au revoir.

— Êtes-vous sûre que vous serez capable d'entrer dans la maison et, cette fois, de rester bien tranquille ?

Lucy éclata de rire à ces mots et lui donna un dernier baiser.

— Je vous le promets.

— Dans ce cas, je vous verrai demain.

— Souvenez-vous qu'il vous faut attendre que je vous aie envoyé mon message, lui rappela Lucy. Il est juste que je lui parle en premier.

Dès que Lucy voulut ouvrir la portière, James plaça sa main sur la sienne.

— Je ne trouve pas juste que vous soyez la première à vous trouver face à lui concernant le sujet qui nous occupe tous deux. Ne voulez-vous pas me permettre de lui parler avant vous ? Vous avez agi pour moi ce soir. Laissez-moi prendre soin de vous ainsi que vous le faites toujours pour autrui. Laissez-moi parler à votre père.

Une onde de douce chaleur s'épanouit à ces mots dans la poitrine de Lucy. Son cœur se sentait comblé, si plein qu'il paraissait proche de l'explosion et qu'elle dut lutter pour ne pas laisser ses douces larmes noyer son regard.

— Fort bien, vous parlerez à Père le premier. Mais ensuite nous nous tiendrons ensemble face à lui. Je veux que nous affrontions toujours les obstacles côte à côte.

Il lui décocha alors le sourire qui avait ravi son cœur à l'instant de leur rencontre.

— Moi aussi.

22

James avait davantage fréquenté les clubs pour gentlemen au cours des deux journées écoulées que durant les deux dernières années. La plupart des hommes d'affaires qu'il avait côtoyés préféraient aborder leurs projets communs dans l'intimité de leur bureau ou lors de dîners formels à leur domicile. Mais il savait que les aristocrates avaient tendance à préférer fréquenter ces luxueux lieux de détente, et Lucy avait dit que Lord Hallston passait la plupart de ces matinées à son club.

Il avait été vivement soulagé quand elle avait accepté qu'il parle le premier à son père. Elle en avait suffisamment fait. Il présumait que sa nature serviable l'avait amenée à passer son existence à tenter d'aplanir les obstacles rencontrés par autrui. Il voulait agir de la même façon envers elle.

Considérant que Lord Hallston était un diplomate, James avait songé qu'il y avait fort à parier que l'homme soit membre du célèbre Travellers Club de Pall Mall.

Il arriva dans les environs immédiats à 8 heures du matin, bien conscient du fait que des heures pourraient s'écouler avant l'apparition du comte, mais sa décision lui donna le temps de traverser Green Park et de flâner dans St. James's Park. Il revenait vers le club de temps à autre. Des hommes descendaient de voiture ou approchaient à pied pour se rendre dans l'endroit, mais aucun d'eux ne ressemblait à celui que James avait vu dans les articles de presse consacrés aux projets d'alimentation en eau que Hallston avait soutenus.

Le portier du club lui adressa un regard sévère quand il passa devant l'entrée une fois encore. James était certain de ressembler parfaitement à ce qu'il était – un homme qui n'était pas vraiment à sa place à Pall Mall –, et qu'il soit titré n'y changeait rien. Il s'attendait à moitié l'entendre s'exclamer à son adresse, « Hey, que faites-vous à rôder par ici ? », ainsi que l'avait apostrophé le frère de Lucy la veille au soir.

Alors qu'il s'apprêtait à retourner de nouveau vers St. James's Park, James entendit des rires bruyants et se retourna. Deux hommes conversaient sur le trottoir juste à l'extérieur du club sans qu'il puisse distinguer leurs visages. L'un lui tournait le dos, lui cachant ainsi la vue sur le second. Pourtant son instinct lui criait que l'un d'eux était Hallston.

Il approcha rapidement, de peur qu'ils gagnent l'intérieur du club où il ne serait pas admis.

— Lord Hallston, dit-il d'un ton chaleureux tout en s'avançant.

Si jamais il se trompait, les deux amis se contenteraient de l'ignorer.

Mais le plus grand des deux hommes se tourna, et James comprit dans l'instant qu'il avait trouvé le père de Lucy. Ses cheveux étaient foncés mais ses yeux avaient la même teinte vert jade que ceux de sa bien-aimée.

— Lord Rossbury, monsieur le comte.

Autant faire usage de son titre quand la situation était d'importance.

— Nous n'avons pas été présentés.

James lui tendit la main comme il l'aurait fait avec des collègues en affaires. Il espérait que cela fonctionnait aussi bien avec les aristocrates.

— J'ai croisé la route d'un Lord Rossbury. Mais je présume qu'il s'agissait de votre père.

— De mon oncle, en vérité.

James ignorait totalement à quel point les deux hommes avaient pu être proches. Fort peu, supposait-il, mais il ne voulait pas courir le risque de se montrer indélicat.

— J'ai hérité assez récemment.

— Je vous prie d'accepter mes sincères condoléances.

L'homme auquel parlait jusque-là Hallston se pencha vers eux.

— Si vous devez être occupé un certain temps, je vous retrouverai un peu plus tard à l'intérieur, Hallston.

Le père de Lucy adressa un signe de tête à son compagnon puis se tourna de nouveau vers James.

— Que diriez-vous d'entrer, Lord Rossbury ?

James eut un instant d'hésitation. Selon toute vraisemblance, si Hallston, en tant que membre du club, désirait convier un invité à l'intérieur, personne n'y verrait rien à redire.

— Je n'avais pas vu votre oncle au club depuis des années. Mais peut-être ferez-vous un plus ample usage de sa carte de membre.

Ces cartes étaient-elles transmises par héritage, en même temps que tout titre de noblesse ?

James n'était pas certain qu'il en soit ainsi, et il ne pouvait imaginer que son oncle ait pu se permettre de payer son adhésion au club s'il en avait été réduit à vivre dans une maison de gardien durant les derniers jours de son existence.

— Il fait plus chaud à l'intérieur, ajouta Hallston comme pour lui donner une raison supplémentaire de le suivre.

— Bien entendu.

James l'accompagna vers l'entrée du club de Pall Mall.

— Hallston et Rossbury, indiqua le père de Lucy au portier, qui se contenta d'hocher la tête d'un air affable.

Eh bien, tout se déroulait à merveille. Même si James n'était pas encore prêt à crier victoire. Hallston ignorait encore totalement pour quelle raison il l'avait abordé.

— J'aime bien cet endroit, dit Hallston en pointa le doigt en direction de deux fauteuils de cuir usé près d'une cheminée et d'une table où étaient disposés livres et magazines sportifs.

James, tout en gardant le silence, se dirigea vers le siège que Hallston n'avait pas choisi.

— Aimeriez-vous un porto ? Ou un brandy, peut-être ?

— Plutôt un café, qu'en dites-vous ? demanda James.

Il n'était pas encore 9 heures du matin.

En un temps record, une tasse fumante de café noir et un verre de brandy furent déposés devant eux par un jeune serveur.

— Vous m'avez approché comme si vous souhaitiez me

communiquer une information, Lord Rossbury. Était-ce simplement la nouvelle du décès de votre oncle ?

— Non, monsieur le comte.

James but une gorgée de café, se brûla la langue et se demanda comment exprimer tout ce qu'il avait à dire sans commettre un immense gâchis.

— Dans ce cas, je dois avouer que vous piquez ma curiosité.

— C'est au sujet de votre fille, Lady Lucy.

Aller droit au but, c'était véritablement là l'unique méthode que James maîtrisait, et, en toute franchise, il s'agissait semblait-il du modus operandi de Lucy également.

L'expression de Hallston passa d'une surprise amusée à une claire inquiétude en l'espace de deux battements de cœur.

— Êtes-vous la raison pour laquelle elle a écourté son séjour en Écosse ?

— D'une certaine façon, oui.

Hallston se pencha en avant, ses larges épaules remontant vers ses oreilles, et son expression amicale se mua en quelque chose de bien plus âpre.

— Je vous saurais gré de ne pas user de faux-fuyants, Rossbury. Qu'y a-t-il entre vous et ma fille ?

Avant que James n'ait pu formuler sa réponse, Hallston s'enfonça de nouveau dans son fauteuil et passa sa main sur son visage, l'air nerveux.

— Mon Dieu, tout cela est dû à cette femme, n'est-ce pas ? Elle est la sœur de mon épouse, certes, mais par tous les diables, nous n'aurions jamais dû laisser Lucy partir la rejoindre.

James peina à étouffer un rire.

— Ai-je dit quelque chose d'amusant ?

Le ton de Hallston était teinté tout à la fois d'irritation et de mépris.

Mon Dieu, les choses prenaient un tour fâcheux. Très fâcheux.

— Toutes mes excuses, monsieur le comte. Je vous assure que je ne me moquais pas de vous.

C'était faux dans le fond, mais il devait trouver une façon d'arranger la situation.

— C'est cette idée qui m'a semblé drôle.

— Cette idée ?

Hallston commençait à élever la voix. Quelques gentlemen installés à proximité tournèrent leur tête dans leur direction.

James lui répondit d'une voix plus feutrée.

— L'idée d'empêcher Lady Lucy d'accomplir une action qu'elle s'est mis en tête de réaliser me paraissait amusante.

James sourit, misant sur une attitude charmante.

— Mais peut-être ne trouvez-vous rien de cocasse à cela. Et, pour cela, je vous prie de bien vouloir me pardonner.

— Cessez de vous excuser, voulez-vous.

Hallston l'observa attentivement, puis dressa un sourcil interrogateur.

— Depuis combien de temps connaissez-vous Lucy ? Je ne me souviens pas de vous avoir vu lors d'événements mondains.

Oh ! il s'agissait d'une mauvaise idée. D'une idée épouvantable.

— Une semaine.

Plus ou moins.

— Ceci a quelque chose à voir avec l'Écosse et Cassandra. Je veux que vous me le disiez avant que je ne perde mon calme et par conséquent mon statut de membre au sein de ce club réputé.

Si James avait voulu ergoter, il aurait fait remarquer que l'homme avait déjà perdu son sang-froid. Mais il savait que sa mission était d'apaiser leur conversation et de gagner, bien que cet objectif semblât désormais s'éloigner, ne serait-ce qu'un peu, le respect de cet homme.

— Ceci est en effet en lien avec l'Écosse. J'ai fait la connaissance de Lady Lucy durant le voyage vers Édimbourg. Puis nos chemins se sont de nouveau croisés à Invermere.

Hallston se fit encore plus attentif.

— Vous avez suivi ma fille jusqu'à Invermere ?

— Non, en aucun cas.

Ce n'était sans nul doute pas le moment de mentionner que Lucy était arrivée après lui. Aucun d'eux n'avait suivi l'autre, quoi qu'il en soit.

— Il s'agissait d'une pure coïncidence.

— Pourquoi vous trouviez-vous là-bas ?

Jamais avant cet instant – c'est-à-dire fort tardivement – James n'avait réalisé qu'il n'y avait vraiment aucun moyen de raconter comment lui et Lucy s'étaient rencontrés, puis retrouvés, avant de passer des journées seuls, sans que toute l'histoire ait l'air terriblement scandaleuse.

Mais il ne pouvait pas entamer une relation avec cet homme par un mensonge.

— Je suis le propriétaire d'Invermere. Le domaine appartenait à mon oncle, voyez-vous. Et il a donné à Lady Cassandra la permission d'y résider.

— Elle était sa locataire ?

— Plus ou moins, oui.

— Oh ! mon Dieu. Il était son amant.

James avala une petite gorgée de café.

— Elle a pris grand soin de la propriété, et je n'étais pas enthousiaste à l'idée de la chasser des lieux, mais j'avais espéré vendre le manoir rapidement.

— Pour quelle raison ?

Saperlipopette.

— Non, inutile de me livrer la moindre explication, reprit Hallston. Je connaissais bien peu moi-même Rossbury, mais nous savions tous qu'il gérait ses biens en dépit du bon sens. Je suppose qu'il avait des dettes.

— Oui, monsieur le comte.

Ciel, il avait presque oublié qu'il aurait aussi à gérer les dettes de son oncle.

— J'imagine que Lady Cassandra n'était pas particulièrement ravie de découvrir que vous étiez venu pour la mettre à la porte.

— Absolument pas ravie, en effet.

Hallston but une petite gorgée de brandy et fixa le feu, ce dont James se réjouit secrètement. Il avait besoin d'un instant pour se ressaisir et trouver le moyen de donner un meilleur départ à cette relation toute neuve.

— Lady Lucy s'est montrée très aimable envers moi, et j'ai pu réaliser en très peu de temps quelle femme extraordinaire elle est.

— Un temps fort court, en effet, lâcha Hallston d'un ton cinglant. Bien que je ne puisse vous reprocher d'avoir rapidement pris la mesure des qualités de Lucy. Elles crèvent les yeux à quiconque est disposé à les voir.

— Et je les ai vues. Elle est merveilleuse. Elle peut vous rendre fou parfois, mais elle ne cesse même alors d'être merveilleuse.

— Bonté divine, vous la connaissez vraiment.

Hallston soupira, et étrangement ce simple fait fit naître l'espoir dans le cœur de James.

— Donc, vous souhaitez l'épouser.

— C'est le cas, en effet.

— Vous avez entendu parler de sa dot, je suppose.

— Je ne connais que ce qu'elle m'en a dit.

Cette déclaration surprit le comte, et James perçut que Hallston ne savait qu'en penser.

— Je me priverais de sa dot et l'épouserais si elle était sans le sou.

— Un sentiment des plus charmants, Rossbury, mais vous savez que je ne laisserais jamais ma fille vivre sans argent.

— Ni moi non plus. J'ai pour projet de lui offrir une vie confortable. Avant d'hériter, je dirigeais une entreprise de transport maritime qui connaissait un grand succès. Je compte poursuivre mon activité et même la développer.

— Vous êtes noble et travaillez dans le commerce ?

— Oui, en effet.

James resterait inflexible sur ce point, même si Hallston leur offrait une rente annuelle ou si l'héritage de Lucy était en mesure de les garder à l'abri du besoin durant des années. Il souhaitait connaître de nouveau le succès dans un domaine pour lequel il était doué. Et même apprécié pour sa valeur.

— Il me faut parler à ma fille. Je ne peux prendre aucune décision avant cela.

James considérait déjà Hallston comme un homme digne de respect pour la réputation qu'il avait bâtie pour lui-même et pour la fille qu'il avait élevée, mais en cet instant l'estime qu'il éprouvait pour lui le bouleversa presque. Chaque jour, des aristocrates négociaient les termes de l'union que noueraient leurs filles à marier avec peu, voire pas, de considération pour les préférences de la future épouse.

Il admirait Hallston pour avoir fait des sentiments de Lucy, de ses propres choix, l'élément décisif.

— Venez à une heure de l'après-midi. Je m'entretiendrai préalablement avec elle. Nous aurons ensuite une conversation ensemble.

James comprenait qu'il était prié de partir. Il se leva et fut agréablement surpris quand Hallston l'imita et lui serra la main.

En regagnant le trottoir devant le Travellers Club, James se sentit presque porté par une sorte d'espoir euphorique, l'espoir que Hallston pourrait, finalement, leur donner sa bénédiction. En songeant rétrospectivement à leur conversation, il avait conscience de son manque de raffinement et du fait d'avoir omis de mentionner certains détails cruciaux, mais une certaine entente s'était instaurée entre lui et le comte. À tout le moins avaient-ils montré qu'ils étaient d'accord quant au fait que Lucy méritait le meilleur.

C'est alors qu'une forme d'étrange effervescence s'empara de James et que le doute s'immisça dans son esprit.

Ils avaient en grande partie réglé le problème posé par Beck, mais les bureaux de Pembroke Shipping étaient toujours poussiéreux et désertés. Il lui restait encore à tout rebâtir.

Sa conscience lui murmurait que la question d'épouser Lucy devrait attendre, pour être envisagée, que tout le reste soit en ordre. Et qu'il puisse faire de nouveau état de réussites.

Mais une autre partie de lui, son cœur, la part la plus enfouie de son âme, qui jamais ne doutait ni ne lui adressait de reproches, lui disait qu'il ne devait pas perdre un instant de plus. Qu'être loin de celle dont il s'était senti si proche dès leur rencontre, une femme qui lui faisait désirer être le meilleur homme possible, était pure folie.

Lucy le voulait, lui. Maintenant. Juste tel qu'il était. Il serait le plus indigne des imbéciles s'il refusait le cadeau consistant à l'avoir dans sa vie. Et il ferait tout son possible pour s'assurer qu'elle ne regretterait jamais son choix.

Désormais, il ne leur restait plus qu'à convaincre Lord et Lady Hallston.

— Si vous piétinez ces hellébores, Mère ne vous le pardonnera jamais.

Charlie se tenait assis dans un coin du jardin d'hiver, alangui dans l'une des méridiennes de velours de sa mère et occupé par instants à lire à haute voix des statistiques à propos de chevaux de course dans d'ennuyeux magazines sportifs.

— Je ne piétine rien du tout, lui rétorqua Lucy.

— Vous n'étiez pas loin de le faire.

— C'est faux.

— Comment pourriez-vous en être certaine ? Vous faites les cent pas, le regard perdu dans le vague, depuis presque une heure.

— Charlie, je suis entrée ici il y a vingt minutes seulement.

— J'ai l'impression que cela fait déjà une heure.

— Vous pourriez aller ailleurs.

— J'étais là le premier, voyons, railla-t-il en affectant un air exagérément offensé.

— Je suis nerveuse, voilà tout, concéda Lucy.

Charlie maugréa, se redressa sur son siège et reposa son magazine.

— Très bien. Je vois que vous mourez d'envie de me dire pourquoi.

Ce n'était pas le cas. Enfin, pas vraiment. Lucy avait gagné le jardin d'hiver pour être seule. Et, ainsi que l'avaient démontré les événements de la nuit passée, Charlie n'était pas un confident digne de confiance.

— Attendez, pourquoi ne m'avez-vous pas posé de question à propos du gentleman que vous avez trouvé devant la maison hier soir ?

— Quel gentleman ?

Charlie plissa les traits dans un élan de sincère perplexité.

— Vous étiez si soûl que vous ne vous en souvenez même pas, n'est-ce pas ? Mon Dieu, Charlie, vous feriez le pire espion de toute l'histoire britannique.

Son frère accueillit ses paroles par un haussement d'épaules.

— Probablement. Par chance, je n'ai jamais eu la moindre envie d'être espion.

— Vous êtes incorrigible décidément.

Le ton de Lucy révélait son agacement, mais elle ne put s'empêcher de sourire.

— Oh ! non !

Charlie la fixa, yeux grands ouverts, main plaquée contre sa bouche.

— Vous allez encore me parler de l'homme que vous avez rencontré dans le train.

— Je n'en avais nullement l'intention, à vrai dire.

— Vous êtes follement éprise de lui. Totalement et ridiculement éprise.

Il accompagna ses paroles d'un geste du doigt qui traça dans les airs un motif de zigzag parcourant le corps de Lucy du haut vers le bas.

— Ne le niez pas. J'en vois la preuve dans chacun de vos pas mal assurés, dans chaque regard vague que vous destinez au mur, à cet air de douce folie qui se lit dans vos yeux.

— Vous exagérez, voyons.

— Ainsi parle la femme éperdument amoureuse.

— Je n'ai jamais essayé de le nier.

— Milady ?

Sarah, leur femme de chambre, venait d'entrer dans le jardin d'hiver.

— Lord Hallston demande à vous voir dans son bureau.

Lucy jeta à son frère un regard qui voulait dire « voyez ce que vous avez fait », auquel il répondit par un haussement d'épaules signifiant « tout n'est que votre propre faute, vraiment ».

— Je vous remercie, Sarah. J'arrive tout de suite.

Lucy n'aurait pas dû se rendre dans le jardin d'hiver. Elle aurait dû faire les cent pas dans l'intimité de sa chambre ou peut-être même préparer ce qu'elle voulait dire à son père. Charlie ne lui serait jamais d'aucune aide, et à vrai dire elle était allée le chercher. Il était peut-être un confident affreusement bavard mais il était assez doué pour écouter.

À présent le moment était venu pour elle. Elle espérait que son père souhaitait lui parler parce qu'il s'était entretenu avec James. Durant toute la matinée, elle avait prié pour que cette discussion se passe au mieux. Mais, si tel n'avait pas été le cas, il s'agirait de commencer à tenter de le convaincre.

— Je l'aime, Père.

Elle murmura les mots qui semblaient représenter son argument le plus crucial. Quelles que soient les craintes de son père, quels que soient les arguments qu'il puisse avancer, il ne pourrait rien changer au fait que James Pembroke avait conquis son cœur comme aucun homme avant lui. Et, plus important encore, il lui parlait, l'écoutait et tenait à elle plus que nul autre.

— Père, dit-elle d'un ton joyeux en entrant dans le bureau. C'est une charmante coïncidence que vous ayez souhaité me voir car j'espérais vous parler aujourd'hui également.

— Fort bien. Et nous avons tous deux envie de nous entretenir avec vous.

Son père fit un geste en direction de sa mère. Lucy n'avait pas remarqué en entrant qu'elle était assise près de la fenêtre. Celle-ci demeura immobile, et ce qu'elle lut sur ses traits – une expression à mi-chemin entre la réticence et l'inquiétude – apprit à Lucy que tout n'allait pas pour le mieux.

Elle imagina les multiples façons dont une première rencontre entre James et son père avait pu mal se passer. Puis songea aux moyens grâce auxquels tous deux pourraient répondre aux appréhensions de ses parents.

Quelque chose allait affreusement mal s'il fallait se fier à l'air agité de son père.

— Asseyez-vous, je vous prie, mon enfant.

Lucy choisit un siège face à sa mère, et son père prit place sur un canapé avant de se tourner vers les deux femmes.

— Racontez-nous votre voyage en Écosse, voulez-vous ?

Ciel, ce n'était absolument pas ce à quoi à quoi elle s'était attendue.

— Pourquoi être rentrée de façon si soudaine ? lança sa mère à voix basse.

— Je...

Lucy n'avait jamais été douée pour les mensonges, du moins pas à son propre avantage. Elle cachait des informations pour aider ses amis. Pour garder des secrets. Mais elle n'avait jamais menti à ses parents à propos de quoi que ce soit. Même si elle ne se sentait certainement jamais aussi libre de parler ouvertement que lorsqu'elle s'adressait à sa tante.

Elle prit une inspiration tremblante et songea à la manière de se montrer honnête tout en ne livrant pas tout.

— Mon voyage a été mouvementé. J'ai fait la connaissance d'un gentleman auquel je me suis attachée. Je pensais qu'il était rentré à Londres et j'ai donc fait de même.

Peut-être James n'avait-il pas encore eu l'occasion de rencontrer son père.

— Vous n'en avez jamais fait mention, dit sa mère d'un ton sec.

— Je suis revenue si récemment, Mama. Nous n'avons même pas pris de repas ensemble depuis mon retour. Vous et Père aviez un dîner hier soir.

— Tenez-vous beaucoup à lui ?

La voix de son père ne laissait transparaître aucune émotion, ce qui était étonnant de sa part. Très étonnant.

— Énormément. Aucun gentleman n'a jamais autant compté à mes yeux.

Lucy redressa le dos et regarda son père.

— Je l'aime, Papa, et j'ai pour projet de l'épouser.

— Lucy..., hoqueta sa mère.

— Mère, je sais qui je suis, je connais mon cœur. Ne croyez-vous pas que je sais ce que je veux et ce qui me convient ?

— Un premier amour peut être assez dévorant. Il peut vous empêcher d'être lucide quant aux défauts d'un homme.

Sa mère avait prononcé ces mots avec une sorte de calme désespoir.

Quand le père de Lucy baissa les yeux et serra les mâchoires, Lucy comprit qu'il n'était pas l'homme dont sa mère parlait. Ses parents étaient épris l'un de l'autre, et elle ne souvenait pas d'avoir jamais entendu sa mère laisser supposer que son père avait des défauts, et a fortiori nommer ces derniers.

— Si j'étais une débutante vivant sa première Saison, j'écouterais vos mises en garde plus attentivement. Mais j'ai à présent vingt-quatre ans, Mère. J'ai attendu longtemps pour ressentir ce que j'éprouve à présent. J'ai même douté que je le ressentirai un jour. Mais désormais je sais ce que j'attendais. Je l'ai trouvé. Et je n'ai pas envie de patienter encore davantage.

Ses parents échangèrent un long regard, communiquant en silence ainsi qu'ils le faisaient souvent.

— Puis-je vous parler de lui ? demanda doucement Lucy. Même si je l'ai rencontré il y a peu, j'ai le sentiment de connaître toutes les choses les meilleures, les plus essentielles à son propos.

Ses parents se jetèrent un regard complice et, après que Lucy eut formulé sa question, ils hochèrent tous deux la tête. Ils étaient tombés d'accord sur un point, mais lequel ?

Lucy ouvrait la bouche pour dresser la liste des qualités de James quand son père leva la main.

— Nous voulons entendre ce que vous pensez de ce jeune homme, bien entendu. Mais peut-être aimerait-il en être informé également. Et si nous lui demandions de nous rejoindre ?

Le sourire de son père s'était soudain fait espiègle.

— Je ne comprends pas. Il est ici ? s'étonna Lucy.

Elle osait en former l'espoir. Osait interpréter la soudaine allégresse de son père comme un bon signe. Ses parents avaient fait sa connaissance et n'avaient pas l'air contrariés. Sa mère paraissait encore préoccupée, mais son père souriait. Mon Dieu, elle avait connu une immense inquiétude et, à présent, elle laissait la joie la gagner et s'emparer de tout son corps.

Son père se leva et quitta la pièce pour y revenir un instant plus tard en compagnie de James. Bien que son père eût l'air amusé, James paraissait sur ses gardes.

— Il m'a abordé devant mon club, dit son père en feignant une attitude bourrue.

— Oh ! vraiment ?

Lucy sourit à James.

— Il voulait vous voir tôt, je crois, répondit-elle.

— Il est aussi peu patient que vous, semble-t-il, intervint sa mère. Voilà qui devrait rendre fort intéressants les mois à venir ?

— Les mois à venir ?

James et Lucy avaient prononcé ces mots presque en même temps.

— Comme vous avez pu le constater avec l'exemple de Miranda, il faut véritablement des mois pour organiser un mariage comme il se doit.

Lucy sentit le regard de James se poser sur elle, et elle leva les yeux vers lui pour découvrir que cette perspective lui plaisait tout autant qu'à elle-même.

C'est-à-dire, absolument pas.

— Ne songez même pas à retourner en Écosse pour vous marier en secret, dit son père d'un ton ferme. Cassandra a déjà assez de comptes à rendre.

— Tante Cassandra n'a rien fait de mal.

Lucy était incapable de supporter plus longtemps la colère que son père éprouvait à l'égard de sa tante.

— Elle n'était même pas...

— ... terriblement favorable à l'intérêt que nous ressentions l'un pour l'autre, coupa James.

Et elle pouvait remercier le ciel qu'il l'ait fait. Les parents de Lucy ignoraient qu'elle s'était retrouvée seule avec James durant des jours à Invermere. Et, à vrai dire, pourquoi avaient-ils besoin de le savoir ?

— Pourquoi cela ? lança sa mère d'une voix légèrement inquiète.

— James est le nouveau propriétaire de la maison dans laquelle elle a vécu durant des années, expliqua Lucy. La maison qu'elle adore. Elle ne l'a pas apprécié au début.

— Mais vous oui, apparemment.

Son père soutint son regard dans lequel brillait une question muette, mais il la connaissait suffisamment bien pour avoir sa réponse.

— Oui, certainement.

— Et vous, Lord Rossbury ?

James tourna la tête vers Lucy et embrassa de son regard tendre chacun de ses traits. Chaque endroit où ses lèvres s'étaient posées.

— Dès que je l'ai vue, j'ai su. Je ne comprenais pas exactement ce qui se passait. D'ailleurs, je ne suis pas certain de complètement le comprendre à présent. Mais je sais que je l'aime au-delà de toute raison, que je veux passer chaque journée en sa compagnie, que je veux lui donner tout ce qu'elle désire.

Il s'inclina vers elle et murmura :

— Je vous adore.

Puis il se tourna de nouveau vers les parents de Lucy.

— J'adore votre fille et, si elle veut bien de moi, je suis à elle.

Lucy ne put s'empêcher à ces mots de se pencher vers lui et de poser sa main sur son bras pour se délecter de sa chaleur et de sa force. Puis elle déposa un doux baiser sur sa joue.

Sa mère s'éclaircit la gorge, et son père laissa échapper un petit rire ému.

— Peut-être devrions-nous renoncer à ces mois de préparation et envisager une licence spéciale pour célébrer la noce au plus tôt, non ?

23

Deux semaines plus tard

— Êtes-vous déçu ? demanda Lucy alors que James la tenait dans ses bras à l'intérieur de la maison qu'ils partageraient bientôt en tant que jeunes époux.

Ils avaient finalement cédé et accepté le grand mariage que ses parents rêvaient de lui offrir ainsi qu'ils l'avaient fait pour sa sœur aînée.

— Je ne suis pas un grand amateur de célébrations fastueuses, mais je vous adore tant que tout ce qui nous permettra d'inscrire nos deux noms au bas d'un certificat de mariage me conviendra.

Lucy se hissa sur la pointe des pieds pour venir déposer ses lèvres sur les siennes. James plaça sa main au creux de ses reins pour l'attirer plus près, et elle le gratifia alors d'un baiser plus profond, plus audacieux.

— Excusez-moi, monsieur le comte.

Mrs Wilton, dont James commençait à suspecter qu'elle recevait des émoluments de la part de la mère de Lucy, se tenait sur le seuil de son bureau. La femme était subitement devenue aussi vigilante à leur égard qu'un chien de garde et semblait détenir une capacité infaillible à détecter quand Lucy et lui étaient sur le point de s'arracher mutuellement leurs vêtements en pleine journée.

— Tout a été préparé ainsi que vous l'aviez demandé. Le...

Elle s'éclaircit la voix.

— Ils ont tout arrangé, tout est donc présentable maintenant.

— Je vous remercie, Mrs Wilton.

Elle hocha la tête puis jeta un regard vers la chemise déboutonnée de James avant de remarquer la façon dont les cheveux de Lucy s'échappaient à moitié de leurs épingles.

— Ce sera tout, Mrs Wilton.

— Fort bien, monsieur le comte.

Elle l'appelait toujours « monsieur le comte » avec emphase, et James peinait à déterminer si c'était à son profit ou au sien.

— Je suis désolé, murmura-t-il à Lucy une fois la gouvernante partie.

— Tout va bien. Elle se montre vigilante et s'inquiète pour votre réputation, apparemment, le taquina-t-elle. Bien que je me réjouisse que les logements des domestiques ne soient pas proches de votre chambre.

— Qui sera la nôtre, très bientôt.

— Dans le cas contraire, nous aurions dû nous montrer silencieux.

— Nous ne le serons pas. J'aime ces petits sons que vous faites.

James l'attira à lui pour lui donner un autre baiser, et Lucy le repoussa tendrement.

— Moi aussi, mais de quoi parlait Mrs Wilton ? Ses paroles étaient fort mystérieuses.

James brûlait d'envie de relever le tissu de ses jupes et de faire l'amour à sa fiancée sur son bureau ainsi qu'ils l'avaient déjà fait une fois, et ainsi qu'il en rêvait quotidiennement depuis lors. Mais il se força à calmer ses pensées licencieuses. Il avait hâte de lui faire découvrir la surprise qu'il avait prévue pour elle.

— Laissez-moi vous montrer.

Il prit sa main et la mena dans le couloir afin de gagner avec elle l'arrière de la demeure.

— Êtes-vous déçue ? s'enquit-il, reprenant ainsi la question qu'elle lui avait elle-même adressée un peu plus tôt. Par cette demeure ? Cette place n'est pas très prisée par les personnes auprès desquelles évoluent vos parents, et la maison est bien loin d'être aussi luxueuse que Hallston House.

— J'adore cette maison. Elle a du caractère. Et, plus important encore, vous y vivez. Nous en ferons notre foyer.

Ils avaient déjà parlé des changements qu'ils souhaitaient effectuer. Lucy affectionnait les couleurs vives autant que sa tante, et James était ravi de lui laisser le champ libre pour toute modification qu'elle jugerait adaptée.

Il y avait toutefois un changement qu'il avait lui-même ardemment voulu. C'était l'unique raison pour laquelle il se réjouissait qu'elle ne vive pas déjà avec lui. Lui cacher ce secret durant deux semaines avait déjà été assez difficile mais, la fin des travaux approchant, il s'était dit que le temps était venu de le lui montrer. Et ce d'autant plus qu'il souhaitait savoir si Lucy souhaitait apporter certaines modifications avant la fin du chantier. Il tenait à ce que tout ce qui concernait la demeure soit conforme à ses goûts et la fasse se sentir chez elle.

Il s'arrêta près de la cage d'escalier.

— Peut-être devriez-vous fermer les paupières.

Elle s'exécuta mais rouvrit immédiatement un œil. James partit d'un rire sonore et vint se placer derrière elle tout en levant une main devant ses yeux.

— Puis-je ?

Lucy acquiesça.

— S'il le faut.

Ainsi il put la tenir contre lui, sa main au creux de sa taille, tandis qu'il la guidait lentement vers sa surprise.

— Prête ? demanda-t-il une fois qu'ils eurent atteint le seuil.

— Oui, lâcha-t-elle d'un ton impatient.

James retira sa main, et Lucy laissa échapper un cri. Elle pressa les doigts de son aimé et bondit sur ses pieds.

— C'est si beau !

— Tout n'est pas encore terminé, mais j'avais envie de connaître votre avis.

— Mon avis est que je l'adore.

— Je vous en prie, visitez donc les lieux.

Lucy pénétra dans le jardin d'hiver comme si elle craignait qu'il s'évanouisse sous ses yeux si ses pas étaient trop rapides, une attitude qui lui ressemblait si peu que James craignit de s'être mépris. Le jardin d'hiver était d'un style similaire à celui d'Invermere, mais il l'avait voulu plus vaste et plus haut.

— Oh mon Dieu ! s'exclama Lucy.

Sur une table, dans la partie déjà achevée du jardin d'hiver, à l'écart des outils et du matériel des ouvriers, elle trouva le chevalet et les fournitures qu'il avait achetés. James, craignant de ne pas faire les bons choix, avait sollicité l'avis de sa tante pour tout.

— C'est un début, je l'espère. Cassandra m'a invité à ne pas acheter trop de matériel pour vous laisser la possibilité de choisir les pinceaux et les couleurs que vous préférez.

Son dos plaqué au torse de James, Lucy resta immobile pour admirer l'endroit durant plusieurs minutes.

Mais son silence était inquiétant. Elle n'était pas femme à rester ainsi sans mot dire.

Puis elle leva la tête, s'absorbant dans la contemplation des poutres arquées de fer forgé qui soutenaient les nombreux panneaux de verre. Elle tourna lentement sur elle-même, ainsi qu'il l'avait vue faire à la gare de King's Cross.

— Que pensez-vous, mon amour ?

— C'est tellement merveilleux. Je suis bouleversée.

— Mais favorablement, n'est-ce pas ?

Deux choses se passèrent au même instant – elle se mit à rire et des larmes commencèrent à rouler sur ses joues.

James était toujours déconcerté.

— Pourquoi avoir fait tout cela pour moi ?

Se blottissant contre lui, elle noua ses bras à son cou. James éclata de rire et entoura sa taille de ses bras.

— Ce sont les paroles les plus stupides qui aient franchi vos lèvres depuis le jour de notre rencontre.

— Je veux savoir.

— Si vous ne le savez pas déjà, alors nous sommes face à un vrai problème.

Il frôla tendrement sa joue de ses lèvres.

— Je vous aime. Vous serez mon épouse si nous réussissons à organiser ce mariage. Mon but est de vous rendre heureuse et, d'après ce que j'ai vu à Invermere et ce que vous m'avez dit – je vous écoute attentivement, ne vous en déplaise –, peindre est très important pour vous.

— C'est le cas en effet.

— Par conséquent, vous permettre de continuer à exercer votre art compte énormément à mes yeux.

Il avait uniquement utilisé une part de l'argent que lui rapportait son accord commercial avec Blackwood pour payer le coût du jardin d'hiver. C'était un geste important pour lui, toutefois il hésitait à en parler à Lucy. Ils n'étaient toujours pas d'accord sur la façon dont serait utilisée sa dot et sur la part de leur existence qui serait financée par l'argent fourni par le père de Lucy.

— Bien.

Lucy s'interrompit et joua avec le ruban qui ceignait sa taille avant de plonger ses yeux dans les siens.

— Il y a une chose que je devrais probablement vous dire.

— Voilà qui m'inquiète.

Elle dirigea alors son regard vers le jardin.

— Je ne sais pas ce que vous en penserez. Père désirait vous l'annoncer, mais je me suis dit qu'il vallait mieux que ce soit moi qui vous l'apprenne.

— Je vous écoute.

— Votre dette auprès d'Archibald Beck a été remboursée.

Le corps de James se raidit dans l'instant.

— Comment cela ?

Lucy se dégagea de son étreinte.

— Je vous en prie, ne soyez pas fâché. Père s'en est chargé.

— Ce n'est pas ce que nous étions convenus.

— Ce n'est pas tout cependant. Voulez-vous bien m'écouter ?

James acquiesça, la mâchoire fermement serrée.

— La plus grande partie de cette dette a été annulée.

James laissa échapper un rire cynique.

— Beck ne ferait jamais le moindre cadeau à personne.

— Papa... a parlé de vos ennuis avec Beck à un ami. Il n'a pas fait mention de votre nom, juste indiqué qu'une personne de sa connaissance avait eu des démêlés avec Mr Beck. Et son ami a exercé... une forme de pression sur celui-ci.

— Une pression.

— L'homme travaille pour Scotland Yard et en sait bien plus au sujet des infâmes opérations de Beck que vous-même, je suppose. Bien entendu, Beck souhaite éviter que cet homme se penche sur son cas et ne veut pas s'attirer ses foudres. L'ami de mon père s'est entretenu avec lui, c'est un service qu'il a rendu à Père, en quelque sorte.

— Je voulais avoir la satisfaction de régler cette question moi-même.

— Et je pense qu'il est merveilleux que nous n'ayons tout simplement plus besoin de nous inquiéter de cet homme.

Lucy inclina la tête et regarda James tendrement.

— Ne croyez-vous pas ?

James rumina cette idée. Il n'aimait pas que le puissant père de Lucy soit intervenu pour régler un problème auquel il s'était retrouvé confronté en raison de sa propre stupidité. Il s'agissait de son erreur, de sa responsabilité. De sa dette.

Il s'écarta d'elle, le regard rivé vers la porte de sa demeure. Quelque chose en lui le poussait à partir avant de dire à Lucy des paroles qu'il regretterait. Il n'aimait pas l'homme qu'il devenait quand il ressentait pareils sentiments, cela lui rappelait son enfance, quand il s'était senti tellement en colère, effrayé. Et démuni.

Mais que craignait-il, au juste ?

Lucy approcha et posa une main sur son bras, mais il ne se retourna pas vers elle.

— Je sais que ma famille peut être quelque peu difficile à supporter. Et, croyez-moi, je suis bien placée pour savoir que Père peut être envahissant. Il détient un certain pouvoir et ne craint pas de s'en servir au bénéfice de sa famille. Et désormais vous en faites partie.

Elle prit une brève inspiration avant de poursuivre.

— Vous avez vécu sans famille durant si longtemps…

— Non.

James avait parlé d'un ton doux. Que Dieu lui vienne en aide, il ne voulait pas élever la voix quand il s'adressait à Lucy. Elle ne méritait pas pareil traitement. Cette peur était ancienne. Elle remontait à des décennies et avait été exacerbée par la perte de sa fortune l'année précédente.

— J'ai juste…

Il s'éloigna d'elle, réalisant en cet instant qu'il s'agissait de la première fois qu'il rompait ainsi leur étreinte. Elle ne comprendrait peut-être pas mais il tenterait de tout lui expliquer une fois que son agitation se serait apaisée.

— J'ai juste besoin de marcher un peu. Je vous prie de m'excuser.

La porte d'entrée lui sembla fort lointaine, mais il se força à gagner la sortie tout en tentant de calmer son souffle.

Lucy essuya ses larmes tout en regardant James s'éloigner.

Elle jeta un dernier regard au splendide jardin d'hiver qu'il avait fait bâtir pour elle, au matériel de peinture qu'il avait choisi avec grand soin et regagna l'intérieur de la maison.

Elle entra dans le salon principal, jeta un regard à l'horloge, s'installa dans le fauteuil qu'elle avait déjà désigné comme étant son préféré et patienta.

Son cœur la pressait de courir le rejoindre mais son esprit lui enjoignait d'attendre. De lui accorder un moment pour rassembler ses pensées, pour laisser s'apaiser les sentiments qui le submergeaient, quels qu'ils puissent être.

Elle avait toutefois une intuition quant à leur nature. Elle se trompait peut-être, et il était certain qu'elle préférerait entendre la vérité de sa bouche, mais sa réaction la plus vive avait eu lieu quand elle avait mentionné sa famille. En cet instant, elle avait cherché à évoquer le deuil qui l'avait frappé sans lui causer de souffrance. À présent elle commençait à comprendre que ceci était impossible. Il avait voulu oublier ces souvenirs, cette tragique expérience, et créé ainsi un mur le protégeant des sentiments liés à son passé.

Avait-il eu un jour le temps de véritablement pleurer la perte de ses parents ?

D'après le peu de choses qu'il lui avait dites, il apparaissait qu'il avait dû concentrer toute son attention sur sa propre survie presque dès l'instant où il les avait perdus. À cause de l'insensible Rufus Pembroke. Quel homme infâme et détestable ! Quelles qualités Tante Cassandra avait-elle bien pu lui trouver ?

James avait mentionné qu'Angus croyait qu'elle avait vu en Pembroke un homme capable de lui offrir une forme de sécurité. Comme il était ironique de constater qu'il avait fait tout l'inverse à l'égard de sa propre famille en délaissant son neveu, un tout jeune orphelin.

James n'était pas habitué à ce qu'une famille se mêle de son existence et tente de l'aider même quand il ne le désirait pas en donnant avis et conseils. D'après ce qu'elle savait de sa situation, il n'était pas habitué à ce que quelqu'un tienne suffisamment à lui pour sacrifier quoi que ce soit.

Mais c'était son cas. Celui d'Angus. Et celui de son père.

Le quart d'heure qu'elle avait décidé de lui accorder touchant à sa fin, Lucy se leva et gagna l'extérieur.

Elle trouva James qui lui tournait le dos, assis sur un banc, dans le square au centre de la place.

— Puis-je me joindre à vous ?

Il leva sa main vers elle aussitôt pour l'inviter à le rejoindre.

— Je vous en prie.

Lucy prit place près de lui, posa sa joue contre son bras et déposa sa main dans la sienne.

— On aurait pu imaginer que parler d'eux ne m'affecterait plus après toutes ces années.

— C'est n'est pas du tout ce que j'aurais pu imaginer. Je n'arrêterai jamais de ressentir cruellement la perte des membres de ma famille dans de telles circonstances. Le déraillement en lui-même a dû être terrible.

— Il me provoque encore des terreurs nocturnes.

Il déglutit avec difficulté, et les coins de sa bouche se relevèrent légèrement.

— Je déteste toujours les trains.

— Il est donc heureux que vous possédiez des navires.

— Seulement un. La moitié d'un.

— Il y en aura d'autres. Vous verrez.

Il inclina la tête sur un côté et leva un sourcil interrogateur. Cette question en particulier avait constitué un point de désaccord entre eux au cours des dernières journées écoulées. Quand il avait voulu parler avec elle de la façon dont ils utiliseraient sa dot, Lucy avait suggéré d'en consacrer une bonne partie à la remise sur pied de son affaire, mais il avait renâclé. Il s'était même montré peu favorable à l'idée d'utiliser une partie de cette somme pour rénover sa propre maison et n'avait cédé que lorsqu'elle avait insisté sur le fait qu'elle en avait vraiment envie, afin de se sentir davantage chez elle dans cet endroit.

— Je crains vous ayez à vous habituer à quelque chose qui ne vous plaira peut-être pas.

— De quoi parlez-vous ?

— Du fait qu'on veuille vous prêter assistance.

— Mmm, grommela James.

— Quand des personnes s'aiment mutuellement, dit-elle en détachant les syllabes d'un ton taquin, elles désirent s'aider l'une l'autre. Vous savez, c'est comme bâtir pour une personne un jardin d'hiver et lui acheter du matériel de peinture parce que cette personne est dotée d'un minimum de talent.

— Un grand talent, voulez-vous dire.

— Quoi qu'il en soit, vous comprenez bien le sens de mes paroles, non ?

— C'est possible.

— Vous êtes hypocrite, James Wesley Pembroke, si vous pensez qu'il est normal que vous œuvriez pour mon bien-être mais refusez que je fasse de même à votre égard.

— Mais votre père...

— Mon père devrait pouvoir le faire aussi. À ses yeux, vous faites partie de notre famille désormais. Il désire agir envers vous comme il le ferait pour moi.

Elle agrippa sa manche tant elle désespérait de lui faire comprendre le sens de ses paroles.

— Vous savez combien j'ai soif d'indépendance...

— Êtes-vous sûre de vouloir vous marier, dans ce cas ?

— Ne me poussez pas à vous donner une nouvelle démonstration de mes talents en matière de boxe.

James leva les mains comme pour se défendre.

— Très bien, très bien. Ce mariage aura bien lieu. Un jour.

— Ce que j'essaye de dire...

— Je comprends.

Il se tourna vers elle et l'attira contre lui, l'amenant presque à s'asseoir sur ses genoux.

— Je dois apprendre à vivre une existence remplie de bonheur, d'amour familial et de personnes désirant intervenir dans ma vie dans le but de m'aider.

— Exactement.

Il frôla sa joue de ses lèvres et murmura un long *hmmm*.

— Avez-vous encore besoin d'y réfléchir ou êtes-vous d'accord sur ce point ?

— Et vous serez à moi si j'accepte ce marché, c'est bien cela ? murmura-t-il, son souffle brûlant venant caresser son oreille.

— Oui, vous êtes coincé avec moi.

Lucy pressa sa paume contre sa joue puis traça du bout des doigts le contour de sa mâchoire.

— Cet arrangement vous convient-il ? Pour toujours ?

— Je vous confirme mon accord.

Il lui adressa ce fameux sourire. Celui qui faisait naître une douce chaleur au creux du ventre de Lucy mais aussi plus bas encore, vers chaque parcelle de son corps sur lesquelles elle avait envie de sentir se poser ses mains.

— Je suis à vous, Lucy. Pour toujours.

Épilogue

Octobre 1898
Écosse

— Au moins arrivons-nous à bord de la même calèche cette fois-ci.

James tenait la main de son épouse tandis qu'elle se penchait vers la fenêtre afin de profiter de la vue à mesure qu'ils approchaient d'Invermere.

— Êtes-vous nerveux ? s'enquit Lucy en baissant les yeux vers leurs mains jointes.

Elle devait avoir ressenti sa fébrilité alors que leur calèche roulait en direction de la demeure de sa tante. C'était la première fois qu'ils retournaient dans sa propriété et en Écosse depuis qu'ils avaient fait connaissance, l'année précédente.

Lucy attendait ce voyage impatiemment depuis des mois. Il avait été à l'origine prévu pour l'été précédent, mais deux raisons l'avaient retardé : l'acquisition d'un nouveau bateau pour Pembroke Shipping, et la première exposition des peintures de Lucy dans le cadre d'un petit salon artistique organisé par elle-même et par plusieurs amis artistes.

Ces deux événements avaient été couronnés de succès.

Pembroke Shipping comptait désormais dans sa flotte quatre bateaux rapides dédiés aux voyages transatlantiques, et le whisky produit par Blackwood se vendait à merveille en Amérique malgré la concurrence des alcools de qualité produits aux États-Unis.

Lucy s'était spécialisée dans la représentation de la nature et des paysages, et elle était devenue célèbre dans le milieu des aristocrates londoniens auprès de ceux qui, amoureux de leurs jardins, lui commandaient des œuvres pour en immortaliser la beauté.

— Il n'y a aucune raison de vous sentir nerveux à propos de cette visite, lui dit Lucy.

Elle voulut apaiser ses craintes en déposant un baiser sur sa joue, mais James avait envie de plus.

Il accueillit le visage de son épouse entre ses mains et déposa un doux baiser sur ses lèvres tandis qu'elle glissait un doigt entre deux boutons de sa chemise pour caresser la peau de son torse.

— Qu'y a-t-il ? demanda-t-elle en s'écartant. Votre cœur bat à tout rompre.

— Combien de personnes seront-elles présentes, exactement ?

— Vous le savez déjà, mon amour.

Elle le repoussa doucement d'un geste taquin.

— Tout le monde sera là. Mère, Père, Charlie, et Marion et sa famille.

Au cours des mois écoulés depuis leur mariage, James avait développé une relation avec le père et la mère de Lucy, même s'il sentait que le comte et la comtesse faire toujours preuve d'une certaine vigilance. C'était comme si, encore à présent, ils n'étaient pas tout à fait sûrs qu'il soit digne de leur fille.

Charlie était pour lui un allié, un jeune homme chaleureux, sociable et aussi téméraire que bien des garçons de son âge qu'avait pu connaître James.

Il considérait qu'ils étaient tous deux amis mais ressentait également un sens des responsabilités tout fraternel à l'égard de Charlie.

Marion et son époux avaient, quant à eux, été tant occupés par la naissance de leur premier enfant qu'il ne les avait pas encore rencontrés. James ne pouvait pas s'empêcher de se demander comment le duc et la duchesse réagiraient en apprenant que leur beau-frère faisait carrière dans le domaine du commerce.

— Angus est devant la maison, il nous attend.

Lucy déposa un nouveau baiser sur sa joue.

— Je sais que vous êtes content de le voir.

Quelques minutes plus tard, la calèche stoppa devant l'entrée d'Invermere et, dès qu'il eut fini d'aider Lucy à mettre pied à terre

James fut attiré entre les bras de Blackwood pour se voir gratifié d'une accolade des plus amicales.

— Bon sang, voilà qui fait bien trop longtemps, mon ami.

— Heureux de vous revoir également.

James tapota le dos de l'homme gauchement et remarqua du coin de l'œil que celui-ci adressait un geste à Lucy.

— Je rentre retrouver Tante Cassandra, lança cette dernière en se précipitant pratiquement à l'intérieur du manoir d'Invermere.

James jeta un regard à son épouse puis se tourna vers Blackwood, qui l'avait enfin libéré de son étreinte.

— Que se trame-t-il, Angus ?

— Je ne vois pas du tout de quoi vous parlez, cher monsieur.

Blackwood entoura ses épaules de son bras et le conduisit à l'intérieur mais, avant qu'ils aient pu gravir les marches du perron, une masse de fourrure grise bondit droit vers James.

Il se pencha aussitôt pour gratter le chien entre ses oreilles.

— Tu m'as manqué, toi aussi, Hercule.

Blackwood partit d'un rire franc, dont l'écho grave et ronflant fit sourire James.

— Cass était aussi renfrognée qu'un ours contrarié quand vous êtes partis en octobre dernier. Hercule a mal vécu votre départ. Il s'est morfondu des semaines durant. Elle était fort irritée à l'idée que vous ayez ravi le cœur de son chien et emporté sa nièce loin d'elle en l'espace d'une semaine seulement.

— Mais m'a-t-elle pardonné depuis ? demanda James avec une pointe d'inquiétude dans la voix alors qu'ils franchissaient le seuil.

— Voilà une bien stupide question.

La lady en personne traversa le vestibule, sa fidèle gouvernante sur ses pas.

Lady Cassandra tendit sa main vers James qui la saisit. Si elle n'était pas encore prête à recevoir de sa part des démonstrations débordantes d'affection pareilles à celles dont l'avait gratifié Blackwood, James ne pouvait que se réjouir de constater qu'elle lui adressait un franc sourire.

— Soyez le bienvenu.

Elle se pencha effectivement pour déposer un bref baiser sur sa joue.

— Merci de m'avoir ramené Lucy.

— Nous avons déjà décidé de faire de cette visite une tradition annuelle, si vous acceptez de nous recevoir.

La maison lui appartenait désormais, et elle avait obtenu le financement espéré. Bien que James et Lucy eussent tenté de lui faire cadeau de la demeure, elle avait refusé d'envisager pareille possibilité.

L'entêtement était un trait de caractère que James partageait avec Lucy et sa tante, et il comprenait fort bien les raisons de cette dernière.

Des voix s'échappaient du salon, et James se sentit de nouveau nerveux et hésitant. Non pas qu'il ne fût pas habitué à fréquenter des aristocrates désormais. Lucy s'était assurée de recevoir fréquemment chez eux, et il devenait de plus en plus à l'aise avec le rôle qui était le sien au sein de la bonne société et avec les devoirs attachés à son titre. Mais une bruyante réunion de famille représentait un autre défi.

Les parents de Lucy étaient venus dîner chez eux et Charlie leu rendait visite chaque fois qu'il le désirait, mais James n'avait jamai eu à faire face au rassemblement de la famille au grand comple dans un seul endroit.

Blackwood et Cassandra gagnèrent le salon, et James suppos que Lucy avait déjà rejoint le groupe, elle aussi. Des rires, de cliquètements de verre et quelques notes de piano s'échappaien de la pièce.

— Êtes-vous heureux de revenir à Invermere, monsieur le comte

James n'avait pas remarqué que Mrs Fox s'était attardée dans l vestibule. Elle était aussi silencieuse qu'un spectre vigilant mai quand il se tourna pour lui faire face, il lut une certaine affabilit dans son regard, et même une sympathie à laquelle il ne s'étai pas attendu.

— Ce lieu est associé à de bons souvenirs malgré la brièveté d mon premier séjour. Mais je me souviens que la première soiré fut assez désagréable pour nous tous.

Elle acquiesça d'un hochement de tête, et l'ombre d'un sourir passa sur ses lèvres.

— J'ai obtenu de Drummond qu'il me promette de ne pas essayer de vous enfermer dans la moindre pièce au cours de cette visite.

— Voilà une heureuse nouvelle.

James lui adressa un sourire chaleureux. Il avait toujours apprécié sa loyauté et sa vigilance.

— Il vous faudra rejoindre la famille au salon avant le dîner. J'ai cru comprendre qu'une surprise est prévue.

— Vraiment ?

Un nœud se forma aussitôt dans l'estomac de James. Il n'était pas grand amateur de surprises, du moins il n'avait pas l'habitude d'en être le destinataire. À vrai dire, l'inconnu l'inquiétait toujours. Après des années de jeunesse passées à souffrir d'une incertitude constante, il désirait plus que tout connaître la sécurité et la stabilité désormais.

Les surprises étaient seulement plaisantes quand elles étaient destinées à Lucy – des présents, des fleurs, de nouveaux tubes de peinture pour ses toiles.

L'une des choses qu'il préférait dans le fait d'être marié était leur façon de se rappeler mutuellement qu'ils occupaient les pensées de l'autre, et qu'ils en étaient aimés.

— J'ai été envoyé pour venir vous chercher et vous conduire au salon, de force si nécessaire.

Charlie se tenait au bout du couloir, un verre d'alcool dans une main, et de l'autre il adressait de grands signes à James.

— Venez. Ils vous attendent tous.

— Pour quelle raison ?

Un petit muscle commença à tressaillir à la lisière de sa mâchoire. Il avait déjà dû répondre à de nombreuses questions lorsque Lucy et lui étaient venus dîner chez le comte et la comtesse. Mon Dieu, Marion et son mari allaient-ils le soumettre au même exercice ?

— Lucy a une surprise pour vous, lui murmura Charlie quand James approcha. Un cadeau d'anniversaire anticipé.

Charlie pointa son doigt contre sa poitrine.

— Mais ne vous avisez pas de lui faire savoir que je vous l'ai dit.

— De quoi s'agit-il ?

— Non, non, je n'irai pas si loin. Elle m'embrocherait avec l'une des flèches de Tante Cassandra si elle l'apprenait.

James réprima un rire. Elle le ferait probablement, son frère voyait juste.

La pièce était baignée de chaleur et de l'odeur du feu de bois et du cidre chaud à laquelle s'ajoutait la senteur légère mais présente du parfum de Lucy. Parcourant la pièce du regard, il vit qu'elle était assise dans un fauteuil à l'extrémité de la pièce et qu'elle lui tournait le dos.

James sentit tous les regards se diriger vers lui.

— Laissez-moi vous présenter à Marion et à Wakeford. Ne vous inquiétez pas, dit Charlie à voix basse. Marion est plus snob que lui.

James était si peu familier de la noblesse qu'il ne savait pas vraiment à quoi s'attendre de la part de son beau-frère, le duc de Wakeford. Il n'avait pas imaginé que l'homme lui serrerait la main et lui taperait dans le dos comme s'ils étaient de vieux amis.

— Heureux de faire votre connaissance, Rossbury.

— Également, Wakeford.

Une femme longiligne à la chevelure sombre passa la tête au-dessus de l'épaule du duc. Marion, James n'avait aucun doute sur ce point.

Elle le détailla d'un long regard, et il ne put déterminer à son expression s'il avait remporté l'examen de passage.

— Lucy m'a beaucoup parlé de vous dans ses lettres, lança-t-elle d'une voix plus forte et aiguë que celle de Lucy. J'ai hâte de mieux vous connaître, Rossbury.

— Moi également, Votre Gra...

— Je vous en prie, appelez-moi Marion. Ou ma sœur, si vous préférez.

Elle sourit et sembla aussitôt plus à son aise.

— Nous appartenons à la même famille maintenant, après tout.

« Sœur ». Un mot qu'il n'avait jamais eu à employer à la place d'un prénom au cours de sa vie. Quant au terme « famille », il s'y habituait peu à peu, saisissant progressivement la réalité qu'il recouvrait.

Balayant la pièce du regard, James réalisa qu'il faisait partie de ce groupe à présent, même s'il n'en connaissait véritablement qu'un de ses membres.

— Quelqu'un voudrait-il bien demander à mon époux de me rejoindre ? appela Lucy depuis le coin de la pièce.

James n'avait besoin de nulle sollicitation pour la retrouver.

Depuis qu'il était entré dans la pièce, même durant sa conversation avec le duc et la duchesse, il avait gardé une partie de son attention fixée sur elle, le reflet d'or de ses cheveux scintillant comme une étoile dans la nuit et attirant irrémédiablement son regard.

Quand il l'eut rejointe, il plaça une main sur son épaule, et elle se releva aussitôt pour se tenir face à lui.

— J'ai une surprise pour vous, dit-elle d'un ton enjoué.

— Oh ! vraiment ?

James risqua un regard en direction de Charlie, et le jeune homme arqua un sourcil comme pour le conjurer de continuer à feindre la surprise.

— En quel honneur ?

— Je sais que votre anniversaire aura lieu le mois prochain, mais ce cadeau ne peut attendre.

Voilà qui piqua aussitôt sa curiosité.

Lucy trépignait d'impatience tandis que les autres membres de l'assemblée s'étaient tus. James jeta un regard à Lord et Lady Hallston et constata que tous deux les observaient, un sourire amusé aux lèvres.

— Êtes-vous prêt ? demanda Lucy d'un ton espiègle.

— Absolument.

Si elle la rendait si joyeuse, la surprise devait être bonne.

— Drummond, le moment est venu, appela Lucy d'une voix forte.

Drummond ? James n'avait aucune rancune envers le vieux majordome, mais il ne pouvait dire s'il en était de même pour l'Écossais. Ses certitudes quant au fait que la surprise serait agréable commencèrent à se dissiper.

Un instant plus tard, il entendit la voix de Drummond résonner dans le vestibule.

— Viens ici, chenapan, marmonnait l'homme. Ah, petite canaille. Bon, je vais te porter, dans ce cas.

Le majordome pénétra quelques instants plus tard dans le salon avec une créature agitée coincée sous son bras.

Lucy se précipita vers lui, cachant la vue à James et saisit l'animal entre ses bras.

Quand elle se retourna, James aperçut deux yeux noirs et brillants fixés sur lui.

— Mon chéri, laissez-moi vous présenter le fils d'Hercule.

— Et de Dolly, ajouta Tante Cassandra en s'approchant. Lady Grimshaw possède une femelle de la même race. Elle et Hercule se sont bien entendus, si l'on peut dire les choses ainsi ?

— Vous plaît-il, James ?

Il acquiesça mais, quand il voulut parler, James sentit que sa gorge était nouée et que ses yeux brûlaient.

— Je vous remercie, mon amour, fut tout ce qu'il parvint à articuler avant que Lucy se penche pour l'embrasser et placer le chiot entre ses bras.

Le petit animal plein d'entrain lui lécha immédiatement la joue.

— Il est magnifique.

En caressant le chien, James remarqua qu'il avait la même tache blanche sur la poitrine qu'Hercule, qui s'était rapproché pour garder un œil vigilant sur sa progéniture.

— Comment le nommerons-nous ?

— Je propose Charles, lança Charlie.

— Dickens, dirent James et Lucy presque à l'unisson.

— Auteur du livre que James m'a fait tomber des mains le jour de notre rencontre, précisa Lucy avec un sourire espiègle.

— Le livre qui m'a presque brisé le pied.

— « Presque », ça ne compte pas, chéri.

Lucy lui adressa alors un clin d'œil, attitude apprise à son contact.

— Et si nous trinquions ? lança Lord Hallston en levant son verre de cidre chaud. À Dickens, le membre le plus récent de la famille.

Lucy saisit un verre qu'elle tendit à James, et il fit de son mieux pour tenir le chiot remuant avec un seul bras.

— Et à James, ajouta Charlie. Lui aussi un tout nouveau membre. Un membre auquel notre famille réunie n'a encore jamais porté de toast et qui n'a pas subi nos soirées consacrées aux jeux de société ou le récit de nos histoires de famille que tout le monde connaît par cœur.

Charlie adressa un petit sourire à James.

— Vous voici promis à un long séjour parmi nous, mon ami.

James but une gorgée de cidre comme tous les autres et se sentit soulagé quand chacun retourna à sa conversation. Il était heureux et un peu bouleversé. Il découvrait timidement le sentiment d'appartenir à un groupe si soudé qui le soutenait, et la sensation était plus agréable et réconfortante qu'il ne l'aurait imaginé.

Il se retourna quand il réalisa que Lucy ne se trouvait plus à ses côtés. Il la vit bientôt revenir dans la pièce, un collier et une laisse à la main.

— J'ai pensé que nous pourrions emmener Dickens se promener. Qu'en dites-vous ?

C'était comme si elle avait perçu qu'il avait besoin de prendre un peu l'air.

Quelques instants plus tard, ils quittèrent la demeure accompagnés de Dickens, et Lucy le conduisit vers le chemin qui menait au terrain de tir à l'arc.

— Vous sentez-vous mieux ? lui demanda-t-elle doucement. Ma famille peut se montrer envahissante et un peu trop bruyante par moments. Marion a ses sautes d'humeur et Charlie boit trop.

— Ils ont tous été aimables et accueillants. Peut-être m'étais-je inquiété pour rien.

— Ce n'est pas ce que je pense, répondit Lucy avec douceur. Nous savions tous deux que la situation nécessiterait un temps d'adaptation.

— Je vous remercie d'être aussi compréhensive, mon amour.

James l'arrêta, se retourna et l'attira entre ses bras.

Ils s'embrassèrent en riant tandis que Dickens tirait sur sa laisse tout en geignant car il voulait poursuivre son chemin.

— Il a vu les lumières, murmura Lucy.

— Les lumières ?

— C'est là, l'autre surprise.

Même dans la faible lueur du jour finissant, James pouvait apercevoir l'éclatant sourire de sa chère épouse.

— Mrs Fox m'a aidée à tout organiser. Nous dormons au cottage ce soir.